精选一批有特色的选修课、专题课与有影响的演讲，以课堂录音为底本，整理成书时秉持实录精神，不避口语色彩，保留即兴发挥成分，力求原汁原味的现场氛围。希望借此促进校园与社会的互动，让课堂走出大学围墙，使普通读者也能感知并进而关注当代校园知识、思想与学术的进展动态和前沿问题。

三联讲坛

This series covers a great array of college courses and speeches, selected for their intellectual distinction and scholarly excellence. The lectures were transcribed from classroom recordings and retain their stylistic character as they were originally delivered. Our hope is to open the college classroom to the outside world and add a new dimension to the interaction between university and society. The point is not only for the common reader to get in touch with the cutting-edge ideas on campuses, but also for the academia's search for knowledge to become more meaningful by engaging people from the "real world".

三联讲坛

钱理群 著

与鲁迅相遇

北大演讲录之二

生活·讀書·新知 三联书店

图书在版编目（CIP）数据

与鲁迅相遇：北大演讲录之二／钱理群著．—2版．—北京：
生活·读书·新知三联书店，2018.1（2023.10重印）
（三联讲坛）
ISBN 978-7-108-06060-0

Ⅰ．①与…　Ⅱ．①钱…　Ⅲ．①鲁迅著作研究
Ⅳ．① I210.97

中国版本图书馆 CIP 数据核字（2017）第 192248 号

责任编辑　李　佳
装帧设计　陆智昌　康　健
责任印制　董　欢
出版发行　生活·讀書·新知 三联书店
　　　　　（北京市东城区美术馆东街 22 号　100010）
网　　址　www.sdxjpc.com
经　　销　新华书店
印　　刷　北京隆昌伟业印刷有限公司
版　　次　2003 年 8 月北京第 1 版
　　　　　2018 年 1 月北京第 2 版
　　　　　2023 年 10 月北京第 9 次印刷
开　　本　787 毫米 × 1092 毫米　1/16　印张 20.75
字　　数　268 千字
印　　数　41,001-44,000 册
定　　价　42.00 元
（印装查询：01064002715；邮购查询：01084010542）

缘　起

　　对于孟子而言，"得天下之英才而教育之"乃人生乐事之一；对于学子来说，游学于高等学府，亲炙名师教泽，亦是人生善缘。惜乎时下言普及高等教育尚属奢望，大学一时还难望拆除围墙，向社会开放课堂。有鉴于此，我社精选一批有特色的选修课、专题课与有影响的演讲，据现场录音整理成书，辑为"三联讲坛"文库，尝试把那些精彩的课堂，转化为纸上的学苑风景，使无缘身临其境的普通读者，也能借助阅读，感知并进而关注当代校园知识、思想与学术的进展动态和前沿问题。

　　一学校有一学校之学风，一学者有一学者之个性。"三联讲坛"深望兼容不同风格之学人，并取人文社科诸专业领域，吸纳自成一家之言之成果，希望以此开放格局与多元取向，促进高校与社会的互动，致力于学术普及与文化积累。

　　作为一种著述体例，"三联讲坛"文库不同于书斋专著：以课堂录音为底本，整理成书时秉持实录精神，不避口语色彩，保留即兴发挥成分，力求原汁原味的现场氛围。作者如有增删修订之补笔或审阅校样时之观点变易、材料补充，则置于专辟的边栏留白处，权作批注；编者以为尤当细味深究或留意探讨的精要表述，则抽提并现于当页的天头或地脚。凡此用意良苦处，尚望读者幸察焉。

　　"三联讲坛"文库将陆续刊行，祈望学界与读者并力支持。

生活·读书·新知三联书店

二〇〇二年五月

目　录

开场白　与鲁迅生命的相遇

【2001 年 2 月 21 日讲】

从去年 10 月 8 号病倒在床上，已经三个多月，还没有完全好，今天就带着这么一副疤痕累累的丑陋的面孔来跟诸位见面。人也很虚弱，不可能正襟危坐来谈什么，只能够闲谈，所以只能叫"闲话鲁迅"，或者说"闲话我们这门课"。

我在北大上"鲁迅研究"课已经有很长时间了。大概是 1985 年第一次给 81 级学生上课，接着给 82、83、84 级学生讲，到现在为止在北大讲鲁迅差不多有 15 年多了。到 2001 年，用时髦的话来说，在新世纪的开始又来讲鲁迅，一方面是因为我是研究鲁迅的，上选修课就只能讲鲁迅；另一方面，是去年以来（也算是世纪之交吧）关于鲁迅有两个信息引起了我的兴趣，一个就是鲁迅的作品不断地被评为"第一"：《中华读书报》上评选 20 世纪最受欢迎的中国作品，鲁迅的《阿 Q 正传》评为第一；听说《亚洲周刊》上评选 20 世纪亚洲最有影响的作品，鲁迅的作品也是第一；据说因特网上选 20 世纪最伟大作家，鲁迅也是榜上有名。当然对这类投票也要作具体分析，相当多的人确实是出于自己的判断，另外也不能排斥从众心理，因为鲁迅太有名了，《阿 Q 正传》太著名了，好像我不选《阿 Q 正传》就显得我没有学问，有的人出于这种动机，也就选了《阿 Q 正传》。虽然不能太算数，但也能反映一些问题，就是鲁迅的重要性。还有一个现象，是去年在一些公开的报刊上以及在网上，有种种关于鲁迅的议论，我收集了一大堆。这些评说在我看来大概有两个方面：一个方面是过去对鲁迅争论的延续，鲁迅生前就不断有人对他提出非议，比如说一些年轻人觉得非得把鲁迅打倒不可，不踢开这块绊脚石自己就不能发展了；还有一些知识分子站在自由主义的立场上说鲁迅"不宽容"、"心胸狭窄"等等，二三十年代就这么说，七八十年后的今天还是这番话，正

> 鲁迅是 20 世纪中国不可回避的文化思想的遗产。这是什么意思呢? 你可以不喜欢他, 你可能这样评论他, 那样评论他, 但你要是讨论、谈论 20 世纪的中国文化、中国文学、中国思想, 你就不可能绕过鲁迅, 这是一个不可回避的存在。

是老调重弹, 或者如鲁迅自己所说, 是"老谱袭用"。当然还有一种情况, 是我们如今生活的时代和鲁迅的时代大不一样了, 我们需要在鲁迅停止思考的地方继续往前思考, 这样人们就有必要对鲁迅达到的和没有达到的进行反思, 这种反思常常带有一定的批判性, 我觉得这都是很正常的。

以上两个围绕着鲁迅的"文化现象", 至少说明两点: 第一, 说明鲁迅是 20 世纪中国不可回避的文化思想的遗产。这是什么意思呢? 你可以不喜欢他, 你可能这样评论他, 那样评论他, 但你要是讨论、谈论 20 世纪的中国文化、中国文学、中国思想, 你就不可能绕过鲁迅, 这是一个不可回避的存在。

另外一点, 如果仔细研究一下去年关于鲁迅的种种议论, 我们就可以发现, 人们对鲁迅的看法和他自己对现实生活, 对现实思想文化界所提出的许多问题的看法是相关联的, 这也就说明鲁迅的文学、思想具有当下性, 也就是说他还活在现实生活中和我们一起对话。鲁迅的当下性, 我还可以举一个例子。1996 年 10 月 16 号《光明日报》上登了一篇文章, 这篇文章很有意思, 题目叫做《鲁迅"论"九十年代文化》, 鲁迅怎么还会活在 90 年代呢? 这篇文章写得很巧, 作者把鲁迅当年写的文章照抄一遍, 然后加一个小标题, 譬如说, 《鲁迅论某些报刊之增广"闲文"》, 下面是鲁迅的原文: "七日一报, 十日一谈, 收罗废料, 装进读者的脑子里去, 看过一年半载, 就满脑都是某阔人如何摸牌, 某明星如何打嚏的典故。开心自然是开心的。但是人世却也要完结在这些欢迎开心的人们之中的罢。"——这是鲁迅 30 年代写的文章, 但是我们读后的感觉却是鲁迅针对的就是 90 年代某些报刊上的文章。还有一个标题《论出版社翻印之大量古旧破烂》: "'珍本'并不就是'善本', 有些是正因为它无聊, 没有人要看, 这才日就灭亡, 少下去; 因为少, 所以'珍'起来。"——这是鲁迅《杂谈小品文》中的一节, 读起来好像也是在针砭当下的现实文化现象。鲁迅当年写的文章可以一字不动地在 90 年代发表, 让你觉得他就是对当代中国思想文化界在发言, 这种"正在进行式"的存在在中国现代作家这是一个很系统的导读课,我希望同学们能跟着我的课,我讲到哪儿,讲什么作品,你就读这些作品,我希望这门课完了以后,你基本上把鲁迅著作读一遍。

中是不多见的,我想这就是为什么人们对鲁迅这么有兴趣的一个很重要的原因。

由以上的"鲁迅现象"可以引发出跟我们今天的课有关系的两个问题。首先,既然鲁迅作品是 20 世纪不可回避、绕不开的中国文化遗产,那么,凡是要学习中国现代文学史、思想文化史的人就必须读鲁迅作品。今天来听课的大都是现当代文学的研究生,还有些是对现当代文学有兴趣的本科学生,你们就应该在研读鲁迅著作上多下点工夫,在某种意义上,这是你的基本功。读完了作品你怎么评价,那是你的事,但你必须读完。所以我这门课其实就是引导同学们读鲁迅著作的课,是所谓"导读课"。大家上这门课时最好是能读《鲁迅全集》,特别是研究生最好是读全集,本科学生有时间至少要读选本,我和王得后先生为浙江文艺出版社编的《鲁迅小说全编》、《鲁迅散文全编》和《鲁迅杂感全编》比较全,你读了这三大本,鲁迅的作品差不多读了80%,最好是按照我的课的顺序往下读。我们的读法很特别,从 1936 年鲁迅临死前的作品读起。第一讲讲 1936 年的鲁迅,然后第二讲再从头读起,讲鲁迅的早期著作,第三讲讲鲁迅的《呐喊》、《彷徨》,第四讲讲鲁迅"五四"前后的杂文,再下面讲"五四"以后北大教授的不同选择,知识分子的分化,然后讲《野草》,然后讲鲁迅后期的杂文。这是一个很系统的导读课,我希望同学们能跟着我的课,我讲到哪儿,讲什么作品,你就读这些作品,我希望这门课完了以后,你基本上把鲁迅著作读一遍。这就是这门课的基本内容,我已经把"底"交给你了,反正我就是这么讲。至于参考书,除了我刚才提到几个选本之外,大家如果对鲁迅的生活各方面有兴趣的话,可以读一读《鲁迅回忆录》,这是北京出版社出版的,这套书很厚,有六卷,收的很齐。如果再有兴趣做点研究,想了解前人的研究成果,可以看看河北教育出版社出版的孙郁、黄乔生主编的《回望鲁迅》系列,特别是其中的"论文专著"部分,包括了瞿秋白、茅盾等老一辈对鲁迅的研究,近二十年来对鲁迅的研究,也包括国外的我讲了 15 纪的鲁迅,每一次讲都给学生布置一个作业,题目是《我之鲁迅观》,就是你怎么看鲁迅。

学者,比如伊藤虎丸、李欧梵的研究著作。当然,最重要的还是要认真读鲁迅的原著,至于我的讲解并不重要,只不过是告诉你鲁迅写了什么东西,以引起大家阅读的兴趣。所以我在这里姑妄讲之,大家就姑妄听之,记不记笔记都无所谓,我希望读原著时就把我讲的全部丢掉,这叫做"过河拆桥"。我考试时决不会考我讲的内容,我要考什么呢?考我的一个传统题目,我讲了 15 年的鲁迅,每一次讲都给学生布置一个作业,题目是《我之鲁迅观》,就是你怎么看鲁迅。我的要求是两条:第一,说真话,你怎么看就怎么写,喜欢就喜欢,不喜欢就不喜欢,应该讲真话;第二,要言之有理,你骂要骂出道理,不能不讲道理;你捧他也得捧出道理来,你光说鲁迅伟大伟大,不讲道理不行,而且得言之成理。我想这两条不会成为大家的负担,学期结束你交一份《我之鲁迅观》就可以了。当然你如果实在不愿意谈"我之鲁迅观",那么你写一个关于鲁迅研究的文章也可以,但是千万不要抄,因为鲁迅研究的文章太多了,要抄太容易了,那是自欺欺人,骗我也骗你自己,多没意思。这是课结束后对大家的要求。课程的大概的设计,为什么要上这门课以上我都讲了,我想同学们可以根据我的介绍,来决定你下次听不听,你觉得没什么意思就可以不来听,这么多人挤着听一门课也没意思。

这是一个方面:鲁迅作为 20 世纪一个不可忽略的存在,鲁迅作品应该成为中文系学生的必读书;但是作为个人的阅读来说,鲁迅作品并不是必读的。这什么意思呢?去年在关于鲁迅的讨论中,有一个研究者提出一个观点我很赞同,他说,我们要走进鲁迅的话,首先要摆脱"阅读政治学"的纠缠,把阅读重新还原为个人行为。他在这里提出一个概念叫"阅读政治学",这是因为长期以来,读鲁迅作品成为一种政治行为,特别是我们这一代年轻的时候,读不读鲁迅作品,读的态度如何这都是政治问题。所以长期以来把阅读当作政治行为就产生了很多弊病,我们现在应该提倡个人阅读,还原为一种个人阅读,作为一个生命个体,你和鲁迅的个体生命相遇,或者对撞。既然是个人阅读,那就可以接受,也可以拒绝,个人阅读是带有很大的排他性的,其中有些道理说不清楚。比如说托尔斯泰就最讨厌莎士比亚的作品,莎士比亚的剧作在世界文学中的地位是无可置疑的,托尔斯泰的地位也是无可比拟的,但是托尔斯泰偏偏就不喜欢莎士比亚,他在文章中把莎士比亚贬得一钱不值。但并不因为托尔斯泰的批评莎士比亚就完了,也不因为托尔斯泰批评了莎士比亚,托尔斯泰又不怎么样了。都无所谓,这是个人行为,喜欢鲁迅就喜欢鲁迅,讨厌鲁迅就讨厌鲁迅,不必要讲道理,个人阅读就是纯粹个人性的东西。鲁迅这个人有个特点,正像他对别人爱憎分明一样,别人对他也爱憎分明,要么爱他爱得要命,要么恨他恨得要死,所以读鲁迅你很难把他排在相当的距离之外,然后客观地来看他,非常难,也许有些人能做到,但我觉得非常难,他要进入你的内心,你也要进入他的内心,然后纠缠成一团,发生灵魂的冲突或者灵魂的共振,这是阅读鲁迅的一个特点,这是由他这个人与文的特性决定的。我说灵魂的冲突或者灵魂的共振,其实更多的是灵魂的冲突,这也是由鲁迅的特点所决定的。

《祝福》中的鲁四老爷说祥林嫂不迟不早,偏偏死在这个时候,可见是个"谬种",从某种意义上,也可以这么说,鲁迅是整个中国话语系统中的一个"谬种",如果用学术语言来说,就是一个异端,是另一种不同的声音,一个不和谐的声音。因为鲁迅的著作是对我们的习惯性的思维、习惯性的语言提出挑战。大家知道鲁迅喜欢论战,有许多论敌,其实每一个读者都是他的论敌,更进一步,他自己也是他的论敌。你读他的著作,你突然会觉得,难道可以这样想问题吗?难道可以这样写吗?中学生经常问老师:鲁迅很多文章都不通啊!许多句子都不通啊!中学老师毫无办法,不知道该怎么回答。他的许多语言你拿正规的语法来分析就是不通。所以你读他的东西,你觉得不懂,别扭,甚至反感,本能要抵制、拒绝,这是初步阅读鲁迅最早的情感上、心理上的反应,但他的价值也就体现在这里:如果你对自己很不满意,对自己听惯读鲁迅作品是要有"缘分"的,你拒绝他的时候就说明你和鲁迅无缘,无缘就各走各的路,天下大得很,可读的书多得很,不必在一棵树上吊死。

了的话,听惯了的思想,习惯的思维过于凝固化了,你不满意,老这么想你挺别扭,老是这么说话你挺难过,你想冲出你几乎命定了的环境,想突破自己,你最好读鲁迅的东西,你可以听到另外一种声音。你有意地和自己捣捣乱,有意地和鲁迅碰撞一下,这个碰撞有两个结果,一个是自己发生了某种变化,这个变化并不是说你接受了鲁迅的东西,而是由于鲁迅的撞击,你自己激发了内心深处一些被遮蔽的东西,我们每个人身上都有某些被遮蔽的东西,你自己不自觉,由于鲁迅的撞击这些东西被激发了出来。你和鲁迅产生了共振,这种共振的结果不是说你服从鲁迅,而是你说出自己的新的话,那些潜藏在你内心深处更加深刻的话,所以跟鲁迅发生心的碰撞,其实是对你新的唤醒,对自我的新的发现,你就会发出更加属于你自我的一种新的声音。这就意味着,你读鲁迅的作品,却不说他的话,仅在他的启发下,更好地说自己的话,现代青年人的真话。另一个结果就是你拒绝鲁迅,你不能够接受他的作品,不能够接受他的思想,不能够接受他的艺术,于是你和鲁迅摆手,说声"拜拜",这是很正常的,你不必非读他不可。或许你现在拒绝,再过一段时间某一天你清理自己时,突然又觉得应该读他的作品,那时再去读也不迟。我想这就是一种个体的自由阅读,从另一个角度看,这正说明读鲁迅作品是要有"缘分"的,你拒绝他的时候就说明你和鲁迅无缘,无缘就各走各的路,天下大得很,可读的书多得很,不必在一棵树上吊死。缘分是什么意思呢?就是心灵的接通,心灵共振。所谓阅读鲁迅,用学术的语言来说,就是"读者作为一个独立的生命个体,凭借自己的悟性或理智,通过鲁迅作品,与同样独立的鲁迅生命个体相遇",有缘分就相遇,没缘分就不能相遇,两个生命都是独立而自主的。不仅对于鲁迅的著作,对很多作者都存在一个有缘无缘的问题,不知道同学们怎么样,我读作品有两种阅读经验,一种作品我只是想从作品中获得纯粹知识性的东西,我可以有距离地去欣赏;另一种作品,它要进入我的内心世界,我要同它进行心灵的撞击,鲁迅显然属于后者。

其实有缘无缘不仅涉及像鲁迅这样现代的经典作家,对古代的经典,也同样存在有缘无缘的问题,这使我想起我在指导研究生的一个经验:曾经有一个学生,他有一天突然对我说:"我在研究鲁迅的《野草》,我发现鲁迅的《野草》和佛教很有关系,老师我要研究佛教。"他征求我的意见,我就说了这样一番话:第一,佛教著作相当难读,你要读佛,就别去看些阐释佛经的小册子,你就直接去读原文,什么也别管就这么硬读。第二,你读佛经(不仅指佛经,也包括整个中国传统文化),有两大难关,或者说有两大危险。首先要读懂就很不容易。这个"读懂"有两个意思,一是读懂字面意思,恐怕现在很多中文系的学生读古文都没有过关。还有更重要的一点:即使文字懂了也不等于真懂,中国传统文化讲"悟性",你有没有悟性,你感悟不到,文字搞懂也没用,这就是有缘无缘。读佛经你没有缘分的话是读不进的。你得有缘分,你得"读进去",读进去以后还有一个更大的问题:你"出不出得来"。佛经和中国传统文化可以用四个字来概括:博大精深,你进入这博大精深的世界以后,就被他征服了。征服意味着什么呢?被他俘虏了,你跳不出去,像如来佛手掌,你跳来跳去跳不出手心,你越读越觉得他了不起,越觉得了不起你就越跳不出来,不知不觉间你成了他的奴隶,那你就完了,你何苦去读呢?所以跳出来更难。记得当年的闻一多先生他先前是学西洋绘画的。开始在青岛大学讲中国古代文学,学生反对他,贴"打倒闻一多"的标语,原因之一就是他于古代文学有隔,学生对他的讲课没有兴趣,闻一多就生气了,他说我就不相信我进不去,于是下决心,画也不画了,天天埋进故纸堆里去,一埋就是十多年,抗战时逃难到云南去时,流传他一个很有名的故事,每到晚上,大学教授喜欢在校园里散步,闻先生老是坐楼上读书,不肯下楼,所以教授就跟他开玩笑,给他起了个外号叫"何妨一下楼",叫不肯下楼教授。这下就读进去了,于是我们看到许多堪称经典的研究著作。但他正待出来的时候就被国民党的特务杀害了,所以郭沫若在追悼会上致辞时说了一段话,说得很沉重:"闻先生有目的地钻了进去，并没有丧失目的地又钻了出来，刚刚钻出来，正有资格'创造将来'的时候，就牺牲了，这是一个学者的'千古文章未竟才'的悲剧。"

研读中国古代的作品如此，对鲁迅这样的现代文学经典同样如此，也存在一个进不进得去的问题，因为你能不能读懂他，你和他有没有缘，你能不能感悟他的东西，你的心灵能不能和他相通。第二个问题你读了以后能不能跳得出来，"吃"透了，又保留一个完整的自主的自我。这需要更强大的独立、自由的精神力量，更活跃的思想创造力，成为一个深知、真知传统（包括鲁迅传统）又能驾驭它的主人，这才是我们的阅读、研究的目的所在，真价值所在。这对我们每一个读者、研究者都是一个真正的考验。我这里不仅是讲大家，也是说我自己，我也反省我自己，我跟鲁迅的关系到底怎么样，我想大概可以说我进去了，这很难很难，做到进去也很不容易，但是应该坦白地承认，我没有完全出来，当然我努力地想出来，想挣扎着出来，但还是没有完全出来，大家看我的研究鲁迅的著作就可以发现这样一个弱点。这不是你想不想的问题，不是你愿不愿意的问题，而是你能不能做到，你自己有没有更强大的一种思想独立的力量，文化力量。你没有这个就很难出来，我觉得我自己最大遗憾就是在于进去了，没有整体跳出来，也不能说我完全没有跳出来，局部跳出来了一点。我希望在座的同学进去以后能出来。当然对你们来说，眼前最重要的还是先进去，还不是出来的问题。但你得意识到进去不是目的，最终目的是完善自我，获得自我精神的丰富，独立与自由。这一点必须非常明确，我特别要提醒研究生同学：你们一定要过好"进去"与"出来"这两大关，最大危险是失去自我，如果变成一个"书橱"或研究对象的"奴隶"，那你读研究生又有什么意义呢？

我这里要跟大家谈谈我的阅读经验。或者说谈谈我怎样和鲁迅发生灵魂的相遇的。我写过一篇文章，题目叫做"生命的两次相遇"，副标题是"我与鲁迅的《腊叶》"。每个人与鲁迅相遇的途径不一样,机遇不一样,这说起来有点神秘:什么时候因某种机缘你和他相遇了,这是说不清楚的,每个人都不一样,你现在读也许不一定和他相遇,过了很久很久你和他相遇。我是通过鲁迅的《腊叶》这篇文章第一次和他相遇的,而且一生中有两次相遇。我读到鲁迅的第一篇作品就是《腊叶》,那时候我是小学四年级的学生,年纪虽小却是个书呆子,觉得课本不能满足自己,喜欢翻课外的东西。我哥哥当时是大学生,我从他抽屉里翻出一本"文选",好像是开明书店编的读本,现在记不清了。一看有一篇正好是《腊叶》,是一个叫"鲁迅"的人写的。我就开始读,读了一段,当时我记不清了,但是印象在,就是这一段文字当时打动了我,我现在读给大家听:"他也并非全树通红,最多的是浅绛,有几片则在绯红地上,还着几团浓绿。一片独有一点蛀孔,镶着乌黑的花边,在红、黄和绿的斑驳中,明眸似的向人凝视。"——作为一个小学生,我当然不可能读它的意思,在我的感觉里只是一团颜色:红的、黄的、绿的颜色中突然跳出一双乌黑的眼睛,在看着我,当时本能的感觉这非常美,又非常奇,更怪,那红、绿、黄色中的黑的眼睛一下子盯着你,你被看得很难受,甚至觉得很恐怖,就这样一种莫名的感觉。但就是这个感觉,在一瞬间留在自己的心上了。以后,长大了,从中学到大学到研究生,慢慢读鲁迅作品,并开始从事鲁迅研究,不知读了多少遍鲁迅著作,对鲁迅的理解也有很多很多的变化,但总是能从鲁迅的作品背后看见这双藏在斑斓色彩中的黑眼睛,直逼着你的心坎,让你迷恋、神往,但同时让你悚然而思,这就是鲁迅著作给我的第一印象。后来我写了很多关于鲁迅的著作,但是我从来不提这篇《腊叶》,为什么呢?因为这是第一印象,太神圣了,不能随便翻动,应该把它留在记忆的深处,甚至生命的深处。什么时候才打开这记忆的闸门的呢?那是在前几年,学校让我给理科学生讲大一语文课,教材由我自己来选编,我当时第一个想到的就是这篇《腊叶》。于是,为了上课,我又重读了一遍,但当时我并没有意识到是和鲁迅相遇，只不过按照教师、学者的职业习惯来备课，开始研究这篇文章。我注意到，这篇文章写于1925年12月23号，发表在1926年1月4号。如果查查鲁迅的日记就可以发现，从1925年9月23至1926年1月5日止这一段时间正是鲁迅肺病发作病重的时候：1925年9月23号发病，写在12月23号，1926年1月5日病好了，发表时在1926年1月4号，写作与发表时间都在鲁迅的病重期间，而且1926年1月4号发表到1936年10月19号，鲁迅真的离开了这个世界，大约有10年多的时间。据说当时医生对他说，你这个中国人实在顽强，按照一般的情况，你早在10年前就已死了，也就说在写《腊叶》的时候，鲁迅正面临着死亡的威胁，从某种程度上说，鲁迅写《腊叶》，是留给后人的遗言。所以他在文章中说，希望"爱我者"、想保存我的人不要再保存我。这也就是说《腊叶》是鲁迅最具个人性的一个文本，是作为一个个体生命，在面对死亡威胁的时候，一次生命的思考。意识到这一点，我的心突然一动：我自己就已经是60岁的人了，也开始走人生的最后一程了。那么，可以这样说：我在小学四年级，在人生开始的时候和《腊叶》相遇；到60岁，走向人生最后一个历程的时候又和鲁迅的《腊叶》相遇。在人生的起点与终点和鲁迅的同一篇作品发生两次相遇，这本身是有一种象征意义的。《腊叶》这篇文章写的正是生命的深秋的季节，但却如此的灿烂，乌黑的阴影出现在红、黄和绿的斑驳中，这是生和死的并置和交融，这使我想起鲁迅在《野草》中说过一段："过去的生命已经死亡。我对于这死亡有大欢喜，因为我借此知道它曾经存活。死亡的生命已经朽腐。我对于这朽腐有大欢喜，因为我借此知道它还非空虚，……但我坦然，欣然。我将大笑，我将歌唱。"这是典型的鲁迅式的思想：因死亡而证实生命的存在，因死亡才证实了生命的意义，生命之美也包括死亡之美，或者说死的灿烂正是出于生命之美和爱。为什么说小时候那红绿当中乌黑的眼光看着我使我悚然而思呢？我们现在可以做理性的分析，这是因为它显示了灿烂的死和灿烂的生互相渗透，互相映照，互人在春风得意、自我感觉良好时大概是很难接近鲁迅的,人倒霉了,陷入了生命的困境,充满了困惑,甚至感到绝望,这时就走近鲁迅了。

相交融、并置,这时我才懂得在人生起端和终途,我和《腊叶》两次相遇,这大概就是缘分吧:"我将坦然,欣然。我将大笑,我将歌唱。"但是反过来想,又产生了一个问题:我和鲁迅相遇有两次,第一次它完全是一种直观的感觉,是对语言和生命意识的一种朦胧的感悟。第二次相遇是理性的分析,是对意义的追问。这两种方式哪一个更有意义?哪一个更好?我说不上来,或者说可以互补吧。这说明与鲁迅的生命相遇可以用不同的方式,可以是一种直感,也可以是理性分析。我自己感觉到,这种直感恐怕是基础,首先你要有一种朦胧的感觉,然后才有理性分析,有时候理性分析反而会将直感简化,因为直感它是更丰富的,理性分析要抽象出一些东西,我们现在搞文学研究的人喜欢理性分析,这是肯定需要的,但那种感悟,那种朦胧的把握可能是更重要的。这里说的是说我自己同鲁迅相遇的生命经验,带有很强的个人性,并不是大家都需要这样,你们应该找到自己的渠道去和鲁迅相遇。我们这一代人差不多是通过文革才体验到鲁迅,文革之前都读不懂鲁迅,经过那场灾难,进入绝望的境地,这才找到了鲁迅,与他相遇。而我最近一次与鲁迅相遇,却是在这次大病中,也是有了一种绝望的生命体验。这门课在某种意义上正是这次相遇的生命记录。人在春风得意、自我感觉良好时大概是很难接近鲁迅的,人倒霉了,陷入了生命的困境,充满了困惑,甚至感到绝望,这时就走近鲁迅了:不知道这是不是与鲁迅的特点有关?——当然,这或许只是我们这一代的经验,不知道你们这一代会用什么方式,在什么时刻,什么瞬间,和鲁迅相遇。我们这门课就是要帮助同学们找到自己和鲁迅心灵交流的渠道,和鲁迅一起发生生命的相遇。但我已经说过,你听完课,也读了鲁迅作品,很可能仍然找不到感觉,那也不要紧:这都是可遇不可求的。

以上是我的开场白,如果加个题目,就叫做:"与鲁迅生命的相遇"。

第一讲 人间至爱者为死亡所捕获

——1936年的鲁迅

【2001年2月21日、28日讲】

一

我们阅读鲁迅，先引导大家读1936年的鲁迅和他的作品：从鲁迅生命的终点读起，这是一个比较特别的读法。而且我有一个设想，就是讲得比较形象，比较感性，这也是这些年来我自己的一个学术追求，就是所谓触摸历史，回到历史现场，所以我要讲的是1936年这一年的鲁迅，他的生活、著作、他的心情、心理等等。

那么，就从一件小事，从一个细节说起吧。这是萧红的回忆：在鲁迅重病的时候，他不看报，也不看书，只是安静地躺着，但是有一张小画，放在床边，却是不断地翻着，看着。这是一幅什么画呢？很小的一张苏联画家着色的木刻，和纸烟包里抽出的画片差不多。那上面画着一个穿大长裙子飞散着头发的女人在大风里边跑，在她旁边的地面上，还有小小的红玫瑰花的花朵。[1]

我们再想像这幅画：长裙子……飞散着头发……女子……风……奔跑……一朵小小的玫瑰花……你的内心有什么感觉？我是受到了很大的震动的：鲁迅离开这个世界时，他的心里盛着的竟是这样一幅画！鲁迅为什么这么喜欢这幅画呢？萧红说她问过许广平，许广平说她不知道鲁迅为什么常常看这小画。我们也不知道。但是我们知道在1936年这一年，鲁迅和绘画有着特别密切的关系。

我们可以根据鲁迅的书信、日记与有关回忆录，作这样一个排列：

1月28号，这一天鲁迅写了凯绥·珂勒惠支版画选集的序目，并且亲自设计发行广告。

2月，苏联版画展览会由南京移至上海展出，鲁迅写了《记苏联版画展览

---

[1] 萧红：《回忆鲁迅先生》，收《鲁迅回忆录》(散篇，中册)，738页，北京出版社，1999年版。

我们阅读鲁迅，先引导大家读 1936 年的鲁迅和他的作品：从鲁迅生命的终点读起，这是一个比较特别的读法。

会》。

3 月，鲁迅正在病中，他作了《〈城与年〉插图本小引》。《城与年》是苏联作家斐定写的一部小说，由著名版画家尼古拉·亚力克舍夫作插画，鲁迅在《小引》中为画家的早逝感到"悲哀"，并且表示："和我们的文艺有一段因缘的人，我们是要纪念的。"

3 月 16 号，鲁迅为他自己编印的《死魂灵百图》写的广告发表在《译文》新 1 卷第 1 期。

4 月 7 号，鲁迅身体稍微好一点，专门跑到良友图书公司编辑部去审定《苏联版画集》的作品。据当事者回忆，鲁迅"对每幅版画都细细的玩味，先放近前看，然后又放远看。有时脸上浮起一阵满意的笑容；有时凝神静思，长久地默不做声……"[1]

4 月，在《写于深夜里》一文中，再一次提到了珂勒惠支的画是如何传入中国。

5 月 15 号以后，鲁迅就长卧不起了。但在 6 月份的时候，在病中的鲁迅没有力气写文章，仍然口述《〈苏联版画集〉序》，由许广平记录。《序》中说："这一个月来，每天发热，发热中也有时记起了版画。"

7 月份，《死魂灵百图》由鲁迅出资，以三闲书屋名义出版。

8 月 31 日，鲁迅专门托内山完造给在柏林的武者小路实笃写信并寄《珂勒惠支版画选集》一本，请他转送给珂勒惠支本人。

10 月 8 号，鲁迅参观"中华全国木刻第二回流动展览会"——这是他最后一次出现在公开场合。[2]

可以说绘画是伴随着鲁迅生命最后一程，甚至是最后一刻的。其实鲁迅一生都跟绘画有着非常密切的关系，或许我们正可以从这个角度来切入，来探寻鲁迅的艺术世界与内心世界。

大家可能会注意到，在 1936 年鲁迅有关绘画的活动当中，他提到最多

[1] 赵家璧：《记鲁迅先生选苏联版画》，收《鲁迅回忆录》(散篇，下册)，1043 页，北京出版社，1999 年版。

[2] 参看《鲁迅年谱》(增订本)第 4 卷"1936 年"部分，人民文学出版社，2000 年版。

的是珂勒惠支的绘画。珂勒惠支这个画家非常重要，可能大家不熟悉，这是一位德国的女版画家，鲁迅与她有极强的共鸣。我们看一看，鲁迅是怎样评价、怎样介绍珂勒惠支的画的。

鲁迅在《〈凯绥·珂勒惠支版画选集〉序目》这篇文章里面，对珂勒惠支的画一幅一幅地作了讲解。欣赏珂勒惠支的画是"进入鲁迅"的很重要的一个途径；现在请大家一边看图片，一边听鲁迅的介绍——

"《自画像》。……这是作者从许多版画的肖像中，自己选给中国的一幅，隐然可见她的悲悯，愤怒和慈和。"

"《穷苦》。……我们借此进了一间穷苦的人家，冰冷，破烂，父亲抱一个孩子，毫无方法的坐在屋角里，母亲是愁苦的，两手支头，在看垂危的儿子，纺车静静的停在她的旁边。"

"《死亡》。……还是冰冷的房屋，母亲疲劳得睡去了，父亲还是毫无方法的，然而站立着在沉思他的无法。桌上的烛火尚有余光，'死'却已经近来，伸开他骨出的手，抱住了弱小的孩子。孩子的眼睛张的极大，在凝视我们，他要生存，他至死还在希望人有改革运命的力量。"

"《耕夫》。……这里刻划出来的是没有太阳的天空之下，两个耕夫在耕地，大约是弟兄，他们套着绳索，拉着犁头，几乎爬着的前进，像牛马一般，令人仿佛看见他们的流汗，听到他们的喘息。后面还该有一个扶犁的妇女，那恐怕总是他们的母亲了。"

"《凌辱》。……男人们的受苦还没有激起变乱，但农妇也遭到可耻的凌辱了；她反缚两手，躺着，下颏向天，不见脸。死了，还是昏着呢，我们不知道。只见一路的野草都被践踏，显着曾经格斗的样子，较远之处，却站着可爱的小小的葵花。"

"《磨镰刀》。……这里就出现了饱尝苦楚的女人，她的壮大粗糙的手，在用一块磨石，磨快大镰刀的刀锋，她那小小的两眼里，是充满着极顶的憎恶和愤怒。"

"《反抗》。……谁都在草地上没命的向前,最先是少年,喝令的却是一个女人,从全体上洋溢着复仇的愤怒。她浑身是力,挥手顿足,不但令人看了就生勇往直前之心,还好像天上的云,也应声裂成片片。她的姿态,是所有名画中最有力量的女性的一个。也如《织工一揆》里一样,女性总是参加着非常的事变,而且极有力,这也就是'这有丈夫气概的妇人'的精神。"

"《战场》。……农民们打败了,他们敌不过官兵。剩在战场上的是什么呢?几乎看不清东西。只在隐约看见尸横遍野的黑夜中,有一个妇人,用风灯照出她一只劳作到满是筋节的手,在触动一个死尸的下巴。光线都集中在这一小块上。这,恐怕正是她先前扶犁的地方,但现在流着的却不是汗而是鲜血了。"

"《妇人为死亡所捕获》。……'死'从她本身的阴影中出现,由背后来袭击她,将她缠住,反剪了;剩下弱小的孩子,无法叫回他自己的慈爱的母亲。一转眼间,对面就是两界。'死'是世界上最出众的拳师,死亡是现社会最动人的悲剧,而这妇人则是这全作品中最伟大的一人。"

"《面包!》。……饥饿的孩子的急切的索食,是最碎裂了做母亲的心的。这里是孩子们徒然张着悲哀,而热烈地希望着的眼,母亲却只能弯了无力的腰,她的肩膀耸了起来,是在背人饮泣。她背着人,因为肯帮助的和她一样的无力,而有力的是横竖不肯帮助的。她也不愿意给孩子们看见这是剩在她这里的仅有的慈爱。"

最后一幅画:"《德国的孩子们饿着!》。……他们都擎着空碗向人,瘦削的脸上的圆睁的眼睛里,炎炎的燃着如火的热望。谁伸出手来呢?这里无从知道。"

这里,珂勒惠支的画与鲁迅的文字已经融为一体,这是东西方两个伟大民族的伟大生命的融合,是世界上最强有力的男性与同样强有力的女性生

珂勒惠支的画与鲁迅的文字已经融为一体,这是东西方两个伟大民族的伟大生命的融合,是世界上最强有力的男性与同样强有力的女性生命的融合,是真正具有震撼力的。在我看来,这是继《野草》以后最有鲁迅式的魅力的文字。

命的融合,是真正具有震撼力的。在我看来,这是继《野草》以后最有鲁迅式的魅力的文字,却不被人们所注意,这真是奇怪而令人遗憾的事。

因此,我们也就不难理解这位德国女画家在鲁迅心目中的地位——这是他终于找到的可以与之进行真正艺术家之间的对话的精神姐妹。

鲁迅如是说:"在女性艺术家之中,震动了艺术界的,现在几乎无出于凯绥·珂勒惠支之上——或者赞美,或者攻击,或者又对攻击给她以辩护。"

鲁迅引用罗曼·罗兰的话,说"凯绥·珂勒惠支的作品是现代德国的最伟大的诗歌,它照出穷人与贫民的困苦和悲痛。这有丈夫气概的妇人,用了阴郁和纤秾的同情;把这些收在她的眼中,她的慈母的腕里了。这是做了牺牲的人民的沉默的声音。"

鲁迅说:"只要一翻这集子,就知道她以深广的慈母之爱,为一切被侮辱和损害者悲哀,抗议,愤怒,斗争;所取的题材大抵是困苦,饥饿,流离,疾病,死亡,然而也有呼号,挣扎,联合和奋起。"[1]

鲁迅在《写于深夜里》这篇文章里还深情地回忆到:在柔石牺牲以后,想到"他那双目失明的母亲,我知道她一定还以为她的爱子还在上海翻译和校对",就选了一幅珂勒惠支的画,刊登在《北斗》杂志上,算是"无言的纪念":"是一个母亲,悲哀的闭了眼睛,交出她的孩子去"——这是最早介绍到中国来的珂勒惠支的作品。鲁迅说她的作品里,有着"一切'被侮辱和被损害的'的母亲的心的图像。这类母亲,在中国的指甲还未染红的乡下,也常有的,然而人往往嗤笑她,说做母亲的只爱不中用的儿子。但我想,她是也爱中用的儿子的,只因为既然强壮而有能力,她便放了心,去注意'被侮辱的和被损害的'孩子去了。"鲁迅还说,"有了这画集,就明白世界上其实许多地方都还存在着'被侮辱和被损害的'人,是和我们一气的朋友,而且还有为这些人们悲哀,叫喊和战斗的艺术家。"

鲁迅在《死》这一文章里还这样介绍了史沫德黎女士对珂勒惠支的介

[1]《〈凯绥·柯勒惠支版画选集〉序目》,《鲁迅全集》6卷,470—471页,470页,471—472页,人民文学出版社,1981年版。

我们往往注目于愤怒的鲁迅,却忽略了鲁迅悲悯和慈爱的这一面。

绍:她的作品"有两大主题支配着,她早年的主题是反抗,而晚年的却是母爱,母性的保障,救济,以及死。而笼照于她所有的作品之上的,是受难的,悲剧的,以及保护被压迫者深切热情的意识。"

鲁迅的心是和珂勒惠支相通的。可以说鲁迅对珂勒惠支的评价,在某种程度上也是他自己的夫子自道,是他的自我定位。我想我们是可以这样来评价鲁迅的:他同样是一位以巨大的爱,为被侮辱的和被损害者"悲哀、叫喊和战斗的艺术家"。而且,他的作品的风格,也同样是"虽有憎恶和愤怒,而更多的是慈爱和悲悯"。请注意这一评价:愤怒,慈爱和悲悯。我们往往注目于愤怒的鲁迅,却忽略了鲁迅悲悯和慈爱的这一面。作为愤怒的鲁迅,也正像他所称赞的珂勒惠支的作品一样,充满了一种力的美,用鲁迅的话来说,是一种动人的力:能打动人的心,震撼人的灵魂。在另一方面,正像有的研究者说的那样,我们读鲁迅的作品,常常感觉到有一种佛的广阔的胸怀与悲悯,因为他是"站在东方被压迫者的角度思考问题",为人类的被压迫者、弱小者进行搏斗的。[1]我想这种感觉是有道理的,鲁迅是把这种悲悯的情怀,和尼采的那样的生命的强者的力量融合在一起的,这大体上也可以概括鲁迅的风格,人的风格与作品的美学风格。

同样,史沫德黎对于珂勒惠支的作品的主题的概括,也适用于鲁迅:反抗,爱与死。或者借用鲁迅对珂勒惠支作品的描述:人间至爱者"为死亡所捕获"——在某种程度上我们可以把它看做是鲁迅作品的母题,象征和缩影,而且鲁迅自己就是"人间至爱者"当中的一个,鲁迅可以说是把最大的爱的热烈和死的冷峻两个极端交织在一起,这构成鲁迅的性格特征,也构成鲁迅的心理特征。我们在"开场白"里所说的《腊叶》给我们的感觉,那红的,绿的,绛色的,斑斓色彩中那双黑色的眼睛,其实就是爱和死的外化。这形象是高度浓缩了,象征了鲁迅的整个的艺术,他的人格,他的思想,他的性格,他的感情以及他的作品的风格,现在回过头来想想,这最初的"第一感"其实是直

[1] 孙郁:《鲁迅与周作人》,128 页,河北人民出版社,1997 年版。

鲁迅是把这种悲悯的情怀，和尼采的那样的生命的强者的力量融合在一起的，这大体上也可以概括鲁迅的风格，人的风格与作品的美学风格。

逼鲁迅的本体的。

这里我还想讲一点，鲁迅对绘画的爱好或者修养其实也是反映鲁迅的本质的一个非常重要的方面，就是他对"美"的特殊的敏感，对美的沉湎，美的沉醉，美的趣味，美的鉴赏力。这表现鲁迅作为真正的艺术家的本质。可能因为他的思想家的特点太突出了，人们往往注目于作为思想家的鲁迅，而常常忽略了鲁迅艺术家的天性。其实只要看看《野草》这样的作品，你就可以感觉到鲁迅的艺术家气质：不仅是绘画，还有音乐，极强的音乐感，这也是我们长期所忽略的，在以后的讲课中，我还会展开这个问题。这文字与绘画、音乐的相通，是显示了作为艺术家的鲁迅的特点的。我猜想，这就是为什么鲁迅临死时候，他会喜欢那幅画，那个披着长头发的，穿着长裙子的在风中奔跑的女孩，那是美的象征，爱的象征，健全的活的生命的象征。鲁迅生命最深处是这个东西，这是鲁迅的"反抗"的底蕴所在。

我还想向大家推荐《鲁迅全集》的《集外集》里的系列文章，1929 年鲁迅在编《朝花》周刊时，引荐了很多西方、日本和俄国的现代绘画，先后写了《近代木刻选集》(1)、(2) 的"小引"、"附记"，《〈蕗谷虹儿画选〉小引》、《哈谟生的几句话》，《〈比亚兹莱画选〉小引》、《〈新俄画选〉小引》等文，这样一些美术评论，不仅显示了鲁迅极高的艺术的鉴赏力，而且可以看出他对现代美术、现代艺术有非常精到的见解，我们正可以从这一角度切入，来了解鲁迅作品的现代性，这是一个很有价值的研究课题，我就不讲了，同学们有兴趣可以自己去看，去研究。

二

我现在要说的是，"人间至爱者为死亡所捕获"这一命题的另一个意义：1936 年对于鲁迅，就是这样一个"人间至爱者"逐渐"为死亡所捕获"的生命流程。

前面我们说鲁迅是"一位以巨大的爱,为被侮辱和被损害者'悲哀,叫喊和战斗的艺术家'",这绝不是偶然的。这是我们在考察鲁迅的生命历程时,要特别注意的。

前面我们曾经说到,鲁迅在这一年一再谈到珂勒惠支的画作是"一切'被侮辱和被损害的'的母亲的心的图像",并且说"这类母亲,在中国的指甲还未染红的乡下,也常有的",在鲁迅看来,在现代文明还没有冲击到的中国农村,正是保留着出于天性的"母爱",这正是他在 1936 年重病中频频想到的。据冯雪峰回忆,鲁迅离世之前曾经表示过想写一组文章,编成一本他称之为"诗的散文"的集子,而且已经写出几篇,像《这也是生活》《死》《女吊》等等。在写出《女吊》后,他就表示:"这以后我将写母爱了。我以为母爱的伟大真可怕,差不多是盲目的。"[1]"盲目"是什么意思呢?就是出于本性。其实鲁迅早在五四时期所写的《我们现在怎样做父亲》这篇文章里就已经提出这样一个观点:针对父母有恩于子女的传统观念,他提倡一种出于生物的天性的爱,称之为"生物学的真理",并且说:"一个村妇哺乳婴儿的时候,决不想到自己正在施恩;一个农夫在娶妻的时候,也决不以为将来要放债",这是一种"离绝了交换关系利害关系的爱",是出于人的本能的爱。鲁迅说:"我现在心以为然的,便只是爱",而且他提出"觉醒的人,此后应将这天性的爱,更加扩张,更加醇化;用无我的爱,自己牺牲于后起的新人",据此而提出了"以幼者弱者为本位"的新的伦理观。而现在,在鲁迅生命的最后时刻,他仍然念念不忘保留在"指甲还未染红的乡下"的天性的"盲目"的母爱,特别是"被压迫被凌辱的人"的母亲的爱。由此可以看出,鲁迅思想中是存在着一些一以贯之的东西,构成了鲁迅内在的生命发展线索。前面我们说鲁迅是"一位以巨大的爱,为被侮辱和被损害者'悲哀,叫喊和战斗的艺术家'",这绝不是偶然的。这是我们在考察鲁迅的生命历程时,要特别注意的。

在这一年里,鲁迅还有一篇也是写爱、也同样具有震撼力的文章,这就是我在很多场合都向同学们介绍过的《我要骗人》。文章说,一个冬天早晨,我刚要跨进大门,被一个十二三岁的女孩子捉住了(这个"捉"很有意思),是小学生,是要募集水灾捐款,"因为冷,连鼻子尖也冻得通红。我说没有零钱,

[1] 冯雪峰:《鲁迅先生计划而未完成的著作》,《雪峰文集》4 卷,17 页,人民文学出版社,1985 年版。

爱与欺骗，真实与说谎，这些东西就这样纠缠在一起，不是那种单
一的，因而不免是轻飘飘、甜腻腻的爱，而是复杂的，充满了矛盾，
充满了沉重的深刻的爱。

她就用眼睛表示了非常的失望。"其实鲁迅说没有零钱当然是事实，另一方
面鲁迅心里很明白，这种捐款是没有意义的，捐来的钱，"是连给水利局的老
爷买一天的烟卷也不够的"，那是骗人的东西。但是一看见这小女孩，露出非
常失望的神色，"我觉得对不起人"，就带她进入电影院，买了门票以后，付给
她一块钱，而这小女孩"这回是非常高兴了，称赞我道：'你是好人'，还写给
我一张收条。只要拿着这收条，就无论到哪里，都没有再出捐款的必要"。这
小女孩走了，"于是我，就是所谓'好人'也轻松的走进里面"，看电影去了。但
是看着看着，"心情又立刻不舒服起来，好像嚼了肥皂或是什么一样"。为什
么？因为骗了这孩子。为什么要骗？因为"我不爱看人们的失望的样子。倘
使我那八十岁的母亲，问我天国是否真有，我大约是会毫不踌躇，答道真有
的罢。然而这一天的后来的心情却不舒服。好像是又以为孩子和老人不同，
骗她是不应该的，想写一封公开信，说明自己的本心，去消释误解，但又想到
横竖没有发表之处，于是终止了……"——这里的感情是非常复杂的：无论
对母亲，对这小女孩，鲁迅都充满了爱，他爱她们，因此不愿意让她们失望，
因为爱，所以说谎；但又为骗了最爱的人而谴责自己，心里永远不得安宁；想
公开说明，又解释不清楚；希望有一天大家不要欺骗，但又明白，这一天不会
来，"还不是披沥真实的心的时光"：终于痛苦地写下了"我要骗人"这四个
字。爱与欺骗，真实与说谎，这些东西就这样纠缠在一起，不是那种单一的，
因而不免是轻飘飘、甜腻腻的爱，而是复杂的，充满了矛盾，充满了沉重的深
刻的爱。这就使我们想起了鲁迅《野草》里那篇《颓败线的颤动》。一位伟大的
母亲，把自己的一切都献给了孩子，为了使他们免于饥饿，不惜出卖肉体；但
子女长大了，竟为母亲感到羞耻，于是把她赶出家门，连孙子也对她高声喊
"杀"。被亲人放逐的母亲，走到了旷野里，"她赤身露体地，石像似的站在荒
野的中央"，她想起了一切，"又于一刹那间将一切并合：眷恋与决绝，爱抚与
复仇，养育与歼除，祝福与咒诅……"。我们一般讲"爱"，都单讲眷恋，爱抚，

在某种程度上，鲁迅的作品正是"无词的言语"，里面蕴含着鲁迅式的
爱，或者如鲁迅自己所说，是"爱憎不相离"——这里，情感的多层性，
大爱与大憎的相互搏斗，渗透与补充，无序的纠缠与并合，自会产生
一种丰厚、繁复，撕裂般的感情力量。

养育，祝福；而在鲁迅的笔下，在伟大的母亲的情感世界里，眷恋与决绝，爱
抚与复仇，养育与歼除，祝福与诅咒，这看似对立的两种情感、两种心理却是
相互纠缠为一体的。这位母亲正是以这样一种爱和恨的复合与纠缠，"举两
手尽量向天，口唇间漏出人与兽的，非人间所有，所以无词的言语"。在某种
程度上，鲁迅的作品正是"无词的言语"，里面蕴含着鲁迅式的爱，或者如鲁
迅自己所说，是"爱憎不相离"——这里，情感的多层性，大爱与大憎的相互
搏斗，渗透与补充，无序的纠缠与并合，自会产生一种丰厚、繁复，撕裂般的
感情力量。我们可以想见，在鲁迅生命的最后流程中，纠缠于心的正是这样
一种情感。

三

　　鲁迅的"爱"，不仅有深刻的一面，更有平凡的一面，更多的是出自于一
个普通人的爱，出于人的天性的爱。

　　我先给大家念一封信，是鲁迅 1936 年 1 月 8 号写的——

　　母亲大人膝下，敬禀者，一月四日来信，前日收到了。孩子的照相，还是
　　去年十二月廿三寄出的，竟还未到，可谓迟慢。不知现在已到否，殊念。

　　　　酱鸡及卤瓜等一大箱，今日收到，当分一份出来。明日送与老三
　　去。(这是他弟弟周建人，引注)

　　　　海婴是够活泼的了，他在家里每天都要闯一两场祸，阴历年底，幼
　　稚园要放两礼拜假，家里的人都在发愁。但有时是肯听话，也讲道理的，
　　所以近一年来，不但不挨打，也不大挨骂了。他只怕男一个人，但又说，
　　男打起来，声音虽然响，却不痛的。

　　　　上海只下过极小的雪，并不比去年冷，寓里却已经生了火炉了。海
　　婴胖了许多，比去年又长了一寸光景。男及害马(指许广平)亦均好，请

作为人之子,鲁迅爱他的母亲;作为人之父,他爱他的儿子:一切就
是这样平平常常。

勿念。

　　紫佩生日(当年的老同学老朋友),当由男从上海送礼去,家里可以
不必管了。

　　专此布达,恭请

金安

　　　　　　　　　男　树　叩上　广平及海婴同叩　一月八日[1]

　　请注意这封信的称谓:上书"母亲大人膝下,敬禀者",下署"男　树　叩
上　广平及海婴同叩。"这是典型的中国传统的书信形式。你读这封信,会觉
得这是一个普普通通的人,就好像我们的一个邻居,姓周,名树人的中年人
给他的母亲写信。如果你心里怀着"这是大文豪鲁迅写的"的想法,去揣摩其
中的微言大义,那就糟了,你就不能进入鲁迅。只有用平常心,把他看成最普
通的人,我们也许才能接近最真实的鲁迅的世界。

　　作为人之子,鲁迅爱他的母亲;作为人之父,他爱他的儿子:一切就是这
样平平常常。我们不妨再来看看鲁迅是如何讲他的儿子的,看他和海婴的关
系——我们知道鲁迅是五十岁得子,在中国传统中"五十得子"是一件很特
别的事情。所以鲁迅专门有一张和海婴的合影照片,特意写着"五十岁和一
岁"。鲁迅在给家人、朋友的信中,一谈起海婴,就别有一番情趣——

　　　　他大约已认识了二百字,曾对男说,你如果字写不出来了,只要问
　　我就是。[2]

　　　　……真无怪男的头发要花白了。一切朋友和同学,孩子都已二十岁
　　上下,海婴每一看见,知道他是男朋友的儿子,便奇怪的问道:他为什么
　　会这样大呢?。[3]

[1] 见《鲁迅全集》13卷,188—189页,人民文学出版社,1981年版。下同。
[2] 致母亲(1936年1月21日),《鲁迅全集》13卷,294页。
[3] 致母亲(1936年2月1日),《鲁迅全集》13卷,298页。

> 平常我们看见的是一个披甲带盔的,有着外在与内在的紧张的鲁迅,回到家庭与日常生活中,就脱下来了,显出了更平常、也更真实的本相。对人的日常生活的眷恋,构成了鲁迅在他的最后日子里的精神世界的一个非常重要的方面。

> 先前有男的朋友送他一辆三轮脚踏车,早已骑破,现在正闹着要买两轮的,大约春假一到,又非报效他十多块钱不可了。[1]

> 海婴很好,……冬天胖了一下,近来又瘦长起来了。大约孩子是春天长起来,长的时候,就要瘦的。"[2]

> 海婴已以第一名在幼稚园毕业,其实不过"山中无好汉猢狲称霸王"而已。[3]

我想,在座的每一个人,无论你作为人之父(母),还是人之子(女),读到这样的信,都会发出会心的微笑。这里的充满幽默感的文字会让我们的心变热变软,它唤起我们许多温馨的回忆:关于你和你的父母,关于你和你的孩子……鲁迅正是我们中的一员,他和我们一起享受着人间的天伦之乐……

正是因为这个,对鲁迅来说,他只要回到自己的家庭中,回到自己的妻子儿子当中,或者回到自己的朋友中间,回到日常生活中间,他就感到一种少有的轻松,自适。平常我们看见的是一个披甲带盔的,有着外在与内在的紧张的鲁迅,回到家庭与日常生活中,就脱下来了,显出了更平常、也更真实的本相。于是,我们发现,对人的日常生活的眷恋,构成了鲁迅在他的最后日子里的精神世界的一个非常重要的方面。在《"这也是生活"……》这篇文章里,他这样谈到重病中的生命体验——

> 有一些事,健康者或病人是不觉得的,也许遇不到,也许太微细。到得大病初愈,就会经验到……

---

[1] 致母亲(1936年4月1日),《鲁迅全集》13卷,339页。

[2] 致母亲(1936年5月7日),《鲁迅全集》13卷,373页。

[3] 致母亲(1936年7月6日),《鲁迅全集》13卷,390页。

（大病中）我的确什么欲望也没有，似乎一切都和我不相干，所有举动都是多事，我没有想到死，但也没有觉得生；这就是所谓"无欲望状态"，是死亡的第一步。曾有爱我者因此暗中下泪；然而我有转机了，我要喝一点汤水，我有时也看看四近的东西，如墙壁，苍蝇之类，此后才能觉得疲劳，才需要休息。

…………

有了转机之后四五天的夜里，我醒来了，唤醒了广平。

"给我喝一点水。并且去开开电灯，给我看来看去的看一下。"

"为什么？……"她的声音有点惊慌，大约以为我在讲昏话。

"因为我要过活。你懂得么？这也是生活呀。我要看来看去的看一下。"

"哦……"她走起来，给我喝了几口茶，徘徊了一下，又轻轻的躺下了，不去开电灯。

我知道她没有懂得我的话。

街灯的光穿窗而入，屋子里显出微明，我大略一看，熟识的墙壁，壁端的棱线，熟识的书堆，堆边的未订的画集，外面的进行着的夜，无穷的远方，无数的人们，都和我有关。我存在着，我在生活，我将生活下去，我开始觉得自己更切实了，我有动作的欲望——但不久我又坠入了睡眠。

有了这一次"由死回生"的体验，鲁迅对生命与生活有了新的体悟——

……熟识的墙壁，熟识的书堆……这些，在平时，我也时常看它们的，其实是算作一种休息。但我们一向轻视这等事，纵使也是生活的一片，却排在喝茶搔痒之下，或者简直不算一回事。我们所注意的是特别这使我们想起了鲁迅一生中创作的两次高潮。而这两次高潮都和病与死亡有关。两次高潮当中,他都要回忆自己的家乡。

的精华,毫不在枝叶。给名人作传的人,也大抵一味铺张其特点,李白怎样做诗,怎样耍颠,拿破仑怎样打仗,怎样不睡觉,却不说他们怎样不耍颠,要睡觉。其实一生中专门耍颠或不睡觉,是一定活不下去的,人之有时能耍颠和不睡觉,就因为倒是有时不耍颠和也睡觉的缘故。然而人们以为这些平凡的都是生活的渣滓,一看也不看。

…………

删夷枝叶的人,决定得不到花果。

这一段文字也是非常感人的,这里表达的是鲁迅对于人的最普通最平凡的生活的渴望,珍惜和眷恋。鲁迅在生命快要结束的时候,最珍爱的就是这样一种生的欢乐,而且是人的日常生活中的看似平淡却格外浓郁的欢乐。正是从这里,我们可以感觉到,作为地之子的鲁迅,他和真实的生活在这个土地上的普通人之间的血肉联系。他说:"无穷的远方,无数的人们,都和我有关",正像他的一首诗中所说的:"心事浩茫连广宇",这都高度浓缩了鲁迅生命的最后一刻的心情。让我们一起来体味这句话:"我存在着,我在生活,我将生活下去。"这里讲的是存在的美,讲的是生活的美。人的存在本身这就是意义,这就是美。可以说,鲁迅的生命最后是要回归到大地上普普通通的人群的"存在"与"生活"中去的。

这使我们想起了鲁迅一生中创作的两次高潮。而这两次高潮都和病与死亡有关。两次高潮当中,他都要回忆自己的家乡。第一次是 1926 年鲁迅写《野草》《朝花夕拾》的时候,上次我们讲《腊叶》曾谈到当时他也是大病一场,面对死亡。《朝花夕拾》里面,在我看来最感人的,就是那篇《阿长与〈山海经〉》最后一句话:"仁厚黑暗的地母呵,愿在你的怀里永安她的魂灵",在某种意义上他是在为自己招魂,他要让自己的灵魂在仁厚黑暗的地母的怀里永安。到了 1936 年,他再一次面对死亡的威胁,再一次出现了创作高峰,再一次回忆他的家乡，童年，而且已经写出了两篇文章，一篇是《女吊》，一篇是《我的第一个师父》。这些年我们比较多的谈《女吊》，却忽略了《我的第一个师父》，这是不应该的。我们今天就来读读这一篇——

……我生在周氏是长男，"物以希为贵"，父亲怕我有出息，因此养不大，不到一岁，便领到长庆寺里去，拜了一个和尚为师了。拜师是否要赞见礼，或者布施什么的呢，我完全不知道。只知道我却由此得到一个法名叫作"长庚"，后来我也偶尔用作笔名，并且在《在酒楼上》这篇小说里，赠给了恐吓自己的侄女的无赖。……

……我至今不知道（我的师父）他的法名，无论谁，都称他为"龙师父"，瘦长的身子，瘦长的脸，高颧细眼，和尚是不应该留须的，他却有两绺下垂的小胡子。对人很和气，不教我念一句经，也不教我一点佛门规矩；他自己呢，穿起袈裟来做大和尚，或者戴上毗卢帽放焰口，……是庄严透顶的，……其实——自然是由我看来——他不过是一个剃光了头发的俗人。

因此我又有了一位师母，就是他的老婆。……不过我的师母在恋爱故事上，却有些不平常。……听说龙师父在年青时，是一个很漂亮能干的和尚，交际很广，认识各种人。有一天，乡下做社戏了，他和戏子相识，便上台替他们去敲锣，精光的头皮，簇新的海青，真是风头十足。乡下人大抵有些顽固，以为和尚是只应该念经拜忏的，台下有人骂了起来。师父不甘示弱，也给他们一个回骂。于是战争开幕，甘蔗梢头雨点似的飞上来，有些勇士还有进攻之势，"彼众我寡"，他只好退走，一面退，一面一定追，逼得他又只好慌张的躲进一家人家去。而这人家，又只有一位年青的寡妇。以后的故事，我也不甚了然了，总而言之，她后来就是我的师母。

....

因此我有了三个师兄，两个师弟。……三师兄比我恐怕要大十岁，然而我们后来的感情是很好的，我常常替他担心。还记得有一回，他要受大戒了……在剃得精光的囟门上，放上两排艾绒，同时烧起来，我看总不免要叫痛的。……然而我师父究竟道力高深，他不说戒律，不谈教理，只在当天大清早，叫了我的三师兄去，厉声吩咐道："拼命熬住，不许哭，不许叫，要不然，脑袋就炸开，死了！"这一种大喝，实在比什么《妙法莲花经》或《大乘起信论》还有力，谁高兴死呢？……

出家人受了大戒，从沙弥升为和尚正和我们在家人行过冠礼，由童子而为成人相同。成人愿意"有室"，和尚自然也不能不想到女人。……

我那时并不诧异三师兄在想女人。而且知道他所理想的是怎样的女人。人们也许以为他想的是尼姑罢，并不是的，和尚和尼姑"相好"，加倍的不便当。他想的乃是千金小姐或少奶奶……

后来，三师兄也有了老婆，出身是小姐，是尼姑，还是"小家碧玉"呢，我不明白，他也严守秘密，道行远不及他的父亲了。这时我也长大起来，不知道从那里，听到了和尚应守清规之类的古老话，还用这话来嘲笑他，本意是在要他受窘。不料他竟一点不窘，立刻用"金刚怒目"式，向我大喝一声道：

"和尚没有老婆，小菩萨那里来！？"

这真是所谓"狮吼"，使我明白了真理，哑口无言，我的确早看见寺里有丈余的大佛，有数尺或数寸的小菩萨，却从没有想到他们为什么有大小。经此一喝，我才彻底的省悟了和尚有老婆的必要，以及一切小菩萨的来源，不再发生疑问。

....

我的师父，在约略四十年前已经去世：师兄们大半做了一寺的主

"死"，这也是鲁迅作品的一个母题。鲁迅这一生，曾目睹无数的死亡。这是 20 世纪我们民族的灾难压在它的最忠实的儿子心上的永远移不去的梦魇。

> 持：我们的交情是依然存在的，却久已彼此不通消息。但是我想，他们早已各有一大批小菩萨，而且有些小菩萨又有小菩萨了。

你看这文章多妙啊！到了 1980 年代，汪曾祺写了《受戒》，也曾经轰动一时，但现在看起来，还是鲁迅的文章老到一点。你看他所写的和尚，也有着普通人的情欲，也像普通人那样生活着，写得这么有情有味，透过那些不时插入的调侃和有关民俗的描写，你感到的是绵绵的情意。而且用笔非常轻松，非常随意，这就达到了一个艺术上的成熟境界。正因为鲁迅和生活在中国大地上的最普通的老百姓之间有着血肉一样的联系，他的笔下才会流泻出浓浓的人情味；鲁迅作品艺术的魅力，感人的力量也正是在这一点上。

四

关于鲁迅的爱，我们说的已经够多了。下面，我们讲一下鲁迅的"死"：这样一个人间至爱者，他却被死亡所捕获。

"死"，这也是鲁迅作品的一个母题。鲁迅这一生，曾目睹无数的死亡。从辛亥革命烈士的死，五卅运动中工人市民流血南京路上，"三一八"惨案学生陈尸执政府门前，到清党运动中年轻的革命者尸沉江湖，以至在白色恐怖中，天真的诗人们被秘密的处决——鲁迅可以说在半个世纪里都时时刻刻感受到了这些"尸体"的沉重；这是 20 世纪我们民族的灾难压在它的最忠实的儿子心上的永远移不去的梦魇。鲁迅在《为了忘却的记念》里如是说："这三十年来，却使我目睹许多青年的血，层层淤积起来，将我埋得不能呼吸，只能用这样的笔墨，写几句文章，算是从泥土中挖一个小孔，自己延口残喘。"1936 年，鲁迅又写了这样一篇"挖一个小孔"使"自己延口残喘"的文章，这就是《写于深夜里》第二节《略论"暗暗地死"》——

这几天才悟到，暗暗的死，在一个人是极其惨苦的事。

中国在革命以前，死囚临刑，先在大街上通过，于是他或呼冤或骂官，或自述英雄行为，或说不怕死。到壮美时，随着观看的人们，使喝一声采，后来还传述开去。(这是一种壮美的死)在我年青的时候，常听到这种事我总以为这情形是野蛮的，这办法是残酷的。

……………

……我先前只以为"残酷"，还不是确切的判断，其中是含有一点恩惠的。(因为毕竟还允许他喊几声。)我每当朋友或学生的死，倘不知时日，不知地点，不知死法，总比知道的更悲哀和不安；由此推想那一边(就是死者那一边)在暗室里毕命于几个屠夫的手里，也一定比当众而死的更寂寞。

……这时街道文明了，民众安静了，但我们试一推测死者的心，却一定比明明白白而死的更加惨苦。我先前读但丁的《神曲》，到《地狱》篇，就惊异于这作者设想的残酷，但到现在，阅历加多，才知道他还是仁厚的了：他还没有想出一个现在已极平常的惨苦到谁也看不见的地狱来。

这"极平常的惨苦到谁也看不见的地狱"，正是中国的现实。我们可以感到鲁迅写着这段文字时，他的手的颤抖，心灵的颤抖：我觉得这文字真是血写的。我们可以发现，鲁迅在写到青年人的死、他的学生死的时候，他就激动起来，他压抑不住自己内心的愤怒，《纪念刘和珍君》是这样，《为了忘却的记念》是这样，这篇《论暗暗的死》也是这样。这当然是因为鲁迅对年轻一代、对自己学生的爱之深，这同样是"爱憎不相离"。如果说《我的第一个师父》给人以生命的温馨感，那么这《论暗暗的死》就让人感到彻骨的寒气，这爱和恨、热与冷的文字，都同属于鲁迅。我每次读到鲁迅这样的文字的时候，都是非常的震惊，有一种说不出来的感觉。我常常想到在鲁迅死后，还有多少"暗暗的死"。读鲁迅的著作，是不能不使我们思考这历史的沉重的。

当然，在 1936 年，"死"更是鲁迅自己的个人话题。因为正是这一年，他直接地面对着死亡。翻翻鲁迅这一年的日记和书信，表面看来，好像他总是用很冷漠很平淡的字眼来谈论他自己的病，谈论死。比如：1936 年 1 月 3 号鲁迅肩膀大疼，第二天，他给朋友写信说："我五十多岁了，人总是要死的，死了，也不算短命。病也没有那么急。"5 月 15 日，鲁迅病大发，他请了医生来看，断定为肺结核，而且是"甚危"。第二天鲁迅就写信把这件事告诉了母亲，却是这么说的："肺结核对于青年人是险症，但对于老人却不是致命的。没有什么特殊的症候。"

正是在这个时候，增田涉（一个日本学者）专门从日本赶来看望鲁迅，他看到的鲁迅是什么神色呢？"他已经是躺在病床上的人，风貌变得非常险峻，神气是凝然的，尽管是非常战斗的，却显得很可怜，像'受伤的狼'的样子了"，是这样一幅"最后的画像"。而据增田涉回忆，即使病成这样，增田涉离开时，鲁迅还准备了许多土产礼物，包装得很好。但鲁迅仍然嫌许广平包扎得不够好，他自己重新再包扎一遍。增田涉看他用已经不灵巧的双手包扎东西，心里是说不出的滋味。[1]

到了 8 月 13 号，他的肺支气管破裂，吐血。他在给一位朋友的信中仍然这样说："我这次生的，的确是肺病，而且是大家所畏惧的肺结核，我们结交至少已经有二十多年了，其间发过四五回，但我不大喜欢嚷病，也颇漠视生命，淡然处之，所以也几乎没有人知道。"[2]

但是正像冯雪峰所说，"没有任何强有力的敌人能够压服他，没有任何困难能够阻挠他的意志……但是，暗暗地他在感觉到只有一个敌人能够压服他，能够夺去他的工作，这就是病以及由病而来的死的预感"。所以不管鲁

---

[1] 增田涉：《鲁迅的印象·鲁迅在病中的状貌和心情》，《鲁迅回忆录》（专著，下册），1364 页，北京出版社，1999 年版。

[2] 致杨霁云（1936 年 8 月 28 日），《鲁迅全集》13 卷，416 页。

迅怎样淡漠地谈病,其内心深处还是感觉到病和死对他的压力和威胁的。应该说冯雪峰的观察大体上是准确的:"至于病,对于他的心境不平衡,我觉得却是影响最大。我想,无论他自觉或不自觉,他都不相信自己会被病所战胜的;但是,也是无论自觉或不自觉,他都不能不暗暗地把病看作可能不能战胜的敌人"。[1]

当然在病中,鲁迅最感痛苦的不仅仅是内在病魔对他的侵害,更有外部世界在他病重时对他的种种伤害。在这一年鲁迅的日记和书信中,频繁地出现了两个字:"无聊"。他说:"年年想休息一下,而公事、私事、闲气之类,有增无减,不遑安息,不遑看书,弄得信也没有功夫写。"[2]"近几年来在这里也玩着戴了镣铐的跳舞,连自己也觉得无聊,……倒想不写批评了,或者休息,或者写别的东西",[3]"这样纠缠下去,一直弄到自己无聊,读者无聊,于是在无声无息中完结。"[4]这样频频谈到"无聊",想"休息",这在鲁迅是并不多见的。为什么这一年他这样强烈地感觉到"无聊"呢? 就是人们觉得他快要死了,所以抓紧最后的时机去攻击他,利用他。这一年,也是关于他的流言最多的一年:从年初起就有人寄匿名信,在小报上发布"消息",说鲁迅"转变"了,跟国民党和解了,甚至要到国民党那儿做官了,还"证据凿凿"地指明胡风就是"引进员"[5]后来甚至把他的儿子海婴也牵连进去。一个叫林微音的,本来是上海文坛的无聊文人,竟化名"陈代"一口气在报上发了二十多篇骂鲁迅的文章;[6]骂鲁迅居然也能成为"职业"。还有冷箭——各种冷箭变着花样不断地袭来,简直防不胜防。(我们在下面还要作详细的分析)鲁迅早就深感"名人之累",现在病中的他成了一个失去反抗与自卫能力的"公众人物",谁都可以肆无忌惮地向他身上泼污水,或者毫无顾忌地任意利用他:这都构成

---

[1] 冯雪峰:《回忆鲁迅》,《雪峰文集》4卷,243—244页。

[2] 致王冶秋(1936年5月4日),《鲁迅全集》13卷,370页。

[3] 致王冶秋(1936年1月18日),《鲁迅全集》13卷,292页。

[4] 致时玳(1936年5月25日),《鲁迅全集》13卷,384页。

[5] 参看致沈雁冰(1936年1月17日),致胡风(1936年1月22日),《鲁迅全集》13卷,290页,296页。

[6] 参看王彬彬:《鲁迅晚年情怀》,52页,上海教育出版社,1999年版。

鲁迅早就深感"名人之累",现在病中的他成了一个失去反抗与自卫能力的"公众人物",谁都可以肆无忌惮地向他身上泼污水,或者毫无顾忌地任意利用他:这都构成了对鲁迅心灵的极大伤害,并引起强烈的情感反应。

了对鲁迅心灵的极大伤害,并引起强烈的情感反应。他感到无聊,前面所说的他之渴望摆脱一切,回到日常生活,成为普通人,显然与这种无聊心态有关。他更无法控制自己的愤怒,在逝世前四天在给朋友的信中,他这样写道:"本年作文殊不多,继婴大病,槁卧数月,而以前以畏祸隐去的小丑,竟乘风潮,相率出现,趁我危难,大肆攻击"。[1]他不能不想到自己死后的命运。这是他早已预见的:"文人的遭殃,不在生前被攻击,被冷落,一瞑之后,言行两亡,于是无聊之徒,谬托知己,是非蜂起,既以自炫,又以卖钱,连死尸都成为他们沽名获利之具,这倒是值得悲哀的。"[2]现在,"死后"对他已经是一个现实的问题。这一年5月,有朋友写信劝他写自传,这或许有"趁着还能作文,给后人留下一点自述,免得身后他人胡说八道"的意思吧。鲁迅却作了这样一番回答——

> 我是不写自传也不热心于别人为我做传的。因为一生太平凡,假使这样的也可以做传,中国一下子可以有四万万部传记,真将塞破图书馆。我有许多小小的想头和言语,时时随风而逝,固然似乎可惜,但其实,亦不过小事情而已。[3]

这自然是鲁迅一贯的思路:强调自己是"四万万"中国人中普通的一员,"太平凡"三个字就把"一生"打发了。而"随风而逝"四个字则更耐寻味。我自己读到这里是心为之一动的:在通达的背后,我还感到了几分惆怅,几分感伤。"固然……似乎……但……亦……不过……而已",如此曲折的表达,是写尽了鲁迅内心的万千思绪的。这些地方都需要后来人细心体察与体会。

因此,鲁迅确实是想把他的"小小的想头和言语"留下来做纪念的。于是,就有了2月10日给朋友的一封信——

---

[1] 致台静农(1936年10月15日),《鲁迅全集》13卷,447页。
[2]《记韦素园君》,《鲁迅全集》6卷,68页。
[3] 致李霁野(1936年5月8日),《鲁迅全集》13卷,376页。

回忆《坟》的第一篇,是 1907 年作,到今年足足 30 年了,除翻译不算外,写作共有 200 万字,颇想集成一部(约十本),印它几百部,以作纪念,且于欲得原版的人,也有便当之处。不过此事经费浩大,大约不过空想而已。[1]

这确实是一个美丽的"空想",未及(在当时条件下也不可能)实现,鲁迅即已撒手而去。人们却从他的遗稿中发现"著述目录"二纸:鲁迅已经将自己的著作全部编好,并一一命名:《人海杂言》、《荆天丛草》、《说林偶得》。[2]这其实正是鲁迅对自己的著述生命的一个充满诗意的描绘与总结,我们也不妨一起来想像:"荆天……人海……说林……",这是一个壮阔而又纷繁的空间,一个悠长而短暂的历史时段,鲁迅就生存于其间,留下了他的"杂言"与"偶得",播下了他的"丛草"。这正是九年前他在《野草·题辞》里所说的——

> 野草,根本不深,花叶不美,然而吸取露,吸取水,吸取陈死人的血和肉,各各夺取它的生存。当生存时,还是将遭践踏,将遭删刈,直至于死亡而朽腐。
>
> 但我将坦然,欣然。我将大笑,我将歌唱。

人们这才明白:鲁迅已经将想留下的都留下了。我们后人怎么总是不能理解,甚至不加注意呢?

鲁迅也并非不关心人们对他的评价。这一年因为把鲁迅的小说翻译成捷克文的汉学家普实克的约请,鲁迅授意冯雪峰写了篇《关于鲁迅在文学上的地位》的文章,并且亲自作了审读。冯雪峰是这样讲鲁迅在"文学史上的地位"的:"鲁迅是当时(指五四时期)思想革命与文学革命中的健将,《新青年》的同人与出色的撰稿者","因了他,白话文和新文学,得以确立和胜利",他

---

[1] 致曹靖华(1936 年 2 月 10 日),《鲁迅全集》13 卷,305 页。

[2] 收许广平:《〈鲁迅全集〉编校后记》,收《1913—1983 鲁迅研究学术论著资料汇编》第 2 辑,901 页,中国文联出版公司,1986 年版。

是"彻底的为人生，为社会的艺术派，一个伟大的革命写实主义者"。鲁迅对此并无异议，大体是认可的；他自己在《〈中国新文学大系〉小说二集序》里也说他的《狂人日记》等小说的出现，才"算是显示了'文学革命'的实绩"。冯雪峰还强调："作为一个思想家与社会批评家的地位，在中国，在鲁迅自己，都比艺术家的地位伟大得多"，"他的十余本杂感集，对于中国社会与文化，比十余卷的长篇巨制也许更有价值，实际上是更为大众所重视"，"不仅在中国文学史和文苑里为独特的奇花，也为世界文学中少有的宝贵的奇花"。据冯雪峰回忆，鲁迅对于此评价非常满意，他说别人都看不出我这一点，只有瞿秋白说过，这样说"是对的"。鲁迅确实更看重他的杂文，并以人们不能理解而多有非议（至今似乎也是如此）而感到深深的遗憾。鲁迅对冯雪峰文章的异议有两处。一是冯文说鲁迅受托尔斯泰和高尔基的影响，鲁迅将原稿中两个名字删掉，说"他们对我的影响是很小的，倒是安德烈夫有些影响"。鲁迅更不赞同"鲁迅是和中国文学史上壮烈不朽的屈原、陶潜、杜甫等，连成一个精神上的系统"这样的提法，他笑着说："未免过誉了，——对外国人这样说说不要紧，因为外国人根本不知道屈原、杜甫是谁。但如果我们的文豪一听到，我又要挨骂几年了。"[1]冯雪峰的追忆写在 1937 年鲁迅刚刚去世的时候，大体是比较可靠的。我们也因此多少知道了鲁迅在离世前对自己的著述的一些看法，这是很有意思的。

　　但是鲁迅在去世之前想的更多的是他的作品能不能被中国人所接受。他在 4 月 5 号给一个朋友的信中说："我的文章，未有阅历的人实在不见得看得懂，而中国的读书人，又是不注意世事的居多，所以真是无法可想"。他在给一个年轻人的信中还谈到："拿我的那些书给不到二十岁的青年看，是不相宜的，要上三十岁，才很容易看懂"。（在座的有不少是二十上下的人，你们看得懂鲁迅的书吗？）到了 7 月份，有人想把《阿 Q 正传》搬上银幕，写信给鲁迅，他在 19 号的回信中，又说了这样一番话——

[1] 冯雪峰：《关于鲁迅在文学上的地位》并"附记"，《雪峰文集》4 卷，23—26 页。人民文学出版社，1985年版。

……《阿 Q 正传》的本意,我留心各种评论,觉得能了解者不多,搬上银幕以后,大约也未免隔膜,供人一笑,颇亦无聊,不如不作也。

请注意,这时距离鲁迅逝世正好是三个月。在此之前,他一再说人们"看不懂"他的著作;现在又说,他的"本意",了解者"不多",并且说到了"隔膜","无聊","不如不作",等等。他的语气是非常低沉,悲观的。他深深感到一种不被理解的孤独感和寂寞感。

五

于是,就有了鲁迅最后的"遗嘱"。

鲁迅在《死》这篇文章里,写了七条"写给亲属"的遗言——

一,不得因为丧事,收受任何人的一文钱。——但老朋友的,不在此例。

二,赶快收敛,埋掉,拉倒。

三,不要做任何关于纪念的事情。

四,忘记我,管自己生活。——倘不,那就真是糊涂虫。

五,孩子长大,倘无才能,可寻点小事情过活,万不可去做空头文学家或美术家。

六,别人应许给你的事物,不可当真。

七,损着别人的牙眼,却反对报复,主张宽容的人,万勿和他接近。

据冯雪峰的回忆,鲁迅做了两点修改:按鲁迅原来的意思说,不得因丧事,收受任何人的一文钱。冯雪峰提出是否可以把"任何人"三个字改动一下，鲁迅就加上一句——"但老朋友的，不在此例"。更要紧的，是下面一句，鲁迅的原文是："孩子长大，倘无才能，可寻点小事情过活，万不可去做文学家或美术家。"冯雪峰认为"容易给人误会"，鲁迅想了一下，就加上了"空头"两个字。[1]

这七条遗嘱，我们归纳起来，大体上有三个方面。

第一点，关于死后的一些想法。简单说来，就是一个意思：我死了就死了，也别纪念，赶快收敛，埋掉，忘掉我，让我消失。但细想起来，又没有这么简单，里边包含了好几层意思，我们甚至觉得鲁迅在说这番话时，他的一生都在眼前——掠过。

为什么他要自己赶紧消失掉，这其实是包含着对中国的文化和现实的一个看法。早在五四时期，他就这么说过。他说中国有个最大的问题是什么呢？老年人总要"占尽了少年的道路，吸尽了少年的空气"，不给少年人生存的空间。在中国传统观念里，总希望老人长寿，最好永远不死。这样，该死的不死，该生的生不下来，生下来的也无法生活。生存空间的空前拥挤，就造成民族生命机体的严重梗塞。在他看来，要改变这种不正常、不健康的生存状态，就得反传统之道而行之：老的应该高高兴兴地死去，年轻的应该高高兴兴地活着，"老的让开道，催促着，奖励着，让他们走去。路上有深渊，便用那个死填平了，让他们走去"。[2]现在他宣布死了"赶紧收敛拉倒"，正是身体力行他五四时期、也是终生一以贯之的"幼者、弱者、生者本位"的信念与追求，是对中国"长者、死者本位"的传统观念的一个挑战。这背后或许还有鲁迅的"历史中间物"意识。鲁迅在《〈热风〉题记》里早就说过："我以为凡对于时弊的攻击，文字须与时弊同时灭亡，因为这正如白血轮之酿成疮疖一般，倘非自身也被排除，则当它的生命的存留中，也即证明着病菌尚在"。鲁迅正是期待着用自身的消亡来证明历史的进步："忘掉我"之日也就是他的理想在中国真正实现之时。——作为后来者，面对至今也不能真正"忘掉"鲁迅的现

[1]冯雪峰：《回忆鲁迅》，《雪峰文集》4卷，263—264页。
[2]《随感录·四十九》，《鲁迅全集》1卷，338—339页。

如果我们仔细考察一下在写《腊叶》以后的鲁迅与许广平将近十年的
婚姻生活,你会感觉到鲁讯对许广平始终有一种内疚的心理。

实,自会有无限的感慨。

　　而鲁迅的这句话:"忘记我,管自己生活。——倘不,那就真是糊涂虫",
却是对许广平说的。这就使我想起了上次讲的《腊叶》。鲁迅说过,《腊叶》"是
为爱我者的想要保存我而作的"。[1]这里的具体所指就是许广平。《腊叶》就
是回答许广平的,意思是说:你不要老想保持旧时的颜色,迟早是在记忆中
消失的;而且活着的人要做的事正多,不可能也不应该有不断"赏玩秋树"
(回味逝去的生命)的"余闲"。现在鲁迅讲"忘记我",正是重申十年前写《腊
叶》的意思,但或许还有更为复杂的感情。如果我们仔细考察一下在写《腊
叶》以后的鲁迅与许广平将近十年的婚姻生活,你会感觉到鲁迅对许广平始
终有一种内疚的心理。当初在决定要不要跟许广平结婚的时候,鲁迅曾非常
犹豫,他反复问自己:我是不是太将人当作牺牲了?在婚后,许广平也确实作
出了很大的牺牲。许广平自己就回忆说,她曾希望找一份独立的工作,在有
了眉目以后,鲁迅就很为难地和她商量,说"这样我又要恢复以前一个人的
生活中去了",许广平终于成了一个家庭妇女,尽心尽意地为鲁迅服务,"忘
了自己"。[2]鲁迅心里自然明白,也就不免有一种负债感。特别是鲁迅病重以
后,所有的生活的、精神的重担都压在了许广平的肩上。萧红对此有过非常
感人的描述。这里,说一个细节:那一天,取来了鲁迅拍的 X 光肺部照片,"右
肺的上尖角是黑的,中部也黑了一块,左肺的下半部都不大好,而沿着左肺
的边边黑了一大圈"。(同学们是不是联想起了《腊叶》里的那"镶着乌黑的花
边"的"病叶"的"蛀孔"?)萧红这样写道:"在楼下的客厅里许先生哭了。许先
生手里拿着一团毛线,那是海婴的毛线拆了洗过之后又团起来的","过了一
会,鲁迅先生要找什么东西,喊许先生上楼去,许先生连忙擦着眼睛","楼上
坐着老医生,还有两位探望鲁迅先生的客人,许先生一看了他们就自己低了
头不好意思的笑了,她不敢到鲁迅先生的面前去,背转着身问鲁迅先生要什

[1]《〈野草〉英文译本序》,《鲁迅全集》4 卷,356 页。
[2] 参看《许广平忆鲁迅》,646 页,广东人民出版社,1979 年版。

么呢，而后又是慌忙的把毛线缕挂在手上缠了起来"。[1]这一切鲁迅自然是看在眼里，感动与感激之余也会感到情感的重压。现在一切就要结束，而且鲁迅希望这是真正的永远的结束："忘记我，管自己生活"，再不能把这样的"牺牲"延续到身后了——鲁迅是怎样的离不开、却又诅咒着这样的"牺牲"啊。"倘不，那就真是糊涂虫"——这与其说是责怪，更不如说是恳求：再不要为我牺牲了。这同时是一个不祥的预感：在中国的传统中，一旦被当作"伟人"敬奉起来，鲁迅就永远成为笼罩着他的亲人——不仅是作为"遗孀"的许广平，还有他的子孙后代——的一个巨大的阴影，并且要他们永远作出"牺牲"。同学们不妨去读一读最近出版的海婴的《鲁迅与我七十年》，你就不能不发出这样的感慨：鲁迅和他的后代就只有这样一个卑微的要求：做一个普普通通的"人"，平常地也是正常地活着，或者死掉，而在中国，就连这一点也做不到，这真是一种残酷啊。

而鲁迅的隐忧或许是更为深广的："赶快收敛，埋掉，拉倒"确实表现了他对死后被利用的忧虑。早在《野草》里，鲁迅就写过一篇叫做《死后》的文章，我在很多场合都建议同学们去看看这篇文章，这真是天下奇文。他想像着：我死了，运动神经废灭了，但知觉还在（这大概就是人们通常所说的"死而有知"吧）将会是什么样子。——你看他1936年死，1926年就想这个问题了：诗人的想像总是超前的。他想像：我死了以后，埋到地下。于是有几个人来看我了（大概是参加追悼会吧）。一个说："死了？"另一个"哼"一声，还有一个又惊又叹："啧。……唉！……"我却愤怒了：我跟这些人有什么关系？我已经死了，你们叹息什么，惊异什么，高兴什么?!（鲁迅在1935年——去世前一年还写文章特意"拜托"相识的朋友："将来我死掉之后，千万不要给我开追悼会或者出什么纪念册。因为这不过是活人的讲演或挽联的斗法场"。[2]）"我先前以为人在地上虽没有任意生存的权利，却总有任意死掉的权利的。现在才知道并不然，也很难适合人们的公意"，"几个朋友祝我安乐，几个仇

[1] 萧红：《回忆鲁迅先生》，《鲁迅回忆录》（散篇，中册），732—733页，北京出版社，2000年版。
[2]《病后杂谈·四》，《鲁迅全集》6卷，172—173页。

他的"(死了)拉倒"、"忘记我"的通达背后,隐藏的正是死后被利用的悲哀、无奈与恐惧。人们或许只有经历了此后大半个世纪的"鲁迅接受史"(这个"接受史"就是"按照公意随意塑造与恣意利用鲁迅"的历史),才开始懂得鲁迅当年的这番"遗嘱"的深意。

敌祝我灭亡。我却总是既不安乐,也不灭亡地不上不下地生活下来,都不能副任何一面的期望。现在又影一般死掉了,连仇敌也不使知道,不肯赠给他们一点惠而不费的欢欣……"。请注意:鲁迅这里用了"公意"这个词,并且与人的"任意生存"与"任意死掉"的"权利"相对立,这里涉及一个很大的问题:"人"是按照自己的意志与权利"任意"生存与死亡,还是按照"公意"(它者——无论是朋友,还是敌人,或者其他什么个人或群体——的期望、意志)去生活,死了也要任凭"公意"随意塑造自己与恣意利用自己?鲁迅的选择显然是前者:我就是我,"我是我自己的,他们(也即"公意"——钱注)谁也没有干涉我的权利"(这是《伤逝》里的女主人公的话,是五四的新观念,也是鲁迅毕生坚持的信念)。我赤条条地来到这世界上,也要赤条条地离开这个世界,我死了,一切都结束了,和任何人都了无干系了。但深知中国的鲁迅当然明白这不过又是一个梦,而且是他的最后一个梦;因此,他的"(死了)拉倒"、"忘记我"的通达背后,隐藏的正是死后被利用的悲哀、无奈与恐惧。而且这同样是一个"超前"的隐忧:人们或许只有经历了此后大半个世纪的"鲁迅接受史"(这个"接受史"就是"按照公意随意塑造与恣意利用鲁迅"的历史),才开始懂得鲁迅当年的这番"遗嘱"的深意:这对于鲁迅和我们这些后来人都是一个悲剧。

应该注意的,还有鲁迅对他儿子的嘱咐。——这是他的遗嘱的第二个重要方面。

前面已经说过,鲁迅非常爱儿子,因此,他似乎也不能免俗,在死之前,要对儿子嘱咐几句。但他并没有像许多中国的父母那样,把自己未能实现的愿望寄托在儿子身上;相反,却关照"孩子长大,倘无才能,可寻点小事情过活。万不可做文学家和美术家。"在鲁迅看来,以为父亲是大文豪,儿子必是小文豪,这是很荒唐的,因为文学才能是不可以遗传的。鲁迅还说过,"天才大半是天赋的;惟独这培养天才的泥土,似乎大家都可以做";鲁迅还说,做鲁迅是选择文学作为自己一生的事业的；但他又不止一次对文学的价值与作用提出质疑，他可以说是一辈子都在怀疑。他选择了一辈子，也质疑了一辈子。

泥土就"要不怕做小事情"，因此，"不是坚苦卓绝者，也怕不容易做；不过事在人为，比空等天赋的天才有把握。这一点，是泥土的伟大的地方，也是反有大希望的地方"。[1]可见，鲁迅要儿子"寻点小事情过活"，固然是一种"切近"的、"有把握"的设计与安排，但仍是一个不低的要求，同样是寄以"大希望"的。后来，海婴果然成了一个普普通通、然而尽职尽责的工程师，现在是中央电视台的退休老人，这是符合鲁迅的愿望，可以告慰他的在天之灵的。

鲁迅叮咛自己的儿子"万不可去做文学家或美术家"——据前述冯雪峰的回忆，这是鲁迅的原意——，这或许是更值得深思的。这包含着对他自己的人生选择的一种反思。大家都知道，鲁迅是选择文学作为自己一生的事业的；但他又不止一次对文学的价值与作用提出质疑，他可以说是一辈子都在怀疑。他选择了一辈子，也质疑了一辈子。我考察了一下，这样的集中质疑至少有三次。大家可以看看《呐喊》自序，那里谈到，他最初选择文学事业是因为他认为，对中国来说，第一要著是要改变人的精神，而最善于改变精神的当然是文艺。于是，他和他的弟弟周作人，还有一个朋友，一起筹办《新生》杂志，但还没办起来就夭折了。他感到了一种"置身毫无边际的荒原"，既无赞同，也无反对的"寂寞"与"无聊"（前面说过鲁迅在1936年去世前也是深感无聊，可见这无聊感是追随他一辈子的），而且对自己也产生了怀疑："我决不是一个振臂一呼应者云集的英雄"，这其实正是对文学启蒙的怀疑。于是，他就有了"铁屋子"的比喻，他觉得"一间铁屋子，是绝无窗户而万难破毁的"，"现在你大嚷起来，惊起了较为清醒的几个人，使这不幸的少数者来受无可挽救的临终的苦楚"，这是残酷的。因此，当钱玄同劝他为《新青年》写文章的时候，他首先是拒绝的，他怀疑这种启蒙到底有什么用。但他又怀疑于这种怀疑，怀着"万一"的希望，开始了他的写作：可以说从一开始，鲁迅就是抱着"质疑启蒙又坚持启蒙"的复杂态度出现在五四新文化运动中的。这也是他不同于同时期的启蒙者的独特之处。

---

[1]《未有天才之前》，《鲁迅全集》1卷，169页。

可以说从一开始，鲁迅就是抱着"质疑启蒙又坚持启蒙"的复杂态度出现在五四新文化运动中的。这也是他不同于同时期的启蒙者的独特之处。

第二次是1927年。当他目睹了国民党血腥大屠杀以后，写了一篇很有名的文章：《答有恒先生》，收在《鲁迅全集》第三卷中："血的游戏已经开头，……我现在已经看不到这出戏的收场"，"我终于觉得无话可说"，"我先前的攻击社会，其实也是无聊的。(又是"无聊"！)……我的话也无效力，如一箭之入大海"，我终于悟到"凡带一点改革性的主张，倘与社会无涉，才可以作为'废话'而存留，万一见效，提倡者即大概不免吃苦或杀身之祸"。他再一次感到了文学无用，启蒙无用，甚至有罪，因为徒然"弄清了老实而不幸的青年的脑子和弄敏了他的感觉，使他万一遭灾时来尝加倍的痛苦，同时给憎恶他的人们玩赏这较灵的苦痛，得到格外的享乐"，于是启蒙者也成了吃人"筵席的帮凶"。鲁迅最后表示，今后"一要麻痹，二要忘却"——这无疑是对文学启蒙的绝望；但又说：一面还要"挣扎着，还想从以后淡下去的'淡淡的血痕中'看见一点东西，誊在纸片上。"——依然是质疑启蒙又坚持启蒙。

现在我们看到，1936年他临死之前，又再一次面对血的屠戮，而且是"暗暗的死"。统治者连最后一点"自信"都没有，只能秘密的审判与杀人。牺牲者连"当众而死"的"壮美"也失去了，只剩下死的寂寞与惨苦。而幸存者，他们的一切努力，一切挣扎，也都陷落于商场与游戏场中，不是被利用，就是变成哈哈一笑，不再有任何庄严感与神圣感，一切意义与价值都被消解，变得荒唐、无聊与可笑，1936年的鲁迅，面临的就是这样一个现实。于是，他感到了从未有过的彻骨的绝望，于是，他在离开这个世界时，向他的后代发出了"万不可去做文学家或美术家"的遗言。这内心的痛苦是非亲历者绝难体会的。——而我们今天却似乎懂得了。

鲁迅的遗嘱的第三个方面，也是最容易引起争论的，就是他强调："别人应许给你的事情，不可当真"，"损着别人的牙眼，却反对报复，主张宽容的人，万勿和他接近。"下面还有一段话："记得在发热时，又曾经想到欧洲人临死时，往往有一种仪式，是请求别人宽恕，自己也宽恕了别人。我的怨敌可谓

他感到了从未有过的彻骨的绝望，于是，他在离开这个世界时，向他的后代发出了"万不可去做文学家或美术家"的遗言。这内心的痛苦是非亲历者绝难体会的。

可以说鲁迅去世这一年反复出现的意念，就是"一个也不宽恕"：这构成了他生命最后一刻的"基本情结"的一个重要方面，与前面所说的"爱与美"的向往是相反相成的，是"人间至爱者"的鲁迅不可或缺的方面。

多矣，倘有新式的人问起我来，怎么回答呢？我想了一想，决定的是：让他们怨恨去，我也一个都不宽恕。"

其实，在 1936 年，鲁迅同时有不少文章，不断地谈论这个话题，可以说鲁迅去世这一年反复出现的意念，就是"一个也不宽恕"：这构成了他生命最后一刻的"基本情结"的一个重要方面，与前面所说的"爱与美"的向往是相反相成的，是"人间至爱者"的鲁迅不可或缺的方面。我们前面说过，他这一年写了两篇回忆童年的文章，除了我们刚才说的《我的第一个师父》之外，还有一篇《女吊》，开章明义第一句就说："大概是明末王思任说的罢：'会稽乃报仇雪耻之乡，非藏垢纳污之地！'这对于我们绍兴人很有光彩，我也很喜欢听到，或引用这两句话"。接着又不无自豪地这样写道："一般的绍兴人，并不像上海的'前进作家'那样憎恶报复，却也是事实。单就文艺而言，他们就在戏剧上创造了一个带复仇性的，比别的一切鬼魂更美，更强的鬼魂。这就是女吊。"于是，大病之后的鲁迅用少有的重彩浓墨，为后人塑造了——更准确地说，是从自己的民间记忆、童年记忆、生命记忆的深处挖掘出了一个"更美，更强的鬼魂"——

……先有悲凉的喇叭；少顷，门帘一掀，她出场了。大红衫子，黑色长背心，长发蓬松，颈挂两条纸锭，垂头，垂手，弯弯曲曲的走一个全台。内行人说，这是走了一个"心"字。……

她将披着的头发向后一抖，人们这才看清了脸孔：石灰一样白的圆脸，漆黑的浓眉，乌黑的眼眶，猩红的嘴唇。……她两肩微耸，四顾，似听，似惊，似喜，似怒，终于发出悲哀的声音，慢慢地唱道：

"奴奴本是杨家女，

呵呀，苦呀，天哪……"

你看写得多好：这样的色彩，神态，情绪，声音，语调……可以看出，鲁迅是倾其全力地来写，写得元气淋漓，绝不像是病人写的。写完以后，他连忙拿给朋友看，显出"特别满意"的神情。[1]直到去世前两天（10 月 17 日），他还兴致勃勃地向前来看望的日本友人介绍这篇《女吊》。[2]这里有一个问题：为什么临死的时候，鲁迅要拼尽自己最后的生命与艺术的力量，全部灌注于这样一篇描写"复仇的鬼魂"的文章？ 在文章结束处，他写了这样一段文字——

被压迫者即使没有报复的毒心，也决无被报复的恐惧。只有明明暗暗吃血吃肉的凶手或其帮凶们，这才赠人以'犯而勿校'或'勿念旧恶'的格言，——我到今年，也愈加看透了这些人面东西的秘密。

这里对"被压迫者"立场的强调，背后隐含着怎样的意思？
他还这样设计自己"死后的身体"的"处置"——

庄生以为"在上为鸟鸢食，在下为蝼蚁食"，死后的身体，大可随便处置，因为横竖结果都一样。

我却没有这么旷达。假使我的血肉该喂动物，我情愿喂狮虎鹰隼，却一点也不给癞皮狗们吃。

养肥了狮虎鹰隼，它们在天空，岩角，大漠，丛莽里是伟美的壮观，捕来放在动物园里，打死制成标本，也令人看了神旺，消去鄙吝的心。

但养胖一群癞皮狗，只会乱钻，乱叫，可多么讨厌！

这又是一个鲁迅式的奇特想像与奇特选择——生命的选择，也是美学的选择，却又那样爱憎分明。是什么使他如此深恶痛绝？
还有——

---

[1] 冯雪峰：《鲁迅先生计划而未完成的著作》，《雪峰文集》4 卷，17 页。
[2] 鹿地亘：《鲁迅和我》，收《鲁迅先生纪念集》"悼文"2 辑，52 页，上海书店 1979 年据 1937 年初版本复印。

"明言着轻蔑什么人，并不是十足的轻蔑。惟沉默是最高的轻蔑。——我在这里说，也是多余的。"

诚然，"无毒不丈夫"，形诸笔墨，却还不过是小毒，最高的轻蔑是无言，而且连眼珠也不转过去。[1]

是什么"怨敌"使鲁迅如此轻蔑呢？

最后的鲁迅确实给人们留下一个"横眉冷对"的形象。或许这也是最容易引起争议的。这个问题很复杂，今天在这里还不能全面展开，只能在"1936年的鲁迅"这个题目范围内，具体地讨论一点：究竟是哪些人、哪种力量构成鲁迅"绝不宽恕"的"怨敌"？

如果作具体的分析，主要有四种人，四种势力。首先是国家的掌权者，统治者，当年的北洋军阀当局，以后的国民党当局。鲁迅的故乡浙江省国民党党部曾经在全国通缉他，他死的时候这通缉令还没有撤销。这些年来，当局从来没有放过他。作为一个站在体制外的知识分子，"永远的批判者"的鲁迅，他和政府始终有一种紧张的对立的关系。实行极权统治的北洋军阀政府和国民党政府都把鲁迅视为异端，一个非要置之于死地的异端。这当然是鲁迅首要的怨敌。

第二方面的怨敌，就是一些自由主义知识分子。这个官司打了很久了，从20世纪20年代现代评论派的陈源，一直到20世纪30年代新月派的胡适、梁实秋，以及林语堂、周作人等，鲁迅与他们一直处在很紧张的关系中。从1936年的日记、书信中也可以看到这种痕迹。在1月5号的一封信里，鲁迅还谈到"新月博士常发谬论，都和官僚们一鼻孔出气"，说的就是胡适。[2]关于鲁迅和胡适等自由主义知识分子之间的论争，我们以后会作专题来讨论。这里不准备多说，因为在1936年，鲁迅的主要的对手已经不是自由主义

[1]《半夏小集》，《鲁迅全集》6卷，597页。

[2] 致曹靖华(1936年1月5日)，《鲁迅全集》13卷，283页。

这里就涉及到一个非常重大的问题，那就是鲁迅和左翼知识分子的关系，或者说鲁迅和共产主义运动，和中国共产党的关系。这是我们研究鲁迅，特别是晚年的鲁迅的一个不可回避的非常重要的问题。

知识分子，而是另外两种人。

　　一种是上海滩上的各种无聊文人。他们对鲁迅的攻击与伤害我们在前面讨论鲁迅去世前的"无聊"心态时，已有涉及。以后也要专门讨论鲁迅与海上文人与海派文化的关系，这些都是非常有意思的题目。

　　如果我们仔细看 1936 年鲁迅的文章，特别是他的书信，就可以发现，1936 年他的主要的怨敌，是以周扬为代表的上海左联的领导人，和他们影响下的部分左翼知识分子。其实，在前述文章中都已点得很清楚。例如在《女吊》里就一再将"上海的'前进作家'"、"'战斗'的勇士"与故乡的"愚妇人"相对立，所以结尾的与"被压迫者"对立的"今年"才"看透"的"人面东西"指的也是这些"'前进'文学家"。在《死》这篇文章中更是明确交代："一个都不宽恕"这句话是对"新式的人"的回答。这里就涉及到一个非常重大的问题，就是鲁迅和左翼知识分子的关系，或者说鲁迅和共产主义运动，和中国共产党的关系。这是我们研究鲁迅，特别是晚年的鲁迅的一个不可回避的非常重要的问题。现在学术界基本上有两种观点：一种观点认为，鲁迅晚年倾向于左翼，加入左联，以至于支持左联和共产党是走入误区；而且很多人联系到解放后到文革的遭遇，认为鲁迅根本的问题在于晚年走入了误区。另外一种看法是想为鲁迅辩解，说鲁迅确实支持过左联，但是那时他不了解情况，上了当，到晚年他就批评左翼，鲁迅反正后来是觉悟了。我觉得这两种分析都有点简单化。这个问题是需要作比较复杂的讨论的。这个问题我们以后也要作专门的讨论，这里只能作一个简单的说明。

　　或许要从 1925 年说起。"1925 年"是一个什么概念呢？辛亥革命已经过去了 11 年，五四新文化运动也过去了 8 年，在这个时候鲁迅突然有了一个可怕的发现，他说——

　　　　我觉得仿佛久没有所谓中华民国。

在 20 世纪初,鲁迅即已确立了自己的"立人"的文化理想,追求人的个体的精神自由。这样的思想正是中国的传统文化所缺少的。而他对西洋现代文明即西方现代化道路进行深入的考察时,又发现西方现代模式也会产生新的奴役关系,并不能给中国人民带来真正的个体精神自由。

> 我觉得革命以前,我是做奴隶;革命以后不多久,就受了奴隶的欺骗,变成他们的奴隶了。
>
> …………
>
> 我觉得许多烈士的血被人们踏灭了,然而又不是故意的。
>
> 我觉得什么都要重新作过。[1]

这就是说,他当年满怀热情支持辛亥革命,参加新文化运动,但到了 1925 年他发现中国并没有发生变化,不过是以一个新的奴隶制度代替了旧的奴隶制度。但他又不愿意放弃自己的消灭一切形态的奴隶制度,使中国真正成为"人国"的理想,因此他觉得"什么都要需要重新作过"。那么从何开始呢?同时期鲁迅有一句很有名的话:"一首诗吓不走孙传芳,一炮就把孙传芳轰走了。"[2]他觉得单纯的思想启蒙不行,必须和一定的社会力量结合起来,参与到社会改革运动(包括武装斗争)中去。用他的话来说,就是要形成一种新的联合战线。在 1927 年前后,鲁迅是把希望寄托在孙中山为首的南方的革命政府的北伐战争上的,他才从北京来到厦门,最后到了广州。但蒋介石大肆屠杀年轻的共产党人,实行"一党专政",在鲁迅看来,这又是一个新的奴隶制度。于是不屈不挠的鲁迅又开始寻找新的反抗力量。而在当时的中国,惟一反抗国民党独裁统治的是中国共产党领导下的工农革命运动。因此,鲁迅与之合作几乎是惟一的选择。当然,这背后还有更深刻的文化选择。在下一讲中我们将会讲到,在 20 世纪初,鲁迅即已确立了自己的"立人"的文化理想,追求人的个体的精神自由。在他看来,这样的思想正是中国的传统文化所缺少的。而他对西洋现代文明即西方现代化道路进行深入的考察时,又发现西方资本主义现代模式比之封建传统固然有很大的进步性,但也会产生新的奴役关系,并不能给中国人民带来真正的个体精神自由。其实对西方资本主义文化的失望不仅仅是鲁迅的。在 20 世纪 30 年代,随着西方

[1]《忽然想到·三》,《鲁迅全集》3 卷,16 页。

[2]《革命时代的文学》,《鲁迅全集》3 卷,423 页。

经济大危机的蔓延，许多进步的知识分子都对西方文化产生一种批判意识，把希望寄托在"第三种文化"即"社会主义文化"上，关注当时苏联正在进行的共产主义实验。这时，有一个中国工人叫林克多，在第一次世界大战中到俄国当劳工，参加了十月革命，并亲眼目睹了十月革命以后苏联的变化，写了一本书，叫《苏联见闻录》。这样一个中国工人对苏联的社会主义实验的实际观察和体验，自然引起了鲁迅的注意，并且深受启发。在为这本书所写的序言里，鲁迅这样写道——

> "……一切神圣不可侵犯"的东西，都像粪一般抛掉，而一个崭新的，真正空前的社会制度从地狱里涌现而出，几万万的群众自己做了支配自己命运的人。[1]

这正是鲁迅一生的追求。他的"立人"理想注定了他始终关注"几万万的群众"，即社会最底层的大多数人（他们构成了社会的基础）的命运，他的启蒙主义的最大特色，正在于他追求的是这些底层的被压迫者"自己做支配自己命运"的真正的"人"。我们可以用后来所发生的各种事情来证明鲁迅这批知识分子未免太天真、太幼稚，鲁迅自己也很快就对他的这一期待产生了怀疑（这是我们在下面要详加讨论的）。但我们绝对不能以此来证明鲁迅这批知识分子的追求、理想是错误的；恰恰相反，在我看来，"几万万的群众自己做支配自己命运的人"，仍然应该是我们为之奋斗的目标，无论经历了多少次失败与失望，我们都要以"虽九死而不悔"的精神坚持这一追求：这也是鲁迅留给我们的最可贵的精神遗产。当时，鲁迅对中国共产党与苏联的支持，正是建立在这样的追求与理想基础上的；从另一个角度也可以说，鲁迅的合作不是盲目的，是自觉而有前提的：这一点，对以后关系的变化也是至关重要的。

鲁迅另一篇文章的一段话对理解鲁迅与中国共产党的关系也很重

[1]《林克多〈苏联闻见录〉序》，《鲁迅全集》4卷,426页。

要。这是鲁迅在《答托洛斯基派的信》中说的。顺便说一下,此文与《论现在我们的文学运动》都是鲁迅在重病中由冯雪峰执笔,经他认可而发表的。学术界有的朋友认为不能视为鲁迅的著作,但我认为鲁迅既已认可,并且可以与鲁迅的一贯思想相对照,还是应该被当作鲁迅自己的著作来看的。下面这段话就很有意义——

　　那切切实实,足踏在地上,为着现在中国人的生存而流血奋斗者,我得引为同志,是自以为光荣的。

鲁迅在这里提出了一个很重要的概念,叫"现在中国人的生存",这是鲁迅的基本概念之一,以后我们还会作详细的讨论。他实际上是提出了衡量一个人或一个集团的标准,就看是不是为"现在中国人的生存"而奋斗。具体地说,第一,看你反不反抗压抑、妨碍"现在中国人的生存"的黑暗反动势力,你反抗黑暗还是助长黑暗。第二,看你能不能够脚踏实地的,切切实实地做有利于"现在中国人的生存"的事情。在他看来,当时的中国共产党人是符合他的这一要求的,因此愿意引为"同志"。而鲁迅作出这一判断是有根据的。这是因为当时的中国共产党是在中国社会里惟一的公开反抗国民党黑暗统治,并且不惜流血牺牲的政治力量。我还要说一点,鲁迅是从不肯根据公开的宣言和宣传来作判断的,他要看事实,他是通过对他身边的年轻的共产党人的实际接触、考察来了解共产党的。我们可以看一看,他怎么看待他周围的那些共产党人,这对他与共产党的感情是很有关系的。这里最重要的两个人,一个是柔石,一个是冯雪峰。鲁迅在《为了忘却的记念》里曾生动地描述他对柔石的观感。一个是他乐于踏踏实实地做具体琐碎的工作,当时鲁迅和他一起办杂志,"大部分的稿子和杂务都是归他做,如跑印刷局、制图、校对之类",他也绝无怨言。另一点,他极其天真,"他相信人们是好的。我有时谈到人会怎样的骗人,怎样的卖友,怎样的吮血,他就前额亮晶晶的,惊疑地圆睁了近视的眼睛,抗议道,'会这样的么?——不至于此罢?……'"而这正是鲁迅所欣赏的:这个年轻的共产党人实在是太纯洁,太理想化了。鲁迅还说他有"台州式的硬气",而且颇有些迂,比如说鲁迅和他一起走路,他就搀着鲁迅,怕鲁迅要跌倒,鲁迅又搀着他,因为他近视眼,两个人就这么相互搀着,这情景非常的感人。鲁迅对他有一个基本评价:"无论从旧道德,从新道德,只要是损己利人的,他就挑选上,自己背起来。"这就是鲁迅眼里的年轻的中国共产党人:他们充满着理想,具有献身精神和崇高的道德,同时又是踏踏实实地在为中国工作着。还有一个是冯雪峰,当时是作为中国共产党的代表和鲁迅接触的,鲁迅心里也明白这一点。看他俩的关系是很有意思的。这是许广平的回忆:他是住在鲁迅家的附近,比邻而居。他大概每天一大早出门,到晚上 10 点钟才回来,就经常看见他的太太搂抱着小孩子在门口等着,饿久了,没办法,孩子用干面包充饥。他是不管家里人着不着急,非到相当时间才回来,回来以后,已经 11 点钟了,他还敲鲁迅的家门,他是不管的,敲门声一响,他来了,一来就忙着谈话,谈完了往往凌晨两三点钟才走。他走以后,鲁迅打起精神还得再工作,一直到东方发亮。就是这么一个人,一个工作狂,工作迷。家里事儿也不管,至于鲁迅这个老人怎么样他也不管,反正只知道工作。而且听他和鲁迅谈话也觉得真有趣。往往是冯雪峰说:"先生你可以这样这样地做。"鲁迅就说:"不行,这些事我办不了。"冯雪峰又说:"先生你可以做那样。"先生说:"是不也不大好?"冯雪峰又说:"先生,你就试试看吧!"先生说:"姑且试试也可以。"完全执著于甚至迷恋于自己的事业,其他都可以不顾,所以许广平有一个评价,说这是"庄严工作的努力的人们,为了整个未来的光明,连自己的生命也置之度外"。[1]在鲁迅看来,这正是中国传统的一种继承,他在一篇文章里这样写道——

---

[1] 许广平:《欣慰的纪念·鲁迅和青年们》,收《鲁迅回忆录》(专著,上册),367—368 页,北京出版社,1999 年版。

鲁迅观察中国社会的特殊处，与许多知识分子眼睛一味向上的精英意识不同，关注的是"地底下"的一面被侮辱、被损害，一面在挣扎着的普通民众，以及与他们共命运的"一面总是被摧残，被抹杀"，一面却在"前仆后继的战斗"的年轻的革命者。

> 我们从古以来，就有埋头苦干的人，有拼命硬干的人，有为民请命的人，有舍身求法的人，……虽是等于为帝王将相作家谱的所谓"正史"，也往往掩不住他们的光耀，这就是中国的脊梁。
>
> 这一类的人们，就是现在也何尝少呢？他们有确信，不自欺；他们在前仆后继的战斗，不过一面总在被摧残，被抹杀，消灭于黑暗中，不能为大家所知道罢了。[1]

鲁迅在文章结尾处，特别提醒人们注意："要论中国人，必须不被搽在表面的自欺欺人的脂粉所诳骗，……要自己去看地底下"。"看地底下"，这正是鲁迅观察中国社会的特殊处，与许多知识分子眼睛一味向上的精英意识不同，鲁迅关注的是"地底下"的一面被侮辱、被损害，一面在挣扎着的普通民众，以及与他们共命运的"一面总是被摧残，被抹杀"，一面却在"前仆后继的战斗"的年轻的革命者。鲁迅在这一年所写的一封信里，曾这样表示："凡是为中国大众工作的，倘我力所及，我总希望（并非为了个人）能够略有帮助"。[2]在他看来，他对在艰难中苦苦奋斗的中国共产党人给予力所能及的帮助，是他对中国和中国的大众应尽的责任。

当然，鲁迅在选择合作的时候，也是有精神准备的。他知道这样的合作是很复杂的，并且是要付出代价的。早在 1927 年，那时国共还在合作的时候，许广平曾经写信给鲁迅，说"我想加入中国国民党，你的意见怎么样？"，鲁迅的回答是：凡是"团体，一定有范围，尚服从公决的"，"如要思想自由，特立独行，便不相宜，如能牺牲若干自己的意见，就可以"。[3]这看法很实际，所以，当鲁迅决定和中国共产党合作的时候，他就做好了准备，既然有合作，就必须有妥协。这是不同的逻辑：当鲁迅作为思想家存在的时候，他的思想逻辑要求彻底不妥协；当他决定要和一定的社会力量相结合，要参加一定的社

---

[1]《中国人失掉自信心了吗》，《鲁迅全集》6 卷，118 页。

[2] 致曹白（1936 年 8 月 2 日），《鲁迅全集》12 卷，400 页。

[3] 1925 年 5 月 30 日致景宋（许广平）信，转引自王得后《〈两地书〉研究》，436 页，天津人民出版社，1982 年版。

妥协有一条线：不能当奴隶，不能放弃基本立场、理念、追求和做人的基本原则，被别人（不管是什么人，什么势力）占有成为它的工具。正是这样一个态度就决定了他和中国任何一种力量的合作都必然是有限度的，必然会有冲突与斗争。

会运动的时候，作为行动者的逻辑，就要讲妥协。鲁迅对于这一点是非常清楚的，他知道对方要利用他。但他说："我明知道几个人做事，真出于'为天下'是很少的。但人于现状，总该有点不平、反抗、改良的意思。只这一点共同目的，便可以合作。即使含些'利用'的私心也不妨"。[1]鲁迅参加左联的时候，心里就明白，又要当一回"梯子"，在给朋友的信中，颇为感慨地说："中国之可作梯子者，其实除我之外，也无几了"。[2]这还是那个原则：一个团体只要大的目的正确，当梯子也不妨；作为个人只要总的说来是好的，有一点私心也不妨。有研究者认为，由此可以看出鲁迅对人性的弱点有清醒的认识，而且采取一种宽容的态度。[3]这是有道理的。

但是鲁迅的妥协也是有限度的：他还有一条原则："废物何妨利用"，"但倘若用得我太苦，是不行的"，"要专指我为某家的牛，将我关在他的牛牢内，也不行的"，"如果连肉都要出卖，那自然更不行"。[4]就是要坚守自己的独立性：被利用无妨，占有是不行的。一定程度的妥协与被利用，这也是我自己的选择所要付出的代价；但妥协有一条线：不能当奴隶，不能放弃我的基本立场、理念、追求和做人的基本原则，被别人（不管是什么人，什么势力）占有了我，成为它的工具。正是这样一个态度就决定了他和中国任何一种力量的合作都必然是有限度的，必然会有冲突与斗争，鲁迅对此是心里有数，有思想准备的。在前述给友人的信中，就谈到他在参加左翼作家联盟的会上，"一览了荟萃于上海的革命作家，然而以我看来，皆茄花色"，[5]颜色既杂，不免泥沙俱下，终有分离的一天。

事实上，冲突是不断的，以后我们还会作深入的讨论，这里要说的是，1936年，鲁迅病最重的时候，发生了最为严重的冲突。当时中国正处于抗战的前夕，面对着异族侵略，中国共产党提出了建立抗日的统一战线的主张，

---

[1]《两地书·二九》，《鲁迅全集》11卷，90页。

[2] 致章廷谦（1930年3月27日），《鲁迅全集》12卷，8页。

[3] 参看王彬彬：《鲁迅晚年情怀》，154页，上海教育出版社，1999年版。

[4]《〈阿Q正传〉的成因》，《鲁迅全集》3卷，377页。

[5]《书信·300327 致章廷谦》，《鲁迅全集》12卷，8页。

作为上海文艺界党组织领导，周扬他们则提出了"国防文学"的口号。鲁迅对建立抗日统一战线是支持的，对国防文学口号也是支持的，只是觉得这个口号太含糊不清，就和冯雪峰、胡风商量，又提出一个"民族革命战争大众文学"的口号。鲁迅多次表示这两个口号是可以并存的，不是绝对冲突的；但他觉得作为左翼作家还应坚持"大众文学"的立场。我们说过，五四时期鲁迅就有"弱者、幼者本位"的思想，到了20世纪30年代，就更加自觉地站在被压迫被侮辱的大众这一边，这是他一个基本立场。因此，他认为建立抗日统一战线是必要的，但必须要注意维护大众的利益，不能在"一致对外"的口号上来损害大众的利益。在《半夏小集》(这也是1936年一篇很重要的文章)里，他意味深长地拟写了这样一段对话——

A：你们大家来品评一下罢，B竟蛮不讲理的把我的大衫剥去了！

B：因为A还是不穿大衫好看。我剥它掉，是提拔他，要不然，我还不屑剥呢。

A：不过我自己却以为还是穿着好……

C：现在东北四省丢掉了，你漫不管，只嚷你自己的大衫，你这利己主义者，你这猪猡！

C太太：他竟毫不知道B先生是合作的好伴侣，这昏蛋！

这正是鲁迅所担心的：借口民族危亡，肆无忌惮地剥穷人的衣衫，剥削与压迫自己人。鲁迅警告说——

用笔和舌，将沦为异族的奴隶之苦告诉大家，但要十分小心，不可使大家得到这样的结论："那么，到底还不如我们似的做自己的奴隶好。"

在鲁迅的观念中，做异族的奴隶不行，做自己的奴隶也不行：他要反对的是一切形态的奴隶制度；而且在任何情况下，他都要坚持维护普通民众的基本利益——这是鲁迅的根本立场，也是他的"底线"。

在鲁迅的观念中，做异族的奴隶不行，做自己的奴隶也不行：他要反对的是一切形态的奴隶制度；而且在任何情况下，他都要坚持维护普通民众的基本利益——这是鲁迅的根本立场，也是他的"底线"：在这一点上，是不能有任何妥协和让步的。而在他看来，1936年的中国思想文化界正存在着这样的危险：有人在"爱国抗日"的旗帜下，美化与强化国内现实存在的人压迫人的奴隶制度；在"一致对外"的口号下，损害劳苦大众的基本利益；而"先前投敌的一批'革命作家'，就以'联合'的先觉者自居"，以至于当年"使劲地拉住了那脖子套上了绞索的朋友的脚"[1]的出卖行为也"好像都是'前进'的光明事业"。[2]为谋求被压迫者的解放而牺牲的年轻革命者的尸体一直压在鲁迅的心上，是他不能遗忘的永恒记忆，一切掩盖和美化历史的血腥的"努力"，都是他绝对不能接受的，这也是他必须坚守的"底线"。在前引《女吊》一文的结尾，他将"被压迫者"与所谓"前进作家"对立，就是因为在他看来，后者正是"明明暗暗，吸血吃肉的凶手或其帮闲"，对于他们是绝不能"犯而勿校"或"勿念旧恶"的。

鲁迅确实以为两个口号可以并存而相互补充，意见不同大家可以争论。这是鲁迅的逻辑，也可以说是现代民主的一个基本逻辑。但周扬们却另有逻辑："国防文学"这一口号是党提的，再另提口号，就是标新立异，和党抗争。于是他们就给鲁迅加上一个"不理解党的政策，危害统一战线"的罪名，[3]这里实际上就提出了一个"以是否理解与服从党的政策来判断是非，以至革命、非革命"的标准，这是一个"党专政"的逻辑，与前述现代民主的逻辑是根本对立的。同时提出的问题，对鲁迅这样的左翼知识分子来说，也许是格外严重的：他们在做出和党合作的选择以后，还可不可以提出与党不同的意见，可不可以标新立异，也就是说，还要不要、能不能保持自己思想，以至行动的独立性。对于鲁迅，这是一个不成问题的问题。如前所分析，他支持中国

[1] 这是鲁迅在《中国文坛上的鬼魅》一文中说的话（见《鲁迅全集》6卷153页）。
[2] 《半夏小集·三》，《鲁迅全集》6卷，595页。
[3] 参看鲁迅：《答徐懋庸并关于抗日统一战线问题》，《鲁迅全集》6卷，527页，531—532页。

对于鲁迅来说,支持或不支持,以至公开反对都是独立思考的结果,都是一种独立的选择——大家不要把独立思考理解为绝对反对,处处唱反调;鲁迅至死也没有改变从总体上支持中国共产党的态度,他要坚守的是独立思考与独立表达的自由权利。

共产党,完全是出于自己的独立判断,独立意志,而且是有前提的,因此,当他发现自己与中国共产党或者其具体的组织与领导人(如当时作为上海文化界党组织负责人的周扬)之间存在意见的分歧,他当然要公开提出与维护自己的观点,维护自己批评与反对的权利和独立意志。对于鲁迅来说,支持或不支持,以至公开反对都是独立思考的结果,都是一种独立的选择——大家不要把独立思考理解为绝对反对,处处唱反调;鲁迅至死也没有改变从总体上支持中国共产党的态度,他要坚守的是独立思考与独立表达的自由权利:我赞成你的观点,我就公开表示支持,我不赞成你的观点,也要公开发表自己的意见,用鲁迅自己的话来说,就是"不听他们指挥"。[1]

另一个分歧,是鲁迅反对无原则地解散左联。我们刚才说过,鲁迅对左联从一开始就是有看法的,但他更看重的是,左联中有许多青年"很有实实在在的译作,不求虚名"。[2]因此,当他听说周扬等要解散左联,另成立组织的时候,他的反应是——

> ……左联,虽镇压,却还有人剩在地底下的。惟不知想由此走到地面上,而且入于交际社会的作家,如何办法耳。[3]

这里再一次出现了鲁迅的"地底下"的概念:在他看来,不管左联存在着怎样的弱点,但它是在"地底下",也即与中国的底层民众站在一起,尽管被镇压,仍然在为中国的未来默默奋斗。——就在这一年的3月,他在给两位年轻的左联作家的通信中,还谈到:"中国正需要肯做苦工的人,而这种工人很少,我又年纪渐老,体力不济起来,却是一件憾事",[4]可见鲁迅对肯做苦工的左翼青年作家是寄以厚望的。现在周扬们急于解散左联,从"地底下"走到"地面上",鲁迅就不免产生怀疑:你们到底是不是真正地脚踏实地地在为

[1]《答徐懋庸并关于抗日统一战线问题》,《鲁迅全集》6卷,530页。

[2] 致曹靖华(1936年4月1日),《鲁迅全集》13卷,340页。

[3] 致沈雁冰(1936年2月14日),《鲁迅全集》13卷,307页。

[4] 致欧阳山、草明(1936年3月18日),《鲁迅全集》13卷,329页。

现代中国人的生存而奋斗？他在一封信里这样批评这些所谓的"前进作家"："他们误以为做成一个作家，专靠计策，不靠作品的。所以一有一件大事，就想借此连络谁，打倒谁，把自己抬上去"。[1]在前述答徐懋庸的信中，更是尖锐批评他们"借革命以营私"。鲁迅在《女吊》中说："我到今年，也愈加看透了这些人面东西的秘密。"看透这一点，对于鲁迅，是有一种格外严重的意义的。因为如前所述，鲁迅支持共产主义运动，是有两个前提的，一是反对一切奴役与压迫，追求"几万万民众成为自己命运的主人"的理想；二是脚踏实地为现在中国人的生存而奋斗。现在他却发现这些自称"共产主义者"的"前进作家"，既在"一致对外"的口号下，美化现存的奴隶制度，又"不顾革命的大众的利益，而只借革命以营私"：这是一批"拉大旗，作虎皮"的假共产主义者。尽管鲁迅不会因此而放弃他对前述两个前提的追求，也不会放弃他对真正的共产主义者的支持——他早就说过："至于我的先前受人愚弄呢，那自然；但也不是第一次了，不过在他们还未露出原形，他们做事好像还于中国有益的时候，我是出力的。这是我历来做事的主意，根柢即在总账问题。即使第一次受骗了，第二次也有被骗的可能，我还是做，因为被人偷过一次，也不能疑心世界上全是偷儿，只好仍旧打杂"，[2]但"被愚弄感"却是真实存在的，而且也会引起他内心的自责：他再一次地把中国人、中国的知识分子、中国的自称革命的前进的知识分子看得太好了——谁说鲁迅刻毒，他其实还是太善良了。

但鲁迅之为鲁迅，就在于他总是能够通过事实的教训，深化他对中国问题的认识，在鲁迅的思想与文学世界里，又出现了一种新的社会典型。在一封给朋友的信中，他这样谈到了自己的一种直观感受——

> 以我自己而论，总觉得缚了一条铁索，有一个工头在背后用鞭子打我，无论我怎样起劲的做，也是打，而我回头去问自己的错处时，他却拱手客气的说，我做得好极了，他和我感情好极了，今天天气哈哈哈……

---

[1] 致时玳(1936年5月25日)，《鲁迅全集》13卷，384页。

[2] 致萧军(1935年10月4日)，《鲁迅全集》13卷，226页。

真常常令我手足无措,我不敢对别人说关于我们的话,对于外国人,我避而不谈,不得已时,就撒谎。你看这是怎样的苦境?[1]

而当徐懋庸等趁其病危,打上门来,以"实际解决"相威胁时,鲁迅是真的愤怒了。他质问道:"什么是'实际解决'?是充军,还是杀头呢?"更重要的是,鲁迅由如此"锻炼人罪,戏弄权威",而提炼出一个重要的概念:"奴隶总管",这是"以鸣鞭为惟一的业绩","拉大旗作为虎皮,包着自己,去吓唬别人;小不如意,就倚势(!)定人罪名,而且重得可怕的横暴者",与"奴隶总管"类似的,还有"工头"、"在革命的大人物"与"文坛皇帝"[2]等命名。

这是鲁迅对中国现代史上的一种新的社会典型的发现与概括,具有非同小可的意义。他们打着"革命"的"大旗",也就是说,是以反抗压迫与奴役为自己的理想与追求目标的,因此,鲁迅本是视为"我们"自己人的;但在实践中,一旦成为某种势力,拥有某种权威,就会"戏弄权威","倚势(!)定人罪名",而且"批判的武器"必然要变成"武器的批判",最后以权势杀人,仍然没有走出"造反(革命)当皇帝"的老路。这又是一次历史的循环:从反抗奴役和压迫这道门走进去,却走进了制造新的奴役与压迫的房间,自己成了"奴隶总管"。

鲁迅由此而看清了自己这样的知识分子的命运与前途:怀着反抗奴役与压迫、追求自由的理想参加(或支持)革命(请记住这一点:在鲁迅生活的20世纪30年代,以及以后的40年代,那些左翼知识分子在中国社会中是最迫切地追求自由、最强烈地反抗奴役和压迫的,他们才冒着生命的危险选择了革命),但却最终不免成为自己的革命的牺牲品。1934年鲁迅在一封书信里就作了这样的预言:"倘当(旧社会——钱注)崩溃之际,竟尚幸存,当乞红背心扫上海马路耳"。[3]到1936年,鲁迅在与周扬等的论争中对革命胜利后

---

[1] 致胡风(1935年9月12日),《鲁迅全集》13卷,211页。在1936年5月5日的通信中,鲁迅再次谈到"有些手执皮鞭,乱打苦工的背脊,自以为在革命的大人物,我深恶之,他其(实)是取了工头的立场而已"(《鲁迅全集》13卷,379页)。

[2] 参看前文及致欧阳山(1936年8月25日),《鲁迅全集》13卷,411页。

[3] 致曹聚仁(1934年4月30日),《鲁迅全集》397页。

尽管他已经预见了革命成功后的结果，但在 20 世纪 30 年代的中国，这样的革命仍然是反抗现实的黑暗的一种力量，自己还必须给予一定的支持，这是一种明知后果的支持，自然是格外艰难的，这就是为什么鲁迅在前引给朋友的信中说自己常常感到"手足无措"的原因。

自己与知识分子的命运就有了更为具体与深入的思考，[1] 以至他在与冯雪峰的一次谈话中，突然说了一句令人惊骇的话："你们来到时，我要逃亡，因为首先要杀的恐怕是我"，[2] 但鲁迅却显然经过了深思熟虑。[3] 对于鲁迅来说，困难也许更在于，尽管他已经预见了革命成功后的结果，但在 20 世纪 30 年代的中国，这样的革命仍然是反抗现实的黑暗的一种力量，自己还必须给予一定的支持，这是一种明知后果的支持，自然是格外艰难的，这就是为什么鲁迅在前引给朋友的信中说自己常常感到"手足无措"的原因，"这是怎样的苦境？"但是，即使是处在如此巨大的矛盾，如此难言的痛苦中，鲁迅也依然要坚持自己的反抗。于是，他决定公开他与周扬等的分歧，对这些"革命的大人物"、"奴隶总管"进行无情的揭露，写了《答徐懋庸并关于抗日统一战线问题》等文。鲁迅当然知道他面对的是谁，会给他带来什么后果。但在原则问题上，鲁迅是绝不会让步的。当有朋友表示不理解时，他这样回答——

> 写这信的虽是他一个，却代表了某一群，……因此我以为更有公开答复的必要。倘只我们彼此个人间事，无关大局，则何必在刊物上喋喋哉。先生虑此事"徒费精力"，实不竟然，投一光辉，可使伏在大纛荫下的群魔嘴脸毕现。[4]

在重病中，鲁迅还一再表示———

---

[1] 最近出版的《鲁迅与我七十年》一书中，海婴透露，鲁迅《集外集》的编者，与晚年的鲁迅有密切联系、并深得鲁迅信任的杨霁云先生有一个"至死不肯透露的秘密"，即鲁迅"生前与他谈过许多看法，其中也包括中国共产党夺取政权和执政后的一些分析估计"。(参看《鲁迅与我七十年》，159—160 页，南海出版公司，2001 年版)

[2] 见李霁野：《忆鲁迅先生》，写于 1936 年 11 月 11 日，原载《文季月刊》，收《鲁迅先生纪念集》"悼文"1 辑，68 页，1979 年上海书店据 1937 年初版本复印。

[3] 据海婴透露，1957 年反右运动中，当有人问到"要是今天鲁迅还活着，他可能会怎样"时，毛泽东回答说："以我的估计，(鲁迅)要么是关在牢里还是要写，要么他识大体不做声"(《鲁迅与我七十年》371 页，南海出版社，2001 年版)——这是可以与鲁迅的前述预言相对照的：鲁迅与毛泽东都把对方看透了。

[4] 致杨霁云(1936 年 8 月 28 日)，《鲁迅全集》13 卷，416 页。

他们自有一伙,狼狈为奸,把持着文艺界,弄得乌烟瘴气。我病倘稍愈,还要给以暴露的,那么,中国文艺的前途庶几有救。[1]

我真想做一篇文章,至少五六万字,把历来所受的闷气,都说出来,这其实也是留给将来的一点遗产。[2]

请注意鲁迅这里反复说的是"大局","中国文艺的前途","留给将来的遗产":他是有一种历史感的,他的思考、焦虑是指向中国的未来的。这位"人间的至爱者"过早地"被死亡所捕获",使他最终没有来得及写出这"至少五六万字"的长文,但他仍然抓住了最后的机会,留下了他的"遗嘱"与有关文字,也算是"留给将来的一点遗产"。我们不妨再来重读一遍——

损着别人的牙眼,却反对报复,主张宽容的人,万勿和他接近。

我的怨敌可谓多矣,倘有新式的人问起我来,怎么回答呢?我想了一下,决定的是:让他们怨恨去,我也一个都不宽恕。[3]

……一般的绍兴人,并不像上海的"前进作家"那样憎恶报复,……被压迫者即使没有报复毒心,也绝无被报复的恐惧,只有明明暗暗,吸血吃肉的凶手或其帮凶们,这才赠人以"犯而勿校"或"勿念旧恶"的格言,——我到今年,也愈加看透了这些人面东西的秘密。[4]

这里针对的正是那些"前进作家",即前述"革命的大人物"、"奴隶总管",他们一面"损着别人的牙眼",像"工头"一样,用鞭子抽打着奴隶,一面却高喊"宽容",即所谓"犯而勿校"、"勿念旧恶",说白了,就是我可以用鞭子

58
三联讲坛

---

[1] 致王冶秋(1936 年 9 月 15 日),《鲁迅全集》13 卷,426 页。
[2] 致曹靖华(1936 年 5 月 23 日),《鲁迅全集》13 卷,383 页。
[3]《死》,《鲁迅全集》6 卷,612 页。
[4]《女吊》,《鲁迅全集》6 卷,618 页。

鲁迅在最后为死亡所捕获时，仍然保持了一个完整的，始终如一的，独立的自我形象。而活着的人，以及后人将怎样看待他所做的选择，鲁迅不再关心；那已经与他无关了。

抽打你，你若要反抗，就要背上"不宽容"的罪名。这就是鲁迅"今年"也即1936年"愈加看透"的这些"人面东西"的"秘密"。看透了就绝不上当，鲁迅强调"一个也不宽恕"，无非是当形形色色的"奴隶主"，那些"吸血吃肉的凶手"及其"帮凶"（包括其最新品种：打着"革命"旗号的"奴隶总管"），还在继续鞭打奴隶，吸他们的血，吃他们的肉的时候，就必须维护奴隶奋起反抗、斗争的权利。"人被压迫了，为什么不斗争？"这是鲁迅在1928年面对国民党血腥屠杀时说的话，[1]鲁迅临死前坚持的还是八年前这个原则。而且鲁迅在谈到与新的"奴隶总管"的斗争时，也一定想起了前述1925年的那段话——

> ……（辛亥）革命以前，我是做奴隶；革命以后不多久，就受了奴隶的骗，变成他们的奴隶了。

> 我觉得什么都要从新做过。[2]

从1925年到1936年，又过去了十多年，而且又有了新的革命，鲁迅却又感到他成了"革命的大人物"、新的"奴隶总管"的奴隶。因此，可以想见，在他生命的最后一刻，缠绕于心的依然是"什么都要从新做过"这句话。这可能正是鲁迅遗嘱背后的潜台词，所谓"我一个都不宽恕"，就是要坚持在每一次论战中的"反对一切形式的压迫与奴役，以及为压迫与奴役辩解的任何理论与说教"的基本立场，就是要表明"坚守自己的目标至死不悔"的基本态度。

这样，鲁迅在最后为死亡所捕获时，仍然保持了一个完整的，始终如一的，独立的自我形象。而活着的人，以及后人将怎样看待他所做的选择，鲁迅不再关心；那已经与他无关了。

---

[1]《文艺与革命》，《鲁迅全集》4卷，83页。
[2]《忽然想到·三》，《鲁迅全集》3卷，16页。

第二讲 以"立人"为中心

——鲁迅思想与文学的逻辑起点

【2001 年 3 月 7 日、3 月 14 日、3 月 21 日讲】

一

让我们回到历史的起点。

1902 年 3 月 24 日，22 岁的鲁迅乘日轮"大贞丸"号离开南京，经过上海，转赴日本。在离开南京时，他的水师学堂同学好友胡韵仙曾赋诗一首，诗云——

> 英雄大志总难侔，跨向东瀛作远游，
>
> 极目中原深暮色，回天责任任君流。[1]

这是那个时代所特有的慷慨激昂之声，也大体反映了青年鲁迅的心情：此番"东瀛"远游确实是怀着肩负"回天责任"的"英雄大志"的。

鲁迅于 1902 年 4 月 4 日到达日本横滨，4 月 7 日到达东京。——到明年（2002 年）正好是 100 年。

这百年前的东行意义非同小可。

鲁迅在逝世前二日所写的未完成稿《因太炎先生而想起的二三事》中，曾有过这样的回忆——

> 清光绪中，曾有康有为者变过法，不成，作为反动，是义和团起事，而八国联军遂入京。这年代很容易记，是恰在一千九百年，十九世纪的结束。于是满清官民，又要维新了，维新有老谱，照例是派官出洋去考察，和派学生出洋去留学。我便是在那时被两江总督派赴日本的人们中

[1] 转引自《鲁迅年谱》（增订本）1 卷，88 页，人民文学出版社，2000 年版。

> 两次留学热潮,有着不同的流向:第一次"东行",第二次"西行";"东行"者关注"反清革命",西行者则热衷"建设",这背后其实是包含着对现代中国复兴之路的不同想像与设计的,因而这些不同走向的留学生在现代中国历史上,就扮演了不同的角色,留下了不同的印迹。

的一个。[1]

20 世纪初,面临维新、改革的中国,有两次留学热潮。这是第一次,从 1902、1903 年开始,到 1906 年达到高潮。主要是去日本,以学文为主,尤以学法政、军事为热门。第一批留日学生中出现了邹容、陈天华、秋瑾、宋教仁、蔡锷等一大批惊天动地的历史人物。学文学的鲁迅、周作人、钱玄同等后来也成为五四新文化运动的干将。第二次高潮是在 1912 年前后,重点是留学美国。以习工、理、农、医为多,出现了侯德榜、竺可桢、茅以升、秉志等中国第一代自然科学家,文科的代表是胡适,也是以后的五四新文化运动的发动者。有意思的是,两次留学热潮,有着不同的流向:第一次"东行",第二次"西行";而且似乎也有不同的关注点,如像有的研究者所说,"东行"者关注"反清革命",西行者则热衷"建设",这背后其实是包含着对现代中国复兴之路的不同想像与设计的,因而这些不同走向的留学生在现代中国历史上,就扮演了不同的角色,留下了不同的印迹,这都是很能让后来的研究者仔细寻味的。以后或许有机会再来详加讨论,今天却只能出这么一个题目。

这次"东行",对鲁迅自己来说,也是一次意义重大的"空间的转移"。这是一个饶有兴味的角度:把鲁迅及其创作放在一定的时空中来加以考察。鲁迅一生有几次重要的空间转移,每一次转移都对他的人生之路、文学之路产生重大影响;以后我们会以此作为讲课一条线索。在此之前,鲁迅已经有过一次转移,时间是在 19 世纪末 1898 年那年 5 月 2 日,18 岁的鲁迅离开绍兴到南京江南水师学堂学习。用鲁迅后来的话来说,他是"走异路,逃异地,去寻求别样的人们"。[2]这是从相对闭塞的传统的乡土中国的绍兴走向相对开放的南京,鲁迅由此开始接触日本与西方现代文化。这一次鲁迅的"东行"发生在 20 世纪初,目的是要"别求新声于异邦"。这里有一个很有意思的问题:作为第一批留学生,鲁迅他们为什么以日本作为第一个选择的目标呢?这是

---

[1]《因太炎先生而想起的二三事》,《鲁迅全集》6 卷,557—558 页。

[2]《〈呐喊〉自序》,《鲁迅全集》1 卷,415 页。

因为 1894 年甲午战争中日本打败了中国，这次失败给中国知识分子的震动是空前的，逼得中国必须改革。要改革，就要向日本学习；而许多人认为，日本的经验最重要的就是它通过"脱亚入欧"这条路，向西方学习，取得了成功。中国要改革，也要向西方学习，首先是向日本这个"优等生"学习，或者说通过日本这个中介，走西方的路。这就是鲁迅这一批人东行的一个大背景。对于鲁迅个人来说，1902 年到日本时正是 22 岁，1909 年回国已经 29 岁。我们知道 22 岁到 29 岁，这正是人生中最关键的时刻。在座的同学大部分也是这个年龄，在这一段时间你接受什么东西对你以后发展是至关重要的。鲁迅也是如此。那么当鲁迅这样的中国知识分子怀着这样一种向往到了日本，日本实际情况又是怎么样的呢？这就必须对 1902 年到 1909 年这一段时间的日本做一番考察。但非常遗憾的是，我对此毫无研究，只能借助于日本学者的研究成果；但由于我自己没有研究，也就不能对日本学者的研究成果做任何判断。这样，我只能找我比较信任的学者。我找到了伊藤虎丸先生，最近中国出版了他的专著：《鲁迅与日本人——亚洲的近代与'个'的思想》。下面我要介绍的有关日本部分都是伊藤虎丸先生的观点。[1]

按日本学者的说法，当时日本正处在"日清战争和日俄战争之间"，"日清战争"也就是我们所说的"中日甲午战争"，它发生在 1894 年，鲁迅来日本的时候正好是在中日战争结束了，鲁迅在日本期间发生了日俄战争。日本学者认为这一段时间是他们"思想混沌的时代"。这是什么意思呢？在 1894 年中日战争之前，日本经历了明治维新，已经很强大了，但却一直感到中国对它的压力，日本知识分子中普遍有一种很紧张的情绪。现在在中日战争中日本胜利了，从中国的压迫下突然解放出来，就陷入了"交织着纯情与傲慢"的激情之中。面对这样一个"膨胀的日本"，"日新月异发展的日本"，一方面产生民族的自豪感，即所谓"纯情"，另一面也膨胀起民族自大的"傲慢"。我们今天读鲁迅的《〈呐喊〉自序》，特别是《藤野先生》，还可以感受到那样一种气

---

[1] 伊藤虎丸先生是我非常尊敬的日本前辈学者，我在本讲的研究，包括后面所说的关于"个"的概念，关于"伪士"、"白心"的概念等等，都是直接来自伊藤先生的启示，特此说明，并向伊藤先生致谢，祝先生健康长寿。

氛；而身历其境的鲁迅和同时期的留日学生，更会深受刺激，而激发起同样强烈的民族主义情绪。我们下面将要讲到，鲁迅在日本思想发展是以民族主义作为其起点，这恐怕不是偶然的。

更值得注意的，或者说对鲁迅影响更大的，是这一时期日本思想、文化界出现的一个新的倾向。中日战争结束以后，日本的资本主义生产关系得到一个很快的发展，随着资本主义的体制的最终确立与巩固，资本主义制度本身一些弊病也开始出现。日本一些敏感的知识分子，很快地就感觉到建立起来的资本主义的产业社会同时带来的种种病态。也就是说，当全民族或者大部分人陷入一种膨胀的、纯情的、傲慢的热情中的时候，敏感的知识分子已经感觉到一种新的危机，并进而产生了批判意识。这就是日本学者所说的"混沌暧昧状态"：一方面因资本主义的发展而充满着信心与膨胀的激情，另一方面却因产业社会的病态而充满着怀疑与恐惧。于是就在这两次战争之间，日本的部分知识分子，特别是青年人发生了变化，即从"政治青年"转向"文学青年"。所谓"政治青年"，就是自认为是那正在建立的资本主义体制的主人，有强烈的国家意识；所谓"文学青年"，则发现自己被这个体制抛出来了，对体制产生怀疑，就还原到个人，回到文学，因为文学本质上就是个人的，这些文学青年在批判资本主义的时候，将自己边缘化了，同时也就个人化了。有一部分人就从爱国青年变成社会主义者，日本最早期的社会主义者就是在这个时候出现的。正是在这样一个背景下面，尼采主义引起了强烈的关注，鲁迅在日本的时候正是尼采主义盛行的时代。因为尼采是对资本主义进行批判、怀疑、否定的，并且是强调个体的。这对鲁迅有一种很深刻的影响。这样的变化尽管只限于少数敏感的知识分子，但却是意义重大的。本来日本走的是"脱亚入欧"这样一条路，对西方资本主义是充满信心的，并且完全照搬；现在对西方资本主义，也就是我们今天所说的西方式的现代化，产生了怀疑，就提出一个如何发现和重建"新的民族主体"的问题。[1]对于日本

[1] 参看伊藤虎丸：《鲁迅与日本人——亚洲的近代与'个'的思想》，第 1 章第 4 节，23—38 页，河北教育出版社，2000 年版。

人，原先仿佛很简单，一切向西方学习，使自己彻底欧化就行了，现在却发现
不行了，不能完全"脱亚入欧"，必须一面向西方学习，一面寻找适合自己的
现代化道路，重建一个适应现代社会的新的民族主体。在某种意义上说，这
正是与西方强势文明相遇的东方弱势文明的所有的国家都面临的共同问
题。不仅是日本，中国也面临这个问题。但并不是所有的人，包括日本人，中
国人，都能意识到这个问题。我们前面说过，中国人此刻到日本，是为了向日
本学习"脱亚入欧"的经验的，很多知识分子始终也不能摆脱"全盘西化"的
思路。但少数敏感的日本知识分子对西方道路的怀疑与批判意识却在同样
敏感的鲁迅这里引起了强烈的共鸣。而另一方面，正像我们以后将要强调的
那样，鲁迅并没有像另外一些知识分子那样，由对西方资本主义的怀疑走向
对东方传统的无条件的认同，这样，鲁迅从起点上，就确认了自己的历史使
命，产生了自己的问题意识：从批判的层面上说，就是如何既要批判东方传
统，促进民族的现代化，又要对西方现代化进行质疑，拒绝"全盘西化"；从建
设的层面上说，就是如何要完成"现代民族文化"的重建，"现代民族主体"的
重建。而前面我们已经说过，鲁迅的"问题"是受当时日本一部分知识分子的
"问题"的启示而产生的，也是许多东方的知识分子所面临的共同"问题"。因
此，我们可以说，鲁迅在 20 世纪初，一个世纪之前的"东行"，其重大意义就
在于产生了一个"东方的鲁迅"，从起点上，鲁迅就和东方所有的知识分子一
起来思考，追寻与探讨如何重建"东方现代文明"与"东方现代民族主体"，这
构成了 20 世纪的东方思想文化史上的非常重要的一个方面。鲁迅对东方国
家，特别对日本和韩国这样一些国家产生非常大的影响，不是偶然的。据说
明年日本、中国和韩国的学者将一起来纪念鲁迅东行 100 周年，我们所要探
讨的可能不只是鲁迅的问题，而是在新世纪东方民族的生存和发展的问题，
这将是很有意思的。但我对这一问题没有专门的研究，只能把问题提出来，
有兴趣的同学可以做更深入的研究和讨论。

二

在大体了解了鲁迅东行的大背景以后，我们现在来具体地讨论鲁迅在留日期间写的早期著作。

在讨论之前，先要向大家介绍周作人关于鲁迅在东京的读书与写作生活的回忆，以便多少获得一点感性的印象。

> 鲁迅在东京的日常生活，说起来似乎有点特别，因为他虽说是留学，学籍是独逸语学会的独逸语学校，实在他不是在那里当学生，却是在准备他一生的文学工作。……他早上起得很迟，特别是在中越馆的时期，那时最是自由无拘束。大抵在十时以后，醒后伏在枕上先吸一两枝香烟，那是名叫'敷岛'的，只有半段，所以两枝也只是抵一枝罢了。盥洗之后，不再吃早点，坐一会儿看看新闻，就用午饭，不管怎么坏吃了就算，朋友们知道他的生活习惯，大抵下午来访，假如没有人来，到了差不多的时候就出去看旧书，不管有钱没有钱，反正德文旧杂志不贵，总可以买得一二册的。
>
> ……（晚上）就在洋油灯下看书，要到什么时候睡觉，别人不大晓得，因为大抵都先睡了，到了明天早晨，房东来拿洋灯，整理炭盆，只见盆里插满了烟蒂头，像是一个大马蜂窠，就这上面估计起来，也约略可以想见那夜是相当深了。[1]

鲁迅大概也是晚间写作的，这一习惯保持到了晚年；萧红在回忆中就谈到，她永远不能忘记的是深夜灯下鲁迅"灰黑色"的"背影"[2]，这都是逗人遐想的。

我们且把鲁迅日本时期的著述列一个表：

---

[1] 周作人：《鲁迅的故家·鲁迅在东京》，《鲁迅回忆录》（专著，中册），1044页，北京出版社，2000年版。

[2] 萧红：《回忆鲁迅先生》《鲁迅回忆录》（散篇，中册），717页，北京出版社，2000年版。

1903 年

6 月　译作历史小说《斯巴达之魂》,前半部分发表于《浙江潮》5 期(后半部分发表于 9 期)。

10 月　《说钼》与《中国地质略论》,发表于《浙江潮》8 期。

同月　所译法国儒勒·凡尔纳的科幻小说《月界旅行》及所作《〈月界旅行〉辨言》,由东京进化书社出版。

12 月　所译凡尔纳科幻小说《地底旅行》1、2 回在《浙江潮》10 期发表。

本年,鲁迅在赠给许寿裳的照片背后写《自题小像》。

1906 年

5 月　与顾琅合著的《中国矿产志》由上海普及书局出版。

1907 年

12 月　《人间之历史》发表于《河南》1 号。收入《集外集》时,改题为《人之历史》。

1908 年

2 月、3 月　《摩罗诗力说》发表于《河南》2 号、3 号。

6 月　《科学史教篇》发表于《河南》5 号。

8 月　《文化偏至论》与所译《裴彖飞诗论》发表于《河南》7 号。

12 月　《破恶声论》发表于《河南》8 号。

1909 年

3 月　与周作人合译的《域外小说集》第一集出版。内收有鲁迅作《〈域外小说集〉序言》。

7月　《域外小说集》第二集出版。

鲁迅在日本的著述可以明显划为两个时期，即 1903 年至 1906 年与 1907 年至 1909 年，关键自然是 1906 年鲁迅决定中断在仙台医专的学习，做出了从事文学启蒙的新的选择。

我们很容易就发现两个时期著述中的"中心词"的转移。

在 1903 年写的《自题小像》是人们所熟知的："灵台无计逃神矢，风雨如磐暗故园。寄意寒星荃不察，我以我血荐轩辕"，这里表达的是强烈的民族主义、爱国主义的情怀，其中的中心词是"故园"与"轩辕"。

在《中国地质论》中，"中国"二字更成为全篇论述的出发点与归宿——

吾广漠美丽最可爱之中国兮！而实世界之天府，文明之鼻祖也。

况吾中国，亦为孤儿，人得而挞楚鱼肉之；而此孤儿，复昏昧乏识，不知其家之田宅货匪（藏），凡得几许。

中国者，中国人之中国。可容外族之研究，不容外族之深掠；可容外族之赞叹，不容外族之觊觎者也。

吾既述地质之分布，地形之发育，连类而之矿藏，不觉生敬爱忧惧种种心，掷笔大叹，思吾故国，如何如何。……此垂亡之国，翼翼爱护之，犹恐不至，独奈何引盗入室，助之折桷挠栋，以速大厦之倾哉。

夫中国虽以弱著，吾侪固犹是中国之主人，结合大群起而兴业，群正是在"中国"这个中心词下，寄寓着鲁迅的民族自豪感，危机感，以及"中国之主人"的责任感。因此，这一时期他的着眼点在"大群"，强调的是"民族、国家至上"的观念。

儿虽狡，孰敢沮者，则要索之机绝。[1]

正是在"中国"这个中心词下，寄寓着鲁迅的民族自豪感，危机感，以及"中国之主人"的责任感。因此，这一时期他的着眼点在"大群"，强调的是"民族、国家至上"的观念。

他的公开发表的第一篇文字《斯巴达之魂》就是呼唤为国献身的"国民"之魂的。

……不欲亡国而生，誓愿殉国以死……

……盖将临蓐，默祝愿生刚勇强毅之丈夫子，为国民有所尽耳。

汝旅人兮，我从国法而战死，其告我斯巴达之同胞。

激战告终，例行国葬，烈士之毅魄，化无量微尘分子，随军歌激越间，而磅礴载刺于国民脑筋里。而国民乃大呼曰，"为国民死！为国民死！"。[2]

这里，反复用了"国民"的概念，注重的是"国"与"民"的一体性，强调"民"为"国"而"死"。

这一时期鲁迅的另一关注点是"科学"。作为翻译活动的起点，他介绍的是凡尔纳的科幻小说，并且在所写《辨言》里，强调："（欲）导中国人群以进化，必自科学小说始"。[3]而他的《说钿》更是我国最早介绍"镭"的发现的论著之一，鲁迅强调这一重大科学发现将引起"思想界大革命"，[4]这是别具眼

---

[1]《中国地质略论》，《鲁迅全集》8卷，3页，4页，16页，17页。

[2]《斯巴达之魂》，《鲁迅全集》7卷，11页，12页，13页。

[3]《〈月界旅行〉辨言》，《鲁迅全集》10卷，152页。

[4]《说钿》，《鲁迅全集》7卷，20页。

光的。值得注意的是,鲁迅在这一时期论及"科学"时,总是与"迷信"相对立,认为"科学"足以强国,"迷信"则必"弱国",[1]力主普及科学知识,以"破遗传之迷信,改良思想,补助文明"。[2]

人们不难注意到,此时的鲁迅著述中,所表达的是一种"时代"的声音,或者说是日本留学生中大多数人所持的主流观念和共同情绪,也就是说,鲁迅还是混杂在"大群"(留学生群体)之中,并未显示出他个人的鲜明特色——尽管他的文学才能一出手即颇引人注目:许寿裳曾回忆说,那篇《斯巴达之魂》是一夜之间一挥而就的,"真使我佩服!"[3]

到 1907—1909 年的著述,就发生了变化。首先是"中心词"的转移。

这里,我要向大家推荐一篇文章:上海复旦大学的郜元宝先生写的《为天地立心——鲁迅著作所见"心"字通诠》,发表在《鲁迅研究月刊》2000 年 7 期。我下面的讨论,就受到了这篇文章的启发,也采用了文中的某些观点,这是需要向大家说明的。

据郜文的考察,这一时期的鲁迅著述中,出现了一个核心概念,就是"心";含义相同或相近的,则有"性灵"、"人心"、"灵明"、"精神"、"主观之内面精神"、"意力"、"主观之心灵界"、"情意"、"内部之生活"、"主观与自觉之生活"[4];"心声"、"神思"、"灵府"、"国民精神"、"灵觉"、"至诚之声"[5];"内曜"、"本根"、"自心"、"白心"、"写心"[6];"旧心"、"本心"、"圣觉"[7],等等。

中心词的转移,某种程度上,是意味着思考的深入。前面我们已经说过,鲁迅在日本首先感受的是一种民族危机感,问题是,中华民族的危机究竟在哪里?或者说,是什么构成了这个古老的国家民族生存的最大危险?最现成

---

[1]《中国地质论》,《鲁迅全集》8 卷,4 页。

[2]《〈月界旅行〉辨言》,《鲁迅全集》10 卷,152 页。

[3]《亡友鲁迅印象记·〈浙江潮〉撰文》,《鲁迅回忆录》(专著,上册),221 页,北京出版社,2000 年版。

[4]《文化偏至论》,《鲁迅全集》1 卷,44—57 页。

[5]《摩罗诗力说》,《鲁迅全集》1 卷,63 页,65 页,71 页,72 页,100 页。

[6]《破恶声论》,《鲁迅全集》8 卷,23 页,24 页,27 页,30 页。

[7]《科学史教篇》,《鲁迅全集》1 卷,26 页,29 页,30 页。

在鲁迅看来,民族危机在于文化危机,文化危机在于"人心"的危
机,民族"精神"的危机:这是一种由外向内的追索,追到"本根"上,
就抓住了"心"这个核心概念:亡国先亡人,亡人先亡心;救国必先
救人,救人必先救心。

的答案是:由于出现了异族(西方和日本)的威胁,也就是鲁迅在《中国地质
论》里所说的"外族之觊觎",这正是当时大多数中国留学生的看法。现在经
过紧张而痛苦的思考,鲁迅有了新的认识。他在《文化偏至论》一开始,就对
中国与外国文化的关系作了一番历史的考察。他指出,由于中国长期处于
"屹然出中央而无校雠"的地位,就自然产生了"益自尊大,宝自有而傲睨万
物"的所谓中国即天下的中央大国心态。在鲁迅看来,这"固人情所宜然",但
却隐含着一种危机:"惟无校雠故,则宴安日久,苓落以胎,迫拶不来,上征亦
掇,使人茶,使人屯,其极为见善而不思式"。正是 19 世纪中叶以来,西方文
化的冲击,就使这潜在的危机变成了现实:"有新国林起于西,以其殊异之方
术来向,一施吹拂,块然踣僵,人心始自危"——鲁迅在这里说得很清楚:所
谓民族危机最根本的是民族文化的危机,而民族文化危机的背后则是"人
心"的危机,问题正是出在"本根剥丧,神气旁皇","心夺于人,信不繇己",
"举天下无违言,寂漠为政,天地闭矣"[1]。在鲁迅看来,民族"神气"的彷徨无
主,人"心"的自主与自由的丧失,民族的"心声"的"寂漠",这样的"天地闭
矣"即天地无心的危机,才是一种"本根剥丧"的根本性的危机,这就是说,民
族危机在于文化危机,文化危机在于"人心"的危机,民族"精神"的危机:这
是一种由外向内的追索,追到"本根"上,就抓住了"心"这个核心概念:亡国
先亡人,亡人先亡心;救国必先救人,救人必先救心,"第一要著"在"改变"人
与民族的"精神"。[2]

　　鲁迅作出这样的选择,就意味着他与当时的维新派的决裂。也是在《文
化偏至论》的一开始,鲁迅即指出,这是一些"轻才小慧之徒",他们"竞言武
事","以习兵事为生","复有制造商估立宪国会之说","惟物质为文化之
基","以富有为文明","以路矿为文明",不过是"以力图富强之名,博志士之
誉"。[3]我们前面已经说过,20 世纪第一批留日学生中,是以学政法与军事为
热门的,"富国强兵"是他们共同的理想,"实业救国"与"科学救国"思潮是占

[1]《破恶声论》,《鲁迅全集》8 卷,23 页,31 页。

[2]《〈呐喊〉自序》,《鲁迅全集》1 卷,417 页。

[3]《文化偏至论》,《鲁迅全集》1 卷,44 页,45 页,56 页。

鲁迅与维新派知识分子的争论背后，是包含着更为深刻的分歧的，即如何看被认为是西方文明的核心的"物质"与"科学"观念。

主流地位的。因此，鲁迅与之决裂，也就意味着将自己边缘化，而这几乎是预示着鲁迅的命运的：他在任何时候都与主流派知识分子格格不入，并终生处于边缘位置。而这同时也意味着鲁迅对前一个时期的自我选择的一种怀疑与否定，他的《中国地质略论》就是"以路矿为文明"的代表作。这样的自我怀疑与否定也是显示了鲁迅式的文化品格的。因此，我们可以说，到"心"与其他核心概念的提出，鲁迅开始从留日学生这个"大群"中分离出来了。

如果我们把讨论再深入一步，可以发现，鲁迅与维新派知识分子的争论背后，是包含着更为深刻的分歧的，即如何看被认为是西方文明的核心的"物质"与"科学"观念。一切维新派都是西方"物质文明"与"科学文明"的盲目崇拜者；鲁迅则要求对之进行更为复杂的分析。在《文化偏至论》与《科学史教篇》中，他对西方物质文明与科学史做了"循其本"的考察。他指出，到 19 世纪，西方"物质文明之盛，直傲睨前此二千余年之业绩"，而且使"世界之情状顿更，人民之事业益利"，其历史作用与现实意义是毋庸怀疑的。但如发展到极端，"久食其赐，信乃弥坚，渐而奉为圭臬，视若一切存在之本根，且将以之范围精神界所有事"，就会产生严重的弊端："诸凡事物，无不质化，灵明日以亏蚀，旨趣流于平庸，人惟客观之物质世界是趋，而主观之内面精神，乃舍置不之一省。重其外，放其内，取其质，遗其神，林林众生，物欲来蔽，社会憔悴，进步以停，于是一切诈伪罪恶，蔑弗乘之而萌，使性灵之光，愈益就于黯淡"[1]。应该说，鲁迅于 20 世纪初所做的这番考察是相当超前的，我们或许到 20 世纪末才对之有了实际的体会。鲁迅也同样充分肯定科学对于东方落后民族的特殊意义："盖科学者，以其知识，历探自然见象之深微，久而得效，改革遂及于社会，继复流衍，来溅远东，浸及震旦，而洪流所向，则尚浩荡而未有止也。"[2]但他又警告说，如果"欲以科学为宗教"，"别立理性之神祠"[3]，也会产生新的弊端："盖使举世惟知识之崇，人生必大归于枯寂，如是既久，则

---

[1]《文化偏至论》，《鲁迅全集》1 卷，48 页，53 页。

[2]《科学史教篇》，《鲁迅全集》1 卷，25 页。

[3]《破恶声论》，《鲁迅全集》8 卷，28 页。

对精神现象的注重是鲁迅的基本特点,对他"精神界的战士"的自我定位与选择,奠定了基础,是他的人生的一个重要的起点性的东西,原点性的东西。

美上之感情漓,明敏之思想失,所谓科学,亦同趣于无有矣"[1]。鲁迅强调把科学与理性推向极端,也会危及科学本身,是出于他对科学的独特理解。在他看来,科学本质上是一种"人性之光",而且"科学发见,常受超科学之力","本于圣觉"(灵感),"故科学者",必"有理想,有圣觉","仅以知真理为惟一之仪的"。[2]

我们不难注意到,在鲁迅对他所说的以"物质"、"科学",以及我们将在下面详细讨论的"民主"等为中心的"19世纪文明"之"通弊"做批判性审视时,集中到一点,即是对"主观之内面精神"也即"人心"的残害("亏蚀"、"平庸"、"枯寂"等等),这与他在前述关于中国传统文化危机的论述中,强调"心夺于人"、"本根剥丧"是出于同一思路,即把"人心"即人的精神置于至高的地位,并以是否有利于人的心灵的自由、健康的发展为衡量一种文化的标尺的。而这更是关乎他对文化与人性的根本认识的。在他看来,"根柢在人",他也赞同德国诗人席勒的意见:"知感两性,圆满无间,然后谓之全人。"因此,他对"惟物质为文化之基"的观点,最有力的质问,就是"物质果足尽人生之本也耶?"在他看来,人之所以区别于动物,就在于他是精神的存在,当然必须以物质作为基础,但物质并不是终极性的根本的东西。鲁迅认同的是这样的观点:"主观之心灵界,当较客观之物质界为尤尊","精神现象实人类生活之极颠"。[3]——这是鲁迅称之为"新神思宗徒"的尼采、施蒂纳等西方哲学家的观点,但强调人的内敛的精神,与中国的传统哲学也有相通之处。[4]可以说对精神现象的注重是鲁迅的基本特点,在下面我们将讲到,这对他"精神界的战士"的自我定位与选择,是奠定了基础的,是他的人生的一个重要的起点性的东西,原点性的东西。

在对人的精神现象的关注中,鲁迅显然更倾心于"文学",这是因为在他

[1]《科学史教篇》,《鲁迅全集》1卷,35页。

[2]《科学史教篇》,《鲁迅全集》1卷,35页,29页,30页,32页。

[3]《文化偏至论》,《鲁迅全集》1卷,56—57页,54页,48页,53页,54页。

[4]郜元宝《为天地立心》认为,"鲁迅的'心'以中华民族几千年的'心学'(由精英和俗众共同书写的心灵体验的历史)为依托",他是"用传统心性之学的术语翻译西方'神思新宗'的"。

在对人的精神现象的关注中，鲁迅显然更倾心于"文学"，这是因为在他看来，要改变人的精神、民族的精神，首"推文艺"。可以说，"文学"——文学的本质，文学的功能等等，是这一时期鲁迅思考的一个重点，对于终生作为文学家存在的鲁迅，这自然也是具有一种起点与原点的意义的。

看来，要改变人的精神、民族的精神，首"推文艺"。[1]可以说，"文学"——文学的本质，文学的功能等等，是这一时期鲁迅思考的一个重点，对于终生作为文学家存在的鲁迅，这自然也是具有一种起点与原点的意义的。围绕着文学的思考，鲁迅从"心"这一中心概念出发，提出了四个重要的子概念，即"神思"、"白心"、"心声"与"撄人心"。我们不妨做一个简要的考察。

先看"神思"。这本是中国古代文论的一个概念，鲁迅赋予了自己的理解与特殊含义。在《科学史教篇》里，他曾将"神思"与"学"这两个概念对举："盖神思一端，虽古胜今，非无前例，而学则构思验实，必与时代之进而俱升"[2]，显然认为"神思"与"构思验实"之"学"是不同的两种把握世界的方式。那么，"神思"是怎样一种把握世界的方式呢？鲁迅在《摩罗诗力说》与《破恶声论》里都把"神思"与诗歌（文学）的起源直接联系起来："古民神思，接天然之閟宫，冥契万有，与之灵会，道其能道，爰为诗歌"，[3]"顾瞻百昌，审谛万物，若无不有灵觉妙义焉，此即诗歌也，即美妙也，今世冥通神閟之士之所归也"[4]。这里，讲的是人的心灵与万有万物在生命本源上的"冥契"，而这种"冥契"是一种"灵觉"、"灵会"，突然而至又瞬间消失的灵感，神秘的不可思议的感应与感悟，其"妙义"不可言说，至少是难以言说的，一旦说出，"道其能道"，就成了"文学"（广义的"诗歌"）。鲁迅在《破恶声论》里谈到神话的产生时还在另一个意义上使用了"神思"的概念："夫神话之作，本于古民，睹天物之奇觚，则逞神思而施以人化，想出古异，諔诡可观"，[5]突现的是一种奇特的想像力与无拘无束的自由的创造力，由此产生了文学功能的认识。鲁迅在《摩罗诗力说》中说："涵养人之神思，即文章之职与用也"，[6]在《〈域外小说集〉序言》中强调文学（包括外国文学）的阅读与介绍其本质就是"籀读其心声，以相度

[1]《〈呐喊〉自序》，《鲁迅全集》1卷，417页。

[2]《科学史教篇》，《鲁迅全集》1卷，26页。

[3]《摩罗诗力说》，《鲁迅全集》1卷，63页。

[4]《破恶声论》，《鲁迅全集》8卷，28页。

[5]《破恶声论》，《鲁迅全集》8卷，30页。

[6]《摩罗诗力说》，《鲁迅全集》1卷，71页。

鲁迅强调一个人，一个民族的"心声"。在他看来，一个人，一个民族能不能发出自己的"心声"，是这个人与这个民族是否"自立"的一个最基本的标志。他是把"无声"看作是"亡人"、"亡国"的征兆的。

神思之所在"，[1]都是着眼于文学在"涵养"人的灵感，感应、感悟力与自由的想像力，以达到人与人之间，人与宇宙万物之间的心灵的生命的"冥契"方面的意义与价值。在鲁迅看来，这些对于文学都是带有根本性的。

作为一种言说，鲁迅提出了"白心"的概念。所谓"白心"，就是"诚于中而有言"，就是"声发自心"[2]，这是对文学的表达的基本要求：一要真诚，即"抱诚守真"，发出"真之心声"、"至诚之声"[3]；二要直白；三要发自内心。据许寿裳回忆，早在弘文学院学习时，鲁迅即和他讨论过中国民族性的问题，觉得"我们民族最缺乏的就是诚和爱，换句话说：便是深中了作伪无耻和猜疑相贼的毛病。口号只管很好听，标语和宣言只管很好看，基本上是只管说得冠冕堂皇，天花乱坠，但按之实际，却完全不是这回事"。[4]"白心"概念的提出，显然与这样的思考有关。以后，鲁迅还不断回到这一概念上来，特别是20年代写的《论睁了眼看》、《无声的中国》等文，更有深入的讨论与展开。到时候我们再详说吧。

"心声"，也是这一时期鲁迅频频使用的概念。他强调，"盖人文之留遗后世者，最有力莫若心声"。这里用的也是中国传统的概念。扬雄《法言·问神》就说："言，心声也"。文学作为一种言说，是传达一个人，一个民族的"心声"的。在他看来，一个人，一个民族能不能发出自己的"心声"，是这个人与这个民族是否"自立"的一个最基本的标志。因此，他又一再地使用了"寂寞"、"渊默"、"沉默"、"萧条"这样的概念，[5]他是把"无声"看作是"亡人"、"亡国"的征兆的。在《摩罗诗力说》的一开始，他就发出这样的感慨："人有读古国文化史者，循代而下，至于卷末，必凄以有所觉，如脱春温而入于秋肃，勾萌绝朕，枯槁在前，吾无以名，姑谓之萧条而止"。在文章的结尾，又大声疾呼："有作

[1]《〈域外小说集〉序言》，《鲁迅全集》10卷，155页。

[2]《破恶声论》，《鲁迅全集》8卷，23页，24页，27页。

[3]《摩罗诗力说》，《鲁迅全集》1卷，99页，100页。

[4]许寿裳：《我所认识的鲁迅·回忆鲁迅》，《鲁迅回忆录》（专著，上册），487页，北京出版社，2000年版。

[5]《摩罗诗力说》，《鲁迅全集》1卷，63页，65页，100页。

这里对"有声的中国"的呼唤是极其动人的，它所显示的强烈的民族自救的情感，与前一时期的鲁迅是一脉相承的，但却是更为深沉与深刻了；而将文学的发展与民族救亡、振兴直接相联系的思路，对于鲁迅的文学观也是具有起点与原点的意义的。

至诚之声，致吾人于美善刚健者乎？有作温煦之声，援吾人出于荒寒者乎？"，面对"中国之萧条"，"其亦沉思而已夫，其亦惟沉思而已夫！"。[1]这里对"有声的中国"的呼唤是极其动人的，它所显示的强烈的民族自救的情感，与前一时期的鲁迅是一脉相承的，但却是更为深沉与深刻了；而将文学的发展与民族救亡、振兴直接相联系的思路，对于鲁迅的文学观也是具有起点与原点的意义的，与他对文学的个人性的强调，是相辅相成的，而且也是显示了鲁迅的"东方性"的。

"撄人心"的概念是鲁迅在对中国的传统观念的反思中提出的。他在《摩罗诗力说》里一针见血地指出："中国之治，理想在不撄"，就是一切平和，沉静如死水，不被搅动，这首先是"（皇）帝"所需要的，因为"其意在保位，使子孙王千万世，无有底止，故性解（主张个性解放的天才）之出，必竭全力死之"；这同时也是"民（众）"所需要的，因为"其意在安生，宁蜷伏堕落而恶进取，故性解之出，亦必竭全力死之"。于是，就有了为这样的统治与被统治的需求提供解释与依据的理论、学说："老子五千言，要在不撄人心；以不撄人心故，则必先自致槁木人心，立无为之治；以无为之为化社会，而世即于太平"。鲁迅在进一步考察中国诗歌（文学）观念的形成与发展过程时又发现：最初《尚书·舜典》中就有"诗言志"之说，"而后贤立说，乃云持人性情，三百之旨，无邪所蔽"。这正是对"诗言志"说的反动："既言志矣，何持之云？强以无邪，即非人志"。而这样的"不撄、持人、无邪"之说，正是对诗歌（文学）"设范以囚之"，"许自繇（自由）于鞭策羁縻之下，殆此事乎？"在鲁迅看来，正是这样的正统的文学观念给中国文学的发展造成了严重的后果："厥后文章，乃果辗转不逾此界"，那些"颂祝主人，悦媚豪右之作"可以不去说它，就是"心应虫鸟，情感林泉，发为韵语"之作，也"多拘于无形之囹圄，不能舒两间之真美"；"聊行于世"的不过是一些"悲慨世事，感怀前贤，可有可无之作"。如果在作品中于吞吞吐吐之中，"偶涉眷爱"，"儒服之士，即交口非之"，更何

_____

[1]《摩罗诗力说》，《鲁迅全集》1卷，63页，100页。

况真正的"反常俗者",早就被扼杀了。在这样的文学熏陶之下,中国的百姓"心不受撄,非槁死则缩朒耳";而近世以来,更以"实利"二字充塞于心,"则驯至卑懦俭啬,退让畏葸,无古民之朴野,有末世之浇漓",这就形成了真正的文学的危机与人心的危机。由此产生了文学变革的要求,首先是文学观念的变革。于是,就有了鲁迅的文学概念:"诗人者,撄人心者也"。[1]这显然是对前述"不撄,持人,无邪"的传统观念的一个挑战,这是属于现代人的文学观念,也是鲁迅文学观念的一个起点原点:不仅这关系到鲁迅的自我选择

——在以后的几讲中,我们都会反复强调鲁迅的文学的最大特点,就是"搅动人的灵魂";而且也成为鲁迅评价文学的一个基本尺度:看其是让人心"活"起来,还是"死"下去。18 年后,鲁迅在引起很大争议的《青年必读书》里说:"我看中国书时,总觉得就沉静下去,与实人生离开;读外国书——但除了印度——时,往往就与人生接触,想做点事。中国书虽有劝人入世的话,也都是僵尸的乐观;外国书即使是颓唐和厌世的,但却是活人的颓唐和厌世",[2]其所持的价值标准依然是世纪初的"撄人心"的文学观念。

三

在鲁迅留日期间第二阶段即 1907—1908 年间的著述中,第二个核心概念是"个"。其相关的概念则有:"个体"、"个人"[3]、"己"、"自"、"自识"、"我执"、"自我"、"个性"、"自性"、"人格"[4]、"独"[5],等等。

我们就从《破恶声论》里的这段话说起吧:

> 聚今人之所张主,理而察之,假名之曰类,则其为类之大较二:一曰汝其为国民,一曰汝其为世界人。前者慑以不如是则亡中国,后者慑以

---

[1] 以上所引均见《摩罗诗力说》,《鲁迅全集》1 卷,68—69 页。

[2]《青年必读书》,《鲁迅全集》3 卷,12 页。

[3]《人之历史》,《鲁迅全集》1 卷,14 页。

[4]《文化偏至论》,《鲁迅全集》1 卷,44 页,45 页,46 页,50 页,51 页,54 页,55 页,56 页。

[5]《破恶声论》,《鲁迅全集》8 卷,36 页。

鲁迅的"个"的概念的提出与强调，首先是对中国传统观念的一种反省。鲁迅对西方文明是有很高的评价的，但他也绝不将其神化，他的思想独立性正表现在，对被普遍认同的西方观念他也要作出自己的分析。

不如是则畔文明。寻其立意，虽都无条贯主的，而皆灭人之自我，使之混然不敢自别异，泯于大群，如掩诸色以晦黑，假不随驸，乃即以大群为鞭棰，攻击迫拶，俾之靡骋。[1]

这里所讨论的，是"人"的概念。一种是"类"的观念，就是把"人"归于某一类："家庭"、"社会"、"国家"、"民族"、"人类"的"人"，等等；还有一种是"个"的观念，把人看成是一个个的生命"个体"。"个"的概念在中国传统文化中是没有的，中国传统文化中更强调人对家庭、社会、民族、国家，以及国家的代表"天子"的从属性，因而要求每一个人都成为"家之孝子"与"国（天子）之忠臣"或"小民"。因此，鲁迅的"个"的概念的提出与强调，首先是对中国传统观念的一种反省。但在这里，鲁迅主要针对的却是"今人"、也即 20 世纪初中国留学生界最为流行的两种说法："汝为国民"与"汝为世界民"。前者是典型的民族主义与国家主义的观念，其实也正是鲁迅在《中国地质略论》等 1903 年左右的著作中所强调的，因此，鲁迅对"国民"说的质疑首先是一种自我反省，也是前面已经提及的鲁迅从留学生这个"大群"中分离出来的一个重要标志，鲁迅也因此终生背上了"亡中国"的"汉奸"的罪名——这也是我们在以后的讲课中会不断涉及的话题。"世界民"的概念是当时占主流地位的"维新派"知识分子所提出的，如鲁迅在《文化偏至论》里所说，他们"近不知中国之情，远复不察欧美之实，以所拾尘芥，罗列人前"，却扬言"言非同西方之理弗道，事非合西方之术弗行"，[2] 因此，他们所说的成为"世界民"，其实就是要全面认同他们所理解的西方文明，赋予西方文化以一种"世界"性与普遍真理性，如不认可，也要加上一个吓人的罪名："畔文明"。这当然是鲁迅所不能接受的。如前所分析，鲁迅对西方文明是有很高的评价的，但他也绝不将其神化，他的思想独立性正表现在，对被普遍认同的西方观念他也要作出自己的分析。前面我们已经说过他对"物质"与"科学"的肯定中的否定，

---

[1]《破恶声论》，《鲁迅全集》8 卷，26 页。

[2]《文化偏至论》，《鲁迅全集》1 卷，45、44 页。

鲁迅强调的是"每一个"具体生命"个体"的意义和价值，他把人还原到人的个体生命之中，真正的人道主义要关怀具体的、真实的人，是强调每一个具体的人的生命价值和意义，这是鲁迅思想的全部出发点。

这里还要补充对"民主"与"平等"的反思，他同样进行了历史的考察与分析，指出："平等自由之念，社会民主之思"，起于以法国大革命为顶点的欧洲"革命"，其反抗封建君主专制的意义是无可怀疑的；但如推之极端，也会发生弊病。"民主"如果演变为"以多数临天下而暴独特者"，就会变成新的专制；"平等"如果变成"夷隆实陷"，"使天下人人归于一致"，就必然扼杀"个人殊特之性"，并且降低社会发展水平，"精神益趋于固陋"与平庸。[1]可以看出，鲁迅对"民主"与"平等"的反省，都集中于对个体的独特性的压抑，也就是前面所引《破恶声论》那段话里所说，"灭人之自我，使之混然不敢自别异，泯于大群"。因此，鲁迅在这一时期的著作中，一再强调"个"，而不是"类"与"群"，强调人各有"己"，"己"是人的本质，是包含了他对中国传统观念与西方现代观念的双重反省的，并且是最能显示它个人的思想特色的。

下面我们来看看鲁迅的"个"的概念的具体内涵。

鲁迅讲的"个"、"己"有两个意思：一是真实的、具体的人，而不是普遍的、观念的人；一是个别的、个体的人，而不是群体的人。我们常讲"人民"、"群众"、"为人民服务"、"为群众服务"。"群众"、"人民"是一个观念的人，不是具体的人，是群体的人，不是个体的人。这是很容易被"调包"的：口头上讲的是抽象的、群体的"人民"、"群众"，真正一落实下来，就变成为"人民"、"群众"的"代表"（那倒是具体的，个体的某某官员）服务了。而鲁迅他要强调的是"每一个"具体生命"个体"的意义和价值，他把人还原到人的个体生命之中，真正的人道主义要关怀具体的、真实的人，是强调每一个具体的人的生命价值和意义，这是鲁迅思想的全部出发点。由此引出下面的意义：

首先，他赞同他所说的"神思宗之至新者"的观点，强调人的思想行为必须"以己为中枢，亦以己为终极"，以己为"造物主"。[2]也就是说，他赋予"己"、"个"概念以终极性的价值，人自己就是自己存在的根据和原因，不需要去别处寻找根据和原因，自己有一种自足性。此话非同小可，也就是说不

[1]《文化偏至论》，《鲁迅全集》1卷，48页，50页。

[2]《文化偏至论》，《鲁迅全集》1卷，51页。

鲁迅终其一生,作为一个永远的批判的知识分子,对一切权力关系产生的奴役,都采取了不妥协的批判态度,这里也依稀可以看到无政府主义的影子。这或许也是鲁迅思想发展的一个贯穿性线索。

要上帝,也不要上帝的代言人,不要众意(对"众意"的质疑也是鲁迅一以贯之的思想)。他提出要自己做主,意思是要自己裁判、自立标准、自己执行,同时自己负责。所以鲁迅讲的个性、个体意义不是放纵的,是很有责任感的,自己选择的同时自己负责,自身到自己那里寻找存在的价值和意义。这是鲁迅的第一个非常重要的思想。

其次,他说要"立我性为绝对之自由者也"。[1]这里就提出了"自由"的概念。既然人是自己存在的根据,这样人就必然具有一种独立不依"他"的特性。这个"他"可以是国家、社会、民族、他人等。人的自主性决定了人摆脱了对"他者"的依赖关系,不依附任何其他力量,这就彻底走出了被他者奴役的状态,从而进入了人的生命的自由状态。这是鲁迅讲的自由的第一个含义。

还有一点也很值得注意:鲁迅在质疑、拒绝"国家"意志与"众意"时,有一个很重要的说明。他说:"国家谓吾当为国家合其意志,亦一专制也。众意表现为法律,吾即当受其束缚,虽曰为我之舆台("古代奴隶中两个等级的名称,后泛指被奴役的人"——《鲁迅全集》注),顾同是舆台耳。去之奈何?曰:在绝义务。义务废绝,而法律与偕亡矣"。这里的无政府主义的倾向是十分明显的。我们说,鲁迅的"个人"与"自由"观里,有着很强的无政府主义的色彩,这大概是不会错的;后来,鲁迅在与许广平的通信中讲到自己内心的矛盾,即"两种思想的消长起伏",其一是"人道主义",另一个就是"个人的无治主义"。[2]鲁迅与无政府主义思想的关系是一个很有意思的问题。鲁迅在1926年还以肯定的语气谈到俄国的"虚无主义者",说他们是"不信神,不信宗教,否定一切传统和权威,要复归那出于自由意志的生活的人物"。[3]以后,我们还会谈到,鲁迅终其一生,作为一个永远的批判的知识分子,对一切权力关系产生的奴役,都采取了不妥协的批判态度,这里也依稀可以看到无政府主义的影子。这或许也是鲁迅思想发展的一个贯穿性线索。

[1]《文化偏至论》,《鲁迅全集》1卷,51页。

[2]参看王得后《〈两地书〉研究》据原稿的引文,394页,天津人民出版社,1982年版。收入《两地书》时改为"个人主义",参看《鲁迅全集》11卷,79页。

[3]《马上支日记》,《鲁迅全集》3卷,328页。

鲁迅的个体生命自由观,是包含一种博爱精神、一种佛教所说的大慈悲情怀的。他所讲的人的个体精神自由是一个非常大的生命境界,用他自己的话讲就是"天马行空"。这四个字是他的思想、艺术的精髓。

鲁迅"个"的观念的第二个含义是常常被人们忽略的。鲁迅讲的"己"、"我",并不是人们常说的利己主义的"己",不是只看到眼前利益的、目光短浅、心胸狭隘的"己"。——他在《文化偏至论》里说到"个人一语,入中国未三四年,号称识时之士,多引以为大垢",其实是"未遑探知明察,而迷误为害人利己之义";[1]鲁迅所讲的"个人"与"己",是有着非常宽阔的胸襟的大写的"人",是和万物、与他人相通的。我们在前一讲中就说到,鲁迅自己直到生命最后一刻,还感到"无穷的远方,无数的人们,都和我有关",真可谓"心事浩茫连广宇",也就是说,整个人类、整个生命、乃至整个宇宙都与他息息相通。后来鲁迅在小说《兔和猫》中还写道:"夏夜,窗外边,常听到苍蝇悠长的吱吱的叫声,这一定是给蝇虎咬住了,然而我向来无所容心于其间,而别人并且不知道……"。[2]在鲁迅看来,苍蝇的生命也是自有价值的,并且是应该与自己的生命相通的;现在自己对其生命的挣扎竟然听而不闻,对于一个生命的消失麻木不仁,自己的内心就有问题,是应该受到谴责的。鲁迅的这一痛苦是具有一种震撼力的,这是一个多么博大的内心世界,所有的生命都和他有关,不仅是人的,还包括自然的生命。所以他说,真正的诗人是能感受到天堂的欢乐和地狱的痛苦的。这就是说,鲁迅的个体生命自由观,是包含一种博爱精神、一种佛教所说的大慈悲情怀的。他所讲的人的个体精神自由是一个非常大的生命境界,用他自己的话讲就是"天马行空"。这四个字是他的思想、艺术的精髓,他的自由是天马行空的自由,是独立的,不依他、不受拘束的,同时又可以自由出入于物我之间、人我之间,这是大境界中的自由状态。

其三,鲁迅受叔本华、尼采哲学影响,强调"意力为世界之本体","惟有刚毅不挠,虽遇外物而弗为移,始足作社会桢干"。[3]这是特别值得注意的。鲁迅强调精神力量的时候,特别看重人的意志力,这可能与他思想中没有上帝有关。宗教徒可以依靠上帝,背后有一个决定者的存在,鲁迅没有上帝,只有依靠自己,依靠内在的意志力;当他面对强大的外在黑暗,而外在黑暗会

---

[1]《文化偏至论》,《鲁迅全集》1卷,50页。

[2]《兔和猫》,《鲁迅全集》1卷,552页。

[3]《文化偏至论》,《鲁迅全集》1卷,55页。

日本学者增田涉说，在鲁迅的著作和日常生活中有一个中心词，就是"奴隶"，鲁迅对"奴隶"境地有一种天生的敏感，甚至可以说不断地被趋为奴隶的感受构成了鲁迅最基本的、最稳定的生存体验，经常纠缠着他。

转化成为内在黑暗时，就只有依靠内在的光明面来抵御。在这一意义上，可以说，具有强大意志力的自我成为鲁迅的"上帝"，这可以看成是鲁迅的"宗教"。所以他提倡一种刚毅不挠的人性，从理论上讲，他当然知道，应追求"圆满无间"的人性的调和，但具体到个体生命，特别是具体到自己的个体生命，鲁迅选择的是人性的"偏至"：偏向于强悍的生命，在艺术上也偏向于力的美，粗暴的美。

以上三个方面，一是强调个体的、具体的人，二是强调人的自由状态，三是强调人的精神，概括起来就是"个体的精神的自由"。这构成了鲁迅最基本的观念。可以说他是以"个体精神自由"作为衡量一切问题的基本标准、基本尺度。

追求个体精神的自由，这是一个正面命题，它的反题，就是反抗一切对人的个体精神自由的压抑，也就是说，来自一切方面、一切形式的奴役（特别是精神奴役）现象，都在鲁迅的反对之列。日本学者增田涉说，在鲁迅的著作和日常生活中有一个中心词，就是"奴隶"，鲁迅对"奴隶"境地有一种天生的敏感，甚至可以说不断地被趋为奴隶的感受构成了鲁迅最基本的、最稳定的生存体验，经常纠缠着他。因此，在一般人认为没有什么问题的地方，鲁迅都能够发现奴役现象的再生产，并且引起他强烈的情感反应，他最恐惧、最不能忍受的就是被另外一种异己的力量所奴役，成为他者的奴隶，这可以说构成了鲁迅的一个基本的精神情结，永远摆脱不了的生命情结、情感情结。正是这种情结决定了鲁迅批判的彻底性和广泛性，它也是我们阅读鲁迅的一个基本感受：这是鲁迅作品的一条贯穿线，他在十分广泛的范围内，对形形色色的奴役现象都给予了很彻底的批判。其实，我们真的可以这样讲，人类的每一个进步，都会同时带来一种新的奴役，新的物质奴役或新的精神奴役。在这个意义上，可以说要在此岸世界杜绝一切形式的奴役，几乎是不可能的。鲁迅对个体精神自由的追求，消灭一切精神奴役现象的理想，就是一种彼岸的追求,或者说是鲁迅思想中的一个终极关怀。但也正因为他有这样一个彼岸的目标,在现实生活中,他便能发现不断产生的奴役关系,并把他的彻底批判精神贯彻到底。

下面我们再讲讲,鲁迅是怎样用他这样一个关于个体精神自由的思想,来看中国的现代化道路的问题。中国的现代化道路——这自然不是他当时所用的表述方式,他当时采用的是"近世文明"这样一个概念。那么,他是怎么来看待"近世文明",为中国的现代化确定自己的目标的呢?这就要讲到他著名的"立人"和"立国"的思想。在《文化偏至论》里,有这样一段话:

> 是故将生存两间,角逐列国是务,其首在立人,人立而后凡事举;若其道术,乃必尊个性而张精神。

> 国人之自觉至,个性张,沙聚之邦,由是转为人国。人国既建,乃始雄厉无前,屹然独见于天下。[1]

建立一个"人国"——所谓"人国",大致可解释为今天我们所说的"现代民族国家",一个独立的、统一的、强大的民族国家——就能够"屹然独见于天下",在世界上取得自己的位置。从他这样一个关于中国现代化道路目标的设想中,我们可以看到,鲁迅思考的一个核心,就是"适应现代社会的新的民族主体"的建立,使处于弱势地位的中国在世界这个大的竞争舞台中站住脚,有自己独立的自主之地。这与我们在本讲开头谈鲁迅留日时期大的时代背景中,日本与东方现代知识分子的追求完全一致,是表达了被压迫的东方落后国家的呼声的。而鲁迅思想的特殊之处在于,他认为,要实现这样一个建立民族主体的任务,首先要"立人",通过"立人"然后再来"立国"。也就是说,他把"立国"放在建立人的个体精神自由的基础之上,这又典型地表现了

[1]《文化偏至论》,《鲁迅全集》1卷,57页,56页。

鲁迅在对作为西方近世文明的主要标志的"物质"、"科学"与"民主"、"平等"的诉求与实践中，发现了对人的个体精神自由的压抑与剥夺。有鉴于此，鲁迅提出"立国"先"立人"，以"立人"为中心的思路，以此作为中国的"近世文明(现代化)"的目标。

鲁迅个性主义的思想。

鲁迅紧接着讨论一个问题，什么叫做"近世文明"？用我们今天的语言来说，就是什么叫做现代化？他提出了一系列尖锐的问题："将以富有为文明欤？"，"富有"了就是实现了"近世文明"(现代化)了吗？"将以路矿为文明欤？"，科学技术就等同于"近世文明(现代化)"吗？"将以众治为文明欤？"，"近世文明(现代化)"是不是就是议会政治？在他看来，物质的丰富，科学技术的发展，现代民主政治的建立，都是"近世文明(现代化)"的必要条件与标志，但不是惟一的条件。单一的富有、科学、民主并不是我们追求的现代化目标，他强调最终或根本的衡量标准，还要看能不能保证每一个个体生命的精神的自由与健全发展。这里，实际上是包含了鲁迅的一个隐忧的：如果有一天，国家富强了，物质文明充分发达了，科学技术也发达了，甚至也建立起了民主政治，但是，人的个体精神自由却被剥夺了，这能够说是实现了真正的"近世文明(现代化)"了吗？鲁迅这样提出问题，是有他的根据的。如前所说，他在对作为西方近世文明的主要标志的"物质"、"科学"与"民主"、"平等"的诉求与实践中，都发现了对人的个体精神自由的压抑与剥夺。正是有鉴于此，鲁迅才在中国刚开始走向现代化的 20 世纪初，即提出"立国"先"立人"，以"立人"为中心的思路，以此作为中国的"近世文明(现代化)"的目标，这自然是有着重大的意义的。有意思的是，鲁迅强调首先要保证人的个体精神自由，他的这个说法，和马克思在《共产党宣言》里所说的很接近，马克思也是这样提出他的关于未来的现代社会的理想的："代替那存在着各种阶级以及阶级对立的资产阶级旧社会的，将是一个以各个人自由发展为一切人自由发展的条件的联合体"。我想，鲁迅的"立人"思想，马克思的"自由联合体"的理想，直到今天，还是有意义的。这涉及中国的现代化道路的问题，不属于我们这门课的讨论范围，就不再展开了。我在《话说周氏兄弟》那本书的第一讲里，曾略有论说，同学们如有兴趣，不妨翻翻看。

我们在这里想对鲁迅这一"立人"、"立国"思想本身的问题再做一点讨论。首先要说的是，鲁迅是作为一个思想家提出这样的"近世文明（现代化）"目标的，他并不讨论具体实践的问题，他说先"立人"后"立国"，每人都觉醒了，然后国家就觉醒了，这个想法其实是比较理想主义的，它并不太具有操作性。而他所确立的这样一个"立人""立国"的目标，更重要的意义可能在于，它本身所蕴涵着的巨大的矛盾，有一种内在的紧张：既有民族主义和个人主义的矛盾，也有人道主义和个人主义的矛盾。而这种矛盾说到底，它来自人的本性。无论是民族主义，还是人道主义，所关注的是国家的人，或是群体、社会的人，它强调人的"类"的特性，因而对人提出种种要求，其核心就是为国家、民族或他人的利益牺牲。而个体精神自由，显然是以个体为中心的，强调人的"个人"性，因而拒绝为"他者"牺牲。而"人"，恰恰既是"群体"的存在，也是"个体"的存在，人的群体性和人的个体性也构成一对矛盾。在人的本性矛盾基础上的民族主义、人道主义与个性主义两者之间的关系，在整体目标上是可以协调的，但内在的矛盾与紧张却是不可避免的。鲁迅也不能免，直到 20 年代，他在给许广平的信中，还这样写道："我的意见原也不容易了然，因为其中本有着许多矛盾，教我自己说，或者是'人道主义'与'个人的无治主义'的两种思想的消长起伏罢，所以我忽而爱人，忽而憎人；做事的时候，有时的确为别人，有时却为自己玩玩"，[1] 他所面临的仍然是这个世纪初即已提出的矛盾。

我们还可以从这个双重目标的确定里面，看出一个中国现代知识分子具有的内在矛盾。

我们前面讲到鲁迅如此强调个体精神的自由，是他对传统中国与西方两种文化的考察与反思的结果，可以说通过这样的考察与反思，他打破了关于东方文化与西方文化的神话，因此，他的这一个命题是有双重指向的，一方面指向中国传统文化当中的专制主义，另一方面指向西方工业文明的种

---

[1] 鲁迅 1925 年 5 月 30 日致许广平书，转引自王得后《〈两地书〉研究》，394 页，天津人民出版社，1982 年版。

对东方"专制病"与西方"现代病"的双重疑惧,其实是构成了中国(以及东方国家)知识分子一个基本的心理矛盾和情结的。由此产生了一个"乌托邦情结":希望既治愈东方专制病,又避免西方现代病。鲁迅对任何美化东、西方文化与体制的理论都保持着高度的警觉,从而使自己始终坚守一种清醒的,独立的批判立场。

种弊病,也就是人们通常所说的所谓"现代病",鲁迅称之为"二患",他所担心的正是"往者为本体自发之偏枯,今则获以交通传来之新疫,二患交伐,而中国之沉沦遂以益速矣"。[1] 在这里可以看到鲁迅对东方"专制病"与西方"现代病"的双重疑惧,这其实是构成了中国(以及东方国家)知识分子一个基本的心理矛盾和情结的。在许多知识分子那里,就由此产生了一个"乌托邦情结":希望既治愈东方专制病,又避免西方现代病。这当然是不大现实的理想,一劳永逸地避免灾患与弊端是不可能的。对这样的"乌托邦"情结,我想应该做两个方面的分析:一方面,要把这样的"乌托邦"理想作为一个彼岸的目标,如把它现实化、此岸化,就可能带来意想不到的甚至是灾难性的后果,在这方面,20世纪是有惨痛的教训的。但另一方面,却不能因此而简单地否定这样的"乌托邦"的彼岸理想,这样一种双重忧患意识,它是能够产生对于现实的巨大的批判力量的。鲁迅正是如此:以后我们还会谈到,鲁迅的哲学是拒绝"一劳永逸"、"毫无弊端"这样的思路的,他确实从来不沉湎于任何一种乌托邦情结之中;但他的"二患交伐"的双重忧虑,却使他避免了陷入将东方和西方文化与体制理想化的现代神话——这正是20世纪的一个"时代病",他对任何美化东、西方文化与体制的理论都保持着高度的警觉,从而使自己始终坚守一种清醒的,独立的批判立场;而这样的"清醒"与"独立"是在20世纪初他提出"立人"思想时即已显示与确立的。

四

在详尽地讨论了鲁迅"心"与"个"这一组基本概念以后,我们还要讨论鲁迅日本时期的另一组概念,另一个命题,这也是他的思想的一个非常重要的逻辑起点。这是鲁迅在《破恶声论》里提出来的——

> 伪士当去,迷信可存,今日之急也。[2]

---

[1]《文化偏至论》,《鲁迅全集》1卷,57页。
[2]《破恶声论》,《鲁迅全集》8卷,28页。

人必须有依靠,没有仰赖,人的腰杆直不起来,骨头硬不起来;人必须有信仰,没有信仰人就不能立,我们讲"立人",最重要的是要立人的个人信仰。

　　首先他提出了"迷信"的问题,这是最引人注目的。我们在前面曾经提到,鲁迅在他 1903 年左右的著作中,是曾经把"迷信"作为"科学"的对立面,给予简单否定的。这也是当时(恐怕直到现在)的流行观点。到了 1907、1908 年,他再回到"迷信"这个概念上来,也同样具有一种自我反省,从主流观念中分离出来的意义。因此,他首先要对"迷信"做正名的工作。他说迷信看来好像是不好的东西,其实不然,"中国志士谓之迷,而吾则谓此乃向上之民,欲离是有限相对之现世,以趣无限绝对之至上者也"。[1]这就是说,老百姓、普通人,都有一种"向上"的欲求:这恐怕是出于人的本性,是人的生命本体的内在欲求。其实我们每个人都有这样的体验:小时候总想往天上看,站在路边,想路之外是什么,山之外是什么,天外之天是什么。鲁迅在这一时期筹办《新生》杂志时,拟用的封面画《希望》,也是一位女子弹着弦琴,跪坐在地球上,向着太空遥望的。人的本性总想脱离有限的现实,而趋向于无限的、绝对的远方,而"迷信"正是表现了人的这样一种"生命在远方"的基本情结的。

　　鲁迅接着又提出了一个重要观点:"人心必有所冯依,非信无以立,宗教之作,不可已矣"。[2]人必须有依靠,没有仰赖,人的腰杆直不起来,骨头硬不起来;人必须有信仰,没有信仰人就不能立,我们讲"立人",最重要的是要立人的个人信仰。而"迷信"之"性",就是指的作为"立人"的根本的"信仰"。而且鲁迅强调,迷信和别的不一样,它具有内发性和自发性的特点,它不是别人给他的,是非强制、非灌输的,全是发自自己内心的,就是我们前面所说的"白心"。正因为它是自发的,它就必然是执迷的。外界灌输给人的信仰是可以动摇的,发自内心的信仰则很难动摇,它表现为一种执著、痴迷状态。既"信"且"迷",此之为"迷信"。在鲁迅看来,"迷信"所表现出来的信仰的坚定性,是应当受到尊重的。

[1]《破恶声论》,《鲁迅全集》8 卷,27 页。
[2] 同上。

值得注意的是,鲁迅又提出了一个与迷信相对的概念——"正信"。鲁迅认为"正信"和"迷信"相反,它有三大特点:第一,讲"正信"的人,总是把自己摆在一个对真理和科学的垄断地位,自命为正统,而且是惟一正确的,是不能怀疑的。但其实,他所代表的只是某个时代某个社会集团的利益或多数派的意志,所以一点也不"正"。这是第一个特点。第二,鲁迅说,"正信"是"敕定"的,是皇帝(或类似皇帝的某种权威)自上而下强加的,它的不容置疑的垄断地位也是被钦定的,跟我们前面所讲的迷信的自发性、内发性是相反的。第三,它是"伪信",不是真正的信仰,是假的信仰。它既是皇帝、准皇帝敕定的,所以它有天然的奴性;而它又以真理的化身自居,仿佛拥有扼杀一切"异端"的绝对权力,有天然的主子性。这样,"正信"就成了鲁迅最深恶痛绝的主、奴两性的集中体现,它有主子性,有奴性,恰恰没有个性。它是多数力量,成千上万,上百万上千万,恰恰是抹煞个人的。说它是"伪信",就是因为失去了个人主体性,也就不可能有坚持信仰的真诚性与坚定性,这就是鲁迅有必要把"迷信"和"正信"作概念上区分的原因。

更有意思的是,鲁迅进一步追问:什么人讲"迷信"?什么人讲"正信"?"迷信"属于谁?"正信"属于谁?

于是,鲁迅发现:"迷信"存在于那些"朴素之民"即普通老百姓的身上,存在于"古民"——"气禀未失之农人"身上。[1]他这种看法是有针对性的,因为当时有很多所谓"志士"(其实都是下面要说到"伪士"),把农民每年冬天进行的祭祀活动,称之为"迷信",气势汹汹地要加以破除。而鲁迅恰恰要为这样一些"朴素之民"、"气禀未失的农民"辩护,为他们的"迷信"辩护。他在《破恶声论》里有一段非常精彩的辩护词。他说:"农人耕稼,岁几无休时,递得余闲,则有报赛,举酒自劳,洁牲酬神,精神体质,两愉悦也",这有何不可?而你们这些"号志士者"却"奔走号呼,力施遏止",难道你们想让他们做"轭下之牛马"吗?永远做牛做马,喘口气都不行,一喘气就是"丧财费时",一

---

[1]《破恶声论》,《鲁迅全集》8 卷,30 页,28 页。

鲁迅对终日劳苦的底层农民不仅有天然的同情,更有深刻的理解:
这其实是一种心灵的相通,一种精神上的血肉联系,这对鲁迅以后
的思想发展、道路选择,以及他的命运,都是至关重要的。

喘气就是"迷信",这是什么逻辑呢?这些"志士"实在是残暴得可以:"自慰之事,他人(本)不当干犯","诗人朗咏以写心,虽暴主不相犯也",再暴虐的皇帝也不能不准李白写写自己心中的明月,"舞人屈伸以舒体,虽暴主不相犯也",谁能禁止公孙大娘去舞剑?"农人之慰,而志士犯之",农民要休息休息,自己娱乐娱乐,志士们却要横加干预,"志士之祸,烈于暴主远矣",[1]你们这些志士,自认为有科学,有知识,真是比暴君还要酷烈啊——鲁迅的这一辩护非常有力而且十分感人,它表明鲁迅对终日劳苦的底层农民(实际上他们是中国社会的基础),不仅有天然的同情,更有深刻的理解:这其实是一种心灵的相通,一种精神上的血肉联系,这对鲁迅以后的思想发展、道路选择,以及他的命运,都是至关重要的。

那么,"正信"是属于什么人的呢?鲁迅提出了"伪士"这样一个重要概念。"伪士"有这样几个特点:第一,他们是无信之士,没有信仰的知识分子;第二,他们却要扼杀别人的信仰,不许别人有信仰;第三,他们又把自己打扮成信仰的捍卫者。可以看出,鲁迅讲到"伪士"的时候,他是相当动感情的:这类知识分子真是极可恶又极可怕的。首先,这是一群缺乏精神的知识分子。这主要指两个方面,一方面是缺乏精神信仰,鲁迅说他们是"无赖之尤",[2]"无赖"也就是无依赖,没有信仰,所以"伪士"天生具有流氓特点,今天可以这样,明天可以那样,毫无原则可言——以后鲁迅讲"做戏的虚无党",讲"上海滩上的流氓",都是对"无信仰"的精神特征的进一步开掘。另一方面是自由创造的精神与能力的匮缺。鲁迅说他们既无"神思",又无"白心",没有想像力,没有创造力,没有感应力,更没有真诚地表达自己的真实愿望。精神信仰与自由创造精神这两方面的缺失,就形成了一种"无精神"的特征,这是"伪士"的特点,他是知识分子,你不能不说他不懂知识,他甚至博览群书,可以滔滔不绝,但缺少精神,等而下之的就连知识也没有,只会唬人。但就是这样的无精神的"伪士",却往往占据了主流的中心位置,因为他们善于迎合:

[1]《破恶声论》,《鲁迅全集》8卷,29—30页。
[2]《文化偏至论》,《鲁迅全集》1卷,46页。

　　　　　　鲁迅提出的"伪士"概念是非常重要的,他提醒我们要区别真的现代
　　　　　知识分子还是假的现代知识分子。鲁迅很少谈新、旧,左、右,他说
　　　　　真、伪。这是别有一种意义的。可以说鲁迅是用真、伪来划分知识分
　　　　　子,作为他的衡量标准,这也是贯穿他一生的一个基本概念。

既迎合权势,又迎合大众,在中国的历史条件下,伪士总是和专制体制(既是
国家的专制,又是众数的专制)联在一起的。——鲁迅以后讲"帮忙"、"帮
闲"、"帮凶",以至"西崽",都是从"伪士"概念中的这一内涵延伸开去的。前
面所说的他们既无信仰,却自命为信仰的捍卫者,不断砍伐真正有信仰的
"异端",正是作为专制体制的"帮忙"、"帮凶"的必然表现。鲁迅又把这些伪
士称之为"借新文明之名,以大遂其私欲者"。[1]这就是说,他们总是打着"新
文明"的旗号——这个"新"是可以不断变换的,什么时髦就打什么旗号,这
自然与他们本无信仰与原则有关,却使他们永远"领导潮流",是他们任何时
候都能够占据主流地位的重要原因。但他们的目的却只在于"遂其私欲",这
是"伪士"最内在的特质,他们的一切作为,都是为了一己的私利,而他们却
要使出种种令人眼花缭乱的表演伎俩来掩盖自己的私欲:伪士之"伪",这是
一个重要方面。

　　在这里,我想强调,鲁迅提出的"伪士"概念是非常重要的,他提醒我们要
区别真的现代知识分子还是假的现代知识分子。我们可以注意到,鲁迅在这
里很少谈新、旧,左、右,他说真、伪。这是别有一种意义的。新、旧,左、右,是表
明知识分子在不同情况下形成的各种不同立场和观点,这是很难以此定是非
的:"旧"、"右"未必不好,"新"、"左"也未必好。在我看来,这并不涉及根本,根
本是真、伪:是真诚地相信与坚守你的观点与立场,还仅仅是一种表演,玩玩
而已,并且随时准备另换一个新的观点与立场。可以说鲁迅是用真、伪来划分
知识分子,作为他的衡量标准,这也是贯穿他一生的一个基本概念,这里先出
一个题目,在以后的讨论中,还会不断回到这个鲁迅思想的原点上来。

　　在这样的思路下,在区分了"朴素之民"和"伪士"之后,鲁迅又提出了
"精神界之战士"的概念。这是在《摩罗诗力说》这篇文章里提出来的,所以
"精神界之战士"首先具有"摩罗"也即"恶魔"的特点,鲁迅有一个概括,说:
"恶魔者,说真理者也",他们"立意在反抗,指归在动作","大都不为顺世和

----

[1]《文化偏至论》,《鲁迅全集》1卷,46页。

乐之音,动吭一呼,闻者兴起,争天拒俗,而精神复深感后世之心,绵延至于无已",[1]这大体上也可以用来概括精神界战士的特点。如果再作更深入、具体的分析,则可以说"精神界之战士"正是鲁迅所期待的首先"立"起来的"人",首先觉醒的知识分子,他们有信仰,自觉地追求个体精神自由,有自由创造精神和想像力,更有强大的主体独立意志,"惟向所信是诣,举世誉之而不加劝,举世毁之而不加沮",[2]同时又"尊侠尚义,扶弱者而平不平"[3];这些都是与"伪士"根本对立的。他们最显著的特征,一是"反抗",是批判的战斗的知识分子,而且如前所说,这种批判是广泛与彻底的,有一种"不克厥敌,战则不止"[4]的劲头。二是注重行动,即所谓"指归在动作",是具有很强的实践精神的知识分子。像拜伦,就是直接参加过希腊独立战争的。

我们已经说过,"精神界战士"是与"伪士"相对立的,这是比较好理解的;此外,还存在着另一种对立,即"精神界战士"与"众庶"(有时又称之为"众数")的对立,前面所说的精神界战士"争天拒俗",这个"俗"即是指的众庶(众数)之"俗"。这个问题比较复杂,我们在下面再作详尽讨论。值得注意的是由此产生的"精神界战士"的孤独感,一种相当深刻的孤独感。《文化偏至论》曾引用尼采的话:"吾行太远,孑然失其侣",其实正是夫子自道,所以,鲁迅接着又说:"吾见放于父母之邦矣!"[5]这话是说得相当沉重的,而且几乎预示着鲁迅以后的命运。

现在我们就来具体地分析精神界战士与民众的关系。首先注意到的是,精神界战士与前面所说的"朴素之民"及"气禀未失的农人"有一种天生的亲和力。鲁迅在《摩罗诗力说》里对他所说的"撒旦诗人"也即"精神界之战士"有一个相当独到的分析。他谈到生物学上的"反种(即反祖)"现象,"生物中每现异品,肖其远先";[6]在他看来,精神界战士是人类中的"异种",也会出

[1]《摩罗诗力说》,《鲁迅全集》1卷,82页,66页。

[2]《破恶声论》,《鲁迅全集》8卷,25页。

[3]《摩罗诗力说》,《鲁迅全集》1卷,79页。

[4]同上,82页。

[5]《文化偏至论》,《鲁迅全集》1卷,49页。

[6]《摩罗诗力说》,《鲁迅全集》1卷,74页。

鲁迅清楚，自己作为一个启蒙主义者的任务，并不是把外面的东西灌输给民众，而是要把民众内心被蒙蔽了的"诗"激发出来，最终引起他们自身灵魂的良性变化，自己掌握自己的命运。这是鲁迅的启蒙主义和另外一些"救世主"式启蒙主义的根本区别所在。

现返祖现象。而普通的"朴素之民"是"未失气禀之农人"——在五四时期所写的《我们现在怎样做父亲》里，鲁迅则说他们"心思纯白，未曾经过'圣人之徒'作践"，[1] 没有受到各式文明的各种侵蚀，各种改造，因而是所谓"古民"，还保持着生命的原始形态。而精神界战士既反叛近世文明，必"肖其远先"，就会和这些未经文明改造、"未失气禀之农人"之间有一种亲和力。所以鲁迅说，拜伦这样的精神界战士，在面对身处"奴隶"地位的朴素之民时，他的态度必然是既"哀其不幸"又"怒其不争"的。[2] 而无论是"哀"，或是"怒"，都内蕴着一种深刻的"爱"，这正是出于前述生命源头上的亲和力。

我们在前面说到了精神界战士与"众庶（众数）"的对立，这里又谈到了精神界战士与"朴素之民"的亲和，这似乎有些矛盾。这矛盾是源于鲁迅对中国民众的复杂认知与态度的。他实际上是用两个不同的概念来揭示他眼中的中国民众的两个不同层面的。简单地说，普通民众在未受"圣人之徒作践"，存有本色的"白心"时，鲁迅称之为"朴素之民"；民众的"天性"一旦"在名教的斧钺底下"，被砍伐殆尽，[3] 像阿Q那样，成了"正人"，半通不通地懂得了"圣贤"之道时，[4] 就构成了鲁迅所说的"众庶（众数）"。可以说，前者是本原、本性之民，也是理想状态的民众；后者才是现实存在的民众。精神界战士与前者有本源上的亲和，视其为自我生命之根；却不能不面对与现实中的后者的对立：鲁迅在这一时期的著述中，一再提到：梭格拉第（今译苏格拉底）被"众希腊人鸩之"，耶稣基督被"众犹太人磔之"，中国"汉晋以来"的文人"多受谤毁"的命运：这些先觉者们都是死于"众庶（众数）"之手的，所谓"窘戮天才，殄人群恒状"，"誉之者众数也，逐之者又众数也"[5]——以后，这几乎成了鲁迅作品中的一个母题。这正是始终缠绕着中国的精神界战士，中国的启蒙主义者的巨大困惑。但鲁迅有一个基本的信念，他在阐述"诗人者，

------

[1]《我们现在怎样做父亲》，《鲁迅全集》1卷，133页。

[2]《摩罗诗力说》，《鲁迅全集》1卷，80页。

[3]《我们现在怎样做父亲》，《鲁迅全集》1卷，135页。

[4]《阿Q正传》，《鲁迅全集》1卷，499页。

[5]《文化偏至论》，《鲁迅全集》1卷，52页；《摩罗诗力说》，《鲁迅全集》1卷，76页。

鲁迅对精神界战士的呼唤,其实也是一个自我定位,是他在20世纪初紧张地思考各种问题,最后做出的自我选择。它对于我们以后怎样认识、评价鲁迅,也是至关重要的。他不是纯粹的学者,不是纯粹的文人,或者说鲁迅是战士型的学者,战士型的文人。

撄人心者也"这一命题时,特意强调:"凡人之心,无不有诗,……无之何以能解?惟有而未能言,诗人为之语,则握拨一弹,心弦立应,其声澈于灵府,……益为之美伟强力高尚发扬,而污浊之平和,以之将破"。[1]鲁迅当然深知要改变受毒已深的"众庶"(阿Q们)的精神的艰难,但他相信他们在本原上仍是"朴素之民",因此,他们心中也有"诗",他们的心弦是可以拨动的。鲁迅更清楚,自己作为一个启蒙主义者的任务,并不是把外面的东西灌输给民众,而是要把民众内心被蒙蔽了的"诗"激发出来,最终引起他们自身灵魂的良性变化,"发扬"高尚,"破(除)"污浊,成为一个新的自由主体,自己掌握自己的命运。这是鲁迅的启蒙主义和另外一些"救世主"式启蒙主义的根本区别所在。知识分子(精神界战士)与民众的关系,是贯穿鲁迅一生的一个基本命题,随着时代的发展,面对不同的问题,会有更为丰富的展开,以后的讨论中,我们也将不断地论及,这里依然只是先"破"一个"题"。

最后,还要说一点:鲁迅对精神界战士的呼唤,其实也是一个自我定位,是他在20世纪初紧张地思考各种问题,最后做出的自我选择。这自然是意义重大的,它对于我们以后怎样认识、评价鲁迅,也是至关重要的。首先,请大家注意,他说他是"战士",其"立意在反抗,指归在动作";因此,他不是纯粹的学者,不是纯粹的文人,或者说鲁迅是战士型的学者,战士型的文人。我们以后会讲到,当纯文学的要求和战士的要求发生矛盾的时候,鲁迅是毫不犹豫地放弃前者而选择后者的。我们今天对鲁迅评价时,就不能以纯学者和纯文人的标准来要求他。但鲁迅又不同于一般的战士,他是"精神界之战士",他关注的始终是精神现象,人的精神问题,他要反抗的也主要是精神奴役现象。因此,鲁迅不是政治家,不是政治革命家。以后我们将会讲到,到20世纪20年代末,他还专门写文章来讨论"真的知识阶级"(也即"精神界的战士")与"政治家"、"政治革命家"的冲突与"歧途"。[2]因此,用政治家或政治革命家来要求、评价鲁迅,也是不搭界的。"精神界之战士"之于鲁迅,这一方

[1]《摩罗诗力说》,《鲁迅全集》1卷,68页。

[2]参看《文艺与政治的歧途》,《鲁迅全集》7卷;《关于知识阶级》,《鲁迅全集》8卷。

> "精神界之战士"之于鲁迅，这一方面是自我定位，同时又是一个自我限定。这决定了他能做什么，不能做什么，他愿意做什么，不愿意做什么。

面是自我定位，同时又是一个自我限定。这决定了他能做什么，不能做什么，他愿意做什么，不愿意做什么。这里还有另一层意思：选择什么，也即意味着达不到什么。他选择了精神界战士，这自然造就了他，使他的生命获得了某种意义与价值，而且在我们看来，是相当伟大的意义和价值；但同时也意味着他达不到在他选择之外的另一种高度，得不到另一些意义和价值，而很可能作出与他不同选择的另外一些知识分子达到了，有的还达到了相当的高度，我们就不能以别人达到的来苛求鲁迅，反过来也一样。我们之所以要在讲课一开始就讲鲁迅思想与文学的逻辑起点，讲他的自我选择，就是要提醒大家，我们只能从鲁迅的选择出发，在精神界战士的范围内，来审视与评价鲁迅，看他的路是怎样一步一步地走下去的，他遇到了什么，又做了什么，终于达到了怎样的高度，为现代中国的精神发展做出了什么贡献，或许还有什么可以达到而没有达到的，留下了怎样的遗憾，等等。在精神界战士范围之外的话，就很难说了，还是不说了吧。我想，讲到这里，同学们对我们这门课，就应该有数了。

第三讲 十年沉默的鲁迅

【2001 年 3 月 21 日、3 月 28 日讲】

1908—1918 年的鲁迅，是十年沉默的鲁迅，少有文字发表的鲁迅，这和前后的鲁迅是形成绝大反差的。他的《破恶声论》，是 1908 年发表的，文章末尾写着"未完"两个字，某种程度上说，这是鲁迅早期活动的一个结束，而且是未完成的一个结束。第二年，他就回国了，然后他到浙江教书，后来又到南京、北京做教育部的职员，直到五四新文化运动开始了，他才于 1918 年写出第一篇现代白话小说《狂人日记》。1908—1918 这十年当中，鲁迅还是写了一些文章，有的文章还相当重要，包括我们经常提到的《怀旧》这篇小说，包括他关于美术的意见书等等；但是从总体来说，他基本上是沉默的，而且，可以说我们面对的是一个几乎一无所知的"周树人"。

但是，正是这十年，却是鲁迅一生中最重要的时期。为什么这样说呢？因为在某种程度上可以说，中国思想文化史上的鲁迅正酝酿在这十年之中。尽管鲁迅在日本时期的著述如前一讲所说，有着丰富的内容，非常重要，但当时并没有产生很大的影响；真正引起震撼，并使"鲁迅"这个名字从此载入史册的，还是十年沉默后发出的那些声音。而我们不了解这十年的鲁迅，便无法理解以后的鲁迅。有研究者说，这十年的鲁迅给我们留下了"晦暗的影子"，[1]这是一点也不错的。正是这个若隐若现的影子，使我们感到了真正的困惑。日本的学者非常关心这一时段的鲁迅，竹内好先生早就提出来，这一段时间鲁迅有一个"回心"的过程。[2]这是能给我们以很大的启发的。但我们仍然很难了解这一段的鲁迅，但正因为我们不了解，我们可能会永远失去鲁迅。鲁迅说："当我沉默着的时候，我觉得充实；我将开口，同时感到空虚"，[3]真的，最真实的鲁迅是存在于沉默之中的，而这十年就是沉默的。我们现在

[1] 吴晓东：《S 会馆时期的鲁迅》，收《21 世纪：鲁迅和我们》，238 页，人民文学出版社，2001 年 3 月。

[2] 竹内好：《鲁迅》，李心峰译，46 页，浙江文艺出版社，1986 年版。

[3]《野草·题辞》，《鲁迅全集》2 卷，159 页。

> 1908—1918 年的鲁迅,是十年沉默的鲁迅,少有文字发表的鲁迅,这和前后的鲁迅是形成绝大反差的。

面临着一个非常困难的任务,就是如何走进、至少是走近这十年沉默中的鲁迅的内心世界,在几乎无可能的情况下,我们还是要去努力地倾听他的内心深处的声音,这太难了,也太有吸引力了。我们几乎毫无办法,缺少材料我们怎么说?我们苦苦挣扎,去琢磨一些东西,去接近他,感受他。这些天我也很苦恼:怎么向同学们言说这个沉默的鲁迅?现在我用的是最简便的方法,即借助于鲁迅的自述文字,通过他事后追述的有限的文字,用我们的心灵感应与想像,一起来"感觉"这样一个沉默的鲁迅。

一

鲁迅在《〈呐喊〉自序》里有两段话,正好是讲他在日本留学的后期与这段时期的心境的。第一段讲《新生》杂志夭折,文学启蒙梦破灭以后——

> 我感到未尝经验的无聊,是自此以后的事。我当初是不知其所以然的;后来想,凡有一人的主张,得了赞和,是促其前进的,得了反对,是促其奋斗的,独有叫喊于生人中,而生人并无反应,既非赞同,也无反对,如置身毫无边际的荒原,无可措手的了,这是怎样的悲哀啊,我于是以我所感到者为寂寞。
>
> 这寂寞又一天一天的长大起来,如大毒蛇,缠住了我的灵魂了。
>
> 然而我虽然自有无端的悲哀,却也并不愤懑,因为这经验使我反省,看见自己了:就是我决不是一个振臂一呼应者云集的英雄。……再没有青年时候的慷慨激昂的意思了。[1]

这是鲁迅对自己沉默中的内心世界的表述:请体味、请感觉这个"如置身毫无边际的荒原,无可措手足"的鲁迅,这个"寂寞又一天天的长大起来,如大毒蛇,缠住了……灵魂"的鲁迅。这其实也正是我们以后在《野草》、《彷

---

[1]《〈呐喊〉自序》,《鲁迅全集》1 卷,417 页。

徨》及其他作品中所看到的那个鲁迅。在那些作品中,一再地出现的"荒原"、"毒蛇"的意象就是孕育在这一时期——

> 她在深夜中尽走,一直走到无边的荒野;四面都是荒野,头上只有高天,并无一个虫鸟飞过。她赤身露体地,石像似的站在荒野的中央,于一刹那间照见过往的一切……又于一刹那间将一切并合:眷念与决绝,爱抚与复仇,养育与歼除,祝福与咒诅……
>
> 她于是抬起眼睛向着天空,并无词的言语也沉默尽绝,惟有颤动,辐射若太阳光,使空中的波涛立刻回旋,如遭飓风,汹涌奔腾于无边的荒野。[1]

> 我们听到呻吟,叹息,哭泣,哀求,无须吃惊。见了酷烈的沉默,就应该留心了;见有什么像毒蛇似的在尸林中蜿蜒,怨鬼似的在黑暗中奔驰,就更应该注意了:这在豫告"真的愤怒"将要到来。[2]

从这些酷烈的"沉默"里,在这"无词的言语"里,你感觉到了鲁迅心音的颤动,沉重的呼吸了吗?如果将这些文字与在前一讲中我们已经欣赏过的鲁迅日本时期的文字相对照,你更可以感觉到文字风格的变化:不是再也没有了那份慷慨激昂的意气了么?这一切,是怎么发生的,又意味着什么呢?

请注意这句话:"这经验使我反省,看到自己了",这是一个非常重要的信息:就是在十年中,鲁迅有一个"反省"的过程。或许我们正可以从"反省的鲁迅"这个角度,去贴近鲁迅的内心世界。那他反省什么呢?可以拿鲁迅在日本时期的五篇著作和沉默后的第一篇著作——写于1918年的《狂人日记》作对比,看它们之间的变化。其实前引《〈呐喊〉自序》那段话里已经有了交代:原来自认为是一个"振臂一呼,应者云集"的英雄,现在却发现不是了。在

---

[1]《野草·颓败线的颤动》,《鲁迅全集》2卷,205—206页。
[2]《杂感》,《鲁迅全集》3卷,50页。

虽然他从拜伦、易卜生身上强烈地感觉到了个人和传统，个人和社会，个人和庸众之间的隔膜和对立，但是这种隔膜和对立却反过来加强了对自我的肯定。一方面，由孤独寂寞产生悲凉感，另一方面，则是自我的崇高感，自我英雄感。而在十年沉默中，鲁迅终于回到了现实中，在反省中消解了自己英雄情结，浪漫情结。

《摩罗诗力说》里，鲁迅讲到拜伦的悲剧时，就曾说到，拜伦当时从英国兴致勃勃跑到希腊去为希腊人独立而战，"自意振臂一呼，人必将靡然向之"，殊不知希腊国民并没有响应他，都忙于打内战了。[1]在这个时候，鲁迅大概已经感觉到"英雄梦"里面有幻觉的成分。但尽管如此，在总体上，日本时期的鲁迅仍然是以一个强者的英雄姿态出现在思想文化界的。虽然他从拜伦、易卜生身上强烈地感觉到了个人和传统，个人和社会，个人和庸众之间的隔膜和对立，但是这种隔膜和对立却反过来加强了对自我的肯定。一方面，由孤独寂寞产生悲凉感，另一方面，则是自我的崇高感，自我英雄感。你越是和我对立，我越是要抗战，"尊己而好战"，充满了迎战的渴望与慷慨激情。鲁迅在《摩罗诗力说》里曾引述易卜生的话："地球上至强之人，至独立者也"。[2]后来（1928年）回顾易卜生的影响时鲁迅仍然说："易卜生敢于攻击社会，敢于独战多数，那时的绍介者，恐怕是颇有以孤军而被包围于旧垒之感的罢，现在细看墓碣，还可以觉到悲凉，然而意气是壮盛的。"[3]尽管有"悲凉"之感，但"意气壮盛"，显然充满了理想主义和英雄主义的激情；我们读日本时期的鲁迅著作不难感受到这一点。而在十年沉默中，鲁迅终于回到了现实中，在反省中消解了自己英雄情结，浪漫情结。而在更为深入，也更为惨烈的自我拷问中，又把"我绝不是一个振臂一呼应者云集的英雄"的自省再往前推进一步，就有了更为惊人的发现，终于爆发出《狂人日记》里的那撕心裂肺的一声高喊——

四千年来时时吃人的地方，今天才明白，我也在其中混了多年；……

我未必无意之中，不吃了我妹子的几片肉，现在也轮到我自己，……

有了四千年吃人履历的我，当初虽然不知道，现在明白，难见真的人！[4]

---

[1]《摩罗诗力说》，《鲁迅全集》1卷，81页。

[2] 同上，79页。

[3]《〈奔流〉编校后记(三)》，《鲁迅全集》7卷，163页。

[4]《狂人日记》，《鲁迅全集》1卷，432页。

过去鲁迅只感觉到他和旧思想、旧文化之间的对立，现在却发现了理不清、脱不掉的联系；过去他是一个单向的批判者，现在却发现要评判、否定旧思想、旧文化，就先得批判、否定自己：这不仅仅是自我崇高感、自我英雄感的消失，更生发了自我有罪感。从绝对对立中发现自我和他者的纠结，从单向地批判外部世界的他者，转向他我、内外的双重、多重批判的缠绕，这恐怕是鲁迅的一个重大变化。也就是说，鲁迅的怀疑、批判精神得到了彻底发展，批判的彻底不彻底就在于看能否批判自己。所以鲁迅一再说，别人总是说我无情地剖析别人，其实我更无情剖析我自己。在我看来，这样一个具有彻底的自我批判、自我怀疑精神的鲁迅，这样一个无情解剖自己的鲁迅，才是真正意义上的"鲁迅"：我们所看到的早期鲁迅，还是一个受到别人影响的鲁迅，到了这个时候，"鲁迅"出现了，"鲁迅"产生了。

对于这个问题，我想多说几句。在我看来，这正是鲁迅和其他知识分子的根本区别所在。我在研究周氏兄弟时，就对此深有感触。周作人的得意门生废名说过一句话，说周作人不仅对他人宽容，更对自己宽容：此乃真知周作人之言。周作人绝不跟自己过不去，他总要保留一块"自己的园地"，不仅不允许他人轻易侵入，自己也不去怀疑、否定它：这是一块完全属于自己的不容侵犯、不容怀疑、不容否定的精神家园。而鲁迅恰好故意地和自己过不去，鲁迅不仅跟别人过不去，更主要地和自己过不去，他把自己搞得乱七八糟。周作人有一个底线——"自己的园地"，所以他的日子好过。但鲁迅就不同了，他把自己的后院搞得天翻地覆，不留后路，他不断地进行自我拷打。这样，两人就有一个区别：周作人的思考是有保留、因而是有限的，永远停留在经验层面上；而鲁迅要打碎一切，包括自我经验——鲁迅就说过，他本来根据自己的经验而"觉得惟'黑暗与虚无'乃是'实有'"，但他又怀疑于这样的经验，"终于不能证实：惟黑暗与虚无乃是实有"，于是选择了"偏要向这些作绝望的抗战"。[1] 既重视又不局限于自己的经验，他就有可能进入形而上的

---

[1] 致许广平(1925年3月18日)，《鲁迅全集》11卷，20—21页。

把自己放在一个真理的垄断者的位置，居高临下地横扫一切，这样的知识分子不是真正的"精神界之战士"，这是假道学。中国是一个盛产道学家的国家，道学家是"天国"的把门人，打着道德理想主义的旗号，却干着排除异己的勾当。

超越层面的思考，当然我们可以说，或许这方面的思考并未充分展开，但这确实是一个新的境界，这是与鲁迅的彻底的怀疑精神直接相关的。

更为重要的是，这种自我批判使鲁迅与一些伪装的精神界战士区分开来。在上一讲中，我们说"精神界之战士"是跟"伪士"对立的，现在我们要进一步指出，自称"精神界之战士"的知识分子中也可能有"伪士"。真、伪与否的一个重要划分标准就是看有没有自我批判的精神。如果只是一味猛烈地批判别人，从不批判自己，这就很应该怀疑一下。把自己放在一个真理的垄断者的位置，居高临下地横扫一切，这样的知识分子不是真正的"精神界之战士"，这是假道学。中国是一个盛产道学家的国家，道学家是"天国"的把门人，打着道德理想主义的旗号，却干着排除异己的勾当，仿佛不经他的"严格"得可怕的法网的筛选，就休想进"天国"。这样的知识分子看起来很是激昂，其实也和"伪士"一样，不过是"拉大旗，做虎皮"，以逞私欲。鲁迅说，越激烈的人就越要引起注意，这是大有深意的。简单地就看一条，看他是不是批判自己，若把自己摆进去了，这人只是偏激而已，若没有摆进去的，这个人就要注意，很可能就是伪精神界战士，是"伪士"的变种。

从鲁迅思想的发展的角度看，他这十年的自我反省，这一步迈得非同小可，由此产生的是新的自我定位，叫"中间物"：既然不是登高一呼的英雄，那是什么呢？是"中间物"，是处于光明和黑暗之间，又在光明与黑暗中都找不到自己位置的"中间物"。这个"中间物"意识，以后我们还要详加讨论，这里只想讲一点：在某种程度上说，"中间物"意识是十年自我反省的结果，它打破的是自我的神话。我们上次讲早期鲁迅时说过，鲁迅打破了西方文化与东方文化至善至美的神话，那时候他所信奉的是多少有些神圣化的自我；现在经过了十年的反省，鲁迅又打破了自我的神话。在他打破了外在和内在的神话以后，他就真正从缥缈的天国回了现实当中，回到日常生活中来，真正成为了中国这块真实土地上的普通的一员——后来他说到知识分子只是"大经过了十年的反省,鲁迅真正从缥缈的天国回了现实当中,回到日常生活中来,真正成为了中国这块真实土地上的普通的一员。

众中的一个人",[1]是他打破自我神话以后最终必然达到的结论。这个时候,他才成了不仅具有自由意志,还具有自我牺牲精神、责任意识的精神界战士,这种牺牲意识与责任意识最集中地体现在五四时期他的那句名言:"中国觉醒的人,为着想顺长者解放幼者,便须一面清结旧账,一面开辟新路。……'自己背着因袭的重担,肩住了黑暗的闸门,放他们到宽阔光明的地方去;此后幸福的度日,合理的做人'"。[2]鲁迅终于和自己的青年时代告别,通过自我否定而找到了、完成了自我,或者说通过否定这一环节找到了作为"中间物"的自我。这样的"肩住了黑暗的闸门"的自觉选择,赋予鲁迅的生命以常人难以想像的沉重,他的酷烈的沉默和荒原感,正产生于此。然而,一个真实的鲁迅也就这样诞生了。

二

　　我们现在再来看《〈呐喊〉自序》里的第二段话——

　　　　只是我自己的寂寞是不可以不驱除的,因为这与我太痛苦。我于是用了种种法,来麻醉自己的灵魂,使我沉入于国民中,使我回到古代去,后来也亲历了或旁观过几样更寂寞更悲哀的事,都为我所不愿追怀,甘心使他们和我的脑一同消灭在泥土里的,但我的麻醉法却也似乎已经奏了功,再没有青年时候的慷慨激昂的意思了。[3]

　　如果说前一段话的中心词是"寂寞"与"沉默",这一段最应细心体味的是"麻醉"。为了感觉这自我"麻醉"的鲁迅,我们来看看他十年的日记、书信。但我们很快就发现,这一时期保留下来的书信并不多,而鲁迅的日记又写得非常短,而且大多写的是陈年流水账:今天谁来了,给谁写信了等等。鲁

[1]《门外文谈》,《鲁迅全集》6卷,102页。
[2]《我们现在怎样做父亲》,《鲁迅全集》1卷,140页。
[3]《〈呐喊〉自序》,《鲁迅全集》1卷,418页。

迅当年在《为了忘却的记念》中讲到柔石们的被害时曾说："年青时，读向子期《思旧赋》，很怪他为什么只有寥寥的几行，刚开头却又煞了尾。然而，现在我懂得了。"[1]为什么懂得了呢？因为他有了与向秀这样的魏晋文人同样的感受：在文网密织的情况下，为避文祸，只能慎言，欲说还休。鲁迅不在日记中轻易表露自己真实的思想与情感，大概也正是出于这样的顾忌形成的或隐或显的心理重压吧？

但偶尔的透露仍是有的，或者说，"地火在地下运行，奔突"，总会"喷出"点点火星——

仆荒落殆尽，手不触书，惟搜采古逸书数种，此非求学，以代醇酒妇人者也。（1910 年 10 月 14 日致许寿裳）[2]

大雨，……夜作均言三章，哀范君也，录存于此：
风雨飘摇日，余怀范爱农。华颠萎寥落，白眼看鸡虫。
世味秋荼苦，人间直道穷。奈何三月别，竟尔失畸躬！
海草国门碧，多年老异乡。狐狸方去穴，桃偶已登场。
故里寒云恶，炎天凛夜长。独沈清泠水，能否涤愁肠？
把酒论当世，先生小酒人。大圜犹茗艼，微醉自沉沦。
此别成终古，从兹绝绪言。故人云散尽，我亦等轻尘！[3]

头痛身热，就池田诊，云但胃弱及神经亢奋耳……（1913 年 3 月 19 日）[4]

写书时头眩手战，似神经又病矣，无日不处在忧患中，可哀也。夜

---

[1]《为了忘却的记念》，《鲁迅全集》4 卷，488 页。
[2]《101115·致许寿裳》，《鲁迅全集》11 卷，327 页。
[3]《壬子日记·1912 年 7 月 22 日》，《鲁迅全集》14 卷，10—11 页。
[4]《癸丑日记·1913 年 3 月 19 日》，《鲁迅全集》14 卷，49 页。

风。(1913 年 10 月 1 日日记)[1]

（查 1913 年日记,在这一年里,除了 4 月、7 月、9 月外,其余全有害病的记载,整整病了一年）

夜坐无事,聊写《沈下贤文集》。(1914 年 4 月 6 日)[2]

陈师曾贻印章一方,文曰"俟堂"。(1916 年 11 月 30 日)[3]

——据周作人回忆:"鲁迅那时自号'俟堂',本来也就是古人的待死堂的意思,……只是说'我等着,任凭什么都请来吧'。"[4]

旧历除夕也,夜独坐录碑,殊无换岁之感。"(1917 年 1 月 22 日)[5]

从这"荒落……飘摇……轻尘……忧患……可哀……无事……聊写……独坐……殊无……"里,你感觉到、捕捉到了什么?
后来,鲁迅回忆这段生活时,又有了这样的追述——

　　S 会馆里有三间屋,相传是往昔曾在院子里的槐树上缢死一个女人的,现在槐树已经高不可攀了,而这屋还没有人住;许多年,我便寓在这屋里抄古碑。客中少有人来,古碑中也遇不到什么问题和主义,而我的生命却居然暗暗地消去了,这也就是我惟一的愿望。夏夜,蚊子多了,便摇着蒲扇坐在槐树下,从密叶缝里看那一点一点的青天,晚出的槐蚕又

[1]《癸丑日记·1913 年 10 月 1 日》,《鲁迅全集》14 卷,76 页。
[2]《甲寅日记·1914 年 4 月 6 日》,《鲁迅全集》14 卷,108 页。
[3]《丙辰日记·1916 年 11 月 30 日》,《鲁迅全集》14 卷,240 页。
[4] 周作人:《鲁迅的故家》,《鲁迅回忆录》(专著,中册),1026 页,北京出版社,1999 年版。
[5]《丁巳日记·1917 年 1 月 22 日》,《鲁迅全集》14 卷,263 页。

每每冰冷的落在头颈上。[1]

鲁迅这里说他"惟一的愿望"就是借"抄古碑"来"暗暗地消去"自己的生命，这是为什么？他还说自己"荟集古逸书"，是借以代替"醇酒女人"，这背后又隐藏着什么呢？

后来还是他的弟弟周作人来解开这个谜，周作人在《鲁迅的故家》谈到"抄碑的目的"时这样写道——

> 洪宪帝制活动时，袁世凯的特务如陆建章的军警执法处大概继承的是东厂的统系，也着实可怕，由他抓去失踪的人至今无可计算。北京文官大小一律受到注意，生恐他们反对或表示不服。以此人人设法逃避耳目，大约只要有一种嗜好，重的嫖赌蓄妾，轻则玩古董书画，也就多少可以放心，如蔡松坡之于小凤仙，是有名的例。……鲁迅……只好假装玩玩古董。又买不起金石品，便限于纸片，收集些石刻拓片来看。[2]

这就清楚了："此非求学，以代醇酒妇人者也，"就是为了避文祸。这就使我们又联想起了魏晋时代的文人。鲁迅在大革命失败以后有一个很著名的演说，叫做《魏晋风度及文章与药及酒之关系》，在那里就谈到，刘伶那些魏晋文人为何拼命喝酒？原因何在？鲁迅说，"他的饮酒不独由于他的思想，大半倒在环境。其时司马氏已想篡位，而阮籍名声很大，所以他讲话就极难，只好多饮酒，少讲话，而且即使讲话讲错了，也可以借醉得到人的原谅。只要看有一次司马懿想和阮籍结亲，而阮籍一醉就是两个月，没有提出的机会，就可以知道了"。[3] 后来王瑶先生也写过《文人与酒》，对此做了更深入的讨论。他也谈到"是实际的社会情势逼得他们不得不饮酒；为了逃避现实，为了保全性命，他们不得不韬晦，不得不沉湎。……好像只是快乐的追求，而实际

---

[1]《〈呐喊〉自序》，《鲁迅全集》1卷，418页。

[2]《鲁迅的故家》，《鲁迅回忆录》(专著，中册)，1063页。

[3]《魏晋风度及文章与药及酒之关系》，《鲁迅全集》3卷，511页。

在我看来,鲁迅在《〈呐喊〉自序》里所说的自我"麻醉"正是内含着"绝望"与"超越"这两个侧面的。而这也正是与魏晋文人相通的,甚至会使鲁迅有仍然置身于魏晋时代的感觉——这种感觉其实是贯穿鲁迅一生的;因此,我们可以用"魏晋感受"来概括鲁迅这十年的心境。

却有更大的忧患背景在后面"。[1]所以鲁迅在这个时候读古书,抄古碑,除了他有内在要求之外,更重要的这是一种韬晦,不得不沉湎于其中。

王瑶先生认为,魏晋文人之沉湎于酒,还有两个重要方面,一是表现了更内在的"对生命的绝望",二是要追求酒中的"真味","饮酒正是他们求得一种超越境界的实践"。[2]这或许也有助于我们对这一时期鲁迅的内心世界的理解。《哀范爱农》三章中的"此别成终古,从兹绝绪言,故人云散尽,我亦等轻尘",是写尽了鲁迅对生命的绝望感的,生与死的问题更是时刻缠绕于心。而同时产生的,又是对生命的"真味"的超越性欲求——这也是鲁迅在日本时期既已开始的追求。在我看来,鲁迅在《〈呐喊〉自序》里所说的自我"麻醉"正是内含着"绝望"与"超越"这两个侧面的。而这也正是与魏晋文人相通的,甚至会使鲁迅有仍然置身于魏晋时代的感觉——这种感觉其实是贯穿鲁迅一生的;因此,我们可以用"魏晋感受"来概括鲁迅这十年的心境。"魏晋感受"是吉林大学的陈方竞教授首先提出来的,[3]他写了一本很有价值的专著:《鲁迅与浙东文化》,对我有很大的启发。同学们如想作深入地了解,最好直接去读这本书。

说鲁迅在十年沉默中与魏晋文人生活在一起,有强烈的魏晋感受,并不是简单的推论,而是有根据的。可以进一步考察一下:在这十年里,鲁迅读了什么古书,他做了什么事?

在1910—1911年期间,鲁迅做了两个工作,一是辑录《古小说钩沉》,这是为他以后做中国小说史研究做了准备的;同时他辑录了一本《会稽郡故书杂集》。而据人们研究,里面有四篇是记人的,记了八十七人次,大部分是魏晋时人;而作者,除了三人之外,其余是魏晋时浙东人:[4]

> 1912年6月,补绘《明于越三不朽名贤图赞》阙叶三枚。——作者张

[1] 王瑶:《中古文学史论》,《王瑶文集》卷一,194页,河北教育出版社,2000年版。
[2] 同上,187页,192、191页。
[3] 陈方竞:《鲁迅与浙东文化》,283页,吉林大学出版社,1998年版。
[4] 同上,94页。

岱,明山阴人。

1912年8月,1913年3月,两次辑录谢沈《后汉书》,并作序。——谢沈,晋代会稽人。

1912年9月—1913年1月,先后十次校勘辑成十卷本谢承《后汉书》,1913年3月,作序。——谢承,三国会稽人。

1913年3月,校录虞预《晋书》,并作序。——虞预,晋代余姚人。

1913年10月,辑校《嵇康集》毕,并作跋。以后鲁迅又多次校订此书,也是几乎贯穿他一生的一项学术工作。——嵇康,魏末正始人,其祖先是会稽人。

1914年3月,抄校张昊《云谷杂记》,并作序。——张昊,另著有《会稽续志》,宋金华人。

1914年4月,买佛书一批,开始读佛经。许寿裳说他"用功很猛,别人赶不上"。[1]

1914年,鲁迅先后辑录校订了晋代会稽人虞喜撰《志林》、《广林》,东汉慈溪人任奕撰《任子》,后汉会稽人魏朗撰《魏子》等,均有序。

1915年4月,开始大量收集汉代画像和六朝的造像。

1916年1月,整理《寰宇贞石图》收录的从先秦到唐五代的主要碑石、墓志等石刻拓片,其中汉魏六朝居多。本年,鲁迅陆续购得大量汉魏六朝碑碣、墓志、造像,悉心研究。[2]

可以看出,这十年里,鲁迅的辑录古籍是"以会稽郡为横坐标,以魏晋时代为纵坐标"的。[3]这里存在着两种文化的交织:既是中国传统中的魏晋文化,又是他的故乡浙东的地方文化。现在我们终于明白,前面所引《〈呐喊〉自序》里所说"回到古代","沉入于国民中",指的就是沉湎于魏晋,沉湎于浙

[1] 许寿裳:《亡友鲁迅印象记·看佛经》,《鲁迅回忆录》(专著,上册),247页。
[2] 据陈方竞:《鲁迅与浙东文化》,并参照赵英:《籍海探真·鲁迅整理祖国文化遗产年编》,文史出版社,1991年版;鲁迅博物馆鲁迅研究室《鲁迅年谱》(增订本)1卷,人民文学出版社,2000年版。
[3] 徐小蛮:《鲁迅辑校古籍手稿及其研究价值》,载《鲁迅研究动态》1987年7期。

东，这就形成了他生命中的魏晋情结，浙东情结，这都是他的生命之根。正如研究者所说，可以说，鲁迅正是带着这样一种浙东情结、魏晋情结（更具体地说，就是所谓"魏晋参照与魏晋感受"）参与五四新文化运动，并打上自己的烙印的：这构成了鲁迅的"以'魏晋'为内核，倡导五四新文学发生的浙东背景"。[1]

下面我们再把讨论深入一步：这个时期的魏晋情结，到底对鲁迅有什么影响？或者说，为什么鲁迅会对魏晋文人产生这么强烈的共鸣？

首先自然是我们前面已经论及的环境的类似：都处在所谓"易代之世"，笼罩在密织的文网之中，鲁迅与魏晋文人也就有了类似的感受。当然，更重要的是，魏晋这些文人，特别是阮籍、稽康他们，都是那个时代的异端，显然更能引起作为传统文化的反叛者的鲁迅的共鸣。鲁迅在《魏晋风度及文章与药及酒之关系》这篇文章中，对于稽康提出的"非汤武而薄周礼"，给予很高评价，显然是从中吸取了批判的资源的。

也许更值得注意的是鲁迅特别欣赏稽康、阮籍文章里的"诗心"、"使气"。所谓"诗心"、"使气"，就是写文章完全发自内心，是对内心世界的一种如实的展现；这和我们讲到的鲁迅在本世纪初的"白心"概念是相通的，都是大胆地，直率地说自己想说的话，把自己内心世界袒露出来。如鲁迅文章中所说："做文章时又没有顾忌，想写的便写出来"，"想说甚么便说甚么"。但另一面，"许多意思"又"隐而不显"，[2]把自己本意、本态掩盖起来。这两个侧面都会引起鲁迅的共鸣。下一讲我们讨论鲁迅的《呐喊》、《彷徨》，就会谈到鲁迅小说的"意思"正是实现在"显"与"隐"之间的张力中的。这里说到了文章，有一点也很值得注意，就是鲁迅在《魏晋风度及文章与药及酒之关系》一文中，特意强调了汉末魏初是一个"文学的自觉时代"，并具体地讨论了汉末魏初文章的风格："清峻"（"简约严明"），"通脱"（"随便"），华丽，壮大（"以'气'为主"）：在这些方面的关注与思考，对鲁迅最终介入五四文学革命，以及他

[1] 陈方竞：《鲁迅与浙东文化》，111 页。
[2]《魏晋风度及文章及药酒之关系》，《鲁迅全集》3 卷，503 页，511 页。

> 十年沉默的鲁迅，通过自我反省，打破了最后的自我神话，从而使本世纪初作为逻辑起点的批判、怀疑的精神达到了极致；这样的一种彻底的批判与怀疑和"重新估定价值"的五四精神是相通的，这是最终鲁迅参加五四新文化运动的内在动因。

自己创作风格的形成的影响也是显而易见的。

但我们的讨论还不能止于此。魏晋对鲁迅的影响，还有很重要的一个方面，就是由魏晋玄学引发的玄学思考对鲁迅的意义。我们在讲本世纪初的鲁迅时，曾谈到他对人的心灵自由的特别重视，所谓"贵心贱身"，更追求一种内心的东西，这本身就与老庄哲学有相通之处，所以这十年中，他钻研魏晋玄学，研读佛经，都意味着他对问题的思考开始进入了哲学层面。据许寿裳回忆，他是把释迦牟尼视为"大哲"的；[1] 从鲁迅以后的作品看，魏晋玄学的某些基本命题，如"生与死"、"有与无"、"实与空"、"言与意"等等，都是进入了鲁迅的思考的。我们是不是可以这么说，在 20 世纪初，鲁迅的黑暗意识，主要是对外部世界的黑暗的一种把握，还是经验形态的东西；现在经过十年的沉思默想，他已经把外在的黑暗转化为内心的黑暗，把经验性的遭遇转化为一种生命的体验，一种哲学的思考，从而形成了我们所说的鲁迅的"黑洞"。这个"黑洞"里充满了对生命本体性的黑暗感受、体验；同时，他又质疑于这样的生命本体性的黑暗感受、体验，这就形成了一个真正的鲁迅式的命题："绝望之于虚妄，正与希望相同。"后来，鲁迅在给许广平的信中这样写道："我常觉得惟'黑暗与虚无'乃是'实有'，却偏要向这些作绝望的抗战，……因为我终于不能证实：惟黑暗与虚无乃是实有"[2]，这是一个双重的怀疑与否定，有着这样一种近乎绝望了的生命本体的黑暗体验，但仍是"立意在反抗，指归在动作"的精神界战士，要与黑暗捣乱。这之间有一个巨大张力，后来就形成了鲁迅"反抗绝望"的哲学。这是鲁迅在 20 世纪 20 年代写作《野草》时期提出来的，但我想在这一段时间里他已在孕育了。

现在，我们可以对十年沉默的鲁迅，作一点小结：他通过自我反省，打破了最后的自我神话，从而使本世纪初作为逻辑起点的批判、怀疑的精神达到了极致；这样的一种彻底的批判与怀疑和"重新估定价值"的五四精神是相通的，这是最终鲁迅参加五四新文化运动的内在动因。同时，他的那种对生

---

[1] 许寿裳：《亡友鲁迅印象记》，《鲁迅回忆录》（专著，上册），247 页，北京出版社，1999 年版。

[2] 《两地书·四》，《鲁迅全集》11 卷，20—21 页。

命本体的黑暗体验，又是五四时期大多数人所没有的，这是鲁迅的独特性所在。这也就决定了鲁迅一方面必然要参加五四新文化运动；另一方面，他也必然要显示出他自己的，与其他的同代人不同的鲜明特点，在五四文学与思想史册上涂抹了具有浓郁个性色彩的重重的一笔。

第四讲 "为人生"的文学
——关于《呐喊》与《彷徨》的写作

【2001 年 3 月 28 日、4 月 4 日讲】

一

我们在前一讲中谈到,鲁迅是经过了自我反省,在怀着巨大的怀疑和否定,有了一种生命本体性的黑暗体验之后,走向五四新文化运动的。这样,他首先面临的问题是:要不要加入进去?——顺便说一点,很多人把鲁迅看作时代的弄潮儿,这是一个误解,鲁迅常常是慢半拍到一拍,可以说对所有问题,每一个运动,他首先是怀疑,而不是迎上去,要看一看,看一年半载,然后决定是否参加,一参加进去,就有独特的发挥,这才是鲁迅。据周作人回忆,对《新青年》鲁迅最初"并不怎么看得起它","态度很冷谈"。[1]后来怎么又参加了呢?鲁迅解释说是因为有了他和钱玄同的那次谈话。其实在张勋复辟以后,钱玄同与周氏兄弟三人在古槐树下就说过很多"偏激的话",其中最重要的,一是"应烧毁中国书",一是"应废除汉字"[2],这是反映了对中国文化的一种极端绝望的情绪的,因为是私人讨论,就说得更为彻底,后来钱玄同将其公之于众,自然就引起了轩然大波。我们这里要说的是,鲁迅在《〈呐喊〉自序》里描写的他与"金心异(钱玄同)"的谈话,其实是一个概括,多少有些戏剧化的成分,但仍是表达了鲁迅的真实思想的,这就是那段很有名的话——

假若一间铁屋子,是绝无窗户而万难破毁的,里面有许多熟睡的人们,不久就要闷死了,然而是从昏睡入死灭,并不感到死的悲哀。现在你大嚷起来,惊起了较为清醒的几个人,使这不幸的少数者来受无可挽救的临终的苦楚,你倒以为对得起他们么?

[1]《鲁迅的故家》,《鲁迅回忆录》(专著,中册),1067 页。

[2] 参看周作人《钱玄同的复古与反复古》中转引钱玄同 1923 年 7 月 9 日致周作人书,《周作人文类编·八十心情》,481 页,湖南文艺出版社,1998 年版。并参看《记钱玄同先生关于语文问题的谈话》,原载《文化与教育》旬刊 27 期(1934 年 8 月 10 日)。

鲁迅对所有问题,每一个运动,首先是怀疑,而不是迎上去,要看一看,看一年半载,然后决定是否参加,一参加进去,就有独特的发挥,这才是鲁迅。

在这里鲁迅提出两个质疑,第一,"铁屋子"能够被摧毁吗? 第二,你把这些年轻人喊醒了,能不能给他们指出出路? 他的质疑是指向五四启蒙主义与乐观主义的,他的真实体验是"万难破毁"与并无出路,这使得他在内心里无意加入,至少是踌躇不前的。但钱玄同一句话把他问倒了:"然而几个人既然起来,你不能说决没有毁坏这铁屋的希望",钱玄同的逻辑是:确实很难毁,但"万一"毁了呢? 这就使鲁迅对他根据一己经验得出的"确信"产生了怀疑:"说到希望,却是不能抹杀的,因为希望是在将来,决不能以我之必无的证明,来折服他之所谓可有"。这是在"希望"与"绝望"之间的往返质疑,先是以"绝望"("万难破毁")质疑"希望",然后又以"希望"之"不能抹杀"来质疑"绝望":这是典型地表现了鲁迅的思维特点的。正是在这旋转式的思虑中,鲁迅的思想得到了深化,最终做出了他的独特的行动选择,并几乎决定了他以后的命运:一方面,他没有被绝望所压倒,还是加入了《新青年》的阵营,而且一发不可收拾,发挥了极其独特的作用——如果他当时将怀疑坚持到底,就不会有"鲁迅",这可能构成中国现代文学与思想史上的重大遗憾,但作为"周树人"个人,却也会免去了以后好多是非,未尝不是好事。在另一方面,他又没有放弃自己的绝望,甚至可以说他是带着骨子里的绝望与怀疑,充满矛盾地去参加新文化运动的。这一点与陈独秀、李大钊、胡适都不同,他们都是坚信不疑,勇往直前,义无反顾,处于潮流的中心发布"将令","挥斥方遒"的。鲁迅为自己选择的位置是站在旁边"呐喊"助威,同时用另一只眼睛紧张地观察、思考热闹的表面背后还隐蔽着什么。但也正如鲁迅自己所说,既然已经选择了"呐喊",就不能不"听将令"而有意地压抑自己的某些绝望,以与启蒙主义的时代思潮取得某种程度的一致。这就是说,尽管怀疑"铁屋子"是否能彻底"破毁",但仍坚持破毁"铁屋子"的努力;尽管怀疑启蒙主义究竟能起多大作用,但仍不放弃启蒙的努力。我想,我们应该从这个角度去理解鲁迅在20世纪30年代所作的"说到'为什么'做小说罢,我仍抱着十多年前的'启蒙主义'"的说明。[1]

在弄清了鲁迅与五四启蒙主义的复杂关系以后，我们就可以更深入具体地来讨论：他为什么选择小说写作来作为他的启蒙工作，以及由此形成的他的"小说观"。

就在前引《我怎么做起小说来》这篇文章里,他又说了这样一番话——

> 在中国，小说不算文学，做小说的也决不能称为文学家，所以并没有人想在这一条道路上出世。我也并没有要将小说抬进"文苑"里的意思,不过想利用他的力量,来改良这社会。

他又说——

> (写小说)必须是"为人生"，而且要改良这人生。我深恶先前的称小说为"闲书"，而且将"为艺术而艺术"看作不过是"消闲"的新式的别号。[2]

他这两段话有几点意思值得注意。

第一，他强调小说在传统文体中是一个边缘性的文体，甚至是不被承认，进不了"文苑"的;但也正因为如此,鲁迅就偏偏要选择它。这可以说是鲁迅的贯穿一生的文学立场。30 年代他在谈到杂文时，也依然强调这是"美国的'文学概论'或中国的什么大学的讲义"里所没有的文体，他写杂文从来没有"想到'文学概论'的规定,或者希图文学史上的位置"。[3]鲁迅即使在文体的选择上，也要坚持他的边缘性，反叛性与异质性，他对于正统的"文苑"体制甚至有一种出于本能的抵制与拒斥，这是我们在考察他的文学时要特别予以关注的。

---

[1]《我怎么做起小说来》,《鲁迅全集》4 卷,512 页。
[2] 同上,511 页,512 页。
[3]《徐懋庸作〈打杂集〉序》,《鲁迅全集》6 卷,291 页。

其二，他声称"深恶先前的称小说为'闲书'"，这表现了他与传统小说观念的决裂。这是他的异质性的又一个表现。这样，鲁迅的小说创作从一开始，就与以"娱乐、消闲"为主要目的，与追求的通俗小说、大众文化区别开来。这同样是十分重要的。

其三，他指明，自己所写的是严肃的"为人生"的小说，这正是鲁迅所开创的五四新小说的最本质的特征。这里也有两个侧面：一方面，他公开宣布自己的功利目的：是要"利用"小说的力量来"改良这社会"，这就与"为艺术而艺术"的所谓"纯文学"的观念划了一条线；但他坚持文学的社会作用主要表现在它是"为人生"的，这就避免了对文学的功利性的狭窄化的理解，而把"文学"与"人生"的改良与健全发展联系起来，这显然是他早期"立人"思想的一个具体落实与发展。

最后，鲁迅指出"为艺术而艺术"是"'消闲'的新式的别号"，则有写作《我怎么做起小说来》时的20世纪30年代的文学背景。鲁迅在30年代曾作过一个《上海文艺之一瞥》的演讲，说到主张"文艺为人生"的文学研究会曾"受到三方面的攻击"，一是提倡"天才的艺术"的创造社，二是反对"描写下流社会"的"留学过的美国绅士派"，再就是"鸳鸯蝴蝶派"作家。[1]鸳鸯蝴蝶派自然是以"消闲"为标榜的，在20世纪30年代上海消费文化的畸形发展中，更是如鱼得水；而前二者却是打着"为艺术而艺术"的旗号，这是西方的舶来品，表面看起来颇为"现代"，但在鲁迅看来，不过是中国传统的"消闲"小说观的一个"别号"；也就是说，他所看见的是一个历史的循环，即所谓"故鬼重来"——这也是一个鲁迅式的命题，以后我们还会不断提及。但也正因为如此，鲁迅才要坚持他的"为人生"的文学（小说）观：这也是他终生一以贯之的。

现在，我们再把讨论深入一步：鲁迅所追求的"为人生的文学"，是什么样的文学呢？

[1]《上海文艺之一瞥》，《鲁迅全集》4卷，295页。

这里，我要请同学们特别注意《坟》里的《论睁了眼看》，在这篇文章里，鲁迅阐述了他对文学、对传统文学，对他所追求的文学的一个基本看法。他是这样为"文艺"下定义的——

　　文艺是国民精神所发的火光，同时也是引导国民精神的前途的灯火。

在鲁迅这里，是把"文艺"和"国民精神"连在一起的，他认为文艺是国民精神的表现，同时也是国民精神的"引导"，这和他在本世纪初将文学看作是民族和国民的"心声"，以及他对人的精神现象的重视，都是一脉相承的。

以这样的观念去看小说，他提出了一个很有意思的研究课题："从小说来看国民性"。[1]他从这个角度考察中国传统小说，就有了许多很重要的发现。他说，中国的才子佳人小说开头总是才子在壁上题诗，佳人来和诗，于是即有终身之约。"私订终身"在诗和戏曲或小说里，固然"不失为美谈"，但在现实中，特别是在传统社会里，是绝对"不容于天下的，仍然免不了要离异"。但中国的作家却有办法，便是"闭上眼睛"，自欺欺人地编上一个"才子及第，奉旨完婚"的结局：这样，现实生活中的悲剧就变成小说里的大团圆，皆大欢喜了。鲁迅还将《红楼梦》原作和《红楼梦》的续作比较：鲁迅认为原作者是"比较的敢于实写的"，但到了续作，就是"贾氏家业再振，兰桂齐芳，即宝玉自己，也成了个披大红猩猩毡斗篷的和尚"，超凡入圣了，结果"是问题的结束，不是问题的开头"，"于是无问题，无缺陷，无不平，也就无解决，无改革，无反抗"。我们前面说过，鲁迅曾辑录《古小说钩沉》，对传统小说情节模式的变化作过很精细的考察。他说，《醒世恒言》里有一篇，叫《陈多寿生死夫妻》，讲一个女人自愿侍候她患痼疾的丈夫，最后二人一同自杀了，这大概就是所谓"殉情"吧。但自杀结局总是让人不愉快，到了清代《夜雨秋灯录》里，

[1]《马上支日记》，《鲁迅全集》3卷，333页。

"文学"和"国民性"形成了这样一种"互动"关系：瞒和骗的国民产生了瞒和骗的文学，而瞒和骗的文学使得国民更深地陷进瞒和骗的大泽之中，这是一个令人痛心的恶性循环。

就把小说情节模式变了：突然有一条蛇来了，并且跑到药罐里去了，丈夫吃了这药，就发生了奇迹：病突然好了，于是夫妻大团圆，也不必自杀了。鲁迅感慨说，中国的小说，中国的文学，"凡有缺陷，一经作者粉饰，后半便大抵改观，使读者落诬妄中，以为世间委实尽够光明，谁有不幸，便是自作，自受"。——这个概括太深刻了，恐怕直到今天，也还是大抵如此吧。

鲁迅却由此得出一个重大结论——

中国人向来因为不敢正视人生，只好瞒和骗，由此而产生瞒和骗的文艺来，由这文艺，更令中国人更深地陷入到瞒和骗的大泽中，甚而至于已经自己不觉得。

"文学"和"国民性"就形成了这样一种"互动"关系：瞒和骗的国民产生了瞒和骗的文学，而瞒和骗的文学使得国民更深地陷进瞒和骗的大泽之中，这是一个令人痛心的恶性循环。鲁迅在这里实际上是提出了衡量文学的一个基本价值标准，就是看它是"敢于实写"还是"瞒和骗"。他正是据此而给《红楼梦》以极高的评价的，他说："说到《红楼梦》的价值，可是在中国底小说中实在是不可多得的。其要点在于敢于如实描写，并无伪饰。和从前的小说叙好人完全是好人，坏人完全是坏，大不相同，所以其中所叙的人物都是真的人物，总之有《红楼梦》出来以后，传统的思想和写法都打破了。"[1]在鲁迅看来，他所要写的小说，所要继承的，正是《红楼梦》的传统。有意思的是，鲁迅在观察他写文章时的当代文学时，又发出了这样的警告："现在，气象似乎一变，到处听不到歌吟花月的声音了，代之而起的是铁和血的赞颂。然而倘以欺瞒的心，用欺瞒的嘴，则无论说 A 和 O，或 Y 和 S，一样是虚假的。"从鲁迅对"并无伪饰"的《红楼梦》的赞许和对"欺瞒"的最时髦的"铁和血"的文学的批评，可以看出，在鲁迅的文学价值观念中，并没有"新"与"旧"、"现在"与

[1]《中国小说的历史的变迁》，《鲁迅全集》9 卷，338 页。

在鲁迅的文学价值观念中，并没有"新"与"旧"、"现在"与"传统"的简单对立，他强调的是"真的，真实与真诚的文学"与"假的，瞒和骗的文学"之间的不同价值。

"传统"的简单对立，更准确地说，在鲁迅看来，作品产生的时间并不构成一种价值尺度：不能说产生于过去时代的作品就一定不好，更不能说越新出现的作品就越好。他强调的是"真的，真实与真诚的文学"与"假的，瞒和骗的文学"之间的不同价值。"新"文学也可以是瞒和骗的文学，不在你打什么旗号；而传统文学也可以是真的文学，《红楼梦》就是真的文学。前面我们讲鲁迅在日本留学时期曾提出过"伪士"的概念，现在在五四时期他又提出了"瞒和骗"的概念，这之间的联系是显而易见的；鲁迅在对知识分子与文学的考察中，都紧紧抓住这个"真"与"伪"的问题，这是很能显示鲁迅的特点的。

于是，就产生了鲁迅的文学召唤——

> 世界日日在变，我们的作家取下假面，真诚地，深入地，大胆地看取人生并且写出他的血和肉来的时候早到了；早就应该有一片崭新的文场，早就应该有几个凶猛的闯将！

> 没有冲破一切传统思想和手法的闯将，中国是不会有真的新文艺的。

现在我们终于明白，鲁迅所提倡并身体力行的"为人生的文学"，其核心就是"取下假面，真诚地，深入地，大胆地看取人生并且写出他的血和肉来"，这样的文学才是"真的新文艺"。这与他在世纪初提出的"白心"，也是一脉相承，而且有了新的发展。

在鲁迅的这一文学召唤里，还有两点很值得注意。一是他是在"世界日日在变"这一背景下，来提出和讨论问题的。鲁迅十分清醒于中国与中国人所处的生存环境：这是一个全世界都在发生变革的大时代；中国人如果仍然"不敢正视各方面，用瞒和骗，造出奇妙的逃路来，而自以为正路。在这路上，就证明着国民性的怯弱，懒惰，而又巧滑。一天天的满足着，即一天天的堕落他希望读者读了他的小说能够脸红，心跳，出一身冷汗，睡不着觉。他要扰乱你的灵魂,然后你可能回过头来正视现实与自己灵魂中最丑陋的东西。

着",就必然由国民的精神危机导致整个民族的生存危机,而将无以立足于世界。可以说,从本世纪初即已萌生的危机感(特别是精神危机感)是如梦魇般的追逐着鲁迅这样的"精神界战士"的,他之召唤作家"放下假面……",而且是如此的急切,正是源于此。

而鲁迅对"冲破一切传统思想和手法的闯将"的呼唤同样振聋发聩。人们当会注意到,鲁迅对《红楼梦》的肯定也是着眼于其对传统思想与写法的打破。在鲁迅看来,能否出现这样的"闯将",实在是关系着"真的新文艺"的生存的。我们在下一讲中,还会回到这个命题上来,这里先点一个题吧。

鲁迅既然期待着他的"为人生的文学"能够在克服国民精神危机,"引导"国民精神上多少起一些作用,那么,我们不妨进一步来讨论:这将是怎样的一种作用?

或许可以从鲁迅这一时期的代表作《阿Q正传》的社会反应说起。《阿Q正传》是在报上一段一段发表的,而每发表一段,许多人都很紧张,总是觉得这好像说的就是自己。据说就有这么一位先生,看了作品某一段,就断定《阿Q正传》是某人作的,因为只有某人知道他这段私事。从此疑神疑鬼,凡是《阿Q正传》中所骂的,就以为都是他的隐私。等到他打听出来作者是在教育部任职的周树人时,才知道自己与作者素不相识,又逢人便声明说不是骂他。这自然是一个多少被夸大的传闻;有意思的是,鲁迅看到这一反应后的反应。鲁迅说,把我的小说说成是专门"骂谁和谁"的,我大概还"不至于如此下劣"。[1]但是鲁迅又强调,这正是他所追求的,他说:"我的方法是在使读者摸不着在写自己以外的谁,一下子就推诿掉,变成旁观者,而疑心到像是写自己,又像是写一切人,由此开出反省的道路",[2]就是要让你怀疑自己,引起你的警觉,引起你的反省,就像果戈理所说,最后"笑你自己"。他希望读者读了他的小说能够脸红,心跳,出一身冷汗,睡不着觉。他要扰乱你的灵魂,然后你可能回过头来正视现实与自己灵魂中最丑陋的东西。"诗人者,撄人心

[1]《〈阿Q正传〉的成因》,《鲁迅全集》3卷,378—379页。
[2]《答〈戏〉周刊编者信》,《鲁迅全集》6卷,146页。

者也",他在 20 世纪初就是这么说的;到五四时期他又强调,要做"人的灵魂的伟大的审问者",要"穿掘着灵魂的深处,使人受了精神的苦刑而得到创伤,又即从这得伤和养伤和愈合中,得到苦的涤除,而上了苏生的路"。[1]鲁迅承认,这是一种"残酷"的写作;因此,他的《呐喊》《彷徨》不仅是"真"的声音,更是"恶"的声音,是所谓不祥之音。然而这正是鲁迅生命的呼唤:"只要一叫而人们大抵震悚的怪鸮的真的恶声在哪里?"[2]——这里所发出的是鲁迅生命的深处,也是鲁迅文学根底里的声音:鲁迅的"为人生"的文学所要面对的是一种血淋淋的真实,它要正视的不仅是外在的黑暗,更是人的灵魂的黑暗,因而它必然是要引起灵魂的"震悚"的。也正因为如此,鲁迅的文学的、生命的声音,并不是任何人都能听到并发生感应的,借用鲁迅对殷夫的诗的评价,鲁迅的小说是"属于别一世界"的。[3]人们如果要在小说里寻找"赏心悦目"的东西,借以"消闲"——每一个人都会从自己的文学需求出发,作出自己的选择,这本身是无可非议的——他们是会在鲁迅这里感到失望的:鲁迅的"为人生的文学"里没有他们所需要的东西。

二

鲁迅的"为人生的文学"是有自己的特定的关注对象与角度的。鲁迅对此有过明确的说明——

> 我的取材,多采自病态社会的不幸的人们中,意思是在揭出病苦,引起疗救的注意。[4]

这里,最引人注目的,自然是鲁迅对"病态社会里的不幸的人们"的关注。这也是鲁迅一生一以贯之的。前面我们讲 20 世纪初,鲁迅思想与文学的

[1]《〈穷人〉小引》,《鲁迅全集》7 卷,103—104 页,105 页。

[2]《"音乐"?》,《鲁迅全集》7 卷,54 页。

[3]《白莽作〈孩儿塔〉序》,《鲁迅全集》6 卷,494 页。

[4]《我怎么做起小说来》,《鲁迅全集》4 卷,512 页。

逻辑起点时，就谈到了他这样的精神界战士和普通的"朴素之民"之间的深刻的精神联系，他为"气禀未失的农人"的"迷信"的辩护表明，他对中国社会底层的"不幸的人们"的精神痛苦与需求是有着相当深切的理解与同情的。而在十年沉潜中，鲁迅的"沉入国民"，其中一个重要方面，就是沉入他的生育之地浙东民间，咀嚼生活在那里的普通人的悲欢。某种程度上可以说《呐喊》与《彷徨》的写作就是他这十年郁结于心的民间记忆的一次喷发。因此，当他终于提起笔来，首先奔涌于笔端的，是"狼子村的佃户"（《狂人日记》），是"华大妈"（《药》），"单四嫂子"（《明天》），是"闰土"（《故乡》），"阿Q"（《阿Q正传》），"祥林嫂"（《祝福》），这都是一种情感、情结的自然驱使与流露。1933年，鲁迅在《英译本〈短篇小说选集〉自序》里曾谈到他对这些下层人民的认识过程——

> 我生长于都市的大家庭里，从小就受着古书和师傅的教训，所以也看得劳苦大众和花鸟一样。有时感到所谓上流社会的虚伪和腐败时，我还羡慕他们的安乐。但我母亲的母家是农村，使我能够间或和许多农民相亲近，逐渐知道他们是毕生受着压迫，很多痛苦，和花鸟并不一样了。……
>
> 后来我看到一些外国的小说，尤其是俄国，波兰和巴尔干诸小国的，才明白了世界上也有许多和我们劳苦大众同一命运的人，而有些作家也正是为此而呼号，而战斗。而历来所见的农村之类的景况，也将更加分明地再现于我的眼前。偶然得到一个可写文章的机会，我便将所谓上流社会的堕落和下层社会的不幸，陆续用短篇小说的形式发表出来了。[1]

人们自会注意到，这是1933年写的，"劳苦大众"、"受压迫"之类的说法显然受到了左翼思潮或马克思主义的影响，这是后来的追述，是应该有更具体的

[1]《英译本〈短篇小说选集〉自序》，《鲁迅全集》7卷，389页。

分析的。但至少可以肯定一点，鲁迅在写作《呐喊》、《彷徨》的五四时期，他的认识已经达到这样的高度，即这些下层社会的不幸的人们，不是花鸟，而是有自己的价值，有自己的要求的独立的人。其逻辑结论必然是：他们应该并有权利发出自己的声音。由此而产生了鲁迅的文学梦想：这些底层的人民——他们构成了中国国民的大多数，"自己觉醒，走出，都来开口"[1]，这大概就是他的"立人"的理想实现之日吧。顺便说一句，这也是鲁迅一生的一个理想，直到20世纪30年代的"革命文学"论争中，他还在强调，真正的"无产阶级文学"必须是由工人农民自己"写出自己的意见"。[2]这或许带有某种乌托邦的成分，但鲁迅自己是极为认真的。鲁迅同时也是清醒的，他当然知道，在中国现实中，这些底层社会的不幸的人们是沉默的，这是一群"沉默的国民"。而鲁迅更要追问的是，这个"沉默的大多数"是怎么造成的？在鲁迅看来，这首先是中国封建等级制度，把人分成十等，中国农民是处在最底层的，但回到家里，他是家长，还有老婆、孩子被他欺侮，其实最低层的是儿童，妇女，鲁迅为什么写那么多农村妇女形象，儿童形象，跟他这个观点有关系。在鲁迅看来，这样一种等级制度是"吃人的筵席"，"以凶人的愚妄的欢呼，将悲惨的弱者的呼号遮掩"，[3]他们的说话的权利是被剥夺的。同时，这样的等级制度又使"人人之间各有一道高墙，使各个分离"，"不再会感到别人精神上的痛苦"。鲁迅更为注意的是，"我们的古人又造出了一种难到可怕的一块一块的文字"。鲁迅说，或许并非故意，但汉字之难，确实使"许多人却不能借此说话"。这就很容易形成文化垄断：识字的人垄断了说话的权利，不识字的人，就失去了说话的权利。这正是鲁迅深感忧虑的："现在我们所能听到的不过是几个圣人之徒的意见和道理，为了他们自己；至于百姓，就默默地生长，萎黄、枯死了，像压在大石底下的草一样，已经有四千多年！"[4]——现在，我们或许可以懂得，鲁迅之所以特别关注中国底层的"不幸的人们"，就是因为

---

[1]《俄文译本〈阿 Q 正传〉序及著者自叙传略》，《鲁迅全集》7 卷，82 页。

[2]《黑暗中国的文艺界的现状》，《鲁迅全集》4 卷，288 页。

[3]《灯下漫笔》，《鲁迅全集》1 卷，215 页，217 页。

[4] 同上，81 页，82 页。

我们或许可以懂得，鲁迅之所以特别关注中国底层的"不幸的人们"，就是因为他们被剥夺了说话权利，他们处于被遮蔽，被抹杀，被压抑的地位，中国的历史、文学中，已经听不到他们的声音，充斥的只是"圣人之徒的意见和道理"。

他们被剥夺了说话权利，他们处于被遮蔽，被抹杀，被压抑的地位，中国的历史、文学中，已经听不到他们的声音，充斥的只是"圣人之徒的意见和道理"。这正是鲁迅所要"反抗"的。作为拥有话语权的知识分子，鲁迅能这样思考与提出问题，这本身也是显示了鲁迅的异质性的。

问题是，当鲁迅意识到这一点的时候，他该怎么办呢？鲁迅说："我虽然已经试做，但终于自己还不能很有把握，我是否真能够写出一个现代的我们国人的魂灵来"。人们不难注意到鲁迅是缺乏自信的，因为他深知，"要画出这样沉默的国民的魂灵来，在中国实在算一件难事"，因为，"……我们究竟还是未经革新的古国的人民，所以也还是各不相通，并且连自己的手也几乎不懂自己的足。我虽然竭力想摸索人们的灵魂，但时时总自感有些隔膜"。这一点在《故乡》里讲得很清楚，当闰土喊一声"老爷！"，"我似乎打了一个寒噤；我就知道，我们之间已经隔了一层可悲的厚障壁了"。[1] 所以鲁迅绝不把自己当"代言人"，他很清楚他与下层人民之间的"隔膜"，他"只得依了自己的觉察"，写出"我的眼里所经过的中国的人生"，写出他的"眼里"所看到的下层人民。这也是一种绝望的挣扎：明知道有隔膜，却还要努力去摸索他们的灵魂。在《呐喊》《彷徨》中，鲁迅实际上是写了两种类型的人的灵魂：下层农民的灵魂，和知识分子灵魂。应该说，知识分子灵魂，像吕纬甫，魏连殳，子君，涓生，那都是融入了鲁迅自己的血肉的，因此，他写得真切，清晰，写活了；但写到下层人民，像闰土，祥林嫂，都是他从旁"觉察"的，都是比较模糊的印象，像我们在下面就要详细分析的那样，是一些隐喻性的形象。[2] 鲁迅是深知自己能做什么，做到什么程度，又不能做什么的。但话又说回来，在中国又有几个作家，像鲁迅那样首先认识到这个问题，有几个作家看到沉默的

---

[1]《故乡》，《鲁迅全集》1 卷，482 页。

[2] 浙江师范大学的范家进先生，在他的博士论文《"忏悔贵族"的乡村遥望——鲁迅乡土小说研究》里首先指出，"从某种角度看，乡村与乡村人在鲁迅那里已经被部分地论据化、例证化、寓意化"，"是那一代上层启蒙知识分子在整体的社会和文化理想与有限的乡土感受的结合下所投射出的乡村视线与乡村批判"，同时指出，"任何一种立场也同时是一种限制"。范先生的研究给了我很大启示，特此说明，并向作者致谢。范先生的博士论文的序言《跳下旧文人的'酒船'以后……——鲁迅乡土小说的另一面》载《鲁迅研究月刊》1999 年 2 期，现已收入其专著《现代乡土小说三家论》，上海三联书店，2002 年版。

历史真是无情，看看我们今天的舞台，那些当年的主角，"勇将策士、侠盗赃官，妖怪神仙，佳人才子，妓女嫖客、无赖奴才之流"又全部登场，充斥我们的文学，真正国民大众的声音再次沉默了，在世纪末的狂欢声中，那些悲惨的弱者的呼号再一次被淹没，今天重新来看鲁迅关注底层不幸的人们的文学选择，是不能不引起我们的无限感慨的。

大多数没有说话，明知道自己写作的有限性，却还要写的呢？鲁迅价值就在这里：这种竭力地写出"我"所看见的下层人民的魂灵的努力，在中国的文学史上实在是划时代的。只有通过鲁迅之手，阿Q、祥林嫂、闰土的声音才被我们听到了，并且一代一代传下去。下层人民的命运引起人们的关注，这是五四新文化运动所引起的中国文化与文学变革的非常重要的一个方面，这方面的意义绝不能低估。鲁迅在为一本现代小说所写的序里，曾经说过这样一段话："古之小说，主人公是勇将策士，侠盗赃官，妖怪神仙，佳人才子，后来则有妓女嫖客，无赖奴才之流"，五四文学革命根本改变了这种状况，在五四以后的短篇小说里，"新的智识者登了场"，[1]还有一批以农民为主体的下层人民登了场。知识分子题材、农民题材，成为五四新文学的两大题材，发生这样的"蜕变"，应该说是五四新文化运动的重大成就。当然，以后的发展出现了种种曲折：出现了越来越多的"农民的代言人"，"农民"的形象也越来越神圣化，理想化，知识分子则或被逐出或成为"改造"的对象。于是就有了这20年来的"拨乱反正"。但是历史真是无情，看看我们今天的舞台，那些当年的主角，"勇将策士、侠盗赃官，妖怪神仙，佳人才子，妓女嫖客、无赖奴才之流"又全部登场，充斥我们的文学，真正国民大众的声音再次沉默了，在世纪末的狂欢声中，那些悲惨的弱者的呼号再一次被淹没，今天重新来看鲁迅关注底层不幸的人们的文学选择，是不能不引起我们的无限感慨的。

下面我们进一步讨论：鲁迅关注下层人民的"不幸"，其关注点何在呢？鲁迅关注的重点，不在他们外在的不幸——比如，在《药》里，他对华老栓一家的物质生活的贫困，只用那"满幅补钉的夹被"稍作暗示，他的笔力主要用在揭示他们一家人精神的麻木，他关注的是病态社会对这些不幸的人们的种种精神毒害，他要进入到他们真实的痛苦的精神世界，揭示精神病态，以引起疗救的注意。对人的精神状态，人的灵魂的关注，这首先是一种文学的关注，是抓住了文学的本质的；而对精神病态的特别关注，则是显示了鲁迅

[1]《〈总退却〉序》，《鲁迅全集》4卷，621页。

对精神病态的特别关注，显示了鲁迅"精神界战士"的特点。鲁迅既是伟大的审判官，更是"伟大的犯人"，他的每一个拷问都同时指向自己，在这个意义上，他对自己的同类知识分子的拷问，或许是更为严峻的。

"精神界战士"的特点。如前面所说的那样，他要充当陀思妥耶夫斯基那样的"灵魂的伟大审问者"，他对知识分子灵魂的拷问和对农民的拷问，都是同样无情的。这里要强调的是，鲁迅既是伟大的审判官，更是"伟大的犯人"，他的每一个拷问都同时指向自己，在这个意义上，他对自己的同类知识分子的拷问，或许是更为严峻的。他在《故乡》里拷问出了"我"和闰土之间的隔膜；而《祝福》，好像讲的是祥林嫂的故事，其实是一个三重结构，写的是"我和鲁镇"、"祥林嫂和鲁镇"，以及"我和祥林嫂"这三层关系，最具有鲁迅特色的其实是"我和祥林嫂"关系的考察。在"我"和祥林嫂的著名对话里，祥林嫂扮演一个精神审判者的角色，祥林嫂几个追问，追得"我"无地自容。祥林嫂问他："死后有没有灵魂？"这本来是知识分子应该回答的问题，但"我"却回答不了，只能用"说不清"来逃避责任。这里讨论的实际上是知识分子在下层人民悲剧里承担什么责任问题，这正是鲁迅所关注的。所以鲁迅写农民，写底层人民，绝不是居高临下地去同情他，也不是当代言人，相反地，在某种程度上，他是带着责任感、有罪感去写的，但是这种罪感又没有把知识分子降得很低，更没有将农民理想化。这里有许多复杂的问题，也有宝贵的思想成果、文学经验值得我们仔细琢磨。

到这里，可以对鲁迅"为人生的文学"作两点总结：第一，这是真诚地、深入地、大胆地看取人生的，并且写出他的血和肉来的真的文学，第二，这是关注下层人民，着重揭示病态社会的人的精神病态的文学，是对现代中国人的灵魂的伟大拷问，它逼着读者和它的人物，连同作家自己一起来正视人性的卑劣，承受种种精神的苦刑，在灵魂的搅动中发生精神变化，而他最终指向的是绝望的反抗，是对于社会，对于人自身，对自己的一个反抗，这个文学的"地狱"里有血淋淋的真实。如果你正在彷徨，苦闷，在寻找道路当中，你愿意正视血淋淋的真实时，你就进去；如果你不愿意正视血淋淋的真实，你想活得轻松愉快，你想闭着眼睛过日子，或者你已经找到你的路了，你过得非常圆满,那么你就不要走进去。进不进去无所谓,你自己选择,不是说走进去就伟大,就崇高,走不进去就不伟大,不崇高,这里不存在这个问题。鲁迅需要的是最真实的朋友,他不要别人赶时髦,看热闹。鲁迅说过:我只把我内心中最真实的东西"发表一点,酷爱温暖的人物已经觉得冷酷了,如果全露出我的血肉来,末路正不知要到怎样。我有时也想就此驱除旁人,到那时还不唾弃我的,即使是枭蛇鬼怪,也就是我的朋友,这才真是我的朋友"。[1]鲁迅终生都在寻找这样的最真实的朋友,能够倾听他的真之声、恶之声的朋友:这也是一种双向选择吧。

三

以上所讲主要是讨论:鲁迅"为什么写作",以及他"写什么";但这只是一个方面,鲁迅真正要提笔的时候,就遇到了写作的困惑。在作理性分析之前,我们还是先来"感觉"鲁迅:他的写作状态和相应的生命形态。我们一起来读一段文章,这是鲁迅在 1927 年写的,题目是《怎么写》,是他计划在《朝花夕拾》之后要写的第二本散文集《夜记》的第一篇,一开头就提出:"写什么是一个问题,怎么写又是一个问题",并且说自己不大写文章,原因"是极可笑的,就因为它纸张好。有时有一点杂感,子细一看,觉得没有什么大意思,不要去填黑了那么洁白的纸张,便废然而止了。好的又没有。我的头里是如此地荒芜,浅陋,空虚"。接着就描述了一段他一人独处厦门大学图书馆那间空洞洞的屋子里的生命体验——

> ……夜九时后,一切星散,一座很大的洋楼里,除我以外,没有别人。我沉静下去了。寂静浓到如酒,令人微醺。往后窗外骨立的乱山中许多白点,是丛冢;一粒深黄色火,是南普陀寺的琉璃灯。前面则海天微茫,黑絮一般的夜色简直似乎要扑到心坎里。我靠了石栏远眺,听得自

---

[1]《写在〈坟〉后面》,《鲁迅全集》1 卷,284 页。

己的心音,四处还仿佛有无量悲哀,苦恼,零落,死灭,都杂入这寂静中,使它变成药酒,加色,加味,加香。这时,我曾经想要写,但是不能写,无从写。这也就是我所谓"当我沉默着的时候,我觉得充实,我将开口,同时感到空虚"。

莫非这就是一点"世界苦恼"么?我有时想。然而大约又不是的,这不过是淡淡的哀愁,中间还带些愉快。我想接近它,但我愈想,它却愈渺茫了,几乎就要发见仅只我独自倚着石栏,此外一无所有。必须待到我忘了努力,才又感到淡淡的哀愁。[1]

在这里呈现出的这个"沉静下去"的、"黑絮一般的夜色""扑到心坎"上的、"一无所有"但仿佛又有大量的"悲哀、苦恼、零落、死灭"都杂入的、"带些愉快"却又感到"淡淡的哀愁"的、"沉默"的因而是"充实"、因"开口"而顿觉"空虚"的鲁迅,也许就是最真实的鲁迅。这里的空实、有无、言与不言,以及悲喜哀乐……展现的是一个无限丰富却又充满本体性的困惑的灵魂。处在这样一个状态中的鲁迅,他感到了"想要写,但是不能写,无从写"的困惑。

但这只是"瞬间闪现",在此之后,就几乎不再向世人展示;只有在1933年所写的《夜颂》里,又略有透露。他说"孤独者"是"爱夜的人",因为"夜是造化所织的幽玄的天衣,普覆一切人,使他们温暖,安心,不知不觉的自己渐渐脱去人造的面具和衣裳,赤条条地裹在这无边无际的黑絮似的大块里"。而"爱夜的人"也自有"听夜的耳朵和看夜的眼睛,自在暗中,看一切暗"[2]——这里,"黑絮"的意象再次出现,可以说,鲁迅的生命与写作都是"包裹在这无边无际的黑絮似的大块里"的。

"自在暗中,看一切暗"的鲁迅确实有一种内在的冲动,他想写,写很多东西,但他又感到"不能写、无从写"。这是为什么?这里涉及一个根本性的追问,就是后来鲁迅在《影的告别》里问的:我到底拥有什么,"我能献你甚么

[1]《怎么写(夜记之一)》,《鲁迅全集》4卷,18页。
[2]《夜颂》,《鲁迅全集》5卷,193页。

呢?"回答是:"无已,则仍是黑暗和虚空而已"。[1]他所拥有的,他能够献给读者的,仅是带有人的生存本体性的这种黑暗和虚无感。但是他能够把这些都写出来吗?能够把这些黑暗与虚无都转移到读者那里去吗?这样,他真的要把自己拥有的(真实体验到的)而且能够给读者的东西都写出来的话,就有了很多障碍。首先,这种本体论的黑暗虚无感是无法言说的,或者说具有一种不可言说性,一说就变形、变质、变态了,所以他才说"当我沉默着的时候,我觉得充实,我将开口,同时感到空虚"。其实这是个从古到今一直困惑着文人的问题:真正属于个体生命的,而且是本体性的体验的不可言说性与必须言说形成了巨大的冲突,而且是带根本性的。其次,鲁迅非常清醒地意识到这样一种本体性的黑暗虚无的感受和体验,是属于他自己的个体生命的,因而是无法证实的,也就是可以质疑的,所以他说"我终于不能证实:唯黑暗与虚无乃是实有。"[2] 既然自己都在质疑,又怎么能全盘托出来说给读者听呢?这是负责任的作者所应该有的态度吗?鲁迅曾说过一段很动情的话——

> 我自己也正站在歧路上……我自己,是什么都不怕的,生命是我自己的东西,所以我不妨大步走去,向着我自以为可以走去的路;即使前面是深渊,荆棘,峡谷,火坑,都由我自己负责。然而向青年说话可就难了,如果盲人瞎马,引入危途,我就该得谋杀许多人命的罪孽。[3]

这里再次出现了鲁迅式的有罪感。而且可以看到读者(特别是青年读者)对鲁迅写作的影响。他在《写在〈坟〉后面》里还提到一个青年学生来买他的书,从口袋里掏出钱来,很可能是忍饥挨饿省下的,所以这钱上还带着体温,"这体温便烙印了我的心,至今要写文字时,还常使我怕毒害了这样的青年,迟疑不敢下笔"。[4]恐怕没有一个作家像鲁迅这样地重视他的读者,我们

---

[1]《影的告别》,《鲁迅全集》2卷,166页。

[2]《两地书》,《鲁迅全集》11卷,20页。

[3]《北京通信》,《鲁迅全集》3卷,51页。

[4]《写在〈坟〉后面》,《鲁迅全集》1卷,285页。

鲁迅曾认定他的读者有三类人，一类是那些孤独的、寂寞的先驱者，鲁迅既要为他们呐喊，就必须考虑他们的要求；第二类读者是那些做着好梦的青年。面对这些做着好梦的青年，鲁迅既想喊醒他们，又不敢喊得太响。还有一类特殊读者，就是敌人。鲁迅说，我要通过我的写作表示我的存在，像黑色魔鬼那样站在我的敌人面前，让他们感到世界不那么圆满。

研究鲁迅创作不能低估读者对他的制约。鲁迅曾认定他的读者有三类人，一类是那些孤独的、寂寞的先驱者，鲁迅既要为他们呐喊，就必须考虑他们的要求：因为寂寞，就希望有点光明；尽管鲁迅感受的是黑暗：就像《狂人日记》里所暗示的那样，反抗的"狂人"最终不免成为官的"候补"，但他只能暗示，而不能过于渲染，并且总要删削些黑暗，增添点光明，尽管这些光明他是怀疑的。第二类读者是那些做着好梦的青年。能忍心去打破他们的好梦吗？唤醒了又不能指出路来，不是害了别人吗？这样，面对这些做着好梦的青年，鲁迅既想喊醒他们，又不敢喊得太响，又得"给予一种不退走，不悲观，不绝望的诱导"。[1]还有一类特殊读者，就是敌人。鲁迅说，我要通过我的写作表示我的存在，像黑色魔鬼那样站在我的敌人面前，让他感到世界不那么圆满。那就不能在他们面前，过分地显示自己的痛苦，使他们感到快意，更不愿成为闲人饭后的谈资，即使因面对黑暗而感到痛苦，也要一个人躲到草丛里，像受伤的狼一样舔干净身上的血迹。他说他只愿意一人承担黑暗与虚空，"决不占"他人的"心地"，[2]"对于偏爱我的读者的赠献，或者最好倒不如是一个'无所有'"。[3]这样，鲁迅就时刻面对着"说还是不说"这个问题；即使"说"，是把内心深处的所有黑暗和盘托出，还是遮遮掩掩，欲说还休？鲁迅多次公开承认，他"说话常不免含胡，中止"，[4]写作《呐喊》时，还"故意的隐瞒"了很多东西，甚至在编《自选集》的时候，也要把"将给读者一种'重压之感'的作品，特地竭力抽掉"。[5]我们下面要讲的《孤独者》这篇小说，按说属于鲁迅最优秀的小说之一，但是《自选集》里没有《孤独者》，他删去了。于是，就有了这样的坦诚直言——

我所说的话，常常和所想的不同，……我为自己和为别人的设想，

---

[1]《两地书》，《鲁迅全集》11 卷，23 页。

[2]《影的告别》，《鲁迅全集》2 卷，166 页。

[3]《写在〈坟〉后面》，《鲁迅全集》1 卷，284 页。

[4] 同上。

[5]《〈自选集〉自序》，《鲁迅全集》4 卷，157 页。

> 鲁迅的作品是一座冰山，但这座冰山露出的只是一部分，更多的是藏在冰山下，作品中有显露出来的，也有遮蔽起来的，他真实的思想，就实现在显隐露蔽之间。

是两样的。[1]

> 偏爱我的作品的读者，有时批评说，我的文字是说真话的。这其实是过誉，那原因就因为他偏爱。我自然不想太欺骗人，但也未尝将心里的话照样说尽。[2]

于是就有了人们所说的"两个鲁迅"，如曹聚仁所说，这是鲁迅的两个侧面，"一个是中年的卸了外衣的真的鲁迅，另一个是当他着笔时，为着读者着想，在他的议论中加一点积极成分，思想者的鲁迅"。如增田涉所说，"他单向世间强调的一面，不是真正的他，至少是不全面的他，虽然这确实是他的大部分，但必须知道，他还有着没表现在外面的深湛部分，他自己明确区分，应向世间强调的部分和不向世间强调的部分"。我们可以说，鲁迅的作品是一座冰山，但这座冰山露出的只是一部分，更多的是藏在冰山下，我们看不到，鲁迅作品中有显露出来的，也有遮蔽起来的，他真实的思想，就实现在显隐露蔽之间。一个会看他作品的读者，就能够从浮在水平线上面的部分看到隐藏在下面的部分，而下面的部分，可能是更重要的部分。所以真正了解鲁迅是很困难的，因为我们只能根据他写出来的东西去了解他，但他的写却有说与不说，明说、暗说，正说、反说，详说、略说，言里和言外，言与意之分，区分是非常复杂的，某种程度上这是一个语言的迷宫，要真实地贴近他很困难，但是我们正是要在这样的困难中去努力贴近他，在显隐露蔽之间去体会他的真意。当然，说得彻底点，他的真正意思就在刚才我们念的那个沉默的鲁迅那里，但这个沉默的鲁迅我们再也见不到了，这或许是一个永远的遗憾吧。我们在前几讲中，一再说及鲁迅"白心"的概念，说他一再强调要真诚地大胆地看取人生，说出自己心里的真话，"做文章时又没有顾忌，想写的便写出来"[3]；但现在我们又看到鲁迅的另一面，他说他"毫无顾忌地说话的日

---

[1]《两地书》，《鲁迅全集》11卷，79页，80页。

[2]《写在〈坟〉后面》，《鲁迅全集》1卷，283页。

[3]《魏晋风度及文章与药及酒之关系》，《鲁迅全集》3卷，503页。

一个渴望着追求真实的鲁迅和不得不有所隐蔽的、甚至不得不说
谎的鲁迅,才是一个完整的鲁迅。

子,恐怕未必有了罢",[1]他其实在不断地隐蔽、控制自己,甚至宣布"我要骗
人"。这样一个渴望着追求真实的鲁迅和不得不有所隐蔽的、甚至不得不说
谎的鲁迅,才是一个完整的鲁迅。或者可以说,鲁迅是在真实与说谎的矛盾
的张力中来进行写作的,更准确地说,这是在"真实"与"说谎"这一根本性的
困境中的苦苦挣扎,他的写作就是这种挣扎的外在表现。

四

　　或许正是时时面对这样的写作的困境,就决定了鲁迅小说写作上的一
系列的特点。这方面的研究已经有了很多,我没有更深入地思考,只能就想
到的说几点。

　　首先要说的是,鲁迅小说具有本体性的隐喻性。因为刚才我说了,鲁迅
不是把他所有的东西都说出来,言外有意,言和意有区别,这就构成它的隐
喻性。而这里要强调的是,这种隐喻性不是一种写作技巧,不是一种艺术的
表现形式,而是鲁迅的对整个世界的把握方式,是鲁迅一种思维方式,与艺
术构思方式联系在一起,所以对他来说是具有小说本体的意义的。鲁迅曾经
说过,他的小说的特点是"忧愤深广",[2]当年沙汀、艾芜向鲁迅请教怎样写
小说,鲁迅给他们八个字:"选材要严、开掘要深"[3],反复强调的都是一个
"深"字,这是颇耐寻味的。鲁迅的特点、力量,鲁迅作品的深度,就在于他能
够穿透现实的黑暗,去开掘、体验更内在的、更深的被遮蔽的黑暗,进入精神
的层面,有的作品(如《野草》)还进入了生命存在的本体,即超越他的经验,
来成就一种存在的追问。在我看来,这正是一切"大作家"的特点:首先需要
现实关怀,我不相信,一个不关怀现实人的生存的作家,能成为大作家;任何
大作家,他的博大的心胸足以容纳人世的一切。但同时他又是超越现实的,
他常常要追问隐蔽在现实背后的深处的人的存在、人性的存在甚至世界本
体存在的本质。鲁迅正是这样的大作家,因此,在鲁迅把握世界的方式和他

---

[1]《写在〈坟〉后面》,《鲁迅全集》1 卷,285 页。

[2]《〈中国新文学大系〉小说二集序》,《鲁迅全集》6 卷,239 页。

[3]《关于小说题材的通信》,《鲁迅全集》4 卷,368 页。

鲁迅的特点、力量，鲁迅作品的深度，就在于他能够穿透现实的黑暗，去开掘、体验更内在的、更深的被遮蔽的黑暗，进入精神的层面，有的作品还进入了生命存在的本体，即超越他的经验，来成就一种存在的追问。

的思维方式里面，总是有从现实向思想、从现象向精神、从具象到抽象的一种提升、一种飞越。在这一点上跟哲学家很相像，但提升以后，仍然不离开现象、现实，这与哲学家相区别。在这里，我们正可以看到，作为精神界的战士和作为文学家的鲁迅的统一。从精神界战士方面来说，他关怀的当然是人类的精神现象，但他对精神现象的这种关怀、理解和把握，和哲学家不一样，不是用逻辑力量推理出来，而是用自己深切的观察和体验感悟到的，他的思想不是逻辑推理的结果，而是他的生命体验的结果。而且，当他表达自己的思想的时候，不用逻辑范畴，而是用一种非理性的文学符号。反过来，作为文学家，鲁迅不同于一般的文学家，因为他具有少有的思想的穿透力，他能够从日常生活的细节、个别具体的现象中，看到普遍的本质的东西。一般的文学家需要对生活现象与细节的敏感，那种朦胧的把握，不需要想清楚细节背后是什么东西，而鲁迅这个作家和别人不一样，他具有思想穿透力，他不但对生活现象与细节有一种文学家、艺术家的敏感，他还能看到现象与细节背后的更本质的一些思想。最近我看了一篇王安忆的文章（《类型的美》，收入一土编《二十一世纪：鲁迅和我们》），讲她对鲁迅小说的看法，我很感兴趣，因为王安忆是作家，看看作家怎么看鲁迅。她说，即使像小说这种具象性的艺术，鲁迅也能突出思想的骨骼。"思想的骨骼"这个词用得非常好，这是思想的艺术，也是艺术的思想。它既是具体的、具象的，同时又是概括的、抽象的，所以王安忆把鲁迅小说形象概括为类型形象。本来我们是用这个概念来讲鲁迅杂文的形象的，现在王安忆发现鲁迅的小说也是类型形象，既是很具体的，是"这一个"，同时具有高度的概括性，它是"这一类"。譬如鲁迅杂文里的"哈巴狗"，各种类型的狗，狗的系列，构成一种狗的类型，鲁迅的小说其实也是这样。鲁迅小说里的许多人物形象，许多描写，下面我们要讲到，都成为人类的某种精神现象的概括、暗示和象征，所以都是类型形象，是具象与抽象的统一。可以说鲁迅小说的情节、人物、描写甚至细节描写，无不是对某种人鲁迅小说里的许多人物形象,许多描写,都成为人类的某种精神现象的概括、暗示和象征,所以都是类型形象,是具象与抽象的统一。鲁迅小说的情节、人物、描写甚至细节描写,无不是对某种人类精神现象的隐喻,具有一种原型模式的意义。

类精神现象的隐喻,具有一种原型模式的意义。

这方面有很多研究成果,大家也比较熟悉,譬如人们就从《示众》这个小说里,提炼出一个"看和被看"的模式。一个热得不得了的夏天,马路上突然出现一个警察,牵着一个犯人,然后四面八方大家拥过去看,先是大家看犯人,然后是犯人看大家,最后是互相看,每个人既是在"看别人",又"被别人看"。而"看和被看"正是高度概括了中国人的生存方式、生存状态与人和人之间的关系的。同样,人们从《故乡》、《在酒楼上》、《祝福》这些小说里,也发现了一个"离去——归来——离去"的模式,这也是隐喻着人的一种存在方式或境遇的。我们可以发现鲁迅小说的开头、结尾都有一个特点,比如《故乡》开头"我"坐小船来,结尾"我"坐小船走;《风波》开始大家在场院里吃饭,结尾的时候大家又在场院里吃饭;《孤独者》开始在祖母的葬礼上"我"和魏连殳见面,小说结尾魏连殳死的时候,"我"又在葬礼上去看他,"以送殓始,以送殓终"。小说结尾和开头不断地重复,其实是隐喻人的生命或者说是中国人的生命形态的不断重复,有些细节也是这样,已经成了我们——凡是读过鲁迅作品的人的集体记忆了。一提起闰土,马上想起闰土一声"老爷"那个细节,你一定会感到人和人之间的那种障壁。《幸福的家庭》有一个细节,六棵白菜堆成一个"A"字,几乎就象征着我们的日常生活,每个家庭主妇、每个家庭天天会感到这种琐碎平凡单调的"A"字型生活的有形无形的压力。我们再讲一个细节,《离婚》这篇小说大家读过吧,主人公爱姑是农村里很泼辣的女性,丈夫、公公压迫她,她就反抗,要离婚,喊丈夫为"小畜生",喊公公为"老畜生",然后七大人来调解,爱姑去见七大人,她开始觉得无所谓:七大人就七大人,他得讲理。她先看见七大人在玩弄一个鼻塞,这是从古人的屁股里弄出来的,觉得很奇怪。爱姑理直气壮地要讲道理,却突然呆住了,因为听见七大人喊了一声"来兮",心里就怦怦跳,不知发生什么事了,然后跟进一个人,拿鼻塞往七大人鼻子一塞,七大人浑身舒服了,"阿嚏"一声,就是这一刹那间，爱姑屈服了，"本来是专听七大人吩咐"。这是一个非常富有戏剧性的情节，赋予"鼻塞"一种象征性，它象征着七大人的权力，一个屁塞就能让爱姑不战而退；但权力用屁塞来象征，这本身就暗含着一种嘲弄；而泼辣如爱姑者居然被"屁塞"所吓退，这又隐藏着一种辛酸：你可以想到这里面有着许多的言外之意，让你细细品味：这大概就是这类"隐喻性描写"的魅力所在吧。还有阿Q永远画不圆那个"圆圈"，多少中国人在这个细节面前感到灵魂的震惊。所以鲁迅笔下，从情节、故事、人物到细节、到描写，到用词，都有一种隐喻性，都让你联想到很多很多的东西。所以我们读鲁迅的作品，有一种很奇妙的艺术感受：看他笔下的人物，好像觉得非常清晰，阿Q怎样怎样，闰土怎样怎样，但仔细一想又觉得很模糊，你无法具体化。我们每个人心里都有一个阿Q，但真的阿Q来了，你说这不像，跟自己想的不一样，形象既是清晰的，又是模糊的。他的许多描写，看起来非常真切，但又觉得非常朦胧，非常空灵，很像《社戏》里的描写。《社戏》的那些描写，是可以当作鲁迅小说的艺术的象征去读的：先是摇着船，远远地看戏台在赵庄演出；船划过去，渐望见依稀的赵庄，而且似乎听到歌吹声了，还有几盏渔火，料想便是戏台；然后再进去，听那声音是横笛，婉转、悠扬；再进去，果然是渔火；再进去，真的，赵庄到了，但又觉得赵庄模模糊糊的，在远处的月夜之中，和空间几乎分不清界限，于是我们只能远远地看；看着看着，台上的形象都模糊了，戏子的脸都渐渐有些稀奇了，那五官变得不明显了，融成一片没有什么高低了，于是我们离开了。回头再看那个戏台，在灯火光中，又像初来一样，缥缈得像一座仙山楼阁，被红霞所笼罩着了。这岂止是写社戏，鲁迅的小说给我们的感受都是这样的，又真切，又朦胧，又空灵，似乎看见，似乎又看不见，似乎给你一种感觉，你真落实就完了。《阿Q正传》电影有一个真的社戏舞台，一看，就没味了：这就是那个社戏吗？你不相信，因为鲁迅小说给你留下的形象是要在作为读者的你的想像、感觉中完成的，一实体化，就没有想像空间了。鲁迅小说鲁迅的小说就是这样一种似真似假，似虚似实，似抽象似具象的艺术，从中可以看到诗学与玄学、文学与哲学的交融，是鲁迅所探讨的精神本体的特质和外在的文学符号的和谐的统一。借用米兰·昆德拉的说法，鲁迅作品中很多细节、很多人物形象、意象，都可以看作人的生存状态的一种深层编码。

的情节看起来非常真实，好像很合理，但仔细想想又觉得不合常情，换句话说，合理而不合情，比如刚才说到的《离婚》里的那个突转，怎么会一个阿嚏、一个屁塞，就会把爱姑给镇住了呢？这个情节是不大合情的，有些荒诞，但从权力对人的控制、对人的威压的角度看，你又会觉得它非常真切，甚至相当深刻。这是一种逻辑的真实，心理的真实，性格的真实，而不是叙事的真实。鲁迅作品里一些感觉、一些用词都给你一种似真非真、似假非假的非常奇特的感觉。我们还是说刚才的《社戏》，开头有一段写在城里看戏，因为去晚了没位子，堂倌找来一个长条板凳，上面比自己的上腿要窄四分之一，下面又比腿长三分之二，所以"我先是没有爬上去的勇气，接着便联想到私刑拷打的刑具，不由的毛骨悚然的走出了"，而且旁边一个"胖绅士呼呼的喘气"，"台上的冬冬皇皇的敲打，红红绿绿的晃荡"，都使"我醒悟到在这里不适于生存了"，于是"机械的扭转身子，用力往外只一挤，觉得背后便已满满的……"。你看这里的感觉、联想，用词：又是"私刑拷打"，"毛骨悚然"，又是"不适于生存"，"挤出去"，都有些奇特，一般人处在同样的情境下都不会有这样的感受和反应，而敏感的鲁迅却从中感到了对人的精神压迫，对人的"生存"空间的挤压，因此他要"挤"出来，要逃跑。我们一般不会这样感觉，说老实话，我们每天打开电视，不就是那些"冬冬皇皇的敲打，红红绿绿的晃荡"吗？但是有几个人会感受到这是精神的压迫呢？这就是鲁迅之所以为鲁迅，他穿透了现实，看到了本质的东西。那么，他的笔下前述关于看戏的感觉，包括最后的逃跑的描写，就都具有了某种隐喻性，象征性，就一点也不奇怪的了。鲁迅的小说就是这样一种似真似假，似虚似实，似抽象似具象的艺术，从中可以看到诗学与玄学、文学与哲学的交融，是鲁迅所探讨的精神本体的特质和外在的文学符号的和谐的统一。借用米兰·昆德拉的说法，鲁迅作品中很多细节、很多人物形象、意象，都可以看作人的生存状态的一种深层编码。其实把文艺与哲学的鸿沟打破，进行诗化哲学与诗化小说写作的实

> 鲁迅的小说创作是它的思想矛盾的一个产物，从不试图向读者提供什么既定结论或观念，他要展示的只是自己感受、体验、思考中的种种矛盾与困惑。他的作品总是同时有多种声音，在那里互相争吵着，互相消解、颠覆着，互相补充着，这就形成了鲁迅小说的复调性。

验，正是 20 世纪哲学、文学发展的一大特点。哲学借助于文学符号使得哲学所要表达的、所要探讨的精神现象具有一种人的精神所特有的模糊性、多义性和整体性；同时文学也借助于这种哲学的思考，借助于这种本质性本体性的把握，使文学的形象、意象获得某种普遍性、概括性、超越性。在这样的背景下来看鲁迅小说的"隐喻性"也是很有意思的。

五

鲁迅的小说，还有一个方面也很值得注意，就是它的"复调性"。严家炎老师在《中国现代文学研究丛刊》2001 年 3 期上，发表过一篇《复调小说：鲁迅的突出贡献》，有相当精辟的论述，同学们想做更深入的了解，可以去读这篇文章。这里，我只想说一点，就是我们在前面已经说过，鲁迅的小说创作是它的思想矛盾的一个产物，因此鲁迅从不试图向读者提供什么既定结论或观念，他要展示的只是自己感受、体验、思考中的种种矛盾与困惑。他的作品总是同时有多种声音，在那里互相争吵着，互相消解、颠覆着，互相补充着，这就形成了鲁迅小说的复调性。所以在鲁迅的小说里，找不到许多作家所追求的和谐，而是充满各种对立的因素的缠绕，扭结，并且呈现出一种撕裂的关系。这样的撕裂的文本是有一种内在的紧张的，而且有一种侵犯性，作者自身的灵魂的撕裂自不消说，它同样要撕裂我们读者的灵魂，你也忍不住，要参与进去，把自己的声音也加入到小说的"众声喧哗"之中。我们在前面说过，读鲁迅小说无法"隔岸观火"，必定把自己也"烧进去"，这是一个重要原因。这里不想作详细的理论上的说明，而是重点分析鲁迅的两篇小说，一篇是《在酒楼上》，一篇是《孤独者》。

《孤独者》的主人公有很强烈的作者的自画像的成分："他是一个短小瘦削的人，长方脸，蓬松的头发和浓黑的须眉占了一脸的小半，只见两眼在黑气里发光。"一看这形象，我们会立刻想起鲁迅，而且鲁迅当年就直言不讳地对胡风说："那是写我自己的。"[1]但小说的叙述者"我"，他有个名字叫申飞，这正是鲁迅曾经用过的笔名。我们明显感觉到"我"对魏连殳是非常同情的，非常理解他，然后"我"的命运逐渐跟魏连殳差不多了：报纸上开始有文章攻击"我"在"挑剔学潮"，"我"只好一动不动，关起门"躲起来"：这都是鲁迅当年的境遇。于是我们发现，原来"我"也是指向鲁迅自己，或者说他也是鲁迅的一部分。小说的特别之处就在于叙述的故事中，插入了"我"和魏连殳的三次对话，三次辩论，其实都是鲁迅内心思想矛盾的外化。第一次争论，是从孩子说起的。魏连殳认为孩子本性是好的，是后天的环境使人变坏了；而"我"则认为人的本性从"根苗"上就是坏的，无法改造，也就没有希望。这里实际上是从人的本性这个根底上来辩论"人的生存有无希望"。两种观点相互质疑和颠覆，而没有结论，这矛盾是属于鲁迅自己的。第二次讨论是围绕"孤独"问题展开的。在"我"看来，魏连殳的孤独处境是自己造成的，因此也可以用自我调整的方式改变。魏连殳却认为自己是继承了父亲的继母的"运命"，"孤独"不是境由心造，而是本体性的，是注定如此，而且会代代传下去的。这里追问的正是"人的孤独的生存状态是可以改变的，还是无可改变的宿命"，鲁迅自己是矛盾的。第三个问题，就更加深刻：魏连殳最后来求"我"的时候，说："我还得活几天！"这句话像火一样烙在"我"的心上，并且追问："为什么活着"？提出的是"人的存在价值与意义"的问题。就在这时候接到魏连殳的来信，说自己曾为某种追求、理想、信仰而活着，因此被人视为"异端"；后来理想破灭了，还要活下去的动力，就来自是有人——例如我的父母，我的朋友，我的孩子希望我活着，"我愿意为此求乞，为此冻馁，为此寂寞，为此辛苦"；现在爱我者自己也活不下去了，人们也不爱我，不再对我寄予任何希望了，到了连爱我者都不希望我活的时候，人的生存价值已经推到了零度，但是我还要反抗这个不可抵抗的命运，我只能为那些不愿意我活下去的人活着：你们不是不愿意我活着吗？那我就偏要活着，我就是要让你们因为我的

[1]《鲁迅先生》，收《胡风全集》7卷，65页，湖北人民出版社，1999年版。

存在而觉得不舒服。这是"为敌人"而活着,这是一个残酷的选择。于是,魏连殳找到了杜师长,做了他的顾问,这样他就有权有势了,然后用以毒攻毒的方式来报仇:利用自己掌握的权力,给压迫者以压迫,给侮辱者以侮辱,以其人之道还治其人之身。于是昔日的敌人纷纷向自己磕头打拱,我,一个复仇之神践踏着所有的敌人,我"胜利"了,但是我"真的失败了",因为"我已经躬行我先前所憎恶,所反对的一切,拒斥我先前所崇仰,所主张的一切了"。也就是说,他的复仇就不能不以自我精神的扭曲和毁灭作为代价,并且最后必然导致生命的死亡。最后"我"赶去看魏连殳,只能面对他的尸体:"他在不妥帖的衣冠中,安静地躺着,合着眼,闭了嘴,口角间仿佛含着冰冷的微笑,冷笑着这可笑的死尸"。这是死者的自我嘲笑,又何尝不是鲁迅的自我警戒。鲁迅显然主张复仇,但他并不回避复仇的严重后果。他看到了为真恨而活着的复仇者,是怎样在杀伤对手的同时,又杀伤了自己:这是一把双刃剑。其实魏连殳最后的选择,也是鲁迅自己可能设想过的选择。鲁迅在《两地书》里跟许广平这样说过,"为了生存和报复起见,我便什么事都敢做",[1] 按我的理解其中就可能包括魏连殳这种复仇方式。

在《孤独者》里,鲁迅就是通过两种声音,叙事者"我"的声音和主人公魏连殳的声音互相对峙、互相辩驳,写出了自己内心深处的困惑。所以小说有两个层面,一个是对历史和现实的孤独者命运的考察,但在更深层面上展开的是关于人的生存状态、人的生存希望,以及人的生存意义和价值的思考与驳难,而且我们可以发现,这种讨论是极其彻底的,因为本来为爱我者活着已经是生存意义的底线了,还要追问在底线之后还有没有可能性,就出现了为敌人而活着这样的残酷选择。"活还是不活",这是哈姆雷特的命题,其实正是人类共同的精神命题,在鲁迅这里是用中国的方式来思考与回答的,充满了鲁迅式的紧张,灌注着鲁迅式的冷气。[2]

研究《在酒楼上》这篇小说的许多学者,都是把小说中的"我"看作鲁迅,

---

[1]《两地书》,《鲁迅全集》11 卷,200 页。

[2] 以上关于《孤独者》的分析,采用了我与薛毅合写的《〈孤独者〉细读》中的一些观点。但此文是薛毅执笔的,特此说明。

小说主人公吕纬甫则被视为一个被批判、被否定的对象：其实吕纬甫也是鲁迅生命的一部分，或者说，正是在吕纬甫身上，隐藏了鲁迅身上某些我们不大注意的方面，甚至是鲁迅的自我叙述中也常常有意无意遮蔽的方面。也就是说，"我"与"吕纬甫"也是鲁迅灵魂中的两个自我，小说也是在他们的对话中进行，借用鲁迅在《〈穷人〉小引》里的说法，在这场对话中，"我"扮演的是"伟大的审问者"的角色，吕纬甫作为一个"伟大的犯人"，一面在"我"的审视下谴责、揭发自己，一面却又有意无意地陈述"自己的善"，"阐明那埋葬的光耀"。这是鲁迅灵魂的自我审问与自我陈述，正是在这两种声音的相互撞击、纠缠之中，显示出了鲁迅自己的，以及和他同类的知识分子"灵魂的深"。"我"是一个"漂泊者"，他仍然怀着年轻时的梦想，还在追寻，因此依然四处奔波，但他却苦于找不到精神的归宿："北方固不是我的旧乡，但南来又只能算一个客子"。吕纬甫却有了另一番命运：在现实生活的逼压下，他已不再做梦，回到了现实的日常生活中，成为一个大地的"坚守者"，他关注的，他所能做的，都是家族、邻里生活中琐细的，却是不能不做的小事情，例如给小弟弟迁葬、为邻居的女儿送去剪绒花之类，而且不可避免的，还要做出许多妥协，例如仍教"子曰诗云"之类。他回到日常生活中来，获得了普通人生活中固有的浓浓的人情味，但却仍然不能摆脱"旧日的梦"的蛊惑，为自己"绕了一点小圈子"又"飞回来了"而感到内疚。这是一个双向的困惑产生的双向审视：对于无所归宿的"漂泊者"的"我"，吕纬甫叙述中表露出来的对于生命的眷恋之情，不能不使他为之动心动容；而面对还在做梦的"我"，"坚守者"吕纬甫却看清了自己生活的平庸与"无聊"的这一面，而自惭形秽。这在某一程度上，是表达了鲁迅（及同类知识分子）的内在矛盾的：作为现实的选择与存在，鲁迅无疑是一个"漂泊者"，他也为自己的无所归宿而感到痛苦，因此，他在心灵的深处是怀有对大地的"坚守者"的向往的，但他又警惕着这样的"坚守"可能产生的新的精神危机：这又是一个鲁迅式的往返质疑，因此，小说中

> 作为现实的选择与存在,鲁迅无疑是一个"漂泊者",他也为自己的无
> 所归宿而感到痛苦,因此,他在心灵的深处是怀有对大地的"坚守者"
> 的向往的,但他又警惕着这样的"坚守"可能产生的新的精神危机:这
> 又是一个鲁迅式的往返质疑。

的"我"与"吕纬甫"确实都有鲁迅的身影,但他自己是站在"我"与"吕纬甫"
之外的。而读者读这篇作品,却会因自己处境的不同而引起不同的反响:如
果你现在是一个"坚守者",你可能会为吕纬甫的自我谴责感到震撼;如果你
是个"漂泊者",小说中"我"的"客子"感就会引起你的共鸣,你也可能对吕纬
甫陈述中掩饰不住的普通人生活中的人情味、生命的眷念感顿生某种羡慕
之情。读者可以按照自己的个人的体验来感受这篇小说,可以有不同的解
释,这样,读者也就参与到小说的二重声音的驳难之中。鲁迅将一个大的想
像空间、言说空间留给了读者,这是一个开放的文本:这也是鲁迅小说的魅
力所在。

六

现在要说的是鲁迅小说的音乐性。大家还记得我一开始讲鲁迅,是从鲁
迅和绘画的关系入手,鲁迅在绘画方面有很高的修养,这一点已被学术界所
公认,并且有很多实证材料;但我们现在没有任何材料证明鲁迅有很高的音
乐修养,倒是有一个反证材料,即蔡元培曾回忆说,当时的教育部,要为"国
歌"谱曲,请鲁迅去听,鲁迅回答是:"我完全不懂音乐。"[1]这句话可以有两
种解释,一是他真不懂音乐,还有可能是他的一个托词。也有的研究者发现
鲁迅最感兴趣的人都有很高的音乐修养,比如阮籍、嵇康,那是中国的大音
乐家,还比如尼采、爱罗先珂等,都与音乐有密切关系。这个现象倒是值得注
意,却也仍然不足为证。可能我们不能从鲁迅本人有没有音乐修养这个角度
来讨论问题,或许我们应该换一个思路。

我想从自己的直感说起。读鲁迅小说,我有两个直感,一是将鲁迅小说
直接变成具象性的话剧、电影、电视都很困难,就像我们在前面曾经说到过
的那样,一落实就走样了,这是因为鲁迅小说是具象和抽象的结合,诗与哲
学的结合,鲁迅的小说有很强的抒情性,但他的抒情总是与哲理的思考融合

---

[1] 蔡元培:《记鲁迅先生轶事》,《鲁迅回忆录》(散篇,上册),101 页。北京出版社,2000 年版。

鲁迅小说是具象和抽象的结合，诗与哲学的结合，有很强的抒情
性，但他的抒情总是与哲理的思考融合为一体的，可以说是所谓
"抽象的抒情"，这倒有可能是更为接近音乐的。

为一体的，可以说是所谓"抽象的抒情"，这倒有可能是更为接近音乐的。记
得沈从文就说过这样的话："表现一种抽象美丽印象，文字不如绘画，绘画不
如数学，数学又似乎不如音乐。因为大部分所谓'印象动人'，多近于从具体
事实感官经验而得到。这印象用文字保存，虽困难尚不十分困难。但由幻想
而来的形式流动不居的美，只有用音乐，或宏壮，或柔静，同样在抽象形式中
流动，方可望将它好好保存并重现。"[1]也就是说，当鲁迅的写作超越了"具
体事实感官经验"，进入了自由幻想，创造"流动不居的美"的时候，他就越是
接近了音乐。所以，我凭着直觉，想到如果把鲁迅的《野草》改编成音乐，可能
会非常精彩——这是我的梦，我的奇思异想，自然说不出道理；不过，读鲁迅
作品，特别是《野草》这样的作品，总是能引发人们的想像力，倒是真的。我的
第二个直觉是鲁迅作品不能只是默看，非得朗读不可。他作品里的那种韵
味，那种浓烈而又千旋万转的情感，里面那些可意会不能言传的东西，都需
要通过朗读来触动你的心灵。这已经是我的一个经验：讲鲁迅作品，最主要
的是读，靠读来进入情境，靠读来捕捉感觉，产生感悟，这是接近鲁迅内心世
界和他的艺术的"入门"的通道。鲁迅也非常重视朗读。他这样谈到自己的写
作："我做完以后，总要看两遍，自己觉得拗口的，就增添几个字，一定要它读
得顺口"，[2]讲到诗歌时，他也强调，诗有两种，一是默读的，一是唱的，但他
觉得唱更重要。他说，我们的新诗之所以不成功，就因为它"没有节调，没有
韵，它唱不来；唱不来，就记不住，记不住，就不能在人们脑子里将旧诗挤出，
占了它的地位"。[3]他这里强调音韵，节奏、语调的问题，都是直接与音乐相
关的。周作人在《知堂回想录》里，谈到他在西山养病时，曾写了《过去的生
命》这首诗，其中有这样的句子——

这过去的我的三个月的生命，哪里去了？

没有了，永远的走过去了！

[1] 沈从文：《烛虚·五》，《沈从文文集》11 卷，278 页。三联书店（香港）有限公司，1984 年版。
[2] 《我怎么做起小说来》，《鲁迅全集》4 卷，512 页。
[3] 《致窦隐夫》，1934 年 11 月 1 日，《鲁迅全集》12 卷，556 页。

我亲自听见他沉沉的缓缓的，一步一步的，

在我床头走过去了。

周作人把这首诗拿给鲁迅看，"他便低声的慢慢的读，仿佛真觉得东西在走过去了的样子，这情形还是宛在目前"。[1]——我们不妨一起来想像鲁迅在周作人病床旁低声朗读的情景，这是有着说不出的动人之处的。

在我看来，鲁迅对于语言音乐感的把握，与其说是他对音乐有修养，不如说他对中国汉字有特殊感悟力与驾驭力。

我先来读一段大家都熟悉的鲁迅的文字——

惨象，已使我目不忍视了；流言，尤使我耳不忍闻。我还有什么话可说呢？我懂得衰亡民族之所以默无声息的缘由了。沉默呵，沉默呵！不在沉默中爆发，就在沉默中灭亡。

我曾经从文学语言的角度对这段文字作了如下分析："鲁迅是那样自如地驱遣着中国汉语的各种句式：或口语与文言句式交杂；或排比、对偶、重复句式的交叉运用；或长句与短句、陈述句与反问句的相互交错，混合着散文的朴实与骈文的华美和气势，真可谓'声情并茂'，把汉语的表意、抒情功能发挥到了极致"。[2]这里讲"声情并茂"，也可以说就是"音乐性"。我们不妨再从音乐性的角度作一点分析。首先注意到的是这一段 76 字的文字中，"沉默"这个词语就重复四次，还不包括"默无声息"这样的同义词。而"重复"正是构成音乐性的重要手段。这里的"沉默"二字是完全可以看做是音乐上的"主题乐思"与"基调"的，"沉默"二字给人的音感本身就是"沉郁"的，这正是这段文字的"基调"。而全段文字长短句的交错，语速的快慢变化，抑扬顿挫之间，更是产生了一种音乐的节奏感：开头"惨象……流言……"的对偶句，

[1]《知堂回想录》，494 页，495 页，河北教育出版社，2002 年版。
[2]《中国现代文学三十年》(修订本)，385 页，北京大学出版社，1998 年版。

句式的重复,词语的重复(连续两个"不忍")都给人以压抑感;然后"我还有什么可说的呢?"的反诘,使情绪稍有舒缓;接着"我懂得……"一个长句,使节奏变慢,其实正是情绪的郁积与酝酿;而最后"沉默呵,沉默呵……"急促的节奏,愤激的语调,就把整个情绪推向了高潮,产生了一种震撼的力量。全段文字的"沉郁"感因为有了最后的"愤激"的补充,也就显得更为丰厚。

这里还可以明显地看到骈文的影响。讲到中国语言文字的特点,周作人有一个很好的概括,他说,中国汉语言文字具有装饰性、游戏性、音乐性。他还说:"中国国民酷好音乐,八股文里含有重量的音乐分子",而八股文的特点正在"集合古今骈散的菁华",[1]他因此提倡"混合散文的朴实与骈文的华美之文章"。[2]有意思的是,真正实现他这一主张的,不是他自己,而是其兄鲁迅。鲁迅把汉语的音乐性把握得如此好,跟他的骈文修养显然有关。这里顺便给大家介绍一篇奇文,叫做《〈淑姿的信〉序》,这是应朋友之托,为不相识的 20 世纪 30 年代的一个普通女性的遗书写的序。这本是应酬之作,没有多少话可说,只有在形式上作文章。于是,鲁迅就写起了骈文——

> 爱有静女,长自山家,林泉陶其慧心,峰嶂隔兹尘俗,夜看朗月,觉天人之必圆,春撷繁花,谓芳馨之永住。虽生旧第,亦溅新流,既茁爱萌,遂通佳讯,排微波而径逝,矢坚石以偕行,向曼远之将来,构辉煌之好梦。[3]

这自然是偶一为之的游戏文字,但据许广平回忆,鲁迅写完后"自己亦十分欣赏","全篇文字铿锵入调,我们两人曾一同朗读"。[4]鲁迅显然是为文字中的音韵、节奏所陶醉了。这都可以看出鲁迅骨子里的传统情趣以及他对

---

[1] 周作人:《论八股文》,《看云集》,78 页,河北教育出版社,2002 年出版。

[2] 周作人:《〈苦竹杂记〉后记》,《苦竹杂记》,221 页,河北教育出版社,2002 年出版。

[3]《〈淑姿的信〉序》,《鲁迅全集》7 卷,133 页。

[4] 许广平:《鲁迅回忆录·九 同情妇女》,《鲁迅回忆录》(专著,下册),1170 页,北京出版社,2000 年版。

古文,特别是六朝文的修养的。正是对于中国语言文字内在音乐性的这种精微把握与自由运用,才使他的小说具有了音乐性的特征:这至少是可以部分地解释鲁迅小说诗学里这一饶有兴味的文学现象吧。

鲁迅小说,以至整个鲁迅文学中的音乐性问题,尽管如此有吸引力,但我也只能讲到这里,相应知识准备的不足使我无法将这一课题深入下去,所以,每一个学者都是会受到某种限制的。目前国内关注这一课题的研究者也很少,据我所知,武汉大学中文系张箭飞曾写有专著,部分成果也已发表,如《论〈伤逝〉的诗性节奏》(《鲁迅研究月刊》1998 年 10 月号)、《鲁迅小说的音乐式分析》(《中国现代文学研究丛刊》2001 年 1 期)等,同学们有兴趣可以自己去读,有条件的也可以自己来做点研究,这方面的研究空间还是相当大的。

七

最后,简单地说说鲁迅小说的评价问题。学术界有各种各样的意见,这里不准备一一评说。我关注的是鲁迅的自我评价——我觉得鲁迅是很清醒的,他对自己的小说有清醒的估价。作为一个文学史家,他在《中国新文学大系·小说二集》序言里是这样谈到"五四文学史上的鲁迅"——

> 在这里发表了创作的短篇小说的,是鲁迅。从一九一八年五月起,《狂人日记》,《孔乙己》,《药》等,陆续的出现了,算是显示了"文学革命"的实绩,又因为那时的认为"表现的深切和格式的特别",颇激动了一部分青年读者的心。

这一史学家的评价里,有几点很值得注意。

首先我们注意到的是,鲁迅强调他的小说是"在这里"也即《新青年》上发表的,而他又强调《新青年》是提倡'文学改良',后来更进一步而号召'文鲁迅所提供的现代白话小说文本，完全不同于一般在倡导时期难免出现的幼稚之作，而是从一开始就是超水平、甚至是超时代的，因而是经得住历史检验的，并为以后的现代文学创作提供了一个可资借鉴的文本，更提供了一种高境界，高标准。

学革命'的发难者"。这样不仅把他的小说创作与《新青年》这一文学群体联系在一起，更将其置于五四文学革命这一大背景之下，由此而确定了"鲁迅小说"的历史贡献与地位，它的意义与价值正在于"显示了'文学革命'的实绩"——应该说，这一评价比起其他许多评价是更客观，更准确，更经得住历史的检验的。经过近一个世纪的时间的淘洗，我们今天可以看得比较清楚：五四文学革命是一个自觉的文学运动，是理论的倡导在先的，所以一开始就遭到了围剿，即所谓"四面八方反对白话声"，在文学革命的倡导者这一面说，除了进行理论的辩驳之外，最重要的就是要"拿出实绩"，正像后来胡适在《中国新文学大系理论建设卷》"导言"里所说，"一个文学运动的历史的估价，必须包括它的出产品的估价。单有理论的接受，一般影响的普遍，都不够证实那个文学运动的成功"，"人们要用你结的果子来评价你"。[1] 正是在这样的历史性召唤下，鲁迅出现了，特别是他所提供的现代白话小说文本，完全不同于一般在倡导时期难免出现的幼稚之作，而是从一开始就是超水平、甚至是超时代的，因而是经得住历史检验的，也就是说，他在五四新文学的起点上，就创造了现代文学（现代小说）经典文本，不仅证明了"旧文学之自以为特长者，白话文也并非做不到"，[2] 更是显示了用现代白话文学语言表达现代中国人的思想感情的生命活力，以及艺术发展上的高水平与巨大的可能性，并为以后的现代文学创作提供了一个可资借鉴的文本，更提供了一种高境界，高标准。这在使现代文学在有着深远的文学传统的中国这块土地上立足，扎根，几乎是起了决定性的作用的。

　　其次，我们注意到，鲁迅以"表现的深切和格式的特别"来概括他的小说的特点与开创性，这也是十分准确的，说老实话，我们即使在今天来讲鲁迅小说时，也还是离不开这两句话。所谓"表现的深切"与鲁迅在下文谈到他的《狂人日记》时所说的"忧愤深广"是同样的意思。按我的理解，这里讲的"深广"，是可以概括我们前面的分析的：对人的灵魂挖掘的深，由现实向历史追

[1] 胡适：《〈中国新文学大系〉理论建设卷》"导言"，《〈中国新文学大系〉理论建设卷》，1 页，上海文艺出版社影印本，1981 年版。
[2] 《小品文的危机》，《鲁迅全集》4 卷，576 页。

索的开掘的深广，对人的存在本体的追问的超验深度，等等。而所谓"格式的特别"则是显示了鲁迅形式创造的高度自觉。早在五四时期，沈雁冰即已指出，"在中国新文坛上，鲁迅常常是创造'新形式'的先锋；《呐喊》里的十多篇小说几乎一篇有一篇的形式，而这些新形式又莫不给青年作者以极大的影响，必然有多数人跟上去试验"。[1]到20世纪90年代，人们也一再提及沈雁冰的这一评价，都不是偶然的：现代中国作家在从事"新形式的创造"时总是能从鲁迅那里得到支持与启示。以后，我们还会讲到，"创造新的思想，新的文学语言，新的文学形式，并由此而自立标准"是现代文学的一个基本目标，这里也是先点一个题，到时候再详说吧。

最后还有一点也不可忽视，就是鲁迅强调他的作品"颇打动了一部分青年读者的心"。"一部分青年读者"，按我的理解，就是具有中等文化程度，并愿意思索，还在追寻的青年，他们永远是鲁迅的主要读者对象。而我们已经说过，读者对鲁迅具有特别的意义，他与读者之间形成了既互相支持（即所谓"相濡以沫"）又相互制约的复杂关系，这对理解鲁迅的文学（小说）都是极为重要的。

鲁迅在《〈中国新文学大系〉小说二集序》里，接着谈到他在创作《呐喊》时所受外国文学的影响，以及他的独立创造，又这样谈到了《彷徨》的写作——

> 此后虽然脱离了外国作家的影响，技巧稍为圆熟，刻画也稍加深切，如《肥皂》《离婚》等，但一面也减少热情，不为读者们所注意了。[2]

这里提醒我们注意的是，他的小说创作，从《呐喊》到《彷徨》有一个发展的过程，这也是一个将外来文学的影响内化为自己的独立创造的过程，也是一个艺术上逐渐"圆熟"、"深切"的过程。鲁迅同时注意的是它的另一面：热情的减少，读者面的缩小。从前面的分析我们也可以感觉到这一点，鲁迅五

---

[1] 雁冰：《读〈呐喊〉》，载《时事新报》副刊《文学》91期（1923年10月8日）。

[2]《〈中国新文学大系〉小说三集序》，《鲁迅全集》6卷，238页，239页。

四后的小说确实艺术上更圆熟，刻画也更深切，大家都会注意到，我详细解说的《在酒楼上》与《孤独者》都是选自《彷徨》。但似乎也减少了《呐喊》那样的更外在的冲击力——中国的大多数年轻读者是更易为"热情"所吸引的，因而对《彷徨》的接受可能还需要时间。

鲁迅《〈中国新文学大系〉小说三集序》里的前述论断是人们经常提及的；而鲁迅关于自己作品还说过两段话，却不大引人注意。一段话是公开发表在 1919 年 5 月出版的《新潮》1 卷 5 号上的，他在一封给《新潮》编辑傅斯年的信中这样写道——

《狂人日记》很幼稚，而且太逼促，照艺术上说，是不应该的。[1]

而且这一评价是可以和他私下与学生的谈话对证的。孙伏园在《鲁迅先生二三事》中，有过这样的回忆——

他（鲁迅）常用四个绍兴字来形容《药》一类的作品，这四个绍兴字我不知道应该怎样写法，姑且写作"气急虺聩"，意思是"从容不迫"的反面，音近于"气急海颓"。

孙伏园还回忆说——

我尝问鲁迅先生，在他所作的短篇小说里，他最喜欢哪一篇。
他答复我说是《孔乙己》。
有将鲁迅小说译成别种文字的，……如果这位译者要先问问原作者的意见，准备先译原作者最喜欢的一篇，那么据我所知道，鲁迅先生也一定先荐《孔乙己》。

[1]《对于〈新潮〉一部分的意见》，《鲁迅全集》7 卷，226 页。

鲁迅先生自己曾将《孔乙己》译成日文,以应日本杂志的索稿者。[1]

鲁迅的这一自评可能会使有的人感到意外,因为人们引用得最多的,经常收入教科书和各种选本,被认为是战斗性最强的作品,像《狂人日记》、《药》,鲁迅却认为它们在艺术上有明显的缺陷:"太逼促",不够"从容";而他最喜欢《孔乙己》,恐怕也正因为它写得从容不迫。其实,这与许多人的艺术感受也很接近,人们喜欢《在酒楼上》,原因之一也是《在酒楼上》写得从容不迫。鲁迅在这里实际上是提出了一个审美标准:"从容"还是"逼促"。这是鲁迅的一个十分重要的美学观,很有意思,很值得注意,可惜长期以来很少进入我们的研究视野,这也是很奇怪的事。我也没有研究清楚,只能提出一些线索,供有兴趣者参考。

在鲁迅看来,是否从容,不是一般的问题,而是涉及到人的精神发展,以至于民族的前途。鲁迅在一篇文章里谈到在书的边沿要留下大的空白,并由此申发出一番非同小可的议论——

> 我于书的形式上有一种偏见,就是在书的开头和每个题目前后,总喜欢留些空白,……翻开书来,满本是密密层层的黑字;加以油臭扑鼻,使人发生一种压迫和窘迫之感,不特很少"读书之乐",且觉仿佛人生已没有"余裕","不留余地"了。
>
> 或者也许以这样的为质朴罢。但质朴是开始的"陋",精力弥满,不惜物力的。现在的却是复归于陋,质朴的精神已失,所以只能算瘫败,算堕落,也就是常谈之所谓"因陋就简"。在这样"不留余地"空气的围绕里,人们的精神大抵要被挤小的。
>
> ……人们到了失去余裕心,或不自觉地满抱了不留余地心时,这民

———————————
[1] 孙伏园:《孔乙己》,收《鲁迅先生二三事》,85 页,83 页,《鲁迅回忆录》(专著,上册),北京出版社,1999 年版。

文学创作这样的精神劳动是必须有物质基础而又不能为物质所御。它需要余裕,从容,才能开拓更开阔、更自由的精神空间,进行更自由的想像。

> 族的将来恐怕就可虑。[1]

这里的着眼点仍是人的精神,强调"没有余裕,不留余地"会挤压人的精神空间,"挤小"人的精神,从而造成民族的生存危机,这都是"精神界战士"的典型思路。值得注意的是,鲁迅对"质朴"与"因陋就简"的区分。在他看来,在"开始"阶段,由于"精力弥满"而出现"陋"的行为和创作,还不失为"质朴"——我想,他就是这样看待五四新文学初期的一些粗陋之作的;他在《〈中国新文学大系〉小说三集序》里,一方面指出《新潮》作者技术的"幼稚",同时又肯定他们"共同前进的趋向",[2]就包含了这样的意思。但如果丧失了"质朴的精神"而"因陋就简",就只能视为精神的"堕落"。

这里,还隐含着鲁迅对文学的一个基本看法:在他看来,文学总是一种余裕的产物。他在《革命时代的文学》里说——

> 有人说:"文学是穷苦的时做的",其实未必,穷苦的时候必定没有文学作品的;我在北京时,一穷,就到处借钱,不写一个字,到薪俸发放时,才坐下来做文章。忙的时候也必定没有文学作品,挑担的人必要把担子放下,才能做文章;拉车的人也必要把车子放下,才能做文章。……大家底生活有余裕了,这时候又产生了文学。[3]

他不相信穷而有文,当然钱多了,忙于享受也不会搞文学:文学创作这样的精神劳动是必须有物质基础而又不能为物质所御。它需要余裕,从容,才能开拓更开阔、更自由的精神空间,进行更自由的想像。

于是,鲁迅又从诗的美学的角度,提出了一个极为重要的意见——

[1]《忽然想到·二》,《鲁迅全集》3卷,15页,16页。

[2]《〈中国新文学大系〉小说三集序》,《鲁迅全集》6卷,239页。

[3]《革命时代的文学》,《鲁迅全集》3卷,420页。

> 鲁迅的小说有一种内在的精神的紧张和复杂，这造成了鲁迅小说的特殊的震撼力，但也就使鲁迅小说在总体上缺乏更加从容的风致。

　　我以为感情正烈的时候，不宜做诗，否则锋铓太露，能将"诗美"杀掉。[1]

　　这里所提出的是一个艺术创造中的"距离"感的问题：必须对引起创作冲动的炽烈的感情进行冷处理，以达到思想与情感的深化，升华与超越，获得真正的"诗美"。这也必须"从容"。顺便说一点，鲁迅曾将冯至称为"中国最杰出的抒情诗人"，[2] 而没有提到郭沫若这样的五四时期最有影响的诗人，我想，他所持的正是这样一个不赞成"锋铓太露"，更强调艺术的从容升华的"诗美"的标准。

　　鲁迅还由此引发出对中国文字语言的审视，他在谈到自己翻译爱罗先珂的童话所感到的困惑时说——

　　　　可惜中国文是急促的文，话也是急促的话，最不宜于译童话；我又没有才力，至少也减了原作的从容与美的一半了。[3]

　　大家知道鲁迅是精通日文的。他或许认为日本的语言文字是更能表现这种"从容与美"的，所以他特别欣赏日本作家夏目漱石，称其"当世无与匹者"，并特地介绍，夏目漱石是主张"低徊趣味"，倡导"有余裕的文学"的。[4] 这或许可以为我们理解鲁迅的强调"从容"的审美价值观，提供一个参照。

　　在做了以上粗略的讨论后，现在再回过头来再看鲁迅的自我评价。在前面，我们一再强调，鲁迅的小说有一种内在的精神的紧张和复杂，这造成了鲁迅小说的特殊的震撼力，但也就使鲁迅小说在总体上缺乏更加从容的风致。鲁迅为什么对《狂人日记》和《药》这些作品表示不满，当然不是要否定其价值，他在《〈中国新文学大系〉小说二集序》里，对《狂人日记》、《药》都有很高的评价；但是如果对《狂人日记》和《药》这样的作品进行严格的艺术审视，

[1]《两地书》，《鲁迅全集》11卷，97页。
[2]《〈中国新文学大系〉小说三集序》，《鲁迅全集》6卷，243页。
[3]《〈池边〉译者附记》，《鲁迅全集》10卷，201—202页。
[4]《现代日本小说集》附录：《关于作者的说明》，《鲁迅全集》10卷，217页，216页。

鲁迅的艺术可以说是将最丰富最复杂的内容，凝结在一个最简洁
的形式框架当中。

就可以发现，作品里的思想与意义过于密集，在某种程度上，表现比较显露，
比较急促，显得不留余地。比如说："我翻开历史一查，这历史没有年代，歪歪
斜斜的每叶上都写着'仁义道德'几个字。我横竖睡不着，仔细看了半夜，才
从字缝里看出字来，满本都写着两个字是'吃人'！"一方面确实有很大思想
震撼力，另一方面从艺术上说，这样的表达还是直露了一点，读这样的作品，
总体上感到痛快淋漓，同时又感觉到有点满，回味的余地不多。另外一些小
说也写得比较急促，相形之下显得粗糙一些，如《一件小事》。我们前面讲鲁
迅的小说的隐喻性，在艺术处理上，也有许多复杂的问题。隐喻性总有两个
或几个层面，如何处理这些层面的关系；思想的信息、审美的信息的密度如
何掌握，如果过多，可能也会造成艺术上的伤害。我们在阅读这样的作品时，
也会遇到许多问题，隐喻性的描写、叙述，确实给我们读者带来很大的想像
与阐释空间，但也要防止"过度阐释"的倾向，这两者的分寸就很难把握。无
论是作者的写作，还是读者的阅读上，鲁迅的小说都由于它的特殊追求，而
带来许多难点，实在是不好写，也不大好读的。

　　另外，鲁迅一方面追求思想上的丰富性和复杂性，同时又追求表现的简
括性，这两者之间，有一种矛盾的张力。鲁迅的艺术可以说是将最丰富最复
杂的内容，凝结在一个最简洁的形式框架当中。《孔乙己》就是这样的"丰富
的简洁"的典范之作，鲁迅特别喜爱这篇小说不是偶然的；但也不是所有的
小说都处理好了"丰富"与"简洁"之间的关系。我最近看到一本《二十一世纪
和鲁迅》。我最感兴趣的是女作家王安忆与女批评家刘纳的两篇——我历来
认为，女性在艺术审美上有特殊长处，其敏感与独特体验和表达都是我们男
子所不及的。而特别有意思的是，王安忆和刘纳都用一个"瘦"字来概括她们
对鲁迅小说艺术的感受。王安忆说："鲁迅的小说总给人'瘦'的感觉，很少血
肉，但这绝不是指'干'和'枯'，思想同样是有美感的，当它达到一定的能
量"，她强调的是她所说的鲁迅"思想的骨骼"给人的美感。刘纳则说："鲁迅

作品呈现出金圣叹所说的'瘦'的形态"，"鲁迅的才能属于那种敛抑的类型，在把握精炼的同时，他自然也就缺了些华瞻，缺了些开阔，缺了些赫奕。"没有十全十美的艺术，追求总是有得有失的，追求某种特点同时也带来某种缺憾和限制。所以我们没有必要苛求前人，也没有必要将前人完美化。鲁迅自己也很清楚，一切都是"中间物"。鲁迅小说的艺术也是中间物，也是中国现代文学历史长河中的一个阶段——当然，这个阶段相当辉煌，而且永远令人神往。

第五讲 关于"现在中国人的生存和 发展"的思考

——1918—1925 年间的鲁迅杂文

【2001 年 4 月 18 日、4 月 25 日讲】

我们现在来讨论 1918—1925 年间的鲁迅杂文。我们知道鲁迅杂文有一个发展过程，大体上可以说到 30 年代《自由谈》时期，才达到成熟。这一时期鲁迅杂文主要收在《热风》和《坟》、《华盖集》等集子里。《热风》里的文章鲁迅称为"短评"，最初都是登在《新青年》上的"随感录"专栏里的。[1]鲁迅的"随感录"和《新青年》其他作家的"随感录"不是很能够分得清楚，也就是个性不是特别鲜明，以至于他的五四时期的一些杂文创作权，至今还有争议。比如他有几篇杂文，像《随感录·三十八》、《随感录·四十五》，周作人说是他写的，学术界至今也没有定论。《热风》里的文章，短小精悍，比较明快，一读意思就清楚。《坟》里就有一些长篇文章，如《灯下漫笔》、《春末闲谈》、《看镜有感》等，是随笔式的，显然受到英国随笔的影响。我和王得后先生在编写《鲁迅散文全编》与《鲁迅杂文全编》时，把鲁迅文体中的"散文"与"杂文"作了适当的区分，这部分文章我们认为是散文里的随笔。这都说明，在 1918—1925 这一时期，"杂文"这种文体还在形成过程中，但已经显示出它的特点，我们也就有了对它进行研究的可能。不过，我们这次讨论，主要的注重点，还是五四前后鲁迅杂文里的基本思想，不涉及这个时期杂文的形式问题。

一

我们先来看鲁迅的《随感录·三十五》。当五四新文化的先驱者看到了民族文化的危机，提出要"重新估定价值"时，就引起了一些遗老遗少的恐惧，他们提出一个口号，叫"保存国粹"。[2]于是，鲁迅针锋相对地提出：

---

[1]《〈热风〉题记》，《鲁迅全集》1 卷，291 页。

[2] 鲁迅在《随感录·三十五》一开始，还有一个重要说明："保持国粹"的口号是"清朝末年"即已提出的，但有着不同的意义："出洋游历的大官"说保持国粹"是教留学生不要去剪辫子"，而"爱国志士"则是要"光复旧物"，含有反对满族统治的意义。但鲁迅认为，到了民国，再坚持"保存国粹"，就变成只要是中国的"特别的东西"，不管是否有利于现代中国人的生存，都一律要"保存"，这是鲁迅不能赞同的，这才有了这篇文章的写作。

保存我们，的确是第一义。只要问他有无保存我们的力量，不管他是否国粹。[1]

这里所说的"我们"，是指"现在活着的中国人"，首先要"保存我们"的生命存在。也就是说，在鲁迅看来，"现在中国人的生存"是"第一义"的，这构成了五四时期鲁迅的一个基本观念，也是他的思考的中心。

这里实际上包含了几个概念："现在的人"，"中国的人"，以及"生存"。这些特定的概念是相对存在着的。"现在的人"和"过去的人"相对，"中国人"和"世界人"相对，这是只有在"现代中国"才会产生的概念。中国传统观念里面是没有"世界人"这一概念的。中国从来认为自己是世界的中心，称外国人为异邦，为蛮族，不承认他们是和我们平等的人，所以鲁迅说："中国人对于异族，历来只有两样称呼：一样是禽兽，一样是圣上"——前者是中国的大门打开之前，那时候中国认为自己是"天下"的中心，处处以"文明"的主宰自居；后者是鸦片战争打开了中国大门以后在一部分中国人中间产生的"奴才"心理，所以鲁迅感慨说："从没有称他朋友，说他也同我们一样的。"[2]可以说，希望和外国人成为朋友，大家平等地共同生活在"世界"里，这是中国进入现代社会才会产生的观念。但中国的大门又是被外国——西方殖民者的大炮强制打开的，这样的现实，就使像鲁迅这样的知识分子产生了强烈的民族危机感，以及"现在中国人的生存"危机感。鲁迅在《随感录·三十六》里有过很清晰的表述：

现在许多人有大恐惧；我也有大恐惧。

许多人所怕的，是"中国人"这名目要消灭；我所怕的，是中国人要从"世界人"中挤出。

[1]《随感录·三十五》，《鲁迅全集》1卷，306页。
[2]《随感录·四十八》，《鲁迅全集》1卷，336页。

这样一个"从世界人中挤出"的民族危机感与现在中国人的生存危
机感是贯穿 20 世纪、以至今天的,可以说是整整纠缠了几代知识
分子。鲁迅所感到的民族危机,现代中国人的生存危机,主要来自
民族文化与民族精神的危机。

> 我以为"中国人"这名目,决不会消灭;只要人种还在,总是中国
> 人。……
>
> 但是想在现今的世界上,协同生长,挣一地位,即须有相当进步的
> 智识,道德,品格,思想,才能够站得住脚:这事极须劳力费心。而"国粹"
> 太多的国民,尤为劳力费心,因为他的"粹"太多。粹太多,便太特别。太
> 特别,便难与种种人协同生长,挣得地位。[1]

这样一个"从世界人中挤出"的民族危机感与现在中国人的生存危机感
是贯穿 20 世纪、以至今天的,可以说是整整纠缠了几代知识分子。[2]但正像
鲁迅自己意识到的那样,他的"恐惧"有其异乎寻常之处。相当多的人都是把
眼光对外,即认为危机来自外部,也就是人们通常所说的"亡我之心不死"之
类;但鲁迅却把目光向内,即我们中国人自己能不能自立,随着时代的发展,
不断变革更新自己,获得"相当进步的智识,道德,品格,思想"。也就是说,他
所感到的民族危机,现代中国人的生存危机,主要来自民族文化与民族精神
的危机。这本是他在日本时期即已形成的思路;而现在,当他面对有人打着
"保存国粹"的旗号,拒绝根据时代发展的需要,在与外来文化的撞击中,对
中国的传统文化进行变革,以适应现在中国人生存与发展的需要,就不能不
引起他的巨大愤慨。他在《随感录·五十七,现在的屠杀者》中,这样写道:

> 做了人类想成仙;生在地上想要上天;明明是现代人,吸着现在的空
> 气,却偏要勒派朽腐的名教,僵死的语言,侮蔑尽现在,这都是"现在的屠
> 杀者"。杀了"现在",也便杀了"将来"。——将来是子孙的时代。[3]

---

[1]《随感录·三十六》,《鲁迅全集》1 卷,307 页。

[2] 鲁迅在给许寿裳的信中,又说了这样一番话:"盖国之观念,其愚亦与省界相类。若以人类为着眼
点,则中国若改良,固足为人类进步之验(以如此国而尚能改良也);若其灭亡,亦是人类向上之
验,缘如此国人竟不能生存,正是人类进步之故也"——这里的"世界主义"、"人类主义"的观点,
在五四时期也是相当盛行的,并与前述"民族主义"形成了那一代人的内在矛盾之一。

[3]《随感录·五十七 现在的屠杀者》,《鲁迅全集》1 卷,350 页。

由前述"中国人"与"外国人","中国"与"外国"的关系中产生的民族危机、中国人的生存危机,在鲁迅这里,就与"现在的人"与"过去的(古)人"的关系,"现在"与"过去"的关系密切联系与纠缠在一起了。而鲁迅的观点是明确与鲜明的:"现在中国人的生存"是"第一义"的。

后来,鲁迅在《华盖集》里又有了更为明确的表述:

> 我们目下的当务之急,是:一要生存,二要温饱,三要发展。苟有阻碍这前途者,无论是古是今,是人是鬼,是《三坟》《五典》、百宋千元,天球河图,金人玉佛,祖传丸散、秘制膏丹,全都踏倒他。[1]

后来,在《北京通信》里,对这三句话又作了一个解释——

> 我之所谓生存,并不是苟活;所谓温饱,并不是奢侈;所谓发展,也不是放纵。[2]

鲁迅在这里,更明确地把"现在中国人的生存"要求,概括为人的三个基本权利:"生存"权、"温饱"权和"发展"权。这三个权利是不可分割,是缺一不可的。鲁迅在这里实际上是为中国的社会、文化、思想的变革提出了一个基本的目标,其意义自然是十分重大的。

鲁迅这里提出的人的三大权利与本世纪初提出的"立人"思想有什么关系呢?在我看来,两者基本精神是前后一贯的,都同时有民族危机感、文化危机感的思想背景,都同时强调国家的生存发展必须以人的生存发展为基础。鲁迅这里强调的"发展"权里面就包含了他在"立人"里所强调的个体的精神自由。但是我们同样可以感觉到从本世纪所提出的"立人"、"立国"到五四时期所强调的现代中国人的生存、发展权利,是有一个发展的过程的。可

---

[1]《忽然想到·六》,《鲁迅全集》3卷,45页。
[2]《北京通信》,《鲁迅全集》3卷,51—52页。

如果说本世纪初鲁迅强调的"立人",更注重的是少数个人的生存与发展；而他现在强调的"现在中国人的生存与发展",更关注的是中国土地上大多数普通民众的基本权利。——正是这样的理念与追求,构成了鲁迅参与五四新文化运动的思想基础与基本出发点。

以看到两个特点：如果说本世纪初鲁迅的思考是比较笼统,那么现在把"立人"落实到人的三大权利,这显然更加贴近中国现实,与我们强调鲁迅从一个理想主义者发展成为现实主义者是一致的。如果说本世纪初鲁迅强调的"立人",更注重的是少数个人的生存与发展,尽管其背后也有我们说的"博爱"的关怀；而他现在强调的"现在中国人的生存与发展",更关注的是中国土地上大多数普通民众的基本权利。——正是这样的理念与追求,构成了鲁迅参与五四新文化运动的思想基础与基本出发点。

二

对鲁迅来说,"现在中国人的生存和发展",不仅是他的一个理想,一个目标,同时也是他的价值尺度。我们不妨再重读一遍前面那段话——

> 我们目下的当务之急,是：一要生存,二要温饱,三要发展。苟有阻碍这前途者,无论是古是今,是人是鬼,是《三坟》、《五典》,百宋千元,天球河图,金人玉佛,祖传丸散,秘制膏丹,全都踏倒他。

这里说得很清楚：衡量一种文化的价值,应该以什么作为标准呢？不能以是"古"还是"今"作标准——可见鲁迅并非不加分析地"反古",也并非不加分析地"崇今"；但鲁迅也绝不是"越古越好"的"古之迷恋者",更不是视"祖传"、"秘制"为神圣不可侵犯的"祖先崇拜"者,他是活在现在的中国人,他的价值标准只有一个：是"阻碍"还是"有利"于现在中国人的"生存,温饱和发展"。——这一标准今人看起来似乎十分简单,甚至是不言自明的"常识"；但放在五四的背景下,却有着并不简单的十分丰富的内涵。胡适曾说五四"新思潮的根本意义只是一种新态度,这种新态度叫做'评判的态度'",参与者"无论怎样不一致,根本上同有这公共的一点"[1]；周作人也说,"新文化

---

[1] 胡适：《新思潮的意义》,《胡适文存》,收《胡适文集》2卷,552页,北京大学出版社,1998年版。

> 鲁迅在重新估定价值的标准就是看看这种思想、文化是有利于还是不利于"现在中国人的生存和发展"。他关注的不是这种文化的原始的意义，而是这种文化到了当下的中国，在现实生活中到底是起一个什么样的作用。

的精神"就是"重新估定一切价值"[1]。这就是说，五四新文化运动的参与者是在"重新估定价值"这一共同"态度"（"精神"）下聚集在一起的；但他们的共同点也仅只于此，再追问"重新估定价值"的"价值标准"是什么，就不一样了，不同的参与者有不同的回答，这就注定了后来的分化。这个问题这里不可能展开，我们要讨论的是鲁迅在重新估定价值时，他的价值标准。如前所说，他的标准就是看看这种思想、文化是有利于还是不利于"现在中国人的生存和发展"。也就是说，他对于一种文化（无论是外来文化还是传统文化）作价值评价的时候，他关注的不是这种文化的原始的意义，而是这种文化到了当下的中国，在现实生活中到底是起一个什么样的作用。所以他在评价中国传统的儒家学说时，就提出了一个很有意思的概念，叫"儒效"，"儒者之泽深且远"，他对于儒家的思想命题的考察，重点不在提出者的原初意义，而在它实际发生的影响，在"现在中国"的意义与实效。[2]20 世纪 30 年代他写了一篇评论孔夫子的文章，题目就很有意思，叫做《在现代中国的孔夫子》，这其实是他从五四就开始的一贯思路：他关注的是孔夫子在现代中国的命运。为了弄清楚这个问题，他作了历史的追索，于是他发现，孔夫子活着的时候在他所生活的中国是"颇吃苦头的"，他到处推销自己的理论，却没有人接受；好不容易当了鲁国的"警视总监"，没几天就下台了，还被野人包围着，饿了几天肚子，最后甚至"愤慨"地表示：我没办法了，只好到海外去了。但后来，慢慢的，他的地位就越来越高了，鲁迅说："孔夫子之在中国，是权势者捧起来的，是那些权势者或想做权势者们的圣人，和一般的民众并无什么关系。"鲁迅经过进一步考察又发现，"从 20 世纪开始以来"，孔夫子"又被重新记得"，成为"摩登圣人"，是被三个人捧起来的：一个是想恢复"帝制"的袁世凯，还有两个是"渐近末路"，拿他当作重开"幸福之门"的"敲门砖"的杀人如麻的军阀孙传芳、张宗昌。鲁迅指出，正是这样的儒效，必然"连累孔子也更

---

[1] 周作人：《复古的反动》，收《周作人集外文》(1904—1925)，448 页，海南国际新闻出版中心，1995 年版。

[2] 《儒术》，《鲁迅全集》6 卷，33 页。此文虽写于 20 世纪 30 年代，但对于鲁迅来说，关注"儒效"应该说是一以贯之的。

加陷入了悲境"："孔夫子之被利用为或一目的的器具，也从新看得格外清楚起来。于是要打倒他的欲望，也就越加旺盛。所以把孔子装饰得十分尊严时，就一定有找他缺点的论文和作品出现"。[1]我觉得鲁迅的这番分析，是可以用来说明五四时期包括鲁迅在内的《新青年》同人要"打孔家店"的缘由的：他们是针对权势者（当时主要是袁世凯）发动的"尊孔运动"的。而这些当代（五四时代）的"圣人之徒"所要突出的"孔子之道"又主要集中在两个方面，一是鼓吹"臣必须服从皇帝，儿子必须服从父亲，妻子必须服从丈夫"的"三纲"说，借以恢复已经被推翻的封建专制体制与维护已经动摇的封建家族制度；其二，是竭力鼓吹"独尊"儒家，坚持以儒家学说来"统一"中国的思想，借以抵御新思潮，维护已经遭到了巨大挑战的封建思想统治。这样的"孔子之道"，将人继续置于封建专制奴役之下，显然妨碍了现在中国人的生存，更是不利于现在中国人的思想解放与自由发展，并且是和时代发展的要求背道而驰的。鲁迅对这样一种被独尊的，以"三纲"说为核心的儒家学说，进行尖锐的批判，正是为了要维护现在中国人的生存与发展的权利——这是他的基本出发点和基本的价值立场。

我们不妨对鲁迅在五四时期所写的两篇最有影响的批判儒家学说的文章，进行具体的分析与考察。

第一篇是《我之节烈观》。这篇文章的产生过程就很有意思。先是周作人在《新青年》4卷4号上发表了他所翻译的日本与谢野晶子的《贞操论》。《贞操论》的核心是强调没有爱情的婚姻是不合道德的，并公开承认了解除不合理的传统婚姻关系的合道德性，从而确立了"结婚与离婚自由"的原则。这样一个关乎中国妇女的生存和发展，自由与解放的"新思想，新观念"，引起了胡适的强烈共鸣。他立刻在《新青年》5卷1号上发表《贞操问题》，认为"这是东方文明史上一件极可贺的事"，又针对北洋军阀政府刚公布的所谓《中华民国褒扬条例》，进一步提出："贞操问题之中，第一无道理的，便是这个替未

[1]《在现代中国的孔夫子》，《鲁迅全集》6卷，315页，316页，317—318页。

婚夫守节和殉烈的风俗"，"这是不合人情，不合天理的罪恶"，"等于故意杀人"。胡适的文章又引起鲁迅的注意，于是在《新青年》5卷2号上发表了《我之节烈观》。这可以说是周氏兄弟和胡适的十分默契，非常漂亮的一次合作。鲁迅这篇文章写的非常有特点。他先问：所谓"节烈"是什么意思？"节"就是丈夫死了，妻子不能再嫁，也不能私奔，所以丈夫死的越早，家里越穷，就越"节"得厉害。"烈"有两种，一种是无论已嫁未嫁，只要丈夫死了，妻子就必须跟着自尽；一种是被人强奸，就应该抗拒而死，受辱后也得自杀，总之是"死得愈惨愈苦，他便烈得愈好"。这显然是"夫为妻纲"的儒家观念的具体实践。接着鲁迅就像医生解剖尸体般对这种节烈观提出了一连串的"疑问"。首先是"节烈是否道德"？鲁迅说"道德这事，必须普遍，人人应做，人人能行，又于自他两利，才有存在的价值"，那么这"节烈"既不有利于自己，同时对别人也没有好处，有何道德可言？还有，"节烈难么"？"节烈苦么"？"女子自己愿意节烈么"？结论是："节烈"这事"极难，极苦，不愿身受，然而不利自他，无益社会国家，于人生将来又毫无意义的行为，现在已经失去了存在的生命和价值"，也就是说，对"现在中国人的生存"没有任何好处，为什么非要坚持不可呢？历史上的那些节烈的女子已经作了无谓的"牺牲"，在现在的中国人就必须作出新的选择，鲁迅说——

> 我们追悼了过去的人，还要发愿：要除去于人生毫无意义的苦痛。
> 要除去制造并赏玩别人苦痛的昏迷和强暴。
> 我们还要发愿：要人类都受正当的幸福。[1]

可以看得很清楚：鲁迅对儒家的节烈观的批判，出发点与归结点都是"现在中国人的生存与发展"：不能让"过去的人"的"于人生毫无意义的痛苦"继续下去，而要争取现在中国人的"正当的幸福"。

---

[1]《我之节烈观》，《鲁迅全集》1卷，117页，119页，123—125页。

另一篇《我们现在怎样做父亲》，从题目就可以看出，他的着眼点就是"现在"，鲁迅说我讨论的是"现在"怎样做父亲，至于将来怎样做，我不管。还有提出"怎样做父亲"本身就是一种"现代意识"。因为在中国传统中从来都是只讨论"怎样做子女"，子女怎么服从长辈的。儒家的观念是"长者本位"，鲁迅提出"现在怎样做父亲"就意味着立足点的变化：从"长者本位"转向为"幼者本位"。

鲁迅在考察传统的父子关系时，他仍然抓住"父为子纲"这个儒家"伦常"。其核心是强调父亲对儿子有恩，这在中国是一个很普遍的观念，恐怕到今天都是这样；但鲁迅恰恰从这里开始他的审视：只要承认父亲对儿子有恩，其逻辑推论必然是"幼者的全部，理应为长者所有"，并"因此责望报偿，以为幼者的全部，理应做长者的牺牲"，这样，就在父子关系中注入了一种权力的关系："父对于子，有绝对的权力和威严"。鲁迅所要质疑的，正是这样一种权力关系对"现在中国人的生存和发展"究竟起了一个什么作用？他的立论基础依然是"第一要紧的自然是生命"，进而强调："一，要保存生命，二，要延续这生命，三，要发展这生命"。——这跟我们前面说的"一要生存，二要温饱，三要发展"是差不多意思。从这个"保存生命，延续生命，发展生命"的角度来看父子关系，那么，显然儿子的生命比父亲的生命更重要，因为"后起的生命，总比以前的更有意义，更近完全，因此也更有价值，更可宝贵"。后者应该超越前者，前者应该为后者牺牲，鲁迅认为这种父辈为子女的自觉自愿的"牺牲"正是表现了出于人的"天性"的"爱"。而且他认为，"在中国，只要心思纯白，未曾经过'圣人之徒'作践的人，也都自然而然的能发现这一种天性。例如一个村妇哺乳婴儿的时候，绝不想到自己正在施恩，……只是有了子女，即天然相爱，愿他生存；更进一步的，便还要愿他比自己更好"。——我们不难注意到，鲁迅的这些讨论正是本世纪初关于"气禀未失的农人"的"白心"的思考的继续。值得注意的是，鲁迅强调，正是这样的存在于心思纯白的鲁迅所关注的，始终是人的健全的、正常的、合理的生存和发展，这正是鲁迅在五四时期反孔批儒，重新估定价值的核心与本质。

普通的农妇那里的"离绝的交换关系利害关系的爱"，才是真正的"人伦的索子，便是所谓'纲'"；而儒家所鼓吹的建立在权力关系基础上的"父为子纲"，倒是真正违反天然的正常伦理的，它"不但大反于做父母的实际的真情，播下乖剌的种子"，也就是"提倡虚伪的道德，蔑视了人的真情"，而且根本妨碍人的生命的保持，延续和发展。鲁迅因此提出"觉醒的人，此后应将这天性的爱，更加扩张，更加醇化；用无我的爱，自己牺牲于后起新人"，一要"理解"，二要"指导"，三要"解放"，"自己背着因袭的重担，肩住了黑暗的闸门，放他们到宽阔光明的地方去；此后幸福的度日，合理的做人"。[1]——鲁迅所关注的，始终是人的健全的、正常的、合理的生存和发展，这正是鲁迅在五四时期反孔批儒，重新估定价值的核心与本质。

三

我们说过，鲁迅的许多思想，都有双重性，它既有现实层面的意义，同时又有一种超越现实的，形而上的意义。如果说刚才说的"重新估定价值"是鲁迅关注"现在中国人的生存和发展"这个命题的一种现实意义的话，那么，我们现在要讨论的是，他从"现在中国人的生存和发展"引申出来的一种人生哲学。

鲁迅在五四时期写了很多新诗，也许是因为他自己说是"打打边鼓，凑些热闹；待到称为诗人的一出现，就洗手不作了"，[2]今天的研究者就不大注意，其实当年朱自清就很注意周氏兄弟写的新诗，认为他们"全然摆脱了旧镣铐"，"另走上欧化一路"[3]。朱自清这里说的欧化，主要指的是诗的形式；而在我看来，也许更重要的是，在他们的新诗，尤其是鲁迅所写的新诗里，所表达的现代观念。这里我要请大家注意一首诗，人们很少谈这首诗，但是我觉得很有意思，题目叫《人与时》。人和时间，这是一个哲学命题，看看鲁迅是怎么思考与言说的——

[1]《我们现在怎样做父亲》，《鲁迅全集》1卷，129页，130页，133页，135页，138页，140页。
[2]《〈集外集〉序言》，《鲁迅全集》7卷，4页。
[3]朱自清：《〈中国新文学大系〉诗集导言》，3页，上海文艺出版社影印本，1981年版。

一人说，将来胜过现在。

一人说，现在远不及从前。

一人说，什么？

时说道，你们都侮辱我的现在。

从前好的，自己回去。

将来好的，跟我前去。

这说什么的，

我不和你说什么。

从表面上看，这里所讨论的，是"过去、现在和将来"这三维时间的关系，但仔细分析，就不难发现，三个"人"中，其中一人对问题无所思考，因此也无须和他进行讨论（"我不和你说什么"），另外两人在讨论时间问题时，都同时有一个价值判断，或认为"将来胜过现在"，或认为"现在远不及从前"。这是什么意思呢？这里，我要向大家介绍一位学者的意见。武汉华中理工大学的王乾坤先生写了一本《鲁迅的生命哲学》，其中有一节专门讨论鲁迅的"生命—时间观"，也涉及鲁迅这首《人与时》，他有一个很精辟的分析，他说"人与时"这个标题本身就意味着鲁迅是把"时间"与"人"联系起来考察的，"他对时间的兴趣就是对人的兴趣"，他关注的是生活在一定时空下的人的生命，与其说他在讨论时间关系，不如说他是讨论处于过去、现在、未来中的人的生命状态，生存状态：所谓"过去"就是"曾经活过的生命"，所谓"将来"就是"将有的生命"，所谓"现在"就是"当下活着的生命"。而这三种时间状态下的生命有一个显著的特点："曾在"与"将在"的生命在当下生活中是"不在场"的，惟有"此在"的生命是"在场"的。也正因为如此，当人们不满意于"此在"的生存状态时，就很容易将"不在场"的生命状态加以理想化，所

> "拒绝黄金世界"，这是典型的鲁迅命题。在人们一般看来，"将来"的"黄金世界"是无限完美的人类社会和历史发展的终结点，而在鲁迅的眼里，却是新的矛盾、新的斗争的开始，而且会有新的危险，甚至新的死亡。

谓"现在远不如从前"、"将来胜过现在"之类的价值判断，也就是这么产生的。[1]而这正是鲁迅所要质疑的。

鲁迅在《野草·影的告别》里的这段话是人们所熟知的："有我所不乐意的在你们将来的黄金世界里，我不愿意去"，[2]"拒绝黄金世界"，这是典型的鲁迅命题。所谓"黄金世界"是人们对于"将来"的一个想像，中国传统中的"大同世界"，西方思想中的"乌托邦"，都是"黄金世界"。人们设想，那将是一个没有矛盾，没有斗争，没有缺陷，绝对完美，绝对和谐的理想世界，是人类社会和历史发展的"极致"。鲁迅正是从这里开始他的质疑。他问："将来就没有黑暗了么？"[3]他的回答是："我疑心将来的黄金世界里，也会有将叛徒处死刑"。[4]这就是说，在人们一般看来，"将来"的"黄金世界"是无限完美的人类社会和历史发展的终结点，而在鲁迅的眼里，却是新的矛盾、新的斗争的开始，而且会有新的危险，甚至新的死亡。这就是鲁迅所说的："于天上看见深渊"。[5]鲁迅由此得出一个非常重要的哲学上的结论："革命无止境，倘使世上真有什么'止于至善'，这人间世便同时变了凝固的东西了"。[6]所谓"至善至美"的"极境"不过是人们"心造的幻影"。——这样的幻影可以是"将来"，也可以是"过去"：人的记忆是有淘汰性、选择性的，中国有句俗语叫做"避重就轻"，人们总喜欢把那些沉重的，不美好，不愉快的，让自己想起来就觉得惭愧的事情统统忘掉，而把那些轻松的，得意的事情无限膨胀，从而制造出一个无限美好的"过去"的幻觉，特别是对现状不满的人，更容易把"过去"理想化，这或许就是人们所说的"怀旧"，也算是人之常情吧。而中国这个民族，或许是因为"历史悠久"，就更容易眼睛向后看。鲁迅早在《摩罗诗力说》里就已经指出，"西方哲士"作"理想之邦"之"念者不知几何人"，而"吾中

[1] 参看王乾坤：《鲁迅的生命哲学》，24—33 页，人民文学出版社，1999 年版。

[2]《影的告别》，《鲁迅全集》2 卷，165 页。

[3] 冯雪峰：《回忆鲁迅》，《雪峰文集》4 卷，142 页，人民文学出版社，1985 年版。

[4]《两地书·第一集·北京》(四)，《鲁迅全集》11 卷，20 页。

[5]《野草·墓碣文》，《鲁迅全集》2 卷，202 页。

[6]《黄花节的杂感》，《鲁迅全集》3 卷，410 页。

鲁迅所关注的,或者说,他更要质问的是,在"现在"的中国,人们("圣人之徒")为什么要把"将来"或"过去"的生命理想化,美化,神化,赋予一种终结的至善至美性,它对现在中国人的生存和发展有什么影响?

国爱智之士,独不与西方同,心神所注,辽远在唐虞,或径入古初,游于人鲁杂居之世",[1]前者有孔子,后者有老庄,在中国将"过去"理想化,是有一个渊源流长的传统的。

而鲁迅所关注的,或者说,他更要质问的是,在"现在"的中国,人们("圣人之徒")为什么要把"将来"或"过去"的生命理想化,美化,神化,赋予一种终结的至善至美性,它对现在中国人的生存和发展有什么影响?

于是,他有了两个重要的发现。

他首先指出——

> 做了人类想成仙;生在地上要上天;明明是现代人,吸着现在的空气,却偏要勒派朽腐的名教,僵死的语言,侮蔑尽现在,这都是"现在的屠杀者"。杀了"现在",也便杀了"将来"。——将来是子孙的时代。[2]

美化"过去",就是要将"过去"凝固化,拒绝任何改革,结果必然导致"过去"的"僵死"与"朽腐";然后,用这"僵死"的"过去"的人(他们的思想与语言)来压制与扼杀"现在"的活着的人(他们的思想、语言)的发展的生机,这就是"现在的屠杀者",而"将来"正孕育在"现在"之中,"杀了'现在',也便杀了'将来'"——请注意,鲁迅在这里连续地用了"屠杀"、"杀"、"杀"这样的词语,他要揭露的,正是美化"过去"的说教背后的血腥气,这是惊心动魄的。

在《两地书》里,鲁迅与许广平又作了这样的讨论——

> 我看一切理想家,不是怀念"过去",就是希望"将来",而对于"现在"这一个题目,都缴了白卷,因为谁也开不出药方。所有最好的药方,即所谓"希望将来"就是。

---

[1]《摩罗诗力说》,《鲁迅全集》1卷,66—67页。

[2]《随感录·五十七 现在的屠杀者》,《鲁迅全集》1卷,350页。

> 将被美化了的"过去"与"将来"作为逃避现实困苦的精神避难所，远离现实风浪的避风港，而其实质正是要人们对现实的压迫采取逆来顺受的"忍（让）"态度。鲁迅正是要打破一切虚幻的精神避难所，粉碎一切关于人和社会历史的终结性、至善至美性的神话。

> 所谓"希望将来"，不过是自慰——或者简直是自欺——之法，即所谓"随顺现在"者也一样。

> 记得有一种小说里攻击牧师，说有一个乡下女人，向牧师沥述困苦的半生，请他救助，牧师听毕答道："忍着罢，上帝使你在生前受苦，死后定当赐福的。"其实古今的圣贤以及哲人学者之所说，何尝能比这高明些。他们之所谓"将来"，不就是牧师之所谓"死后"么。[1]

这里说得很清楚，所有的"古今圣贤以及哲人学者"、"理想家"，他们将曾在、将在的生命形态理想化，制造关于"过去"与"将来"的神话，不过是"自欺"欺人，将被美化了的"过去"与"将来"作为逃避现实困苦的精神避难所，远离现实风浪的避风港，而其实质正是要人们对现实的压迫采取逆来顺受的"忍（让）"态度。作为精神界战士的鲁迅，正是要打破一切虚幻的精神避难所，粉碎一切关于人和社会历史的终结性、至善至美性的神话。他因此而大声疾呼——

> 仰慕往古的，回往古去罢！想出世的，快出世罢！想上天的，快上天罢！灵魂要离开肉体的，赶快离开罢！现在的地上，应该是执著现在，执著地上的人们居住的。[2]

鲁迅在这里提出了一个非常重要的命题："执著现在，执著地上"，这可以说是对他的人生哲学的一个概括。而所谓"执著现在，执著地上"，首先就是要敢于正视生活在"现在的地上"的人（特别是中国人）的生存困境。这样的困境又有两个层面，首先是现实的生存苦难——这在现在中国人是特别深重的，因此，鲁迅提出要"敢于直面惨淡的人生，敢于正视淋漓的鲜血"[3]；同时

与鲁迅相遇 163 第五讲 关于「现在中国人的生存和发展」的思考

---

[1]《两地书·第一集·北京》(四)、(六)、(二)，《鲁迅全集》11卷，20页，25页，14—15页。

[2]《杂感》，《鲁迅全集》3卷，49页。

[3]《记念刘和珍君》，《鲁迅全集》3卷，274页。

鲁迅要我们正视：人的此岸世界、当下生命，任何时候都是不完美
的，有缺陷，有弊端的，并且不可能永久存在。人只能正视这一现实
的生存状态，然后再作出自己的选择与追求，而不能把希望寄托在
虚幻的"神话"的实现上。

　　这也是人的根本性的生存困境。鲁迅曾经说，"普遍，永久，完全，这三件宝
贝"其实是钉在人的棺材上的三个钉子，是会将人"钉死"的 [1]。这就是说，
"此在"的生命永远也不可能是"普遍，永久，完全"的，如果硬要在现实人生
中去实现这种"普遍，永久，完全"，结果反而会扼杀人的真实的生命。因此，
鲁迅要我们正视：人的此岸世界、当下生命，任何时候都是不完美的，有缺
陷，有弊端的，并且不可能永久存在。这样一种"偏执"性，"不完全"性，"缺
陷"性，"速朽"性，是"现在地上"的此在生命、此岸人生的常态。人只能正视
这一现实的生存状态，然后再作出自己的选择与追求，而不能把希望寄托在
虚幻的"神话"的实现上。

　　这里还需要强调一点：鲁迅否定的是"普遍，永久，完全"的当下性，此岸
性，但他并没有否认"普遍，永久，完全"本身。早在 20 世纪初，他就提出过"致
人性于全，不使之偏倚"的理想。[2]他要打破的是"普遍，永久，完全"的此岸人
生的梦幻，但他仍然保留了对彼岸世界的理想，也就是说，他要消解的是此岸
世界的终结性，至善至美性，但他并没有把终结性、至善至美性本身完全消
解。所谓"彼岸世界的至善至美性"就是可以不断趋近，却永远达不到，是作
为人的一种理想、一种追求存在的，所以不能把鲁迅的"执着现在"理解为没
有理想，没有终极关怀，可以说他是怀着对彼岸世界的理想来执著现在的。
鲁迅提醒人们要区分"奴才式的破坏"与"革新的破坏者"，后者"内心有理想
的光"，[3]他自己就是这样的有理想的革新的破坏者。我们在前面几讲中已
经谈到，鲁迅早在 20 世纪初，即已提出了他的"立人"，追求人的个体精神自
由的理想；在 20 世纪二三十年代，他又把这样的"立人"的理想发展为"几万
万的群众自己做了支配自己的命运的人"的理想。正是在这样的"理想之光"
的照耀下，鲁迅才对现实中一切压制人的个体精神自由的奴役现象，一切剥
夺普通民众支配自己命运的权利的黑暗势力，始终保持高度的敏感与警惕，

[1]《答〈戏〉周刊编者信》，《鲁迅全集》6 卷，147 页。
[2]《科学史教篇》，《鲁迅全集》1 卷，35 页。
[3]《再论雷峰塔的倒掉》，《鲁迅全集》1 卷，194 页。

并采取了不妥协的批判态度；同时，鲁迅也清醒地看到，这样的奴役与剥夺在现实的此岸世界里，是会用不同的形式不断地再生产的，是永远不会终结的，因此，像他这样的坚持理想的知识分子(他后来称之为"真的知识阶级")就必然永远地不满足于现状，因而是永远的批判者，而他们的历史作用也正在这里：因为"不满是向上的车轮"，"多有不自满的人的种族，永远前进，永远有希望"。[1]——这是最能显示鲁迅的思想与选择的特点的：一方面他坚持彼岸的理想，同时又打破对此岸世界的任何幻想，正是这两者构成了他不断追求"革新"、"永远前进"的内在动力，这也正是一个人，一个民族的希望所在。

这里，必须划清两个界限：首先是"彼岸世界"与"此岸世界"的界限，必须维护理想的彼岸性。彼岸的理想世界是可以不断趋近，却是永远达不到的；任何"在地上建造天堂"的许诺与努力，不是出于天真的幻想，就是一种欺骗，它会给人类带来灾难，这是历史，特别是 20 世纪的历史所一再证明了的。但同时也必须强调，正视此岸世界的不完美性，有缺陷性与速朽性，并不意味着承认这种状态的合理性，因此，必须划清"执著现在"与"随顺现在"两种人生态度的原则界限。在前引鲁迅与许广平的讨论中，鲁迅已经明确地指出，所谓"随顺现在"与"希望将来"一样，都是"自欺"之法。鲁迅的"执著现在"是包含了两个侧面的：一方面要求正视现实的不完美性，缺陷性与暂短性，保持一种清醒；另一方面，也许是更为重要的方面，正视的目的是要反抗，批判现实的缺陷，用鲁迅习惯的话来说，就是要和现实的黑暗"捣乱"，也就是说，在"正视"的背后，有一种强大的变革与行动的历史性的要求，这才是"立意在反抗，指归在动作"的"精神界战士"的本质。所谓"随顺现在"者，从表面上看，他们也承认现实是不完美，有缺陷，并且是速朽的，但是他们却认为，人在这样的现实的"恶"面前是无能为力的，因而现实的"恶"是不可改变的，进而认可、"随顺"现实的"恶"，并试图在这样的随顺中来谋求个人的

---

[1]《随感录·六十一　不满》，《鲁迅全集》1 卷，359 页。

鲁迅的"执著现在"也有别于周作人的"现在观"与"现在选择"。周作人试图"'忙里偷闲，苦中作乐'，在不完全的现世享乐一点美与和谐，在刹那间体会永久"。——这仍然是一种逃避，而且这样的"偷"得的美、和谐与永久感，也不免是幻觉。

私利：或助纣为虐，成为"寇盗式的破坏"者，或谋求"目前极小的自利"，占些"小便宜"，成为"奴才式的破坏"者，这与鲁迅式的有理想的反抗现实的"革新的破坏者"是有着本质的区别的。[1]

鲁迅的"执著现在"也有别于周作人的"现在观"与"现在选择"。周作人也承认"现世"的不完全性与短暂性，但他却试图"'忙里偷闲，苦中作乐'，在不完全的现世享乐一点美与和谐，在刹那间体会永久"。[2]——这仍然是一种逃避，而且这样的"偷"得的美、和谐与永久感，也不免是幻觉，而"既明白于斯，却时刻想闭上眼睛"的选择，又确实使周作人经常落入极其尴尬的境地，这里也自有一种悲哀。

五四时期，还有一些作家提倡"刹那主义"："我们现在的生活里，往往只怅惘着过去，忧虑着将来，将功夫都费去了，将眼下应该做的事都丢下了，又添了以后怅惘的资料"，其实"生活的每一刹那有那一刹那的趣味，或也可不含哲学地说，对我都有一种意义和价值。我的责任便在实现这意义和价值，满足这个趣味，使我这一刹那的生活舒服。至于这刹那以前的种种，我是追不回来，可以毋庸过问；这刹那以后还未到来，我也不必多费心思去筹虑。……我现在是只管一步步走，最重要的是眼前的一步"。[3]正如提倡者所说，这是把"颓废主义与实际主义合拢来，形成一种有积极意味的刹那主义"。[4]应该说，就"把握现在，脚踏实地做力所能及的事，实干苦干"这一点，主张刹那主义的朱自清诸先生与强调"执著现在"的鲁迅也确有相通之处——鲁迅直到晚年，也还在呼唤"埋头苦干"、"拼命硬干"的精神，[5]这其实也是他的"执著现在"的人生哲学里的应有之义。但鲁迅的"执著现在"与朱自清们的"刹那

---

[1]《再论雷峰塔的倒掉》，《鲁迅全集》1卷，194页。批评家王彬彬先生曾写过《残雪、余华："真的恶声？"——残雪、余华与鲁迅的一种比较》（载《当代作家评论》1992年1期），结合20世纪90年代的文学创作实践，对本论题的有关问题有精辟的论述，对我的思考很有启示，同学们也可参考。

[2]周作人：《喝茶》，收《雨天的书》，53页，河北教育出版社，2002年版。

[3]朱自清1923年1月13日给俞平伯的信，转引自俞平伯：《读〈毁灭〉》，收《俞平伯散文杂论编》，47页，43页，上海古籍出版社，1990年版。

[4]俞平伯：《读〈毁灭〉》，《俞平伯散文杂论编》，43—44页，上海古籍出版社，1990年版。

[5]《中国人失掉自信力了吗》，《鲁迅全集》6卷，118页。

鲁迅的"执著现在，执著地上"，有着对生活在"地上"的更广大的人群的生命更为深切的关怀，是要以一己之身来抗拒身外无边的黑暗的，那是一个更为博大、也更悲壮的人生境界。

主义"之间的差异也是明显的，后者说到底，还是一种明哲保身的选择，着眼点在知识者自我的"满足"，对于更广大更根本的社会与现实的黑暗，还是有所回避的，而鲁迅的"执著现在，执著地上"，有着对生活在"地上"的更广大的人群的生命更为深切的关怀，是要以一己之身来抗拒身外无边的黑暗的，那是一个更为博大、也更悲壮的人生境界。

我们或许可以对鲁迅的"执著现在，执著地上"的人生哲学作这样的概括：它要求正视现在中国人的生存困境，并且反抗一切妨碍现在中国人的生存与发展的现实的黑暗，致力于现实中国社会、人生与人的改造（改良，革新）。

四

从以上的讨论可以看出，鲁迅的哲学是一种"生存哲学"，他关注的始终是人的生存问题，特别是现在中国人当下的生存问题，其中一个很重要的方面，就是现在中国人的生存环境，生存空间。对此，鲁迅有一系列重要的概括，并且都给人以怵目惊心之感。

一，"人肉的筵宴"

鲁迅是在《灯下漫笔》里，首先作出这样的概括的——

> 所谓中国的文明者，其实不过是安排给阔人享用的人肉的筵宴。所谓中国者，其实不过是安排这人肉的筵宴的厨房。
>
> 大小无数的人肉的筵宴，即从有文明以来一直排到现在，人们就在这会场中吃人，被吃，以凶人的愚妄的欢呼，将悲惨的弱者的呼号遮掩，更不消说女人和小儿。[1]

这里说得很清楚，从"有文明以来"一直到"现在"，中国人都生活在"人

---

[1]《灯下漫笔》，《鲁迅全集》1 卷，216 页，217 页。

肉的筵宴"的空间里。我们很容易就联想起鲁迅在他著名的《狂人日记》里也曾说到,他在中国历史记载满纸的"仁义道德"的字缝里看到"吃人"两个字。鲁迅自己对"吃人"这样一个命题是非常看重的,他在给许寿裳的信里,这样写道——

> 偶阅《通鉴》,乃悟中国人尚是食人民族,因成此篇。此种发见,关系亦甚大,而知者尚寥寥也。[1]

请注意"中国人尚是食人民族"这一概括:不是少数人在食人,是整个民族都在食人。这自然是一个极其严酷的概括,一般人是很难接受的。因此有必要作更深入、细致的讨论。

首先我们要问:鲁迅讲的"食人"("吃人"、"人肉的筵宴")指的是什么?我理解有两个含义,一是实指,即中国从远古到近现代历史上都不断发生"人吃人"与"嗜杀"现象,而且都是在崇高的名义(例如"忠"、"孝"、"革命"等等)下"吃人"与"杀人",而且人们似乎都视而不见,见而不怪,这背后正是隐藏着一个不能回避的事实:在中国社会里,人的生命不值钱,中国人缺少对生命的关爱和敬畏。另一方面,又是指一种精神的"吃人"。我们在前面讲鲁迅的"立人"思想,他所要"立"的"人"是具有个体精神自由的人。结合鲁迅"立人"思想体系来看,他所说的"吃人",就是讲中国社会、历史,中国传统文化,对人的个体精神自由的漠视,压抑和剥夺。关于这方面的问题,我在《话说周氏兄弟——北大演讲录》这本书里,用"论'食人'"这一专章作了详尽的讨论,同学们有兴趣,可以去看这本书,这里就不展开说了。

现在,我们要讨论的是,为什么鲁迅说在中国"吃人"是全民族性的?

鲁迅是从中国的社会结构的分析来展开他的论证的。他在《灯下漫笔》里引用《左传》里的材料,指出所谓"天有十日,人有十等",中国传统社会有一系

---

[1] 致许寿裳(1918 年 8 月 20 日),《鲁迅全集》11 卷,353 页。

鲁迅更关注的是民族的畸形的"国民性"。作主人的时候，以一切别人为奴才，作奴才的时候，以一切人为主人；有权时无所不为，失势时即奴性十足。

列严格的等级：最高级是王，王下面是公，公下面是大夫，大夫下面是士，最后是老百姓，普通国民。每个人都处在这个等级制度的某一等级上，一方面承受上面的等级的压迫，被人吃；但是同时却可以压迫下面的等级的人，又在吃人。即使是处在最底层的，回到家里，还可以压迫妻子孩子；孩子长大了，又会有更卑更弱的妻子可供驱使，"多年媳妇熬成婆"，妻子也还可以压迫她的媳妇。这就是每一个中国人的生存环境："有贵贱，有大小，有上下。自己被人凌虐，但也可以凌虐别人；自己被人吃，但也可以吃别人"，前面所说的全民族的吃人就是这样形成的；也就是说，对于这样一个"人肉的筵宴"，每个中国人都是参与其中的。这就产生了极其可怕的后果：不仅"使人们各各分离，遂不能再感到别人的痛苦"，而且"因为自己各有奴使别人，吃掉的别人的希望，便也就忘却自己同有被奴使被吃掉的将来"，即使自己已经或正在被吃，也可以在吃别人中得到补偿，这样就使得"中国一切人们无不陶醉而且至于含笑"于这"人肉的筵宴"，使其永远排下去，而不可能有任何认真地反抗，更不用说联合的反抗。这正是让鲁迅以及一切有良知的中国人感到真正的恐怖之处。

作为精神界的战士，鲁迅更关注的是由此形成的民族的畸形的"国民性"。在这样一个全民族的"人肉的筵宴"里，每个中国人都处在"被凌虐又凌虐别人，被吃又吃人"的双重位置，就必然形成人的"为人主"与"为人奴"的两重性：作主人的时候，以一切别人为奴才，作奴才的时候，以一切人为主人；有权时无所不为，失势时即奴性十足。鲁迅就是这样要我们正视自己的生存环境，这"吃人与被人吃"的"人肉的筵宴"是一个可怕的陷阱，落入其中，人就丧失了基本的生存权利，处于社会底层的人们更是完全被漠视，人们"以凶人的愚妄的欢呼，将悲惨的弱者的呼号遮掩，更不消说女人和小儿"；同时在主性和奴性的养成中，人的精神发展也受到了根本性的伤害。

鲁迅《灯下漫笔》的另一篇，又把对"吃人"问题的审视，伸向历史的追问。于是，他又有了两个非同小可的发现——

中国人向来就没有争到过"人"的价格，至多不过是奴隶，到现在还如此，然而下于奴隶的时候，却是数见不鲜的。

（中国的历史不过是）一，想做奴隶而不得的时代；二，暂时做稳了奴隶的时代。这一种循环，也就是先儒之所谓"一治一乱"。[1]

这是一个最为沉重的历史与现实：在中国，"人"的生命价值从来没有被承认过，拥有个体精神自由这种意义上的"人"，更是从来不曾有过。所以把人不当人，在中国是一个惯例。而且中国有一句话，叫做"乱离人不及太平犬"，乱世时候的人还不如太平时代的一只狗。这时候突然给他一个狗的待遇，他就非常高兴。譬如说元朝，开始是随意杀人，老百姓惶惶不可终日。后来就定了一个法律，规定打死别人的奴隶，要赔一头牛。老百姓本来觉得自己连牛都不如，现在总算有了一头牛的价值，就万分高兴了。所以鲁迅说，所谓"乱世"，就是"将奴隶规则毁得粉碎"，"想做奴隶而不得"；"这时候，百姓就希望来另外的主子，较为顾及他们的奴隶规则的，无论仍旧，还是新颁，总之是有一种规则，使他们可上奴隶的轨道"，"做稳了奴隶"，这就是中国的所谓"太平盛世"。——鲁迅在这里又打破了一个在中国根深蒂固、可谓"深入人心"的"太平盛世"的神话。他再一次无情地要我们正视自己真实的生存处境：中国人只能在"做稳了奴隶"和"想做奴隶而不得"这两者之间做一个"选择"——如果这还算是"选择"的话。

更怵目惊心的是这样的处境对中国人精神的戕害，及由此产生的中国国民性：在暂时做稳了奴隶的时代，即所谓"大治"的时代，中国人是"顺民"；而在想做奴隶而不得的时代，即所谓"乱世"，中国人就成了"暴民"。"顺民"就是奴性十足，可以不必多说。值得注意的是"暴民"。鲁迅在五四时期有好

[1]《灯下漫笔·一》，《鲁迅全集》1卷，212页，213页。

鲁迅说，一是"威福"，有权有势；二是"子女"，特别是女人；三是"玉帛"，就是钱。中国的"暴民"，就向往这三样东西。这样的阿Q式的"暴民"造反是不可能根本摧毁"人肉的筵宴"的，而只会由新的"主人"（昔日的奴隶）以新的形式"取而代之"。

几篇文章提到"暴民"。他提醒人们注意两种危险性。一个是想做奴隶而不得，就有满肚子怨愤的毒气，鲁迅说"这自然是受强者的蹂躏所致的"，因此，这是可以理解，甚至是值得同情的，问题是这股怨愤之火向哪里去烧？鲁迅说，在中国，"国民倘没有智，没有勇，而单靠一种所谓'气'"，其结果必然是"不很向强者反抗，而反在弱者身上发泄"，就好像阿Q受了假洋鬼子、赵太爷的气，不去反抗他们，而去占小尼姑的便宜一样，"遭殃的不是什么敌手而是自己的同胞和子孙。那结果，是反为敌人先驱"，[1]这正是暴民的特点。暴民的另一面，鲁迅也经常谈到，就是他身为奴隶，向往的却是主人地位。当年项羽看见秦始皇十分阔气，就说："彼可取而代之也。"要"取"什么？鲁迅说，一是"威福"，有权有势；二是"子女"，特别是女人；三是"玉帛"，就是钱。[2]中国的"暴民"，就向往这三样东西。阿Q在土谷寺里做的那个著名的梦里，梦见的就是元宝，洋钱，吴妈，邹七嫂的女儿，还有"小D来搬，要搬得快，搬得不快打嘴光"的权势。这样的阿Q式的"暴民"造反是不可能根本摧毁"人肉的筵宴"的，而只会由新的"主人"（昔日的奴隶）以新的形式"取而代之"：这也是中国的历史与现实一再证明了的。

这同样是对我们每一个现在中国人的警示：我们生活在这样一个"做稳了奴隶"与"想做奴隶而不得"的历史循环中，这样一种生存空间下，是时刻可能成为顺民，又可能成为暴民的。我们的心灵就可能被奴化，同时被毒化。这又反过来使得我们民族永远也走不出那不断循环重复的历史的怪圈。于是，鲁迅又发出了这样的召唤——

　　　自然，也不满于现在的，但是，无须反顾，因为前面还有道路在。而创造这中国历史上未曾有过的第三样时代，则是现在的青年的使命！[3]

这里反复强调的是：不满于"现在"；"无须反顾"，不要回到"过去"；面向"前

---

[1]《杂忆》，《鲁迅全集》1卷，225页。

[2]《随感录·五十九　"圣武"》，《鲁迅全集》1卷，355页。

[3]《灯下漫笔》，《鲁迅全集》1卷，213页。

面"也即"将来",创造"第三样时代":鲁迅始终坚守着他的"执著现在,执著地上"的人生哲学。

二,"活埋庵"

鲁迅在一篇《通信》里,由一个人们习以为常的"北京街市小景"引发出了关于中国人的历史与中国人的生存空间的一番大议论——

> 我现在住在一条小胡同里,这里有所谓土车者,每月收几吊钱,将煤灰之类搬出去。搬出去怎么办呢?就堆在街道上,这街就每日增高。有几所老房子,只有一半露出在街上的,就正在豫告着别的房子的将来。我不知道什么缘故,见了这些人家,就像看见了中国人的历史。
>
> 姓名我忘记了,总之是一个明末的遗民,他曾将自己的书斋题作"活埋庵"。谁料现在的北京的人家,都在建造"活埋庵",还要自己拿出建造费。看看报章上的论坛,"反改革"的空气浓厚透顶了,满车的"祖传","国粹"等等,都想来堆在道路上,将所有的人家完全活埋下去。[1]

这同样是鲁迅式的特殊体验:在鲁迅所说的"合群的爱国的自大"者看来,"满车的'祖传'、'国粹'"是足以炫耀于世的;而鲁迅却看到了现在中国人被"活埋"的生存危机。鲁迅是深知中国人的:本来,人"从幼到壮,从壮到老,从老到死"都是很正常的,由"现在式"的生命到"过去式"的生命应该是一个自然的过渡;但在我们这个古老的中国,却是例外:"从幼到壮"倒是走得很起劲,"从壮到老"就有些不情愿了,"从老到死"更是高低不肯走了,甚至"奇想天开",最好老而不死,即使死了也"想用自己的尸体,永远占据着一块地面",总之要"喝尽了一切空间时间的酒","占尽了少年的道路,吸尽了少年的空气",而且"愈是无聊赖,愈是没出息的角色,越想长寿,越想不朽"。这

---

[1]《通信》,《鲁迅全集》3卷,21页。

就形成了生存空间的空前拥挤与阻塞：不仅是生与死，过去与现在的并存，更是以"死"挤压"生"，以"过去"挤压"现在"，以"没出息"者挤压"有希望"者，从而形成了一种窒息人的个体生命与民族生命发展的生机的恶性环境。[1]

鲁迅在《随感录·五十四》里还有这样的概括——

> 中国社会上的状态，简直是将几十世纪缩在一时：自松油片以至电灯，自独轮车以至飞机，自镖枪以至机关枪，自不许"妄谈法理"以至护法，自"食肉寝皮"的吃人思想以至人道主义，自迎尸拜蛇以至美育代宗教，都摩肩挨背的存在。[2]

这样的"许多（不同时代的）事物挤在一起"确实是中国的特色。鲁迅引述了一位作者的意见指出，原因即在于"中国人先天的保守性"，因此，中国的改革"决不将旧日制度完全废止，乃在旧制度之上，更添加一层新制度"。比如我们试考察清代兵制变迁史，就可以发现，最初是八旗兵，后来慢慢的腐败了，洪秀全起，于是就征募湘淮两军，是为绿营，但旗兵仍在；甲午战后，绿营也不行了，于是又编练新军，但仍是与旗兵、绿营同在。这样就造成多重制度、多重思想挤在同一个非常狭窄的空间里的局面。[3]可怕之处在于，这样的并存，并非良性互补，而恰恰是恶性的嫁接，即鲁迅在20世纪初所说的，旧病不去，"新疫"又来，"二患交伐，而中国之沉沦遂以益速矣"。[4]这也是一种生存空间的挤压，而且挤压的结果是恶性的，最后是"活埋"，根本窒息了现在中国人的生存与发展。

三，"染缸"

五四时期鲁迅有一篇很有名的杂文，题目叫《来了》，意犹未尽，接着又

---

[1] 参看《随感录·四十九》,《随感录·五十九　"圣武"》;《鲁迅全集》1卷,338页,356页。

[2] 《随感录·五十四》,《鲁迅全集》1卷,344页。

[3] 《随感录·五十四》,《鲁迅全集》1卷,344页。

[4] 《文化偏至论》,《鲁迅全集》1卷,57页。

写了篇《"圣武"》。当时，马克思主义开始传播到中国，许多人很紧张，说"过激主义来了"，不得了了。鲁迅则别有眼光，他说你别担心，"过激主义"是不会来的——岂止"过激主义"，什么"主义"都不会来，来了也不会对中国社会和思想界产生实质性的影响。为什么呢？鲁迅说——

> 我们中国本不是发生新主义的地方，也没有容纳新主义的处所，即使偶然有些外来思想，也立刻变了颜色，而且许多论者反要以此自豪。[1]

> 我们中国人，决不能被洋货的什么主义引动，有抹杀他扑灭他的力量。无论什么主义，全扰乱不了中国。[2]

后来，到1934年，鲁迅又写了篇《偶感》，进一步作出了"染缸"中国的概括——

> 每一新制度，新学术，新名词，传入中国，便如落在黑色染缸，立刻乌黑一团，化为济私助焰之具……[3]

所谓"染缸"中国，我想，包含了两个意思。

首先，中国不具备接受新思想、新制度的基本条件。鲁迅看得很清楚，一种外来主义、思潮的输入，一种新的制度的引进，必须具有内在的接受基因与条件："新主义的宣传者是放火人么，也须别人有精神的燃料，才会着火；是弹琴人么，别人的心上也须有弦索，才会出声；是发声器么，别人也必须是发声器，才会共鸣"。而中国正是缺少这样的感应器——

---

[1]《随感录·五十九 "圣武"》，《鲁迅全集》1卷，354页。

[2]《随感录·五十六 "来了"》，《鲁迅全集》1卷，347页。

[3]《偶感》，《鲁迅全集》1卷，480页。

自由主义么，我们连发表思想都要犯罪，讲几句话也为难；人道主义么，我们人身还可以买卖呢。

　　这些话都说得十分沉重，却也十分真实。鲁迅对中国当下社会有着非常深刻的把握和了解，他是真正了解中国国情的。在他看来，很多新思想在中国还是一种思想的奢侈品，根本不能接受，也不能理解，"我们和别人的思想中间，的确还隔着几重铁壁"。如若不信，就看看那些翻译本的绪言、序跋吧："他们是说家庭问题的，我们却以为他在鼓吹打仗；他们是写社会缺点的，我们却说他讲笑话；他们以为好的，我们说来却是坏的。"[1]这样的一种隔膜，其实是一直延续下来的，读读充斥今日文坛上的介绍外国"新思潮"的文章、序跋，不也同样有这样的隔膜感吗？

　　仅仅是隔膜、不理解，也就罢了；更可怕的是，中国文化有一种很强大的"同化"力，这也就是"染缸"的法力：一落入其中，就会变质，变成另外一个样子了。

　　怎么变呢？有两个法术。首先是宣布，所有外来的东西中国都"古已有之"："某种科学，即某子所说云云"。[2]你讲地理学吗，中国从来就有"风水"；你谈优生学吗，中国早就讲"门阀"制度；你说化学吗，中国自古就有"炼丹"学；就连我们放风筝，也是合于卫生学的。[3]这里还可以补充一个 20 世纪 90 年代的最新说法：什么"环保意识"，中国早就讲"天人合一"了。鲁迅说这样的"自大与好古"，不过是"土人的一个特性"，[4]是落后民族抵御外来新思潮，拒绝变革的法宝：一切以"古"为好，一切以"不变"为好，或者叫"以不变应万变"，但这同样是扼杀民族进步的生机的。

　　不仅自己不变，还要使"你"变得和"我"一样，也就是对外来的思想取其"名"而变其"实"，即所谓"偷天换日"，表面上满口新名词，骨子里还是旧思

　　[1]《随感录·五十九 "圣武"》，《鲁迅全集》1 卷，354 页。

　　[2]《随感录·三十八》，《鲁迅全集》1 卷，312 页。

　　[3]《偶感》，《鲁迅全集》5 卷，479 页。

　　[4]《随感录·四十二》，《鲁迅全集》1 卷，327 页。

鲁迅说，新潮之进入中国，往往只有几个名词。主张的人以为可以咒死敌人，敌对者也以为将被咒死而极力反对，谁都不去认真地追究这个名词的真实的意义是什么，实际上是把外来名词、新思潮"符咒化"了。

想。鲁迅说——

> 中国人总喜欢一个"名"，只要有新鲜的名目，便取来玩一通，不久连这名目也糟蹋了，便放开，另外又取一个。真如黑色的染缸一样，放下去，没有不乌黑的。[1]

请大家注意这个"玩"字，这是说尽了很多中国人，包括中国的知识分子对外来思想、新思潮的基本态度的：就是他自己并不相信，不过是玩"文字游戏"，当作达到自己的目的的工具。因此"玩"的名词越新越好——越是新利用价值就越高，西方有了新东西马上贩运到中国去玩，过几天玩腻了就换一个名词。所以鲁迅说，新潮之进入中国，往往只有几个名词。主张的人以为可以咒死敌人，敌对者也以为将被咒死而极力反对，谁都不去认真地追究这个名词的真实的意义是什么，实际上是把外来名词、新思潮"符咒化"了，真实的论争就变成了彼此的"斗法"，嚷嚷了一年半载，最后是火灭烟消，什么都没有。鲁迅说得很沉重：喊了半天什么"罗曼主义，自然主义，表现主义，未来主义……"（这些年又有现代主义、后现代主义等等等等），这些名词轮番地轰炸，不断地变换，结果都过去了，中国实质上没有真正的罗曼主义，真正的表现主义，真正的未来主义，真正的现代、后现代，只剩下了无数的"符咒"。[2]所以鲁迅多次引用罗兰夫人的话："自由自由，多少罪恶，假汝之名以行"。[3]一切新的思潮到了中国，都难逃被曲解与利用的命运，中国自身也就毫无进步的可能。

现在我们可以作一点小结。鲁迅在考察中国人的生存环境与生存空间时作出了这样三个概括："人肉的筵席"、"活埋庵"和"染缸"，这里，实际上是包含了时间关系向空间关系的一种渗透的：在"人肉的筵席"这一意象里，不仅揭示了中国人最基本的生存可能性的被剥夺——人的生命被扼杀，人的

---

[1]《书信·340422　致姚克》，《鲁迅全集》12卷，392页。
[2]《〈现代新兴文学的诸问题〉小引》，《鲁迅全集》10卷，291—292页。
[3]《偶感》，《鲁迅全集》5卷，480页。

个人精神发展空间受遏制——的悲剧命运，更揭示了"坐稳了奴隶的时代"和"想做奴隶而不得的时代"的历史循环，"现在"不过是"过去"的重复，"祖母的模样"就预示着孩子的"将来"，[1]中国人永远也走不出"过去的时代"。在"活埋庵"的意象里，我们所看到的是"过去"对"现在"的挤压。而"染缸"意象则形象地说明了"过去"的生命形态在中国的顽强存在，它不但拒绝而且改造着一切新的生命，从而杜绝了新生命存在的可能性，整个社会就陷于不能发展的绝境之中。

从这里我们可以看到鲁迅的一个深刻的内在矛盾。鲁迅在讨论"过去"、"现在"与"未来"的关系时，本来是有着历史的进化，或者说历史的进步的强烈期待的，他在《随感录·四十九》和《随感录·六十六》里，这样表达他的信念——

> 生命的路是进步的，总是沿着无限的精神三角形的斜面向上走，什么都阻止他不得。[2]

> 进化的途中总须新陈代谢。所以新的应该欢天喜地的向前走去，这便是壮；旧的也应该欢天喜地的向前走去，这便是死；各各如此走去，便是进化的路。[3]

这里显然有一种建立在进化论观点上的一种历史乐观主义，但当他面对现在时态的生命，当下的此岸的中国现实的时候，他却发现"旧的""过去"的生命并不愿意"欢天喜地"的自动让路，还要顽强的挤压、抵制，以至改造"新的""现在"的生命，并因此常常形成历史的循环。这样，他的信念、理想与实际感受之间就形成了巨大的反差。后来，他在《中国小说的历史变迁》这篇文章里，有过一个分析——

---

[1]《这个与那个》，《鲁迅全集》3 卷，139 页。

[2]《随感录·六十六 生命的路》，《鲁迅全集》1 卷，368 页。

[3]《随感录·四十九》，《鲁迅全集》1 卷，339 页。

许多历史学家说，人类的历史是进化的，那么，中国当然不会在例外。但看中国进化的情形，却有两种很特别的现象：一种是新的来了好久之后而旧的又回复过来，即是反复；一种是新的来了好久以后旧的并不废去，即是羼杂。然而就并不进化么？那也不然，只是比较的慢，使我们性急的人，有一日三秋之感罢了。[1]

那么，鲁迅最后还是坚持了对历史的进步的期待与信念的——自然，这是一种质疑中的坚守，或者说是坚守中的质疑；他在《读经与读史》一文中也表达了类似的意见。他说，我强调"过去"的"反复"与"羼杂"，"但我并不说古来如此，现在遂无可为，劝人们对'过去'生敬畏心，以为它已经铸定了我们的运命。Le Bon 先生说，死人之力比生人大，诚然也有一理的，然而人类究竟进化着"。可以看出，鲁迅一面坚守他的追求历史进步的理想，同时又强调要正视历史循环的现实，而最终的归结则是坚持对现实的变革，所以，他的结论是——

　　读史，就愈可以觉悟中国改革之不可缓了。[2]

用改革的实践来解决（或缓解）理想与现实的矛盾，这再一次显示了鲁迅这样的"立意在反抗，指归在动作"的"精神界战士"的特色。

五

　　最后再谈一个问题：鲁迅关于建设"现在中国人的文化"也即"中国现代文化"的战略与策略的思考。作为一个"精神界的战士"，鲁迅关于"现在中国人的生存与发展"的思考是不能不最后落实到"现在中国人的文化"建设上的。

---

[1]《中国小说的历史的变迁》，《鲁迅全集》9 卷，301 页。
[2]《这个与那个·读经与读史》，《鲁迅全集》3 卷，139 页。

鲁迅提出了两个概念："自己"与"真"，即要说出现代中国人的"自己的话"，发出"真的声音"。这与鲁迅在 20 世纪初所提出的"心声"、"白心"的概念，以及他在五四时期强调反对"瞒"和"骗"都是一脉相承的。

在鲁迅看来，所谓"现在中国人的文化"（"中国现代文化"），就是适应"现在中国人的生存与发展"需要的文化。于是，就有了这样的要求与宣言——

> 我们要说现代的，自己的话；用活着的白话，将自己的思想，感情直白地说出来。
>
> 大胆地说话，勇敢地进行，忘掉了一切利害，推开了古人，将自己的真心的话发表出来……
>
> 只有真的声音，才能感动中国的人和世界的人；必须有了真的声音，才能和世界的人同在世界上生活。[1]

鲁迅在这里提出了两个概念："自己"与"真"，即要说出现代中国人的"自己的话"，发出"真的声音"。不难看出，这与鲁迅在 20 世纪初所提出的"心声"、"白心"的概念，以及他在五四时期强调反对"瞒"和"骗"都是一脉相承的。这似乎是一个不言而喻的起码的要求。但鲁迅恰恰从中看到了现代中国的基本的文化（文学）危机：我们完全可能、甚至事实上不能发出自己的声音与真的声音，以至我们已经"不能说话"，"哑了"。

> 我们已经不能将我们想说的话说出来。我们受了损害，受了侮辱，总是不能说出些应说的话。……反而在外国，倒常有说起中国的，但那都不是中国人自己的声音，是别人的声音。
>
> （我们）不是学韩，便是学苏。韩愈苏轼他们，用他们自己的文章来说当时要说的话，那当然是可以的。我们却并非唐宋时人，怎么做和我们毫无关系的时候的文章呢。即使做得像，也是唐宋时代的声音，韩愈苏轼的声音，而不是我们现代的声音。然而直到现在，中国人却还要耍

---

[1]《无声的中国》，《鲁迅全集》4 卷，15 页。

在鲁迅看来,现代中国人是很容易失去自己的声音的。因为他面对
的是两个强大的文化（文学）：中国古代人所创造的中国传统文化
（文学），以及外国人创造的西方文化（文学）。如果缺乏自强自力,
只"不过敬谨接受",那就会形成双重"桎梏",而最终窒息了自己。

　　　　着这样的旧戏法。[1]

　　显然,在鲁迅看来,现代中国人是很容易失去自己的声音的。因为他面对的
是两个强大的文化（文学）：中国古代人所创造的中国传统文化（文学），以及
外国人创造的西方文化（文学）。这就要求有一个更加强大的生命主体,有足
够的消化力,使自身变得更加强有力。但如果缺乏自强自力,只"不过敬谨接
受",那就会形成双重"桎梏",而最终窒息了自己。[2]

　　这些话都说得十分的沉痛,而内含的危机感、焦虑感,更给人以震撼。而
且这是一种世纪焦虑——直到晚年,鲁迅还向人们发出这样的警告——

　　　　我们要觉悟着被描写,还要觉悟着被描写的光荣还要多起来,还要
　　觉悟着将来会有人以这样的事为有趣。[3]

　　这里,我要向大家介绍一篇文章,这是上海复旦大学郜元宝先生写的,
题目叫《反抗"被描写"——解说鲁迅的一个基点》,对我们要讨论的问题有
很精辟的分析。郜元宝先生指出,鲁迅所说的"被描写","主要说的是自己一
方",是指我们自己缺乏文化（文学）上的自主性,"自己不积极地认识自己,
表达自己,不积极发出声音来'描写自己'",于是,就只有要别人（古人与外
国人,或某个意识形态的权威）来代表自己,或者用别人的话语来描写自己,
从而使自己处于"被描写"的地位,也即被主宰与被奴役的地位。而且"积久
成习,不仅不以为耻,反而以为'有趣',觉得'光荣'",[4]这恐怕也是鲁迅的
焦虑之所在吧。

　　于是,就有了郜元宝先生所说的"反抗'被描写'"的挣扎与努力。

　　真正具有自信力的现代中国人,当然不会拒绝别人来描写自己,他既要

[1]《无声的中国》,《鲁迅全集》4卷,12页。

[2]《当陶元庆君的绘画展览时》,《鲁迅全集》3卷,549页。

[3]《未来的光荣》,《鲁迅全集》5卷,424页。

[4] 郜元宝：《反抗"被描写"——解说鲁迅的一个基点》,载《鲁迅研究月刊》2000年1期。

发出自己的声音，也就会尊重古人与外国人发出的他们自己的声音，而且他的"反抗'被描写'"甚至是以向古人与外国人学习如何"描写"（包括如何描写自己）为前提的。鲁迅曾写过一篇文章，说如果拒绝接受"精神的粮食"，那就会由"精神的聋"而"招致了'哑'来"，同样发不出自己的声音。鲁迅之所以把几乎一半以上的精力放在翻译工作上，耗费心血著述《中国小说史略》，至死也念念不忘《中国文学史》的研究与写作，正是为了使现代中国人不至"由聋而哑，枯涸渺小，成为'末人'"。[1]

　　一方面，要向古人与外国人学习描写，同时又要反抗依附于古人与外国人的"被描写"，目标却是"用现代中国人的自己的话真实地描写自己"，以有利于现代中国人的生存与发展。这里的关键是"创造"。在前一讲《为人生的文学》里，我们谈到鲁迅曾大声疾呼，"没有冲破一切传统思想和手法的闯将，中国是不会有真的新文艺的"，[2]现在，我们就可以明白，这确实是关系着中国现代文化的生存的。

　　"反抗'被描写'"的本质就是创造出自己的语言、形式、思想，并且自立标准。

　　首先是语言的创造。鲁迅在《无声的中国》里反复强调的，就是现代中国人要发出自己的声音，必须创造与使用新的语言，即他所说的"现代的活人的话"、"活着的白话"。

　　语言的实验之外，还有"写法"的实验，"形式"的实验，用鲁迅的话说，就是要"以新的形，尤其是新的色"来写出"自己的世界，而其中仍有中国向来的魂灵——要字面免得流于玄虚，则就是民族性"。[3]

　　鲁迅在《无声的中国》里还提醒人们："单是文学革新是不够的，因为腐败思想，能用古文做，也能用白话做。所以后来就有人提倡思想革新。思想革新的结果，是发生社会革新运动。"[4]"说自己的话"是有一个前提的：这个

---

[1]《由聋而哑》，《鲁迅全集》5 卷，278 页。

[2]《论睁了眼看》，《鲁迅全集》1 卷，241 页。

[3]《当陶元庆君的绘画展览时》，《鲁迅全集》3 卷，549 页。

[4]《无声的中国》，《鲁迅全集》4 卷，13 页。

"自己"必须是具有"现代思想(包括思维方式,情感方式与心理素质)"的"现代中国人",有了这样的"人",才会有这样的"文学"。这应该是常识,这里就不多说了。

最后,还有一个问题:用什么作为标准来衡量我们的创造呢? 鲁迅在评价一位中国现代艺术家时有一段话,很值得注意——

> 他并非"之乎者也",因为用的是新的形和新的色;而又不是"Yes"
> "No",因为它究竟是中国人。所以,用密达尺来量,是不对的,但也不能
> 用什么汉朝的虑傂尺或清朝的营造尺,因为他又已经是现今的人。我
> 想,必须用存在于现今想要参与世界上的事业的中国人的心里的尺来
> 量,这才懂得他的艺术。[1]

鲁迅从来是主张"以自己为主"、"自己裁判"的。[2]反抗"被描写",最要紧的就是"自立其则",自己给自己立标准。一些人甘于"被描写",就是因为总是拿古人的、外国人的标准来衡量自己,就觉得里外都不是,缺乏自我创造的自信力了。自立标准的核心,还是要走出一条现代中国人的、自己的文化(文学)之路。这就是鲁迅为"现在中国人的文化"所确立的战略目标。他自己正是建设自主自立的中国现代文化的伟大开创者与先行者。

鲁迅关于建设中国现代文化的许多战略、策略思想也很值得重视。

鲁迅将他的"一要生存,二要温饱,三要发展"的思想运用于思想文化建设,时刻提醒中国的学者、作家,不要忘记自己是在怎样一种险恶的生存环境下,从事思想文化的创造的。因此,首先要学会"保存自己",在这一点上,他依然没有忘记魏晋文人的经验。王瑶先生在《文人与酒》这篇文章里曾专门讨论了阮籍、嵇康的"志存保己",所谓"天下之至慎,其惟阮嗣宗乎!"如王瑶先生所

[1]《当陶元庆君的绘画展览时》,《鲁迅全集》3卷,550页。
[2]《新的蔷薇》,《鲁迅全集》3卷,291页;《杂忆》,《鲁迅全集》1卷,223页。

说，这是"不愿如此"，"不得不如此"，而又非如此不可的，这样的生存智慧自有难言的痛苦。而"保己"、"至慎"又是以"志存"为前提的；"阮、嵇的养生保身，是为了'俟命'，至少前边还有一个光明局面的向往"，[1]后来的效仿者就变成为保己而保己，为生存而生存，那就成了"苟且偷生"，走上了末路。这是鲁迅所反对的，他强调"我之所谓生存，并不是苟活"，[2]也就是这个意思。

鲁迅强调"保存自己"更有深意在，他说——

> 这并非吝惜生命，乃是不肯虚掷生命，因为战士的生命是宝贵的，在战士不多的地方，这生命就愈宝贵。……以血的洪流淹死一个敌人，以同胞的尸体填满一个缺陷，已经是陈腐的话了。从最新的战术的眼光看起来，这是多么大的损失。

鲁迅之反对"赤膊上阵"，也就为此。他深知，在中国这块土地上，"战士"（他首先指的是"精神界的战士"）生成之难，生存之难，生长之难。人们至今还不能忘记在 20 世纪初他那一声仰天长叹："今索诸中国，为精神界之战士者安在？"[3]现在，经过几代人艰苦卓绝的努力，"立人"有了最初的成果，总算培育出了一批立志改革的年轻"战士"，就应该珍惜生命，减少牺牲，以保存民族精神发展的"火种"。他可以说是舌敝唇焦地告诫年轻的改革者："正规的战法，也必须对手是英雄才适用"，"和朋友在一起，可以脱掉衣服，但上阵要穿甲"，"想我引一个小说上的典故：许褚赤体上阵，也就很中了好几箭。而金圣叹还笑他道：'谁叫你赤膊？'"[4]山西一群进步青年办了一个文学社团，叫作榴花社，鲁迅写信谆谆嘱咐——

> 新文艺之在太原，还在开垦时代，作品似以浅显为宜，也不要激烈，

---

[1] 王瑶：《中古文学史论》，《王瑶全集》第 1 卷，195 页，196 页，198 页。

[2] 《北京通信》，《鲁迅全集》3 卷，51—52 页。

[3] 《摩罗诗力说》，《鲁迅全集》1 卷，100 页。

[4] 《空谈》，《鲁迅全集》3 卷，281 页。《书信·350313 致萧军、萧红》，《鲁迅全集》13 卷，79 页。

这是必须察看环境和时候的。别处不明情形，或者要评为灰色也难说，但可以置之不理，万勿贪一种虚名，而反致不能出版。战斗当首先守住营垒，若专一冲锋，而反遭覆灭，乃无谋之勇，非真勇也。[1]

鲁迅有一个老同学，是个老夫子，反对发表文章署"假名"，认为这是"不负责任的推诿的表示"。鲁迅大不以为然，批评这类"迂远"之论是根本脱离中国的现实的：既不懂得"现在的有权者，是什么东西"，更不了解现在中国人的生存环境："人权尚无确实保障"，"两面的众寡强弱，又极是悬殊"，在这种情况下，要求"叫喊几声的人独要硬负片面的责任，如孩子脱衣以入虎穴，岂非大愚乎？"[2]——这些地方都让我们感到鲁迅是真正地生活在"现在中国"的真实的战士，甚至可以感觉到他那颗珍爱年轻战士生命的拳拳之心。

反对"赤膊上阵"的另一面，是提倡"韧性战斗"，"也就是'锲而不舍'，逐渐的做一点，总不肯休"。[3]鲁迅说，无论爱什么，做什么，都要"纠缠如毒蛇，执着如怨鬼"。[4]这"毒蛇"、"怨鬼"的意象给人以惊心动魄之感，而"纠缠"与"执著"，正是建立在中国的改革空前的艰难性与长期性的科学认识基础上所必须采取的战略与策略。鲁迅以为作为中国的战士最应该警惕的是"五分热"："幻想飞得太高，堕在现实上的时候，伤就格外沉重了；力气用得太骤，歇下来的时候，身体就难于动弹了"。他因此谆谆告诫年轻人：如果选定一个目标，"与其不饮不食的履行七日或痛哭流涕的履行一月，倒不如也看书也履行至五年，或者也看戏也履行至十年，或者也寻异性朋友也履行至五十年，或者也讲情话也履行至一百年"。[5]这正是鲁迅为愿意为"现在中国人的生存和发展"而改革，奋斗的"觉悟的青年"的"设计"——

[1]《书信·330620 致榴花社》，《鲁迅全集》12 卷，188 页。

[2]《两地书·第一集·北京》(一九)，《鲁迅全集》11 卷，67 页，68 页。

[3]《两地书·第一集·北京》(一二)，《鲁迅全集》11 卷，46 页。

[4]《杂感》，《鲁迅全集》3 卷，49 页。

[5]《补白》，《鲁迅全集》3 卷，106 页。

假定现今觉悟的青年的平均年龄为二十，又假定中国人易于衰老的计算，至少也还可以共同抗拒，改革，奋斗三十年，不够，就再一代，二代……。这样的数目，从个体看来，仿佛是可怕的，但倘若这一点就怕，便无药可救，只好甘心死亡。因为在民族的历史上，这不过是一个极短时期，此外实没有更快的捷径。我们更无须迟疑，只是试练自己，自求生存，对谁也不怀恶意的干下去。[1]

　　今天距鲁迅作这番设计的 1925 年，已经是 77 年之后；恐怕我们也还得再"干下去"，"此外实没有更快的捷径"。

---

[1]《忽然想到·十》，《鲁迅全集》3 卷，90 页。

第六讲 北京大学教授的不同选择
——以鲁迅与胡适为中心

【2002 年 5 月 9 日,5 月 16 日,5 月 23 日讲】

这一讲说的是发生在北京大学的故事。不知道有多少同学参加过前年的北大一百周年校庆,那时讲了很多"老北大的故事",主要讲五四时期,也就是北大最辉煌的那段时间的故事。在我看来,这些故事在某种程度上都被神化了,这也很自然。面对现实北大的许许多多的问题,人们谈论过去的辉煌,也就是对自己心目中的北大理想的一种追寻与坚守。我们今天要继续往下讲——不讲五四这一段,而是讲五四之后的老北大的故事。既然是讲故事,我姑妄讲之,大家就姑妄听之。作为今天的北大学生,听听当年五四之后北大教授的不同选择,或许是饶有兴味的。

五四时期北大的教师是分为两派的,即所谓"新派"和"旧派"。在蔡元培"兼容并包"的思想指导下,两派相争也相互制约,达到某种程度的平衡。我们今天讲的是新派教授内部的不同选择,连蔡元培自己也卷入其中。而北大教授的不同选择,在某种意义上也意味着中国知识分子在五四之后的分化:北大在五四时期是整个思想文化界的中心,北大教授的分歧,影响自不可低估。我们的讨论以鲁迅和胡适为中心,他们都是五四新文学的主要人物,对青年学生都有重要影响,他们之间的矛盾和冲突当然也就格外引人注目。

一

在讲他们的不同选择之前,我想先讲一下五四时期当年他们是怎样相处的,也像过去几讲一样,我们先来感受鲁迅与胡适。

先说鲁迅怎么会来到北大,这就需要说说他和蔡元培的关系。他们俩是绍兴的小同乡。据蔡元培回忆,他大概是 1907 年在德国留学时,第一次从他弟弟的通信中知道了周氏兄弟的名字,就引起了他的注意。后来,蔡元培当了中华民国的第一任教育总长，他就接受了许寿裳的建议，把鲁迅请到教育部在教育司里工作。后来国民政府从南京迁到北京，鲁迅也随之到了北京，后来任社会教育司第一科科长，曾负责整顿、建设京师图书馆（今北京图书馆），筹办历史博物馆，并且是蔡元培的"美育代替宗教"思想的有力支持者和实践者，在教育部主办的"夏期美术讲习会"里，鲁迅先后四次讲"美术略论"。最后一次讲时，那天下着大雨，鲁迅去了之后，竟没有一个人来听。鲁迅还写有《拟播布美术意见书》，这是他早期的美学思想重要部分。鲁迅还筹办了全国儿童艺术展览会。1917年，蔡元培主掌北大，聘请了一批教授。周作人于1917年4月份先来北大，在鲁迅协助下开设"欧洲文学史"等课程；1917年8月鲁迅应蔡元培之约，为北大设计了校徽，至今还在用：中间是一个人，两边是两个人的侧影。鲁迅是1920年12月24日才来北大担任讲师的。当时有个规定：兼课的教师只能担任讲师不能聘为教授。鲁迅在北大主要上两门课：一门是"中国小说史"——这在中国大学中文系教育中尚属首创；后来又讲"文艺理论"，以《苦闷的象征》为主要教材。鲁迅上课是非常受学生欢迎的。据当年的学生回忆，不仅是本系的学生，外系的学生都赶来听课，教室里两人坐的位子经常挤坐着三四个人，没座的或站着，或坐在窗台以至地上。鲁迅有一个习惯，每次提前半个小时到教员休息室，往往他一到，等在那里的学生就围拢来，鲁迅打开他那黑底红格的小布包，将许多请校阅、批改的文稿拿出来，一一细细指点，又接受一批新的文稿。等上课钟响，就在学生簇拥下走进教室。一位学生这样回忆他的最初印象——

　　在青年中间夹着一个身材并不高，穿着一件大概还是民国初年时代"时新"的小袖长衫的中年先生。他的头发很长，脸上刻着很深的认真和艰苦的皱纹。他离开这群青年走到讲台上，把两只虽不发光却似乎在追究什么的微微陷入的眼睛，默默地缓缓地扫视着渐渐静下来的学生群众，这是一个道地中国的平凡而正直的严肃先生，既无名流学者自炫崇高的气息，也无教授绅士自我肥胖的风度。这典型，我们不仅只在《呐喊》这本著作中到处可以看见，即在中国各地似乎也处处都有着他的影子。[1]

安然地站在北大讲台上的，就是这样一个没有绅士风度，也没有名流学者气息的普通中年人，他上课非常自然，既不滔滔不绝，也不大声疾呼，只是从容不迫地一一道来，还经常穿插着一些笑话，几句闲话，像春日晴空里的风筝，一丝线似的，随意扯开去，又毫不经意地拉回来。课堂气氛是轻松的，学生可以无拘无束地听，或者不听，也是非常从容的。而且还经常有师生之间的当场对话。比如他讲《红楼梦》，讲完了，顺便提一个问题："你们爱不爱林黛玉呀？"学生就七嘴八舌地说起来。一个调皮的学生反问道："周先生，你爱不爱？"鲁迅毫不犹豫地回答："我不爱。"学生又问："你为什么不爱她？""我嫌她哭哭啼啼。"于是哄堂大笑起来。[2]讲课中也常常插入一些非常深刻的议论，道他人所不能道，往往让学生终生难忘。当年听他讲过课的冯至到了晚年还记着他"跟传统的说法很不同"的"中肯剀切"之论："许多史书对人物的评价都是靠不住的。历代王朝，统治时间长的，评论者都是本朝的人，对他本朝的皇帝多半是歌功颂德；统治时间短的，那朝代的皇帝就很容易被贬为'暴君'，因为评论者是另一个朝代里的人了。秦始皇在历史上有贡献，但是吃了秦朝年代太短的亏。"[3]这些言论在当时也算惊人之论吧。鲁迅上课中间是不休息的，讲完之后，学生就围着他，问各种各样的问题。比如说，有一次学生问他："你是作家，你写作有什么奥秘，怎么写作……"问了一大堆。最后鲁迅一句话没说，在黑板上写了一个字"删"。[4]

在北大上课同样受到欢迎的就是胡适。胡适上课是另一番风采。学生回

[1] 尚钺：《怀念鲁迅先生》，《鲁迅回忆录》（散篇，上册），133—134页，北京出版社，1999年版。

[2] 转引自孙世哲：《鲁迅教育思想研究》，120页，辽宁教育出版社，1988年版。

[3] 冯至：《笑谈虎尾记犹新》，《鲁迅回忆录》（散篇，上册），331—332页。

[4] 孙席珍：《鲁迅先生怎样教导我们的》，《鲁迅回忆录》，（散篇，上册），352页。

忆说,"胡先生个子不高,戴眼镜,穿皮鞋,着长衫、西装裤,干净整齐,风度极为潇洒"。一位学生这样谈到胡适上课给他留下的印象——

> 胡先生在大庭广众间的演讲之好,不在其演讲纲要之清楚,而在他能够尽量的发挥演说家的神态、姿势,和能够使安徽绩溪化的国语尽量的抑扬顿挫。并且因为他是具有纯正的学者气息的一个人,他说话时的语气总是十分的热挚真恳,带有一股自然的傻气,所以特别的能够感动人。

这位学生还保留了胡适讲课的一段课堂实录——

> 现在要说到《水浒传》。现在《水浒传》的故事,完全是四百年,到五百多年的,演变的历史。最初呢,是无数个极短极短的故事,编成了一部。到了明朝,——到了明朝中叶——,才有一个整个的,大的故事。这个时候,《水浒》的本子呢,就是一百回的,一百二十回的,一百二十五回的,后来又删改成一百回,七十一回的故事。元剧里面的李逵很风雅,会吟诗,也会逛山玩水。从这个样子的李逵,变到双手使板斧的黑旋风的李逵,而宋江呢,由人人敬爱,变到被骂。这种演变,都是由于一点点的,小小的差异 Variation。[1]

确实讲得清晰,简洁,没有半句废话,是别具风采的。

当时鲁迅和胡适在北大处于不同的地位。在北大,尽管胡适没有蔡元培那样主掌一切,也没有陈独秀那么显赫,但他确实是处于北大的中心位置。北大的几件大事都与他有关:最早建议成立北大评议会,创办《北京大学月刊》,我们今天所见的选课制度等等都是胡适初建的。后来胡适当了北大校

---

[1] 柳存仁:《记北京大学的教授》,原载《宇宙风乙刊》27、29、30 期,1940 年 8、9、10 月。

长，地位自然更高。而且月工资也非常高，当时他给他老婆写了一封信，很得意地说我刚来就得到了北大教授的最高工资，月俸 280 元。

而鲁迅呢？不过区区讲师，处在客串的、边缘的位置。事实上，鲁迅在《新青年》同人中，以至整个五四新文化运动中，都处在"客卿"的位置。陈独秀对周氏兄弟在《新青年》当中的地位和作用的估价是客观的——

> 鲁迅先生和他弟弟启明先生，都是《新青年》的作者之一人，虽然不是最主要的作者，发表的文章也很不少，尤其是启明先生；然而他们两位，都有他们自己独立的思想，不是因为附和《新青年》作者中哪一个人而参加的，所以他们的作品在《新青年》中特别有价值。[1]

可以说周氏兄弟在《新青年》群体中，一方面保持了自身的独立性，同时也是尽可能主动地去配合的，用鲁迅的话说，就是"听将令"，所以在五四时期，他和陈独秀、胡适、李大钊之间都有一种非常好的一种默契。上次我们讲过《我之节烈观》这篇文章，就是与周作人翻译的《贞操论》、胡适的《贞操问题》相呼应的。鲁迅在五四时期还写有《我们现在怎样做父亲》，胡适也写过一首诗叫《我的儿子》，也是相互呼应的——

> 我实在不要儿子，
> 儿子自己来了，
> "无后主义"的招牌，
> 至今挂不起来了！
> 比如树上开花，
> 开落自然结果。
> 那果便是你，

---

[1] 陈独秀：《我对鲁迅之认识》，原载《宇宙风》52 期，1937 年 11 月。

那树便是我。

树本无心结子，

我也无恩于你，

但是你既来了，

我不能不养你教你，

那是我对人道的义务，

并不是待你的恩谊。

将来你长大时，

这是我期待于你的，

我要你做一个堂堂正正的人，

不要你做我的孝顺儿子。

　　这里所表达的思想，与鲁迅强调父亲无恩于子，强调父母对子女一要理解，二要指导，三要解放，使他们"合理的做人，幸福的度日"是完全一致的。更能说明他们彼此关系的，是胡适在编订《尝试集》(增订四版)时，曾约请了五位朋友为他删诗和选诗，老友、学生之外，就有周氏兄弟。胡适早就说过："我所知道的'新诗人'，除了会稽周氏弟兄之外，大都是从旧式诗，词，曲里脱胎出来的"，[1]这个"大都是"是包括他自己在内的。自称对于新诗"提倡有心，创造无力"的胡适在日记里也竭力赞扬周氏兄弟"天才都很高"，并有"豫才兼有鉴赏力与创作力，而启明的鉴赏力虽佳，创作较少"的评语。[2]就像陈平原先生所说，胡适"重事而轻文"，他的鉴赏能力是不够的，这也影响到他的小说研究。如果从整体描述和具体作家作品的评价来看，胡适要远逊于鲁迅；[3]但就影响而言，胡适更大：真正把中国传统小说提高到一个和经学平起平坐的地位，这个功劳是胡适的。胡适起了开风气的作用，而鲁迅是用他

[1] 胡适：《谈新诗》，《胡适文集》2 卷《胡适文存》，138 页，北京大学出版社，1998 年版。

[2] 《胡适日记全编》3 卷，755 页，安徽教育出版社，2001 年版。

[3] 陈平原：《作为文学史家的鲁迅》，收《鲁迅研究的历史批判》，357 页，河北教育出版社，2000 年出版。

在某种意义上可以说，在五四文学革命中，陈独秀、胡适是登高一呼的倡导者，而鲁迅则是最出色的实践者，他们是互相支持与补充，因而是缺一不可的：五四新文学既不能没有胡适，也不能没有鲁迅。

的研究实践，他的《中国小说史略》来支持胡适的。不仅是学术研究，连创作也这样：鲁迅说他的贡献是以《狂人日记》等小说创作"显示了'文学革命'的实绩"。在某种意义上可以说，在五四文学革命中，陈独秀、胡适是登高一呼的倡导者，而鲁迅则是最出色的实践者，他们是互相支持与补充，因而是缺一不可的：五四新文学既不能没有胡适，也不能没有鲁迅。

我们刚才说鲁迅处于客卿的位置，对新文化运动中的人，他就能够冷眼旁观。看看鲁迅观察中的胡适是个什么样子，是很有意思的。鲁迅在纪念刘半农的文章里说过这样一段话——

　　《新青年》每出一期，就开一次编辑会，商定下一期的稿件。其时最惹我注意的是陈独秀和胡适之（可见陈、胡二位确是中心人物）。假若将韬略比作一间仓库罢，（既是"主将"，自然有"韬略"）独秀先生的是外面竖一面大旗，大书道："内皆武器，来者小心！"但是那个门却开着的，里面有几支枪、几把刀，一目了然，用不着提防。适之先生的是紧紧的关着门，门上粘一条小纸条道"内无武器，请勿疑虑"。这自然可以是真的，但有些人——至少是我这样的人——有时不免要侧着头想一想。半农却是令人不觉其有"武库"的一个人，所以我佩服陈胡，却亲近半农。[1]

从这里我们可以看出鲁迅冷眼旁观的态度——他对"浅而清"的刘半农的"亲近"，对有"武库"的陈、胡的佩服，以及对陈的"不提防"和对胡的要"侧着头想一想"，都耐人寻味。特别是对于胡适，他要看一看，"想一想"，这一看一想之后，就引出了许多分歧，或者说预伏着此后的种种不满与分化。

---

[1]《忆刘半农君》，《鲁迅全集》6卷，71—72页。

鲁迅冷眼旁观的态度——对"浅而清"的刘半农的"亲近",对有"武库"的陈、胡的佩服,以及对陈的"不提防"和对胡的要"侧着头想一想",都耐人寻味。特别是对于胡适,他要看一看,"想一想",这一看一想之后,就引出了许多分歧,或者说预伏着此后的种种不满与分化。

二

现在,我们就可以进入正题,讲五四以后的"老北大的故事"了。我想从一个不大不小的"讲义风潮"说起。[1]

风潮是由讲义引起的。蔡元培主掌北大后,对老师提出一个要求,就是上课必须发讲义。——而发讲义,鲁迅和胡适的风格也不一样。据学生回忆,鲁迅的大纲非常简要,没几个字,而胡适的讲义总是开一大堆书单,非常详细,这样的讲义当然受学生欢迎。但是日子久了以后,校方就发现了两大弊病:有些学生以为反正有了讲义,到考试了只要一背就混过去了,这就给一些偷懒的学生有可乘之机;另外北大上课都是敞开的——从过去到现在都是如此,甚至形成一个传统:该听课的不听,不该听的(即不在籍的)听课反而更积极。蹭课的学生来得早,把讲义全拿光了,正式的学生来了,就没有讲义了,只得不断地印,讲义费用就吃不消了。基于这两方面的考虑,北大经蔡校长提出,校评议会通过决议,要收讲义费。不料却引起了学生的不满,1922年10月17号下午,就有几十个学生拥到红楼前请愿。当蔡元培先生赶来时,学生已经散了。第二天上午,又有数十学生到校长室要求学校取消讲义费,人越聚越多,最后达到几百人,秩序大乱。蔡元培解释说:"收讲义费是校评议会做的决定,我只能把你们的要求转达给评议会,由评议会作出最后决定。"并且答应暂时先不收费,将来评议会作出最后决定再收,这段时间的费用由自己个人支付,这算是仁至义尽了。但是年轻气盛的学生不听,坚持要他当场作出决定,而且话越说越激烈,越说越极端。平时温和的蔡元培勃然大怒,将写好的字据撕掉。据在场的蒋梦麟回忆,蔡先生拍案而起,怒目大叫:"我跟你们决斗!"校长要和学生决斗,这在北大,以至中国教育历史上是从来没有过的。而且第二天他就宣布辞职,并在辞职书里指责学生"威迫狂号,秩序荡然。此种越轨行动,出于全国最高学府之学生,殊可惋惜。废止讲

---

[1] 张华、公炎冰先生写有《1922年北京大学讲义风潮述评》,载《鲁迅研究月刊》2000年12期,以下讲述利用了该文的材料,特此说明,并向作者致谢。

义费之事甚小,而破坏学校纪律之事实大",并自责"平时训练无方","惟有恳请辞职"。紧接着总务长和其他行政负责人都纷纷辞职,全体职员也宣布暂停办公辞职,事情就闹大了。学生召开大会商量对学校局势的态度。当时有三种意见:有的认为我们学生是有点过激,但校长要走,我们也不挽留。有的则认为应承认过失,力挽蔡校长。第三派主张有条件地挽留,条件是取消讲义费、财务公开。这三派辩论了一个多小时,毫无结果——这也是北大"传统":好辩论而无结果。于是就有学生建议,大家都到操场上去,分成三队,每派站一队。当时学生还不懂民主的程序,没办法就站队,结果秩序更乱。不过,看起来主张挽留和有条件挽留的占多数。于是赞成者又集合起来派代表去见蔡元培。但蔡元培当天就走了,到西山去了,找不到了,而且校务会议已经作出决定,将此次风潮定性为"学生暴动",并认定学生冯省三"唆使在场外学生入室殴打","应即除名",同时宣布"兹为确知暴动责任者之姓名起见,要求全体学生于本星期内各以书面向系主任声明曾否与闻;如不声明,认为与闻暴动,应请校长照章惩戒"。

在校方的强大压力下,几个学生领袖商量对策。据说有人出主意将责任推到因劝袁世凯称帝而声名狼藉的杨度身上,说他想来当校长,当天鼓噪的人群中就有杨派来的人起哄。这样的无端诬陷显然不够正大光明。最后学生一致通过决议,说是"二三捣乱分子,别有用意,利用机会,于要求取消讲义费时作出种种轨外行动",因此同意将冯省三除名,并称"如再有捣乱行为者,誓当全体一致驱逐败类"。蔡元培和评议会对此结果表示满意,蔡校长又回到了学校,这场风潮也就在皆大欢喜中结束了。

今天我们重看这场"讲义风潮",或者会发现一些很有意思的问题。

首先五四新文化运动中的几个主要人物——蔡元培、胡适、周氏兄弟对这场风潮的不同反应和态度,就很耐寻味。

蔡元培是当事人,他的态度有两点值得注意。一是他在激愤之中宣布要与学生决斗,这就很能显示他的独特思想与个性。后来,他在全校大会上,曾把这次风潮称为"蔑视他人人格,即放弃自己人格"的"暴举"。可见他之提出要与对他非礼施压的学生决斗,正是为了维护自己人格的独立与尊严。在他看来,他与学生,不仅存在着校长与学生的不同身份,更是独立的个体的人之间的关系,彼此是平等的,学生绝没有权力因为自己是学生,或者凭借人多势众来围攻自己,他也绝不能屈服于来自任何方面的压力,即使是自己的学生。蔡元培的这一态度是自有一种感人的力量的。但是蔡元培毕竟不是普通的个人。当他和校行政方面把学生的过激行为宣布为"暴动",并加以"借端生事,意图破坏"等罪名,不但未经充分调查,即以冯省三作为替罪羊而除名,还要求所有的学生声明"曾否与闻",并以辞职相威胁,显然是运用校长的权力对学生施压。据说他曾对校长室秘书章川岛说,他所以要辞职是因为"纸老虎哪能戳一个洞",这时他所要维护的就不是个人的人格,而是校长的权力与权威了。

　　胡适的反应很有意思。事情发生时,他不在北京。但事情发生后,他马上在《努力周刊》上发表文章,认定这是"少数学生"的"暴乱",并且提出"几十个暴乱分子即可以败坏二千六百人的团体名誉,即可以使全校陷于无政府的状态,这是何等的危机?"[1]但私下在日记中,又表示校方"用全体辞职为执行纪律的武器"是"毫无道理的"。[2]在学潮平定后的全校师生大会上,胡适又进一步批评"这次风潮,纯粹是无建设的",因此他希望从此"趋向建设一条路上,可以为北京大学开一个新纪元,不要再在这种讲义费的小事情注意了"。[3]他显然希望把学潮引向制度建设。据说后来他曾建议学生组织自治会,由各班代表组成众议院,以每系一人、每年级一人组成参议院,在北大内部实行西方民主实验,对学生进行民主的训练,以防被少数人利用。这是典型的胡适的思路。但他的主张遭到了实际主持校务的总务长蒋

[1] 胡适:《这一周·43》,《胡适文集》3 卷《胡适文存》2 集 438—439 页,北京大学出版社,1998 年版。

[2]《胡适日记全编》第 3 卷,856 页,安徽教育出版社,2001 年版。

[3] 胡适:《在北大学潮平定后之师生大会上的讲话》,《胡适文集》12 卷,445—446 页。

梦麟的反对，说搞什么参议院、众议院，学生就更要捣乱了。冯省三被开除后，曾经找到胡适求助，要求回校当旁听生，但遭到胡适的拒绝。胡适显然不喜欢冯省三，把他看成是暴乱分子。有的研究者说，胡适可以容忍弟子思想上的异端，却不能容忍行为上的过激，这大概是符合胡适的思想实际与处事原则的。

　　最有意思的是周氏兄弟的反应。我们说过，鲁迅和周作人无论在《新青年》内部，还是在北大，都是"客卿"，讲义事件本跟他们无关，在风潮发生过程中，他们也未置一辞，与胡适"非表态不可"的心态完全不同。但风潮过去，几乎所有的人——校长、老师、学生——皆大欢喜，以为没事儿了，鲁迅却提出了问题。他在 1922 年 11 月 18 日，也即风潮结束一个月以后，在《晨报副刊》上发表一篇文章，题目叫《即小见大》，抓住这件已经被人们淡忘了的"小"事情不放，追问不止：讲义收费的风潮"芒硝火焰似的起来，又芒硝火焰似的消灭了，其间就是开除了一个学生冯省三。这事很奇特。一回风潮的起灭，竟只关于一个人。倘使诚然如此，一个人的魄力何其太大，而许多人的魄力又何其太小呢"。这次风潮难道真是冯省三一个人掀起的吗？鲁迅提出了质疑。其实，所有的人心里都明白：冯省三不过是一个替罪羊，把一切都推到他身上，大家——从闹事的学生到宣布辞职的校长、教职员——都可以下台。这本是心照不宣的游戏规则，鲁迅却偏要点破，这正是鲁迅不识相之处，也是鲁迅之为鲁迅。而且他还要进一步追问："现在讲义费已经取消，学生是得胜了，（其实，校方也得胜了——钱注），然而并没有听得有谁为那做了这次的牺牲者祝福"；就是说，你们大家都满意了：校方满意了，维护了你的威严；学生满意了，达到了你们的要求；但是你们就没有想到那作为牺牲者的冯省三，他个人的处境与痛苦。这正是要害所在："凡有牺牲在祭坛前沥血之后，所留给大家的，实在只有'散胙'这一件事了"。[1]"散胙"，就是中国古代祭祀以后，散发祭祀所用的肉。为群众牺牲的人，最后反

---

[1]《即小见大》,《鲁迅全集》1 卷,407 页。

而被群众吃掉——"即小见大",鲁迅从北大讲义风潮所看到的,正是这血淋淋的"吃人肉的筵席"。这样的历史悲剧在辛亥革命中发生过,鲁迅因此写有《药》;现在,又在被称为"五四"发源地的北京大学重演了,鲁迅的忧愤也就格外的深广。

与鲁迅站在一起,关注被牺牲者的,仅有周作人。周作人关注的是在整个事件中被忽略与遮蔽的作为真实的个体存在的冯省三。他后来专门写文章为冯省三这个"人"作辩护。他介绍说,冯省三是"爱罗先珂君在中国所教成的三个学生之一,很热心于世界语运动,发言最多,非常率直而且粗鲁,在初听的人或者没有很好的印象",但是接触多了,就"知道他是个大孩子,他因此常要得罪人,但我以为可爱的地方也就在这里"。他是山东人,据他说家里是务农的,五岁时,父亲就给订婚了,他是到北京来逃婚的,靠打短工读书,在北大预科上法文班,因为没有钱交学费还没有毕业。就是这么一个苦学生,闹讲义风潮那天,他还在教室上英语课,下课时听见楼下喧吵,去看热闹,不知不觉地就卷进去了,还以山东大汉固有的激烈,说了几句"我们打进去,把他们围起来,把这事解决了!"这样的带有煽动性的话,后来真谋事者都溜走了,他还在那里大喊大叫,就被校方与群众选作了替罪羊。周作人回忆说,冯省三曾很热情地问他:"周先生你认为我有什么缺点?"周作人回答说,你的缺点就是"人太好,——这也是一个很大的缺点,——太相信性善之说,对于人们缺少防备"。[1]无论是在蔡元培,还是在胡适的眼里,冯省三都是一个"暴徒",但在周氏兄弟眼中,他却是一个有缺点的可爱的"大孩子"。在蔡元培将其开除,胡适将他拒之门外的时候,周氏兄弟写文章为他辩护是很自然的:他们重视的是个体的人,对于学生,即使他们犯了错误,也是抱有理解与同情的态度的。后来冯省三办世界语学校,周作人为他编的《世界语读本》作序,鲁迅不但应允担任学校董事,还免费教书达一年之久。有意思的是,蔡元培也担任了冯省三的学校的董事:当年他为维护校长的权威,将冯

---

[1] 周作人:《世界语读本》,《自己的园地》,118—119 页,河北教育出版社,2002 年版。

蔡元培的教育思想是存在着矛盾的。一方面他期待北大成为一个
"献身学术研究和自我修养的一个封闭的圣地",与社会隔绝,静心
做学问;但同时他又希望大学(特别是北京大学)能够担负起"指导
社会"的责任。

省三开除;现在大概是了解是非真相,又对他表示同情与支持,这也同样是
很能表现蔡元培的为人的。

　　我们还可以把讨论再深入一步。本来讲义风潮是一件不大的事情,但为
什么蔡元培和胡适都看得这么重,认为这是"暴动",非要用这样的非常手段
(从以辞职相威胁,到向替罪羊开刀)将其压下去不可?这需要对蔡元培的基
本教育思想及其内在矛盾,以及由此造成的五四以后的北京大学的校内矛
盾这两个方面来作更深入的考察。

　　大家都知道,蔡元培是抱着"教育救国"的思想来北大的,所以他在就任
北京大学校长的演说中,首先谈到的就是"大学之性质"。他强调"大学者,研
究高深学问者也",要求学生"打破做官发财思想","抱定宗旨,为求学而
来",在大学期间"植其根,勤其学",打好基础,刻苦学习。[1]从这样一个理念
出发,他当然反对学生参与政治。1918 年 5 月,北大和北京高师等校学生为
反对北洋政府与日本签订《中日共同防敌军事协定》决定游行请愿,蔡元培
即竭力阻止,说"你们有意见,可以派代表到我这儿来陈述,我会转告政府。
你们不能随意上街"。但是学生们不听他的,还是去了。蔡元培于是宣布辞
职。在他看来,大学里学生应该埋头读书,不要去管政治;现在学生不读书上
街游行,校长管不住学生,是为失责,就应该辞职。

　　但是蔡元培的教育思想是存在着矛盾的。一位外国学者分析蔡元培对
北大的期待就存在着矛盾的两个方面:一方面他期待北大成为一个"献身学
术研究和自我修养的一个封闭的圣地",与社会隔绝,静心做学问;但同时他
又希望大学(特别是北京大学)能够担负起"指导社会"的责任。[2]因此,他支
持北大的老师办《新青年》,学生办《新潮》,通过现代传媒把北大校园里的思
想传播到社会中去。他还提倡平民教育,鼓励学生走出校门,对平民进行宣
传、教育。他想通过这些方式,把北大的校园文化转化为社会文化。这背后的
理念就是知识分子应该对国家和社会发挥领导作用。在蔡元培看来,这正是

[1] 蔡元培:《就任北京大学校长演说词》,《蔡子民先生言行录》,163—164 页,山东教育出版社,
　　1998 年版。
[2] 魏定熙:《北京大学与中国政治文化》,191 页,171 页。

中国的"清流传统"："往昔昏浊之世，必有一部分之清流，与敝俗奋斗，如东汉之党人，南宋之道学，明季之东林。"[1]这就是说，作为北大校长，蔡元培既想把校门关起来，成为一个封闭的学术圣地，又想打开校门去影响社会，他的初衷是希望这种影响限制在思想、学术、文化范围内，期待北大成为思想文化学术的中心，最好不要干预政治。但思想文化学术和政治有时就很难区分，比如说有名的林蔡之争是纯思想文化学术问题吗？显然后面是有政治背景的。既想要学校影响社会，又要把影响限制在思想学术范围内，同政治拉开距离，这在中国的现实中，几乎是不可能的。而且更复杂的是，到最关键的时候，连蔡元培自己也要发动学生去干预政治。根据现在看到的材料，当中国在巴黎和会的外交谈判中失利时，蔡元培一反常态，在1919年5月2号就召集学生开会，说这是国家存亡的关键时刻，号召大家起来奋起救国。当天晚上，外交部长秘密派人告诉蔡元培，当时的国务总理已决定要中国代表团在巴黎和会上签字。情况万分危急，蔡元培惟一的办法就是靠学生起来唤醒民众，于是当夜召集学生代表开会，把这个消息告诉大家；紧接着又召集北大教职员开会，一致决定支持学生运动，对学生行动不加阻挠，其实是鼓励学生上街游行，最后就发生了五四爱国运动。在某种程度上，五四运动这把火是蔡元培点起来的，尽管这是违背他的初衷，不得已而为之的。因此，完全可以理解当学生被捕时蔡元培内心的痛苦，他显然有一种内疚感，万一学生有个三长两短，他就不是辞职的问题了。良知与责任使他必须挺身而出，保护学生。但是，当学生一旦被释放，他就立刻提出"读书不忘救国，救国不忘读书"，在《告北大学生暨全国学生联合会书》中重申"以研究学问为第一责任"，"使大学为最高文化中心"，并告诫学生"诸君唤醒国民之任务，至矣，尽矣，无以复加矣"，万不可为"参加大多数国民政治运动之故而绝对牺牲"自己的学业，要求学生回到课堂埋头读书。[2]但学生并不是可以要救国就去救

---

[1] 蔡元培：《北京大学之进德会旨趣书》，《蔡孑民先生言行录》，172页，山东教育出版社，1998年版。

[2] 蔡元培：《告北京大学学生暨全国学生联合会书》，《蔡孑民先生言行录》，190—191页。山东人民出版社，1998年版。

国，要读书就立刻回来读书的，蔡校长再有威信，想招之而来，挥之而去也是不可能的，这是蔡元培教育理念的矛盾使他陷入了困境。另一方面，五四运动发生以后，当时政府教育部即通令各校对学生要严尽管理之责，稍有不遵守约束者，应即以教训，不得姑息。蔡元培固然没有听从教育部的指令，但仍然是承受着巨大的压力的。更重要的是，蔡元培作为北大一校之长，他还有另一层考虑。据蒋梦麟回忆，他当时担心"今后将不容易维持秩序，因为学生很可能因为胜利而陶醉。他们既然尝到权力的滋味，以后他们的欲望恐怕难以满足了"。[1]后来蔡元培离开北大，学生竭力挽留；当时他的老朋友也劝他不要回来，说现在学生"气焰过盛"，将来很难"纳之轨范"。[2]蔡元培自己则从大家的挽留中，发现事情似乎成了"有蔡元培就有北大精神，没有蔡元培就没有北大精神"，校长个人的进退可以影响整个学校的存在与面貌，在蔡元培看来是不可取的。正是从以上两个方面的考虑，一是对学生的控制，二是着眼学校的根本发展，蔡元培感到了建立一个比较稳定的秩序和完备组织系统、规范的重要与迫切，用我们今天的话来说，就是要进行学校体制的建设，其首要任务就是把学生拉回校园专心读书，不要总是参与外面的政治活动；另一方面则要加以制度与纪律的约束，由此形成了在五四之后蔡元培治理北大的战略思想和基本方针，即要把北大引向学院化与体制化的轨道。这可能是必要与合理的，但体制化的过程也就是一种新的权力关系的确定，建立秩序的过程，也就必然要与学生发生一定的冲突。如前述蒋梦麟的回忆，他最担心的就是不易维持纪律，学生难以纳入规范。讲义风潮之所以引起蔡元培如此强烈的反应，并且要采取这么强硬的态度，就是因为在他看来，这是关乎能否维护他的校长权威，更关乎他的将北大、特别是学生纳入学院化体制的大局的。

那么，五四以后，北大学生的状态如何，有什么样的动向与选择呢？

这里再讲一个很有意思的细节。蔡校长回来后，全校师生开了一个欢迎

[1] 蒋梦麟：《西潮》，收《西潮·新潮》，125—126 页，岳麓书社，2000 年版。

[2] 张菊生致蔡元康函，转引自高平叔：《蔡元培年谱长编》中册，221 页，人民教育出版社，1996 年版。

大会,北大学生运动领袖,也是著名的演讲家,一个叫方豪的学生,作了一篇热情洋溢的演讲——

> 回忆返里之日,人争走相问曰:"蔡校长返校乎?"生等叹大学前途,每悲不能答。今先生返矣,大学新纪元作矣! 生等新生命诞矣! 生等于此有无穷之欢乐,无限之兴奋,祝先生健康! 大学万岁!

接着,他又说了一段话——

> 昔者,先生之治大学者以兼收并容,训学生者以力争报国。生等亦深信大学生之贡献,在增进世界文化,以谋人类之幸福;而对于国家社会之现象,惟负观察批评之责。奈何生居中国,感于国难,遂迫而牺牲神圣学术之光明,以从事爱国运动。

这段话很有意思,正如一位研究者所说,这里显示了学生与校长在认识和选择上的错位:学生并非不理解蔡校长的良苦用心,也并非不能接受蔡校长的教育理念,只是国难当头,热血青年不可能"两耳不闻窗外事";[1] 表面上谁也没有反对"读书救国",但校长强调的是"救国不忘读书",学生强调的是"读书不忘救国";校长要学生"回来",学生却欲罢不能,因为国家还是这个样子,没有变。这就发生了学生和校长认识上的错位。

但是话又说回来,这只是少数学生,大多数学生的状况,却是像胡适在讲义风潮发生后写的那篇文章里所描写的那样,"'五四'、'六三'以后,北京大学'好事'的意兴早已衰歇了。一般学生仍回那'挨毕业'的平庸生活;优良的学生寻着了知识上的新趣味,都向读书译书上去,也很少与闻外事了。因此,北大的学生团体竟陷入了绝无组织的状态,三年内组不成一个学生会!"[2]

[1] 郑勇:《蔡元培:在"读书"和"救国"之间》,收《触摸历史:五四人物与现代中国》,65页,广州出版社,1999年版。

[2] 胡适:《这一周·43》,《胡适文集》3集《胡适文存》2集,438页,北京大学出版社,1998年版。

在这种情况下，少数能量很大的激进学生在学校里的活动就特别引人注目。五四之后，北大的学生中，有两种思潮影响最大：一是无政府主义，一是马克思主义。

有无政府主义倾向的学生主要聚集在《北京大学学生周刊》周围，从1919 年冬天到 1920 年春天，曾展开了关于教育革命的讨论，发表了一批文章，集中批判权力主义，批评北大是"一个等级森严的学府"，批判北大正规的毕业制度，考试制度，以至批判学校要收学生住宿费等等。这些文章反映了学生的无政府主义倾向，同时也是对前述校方体制化努力的一个抵制和反抗。

这里可以讲一个小故事。当时北大哲学系二年级有一个信奉无政府主义的学生，叫朱谦之，他认为考试是对学生的一种束缚，提出要"罢考"。学生大概十之八九都是厌恶考试的，因此有很多人支持他，或者暗地表示同情，事情闹得很大。最后还是总务长蒋梦麟出来说话，提出一个折衷方案："如果不要学分，可以不考，如果要学分就必须参加考试。"于是，朱谦之宣布"我只要听课，不要学分"，自然也就不必考试了。朱谦之还写了一篇文章，从反对学校的制度，进一步发展到鼓吹"反智主义"。他说，知识是一种"赃物"，本身就是知识私有制度产生的"罪恶"，因此要废止知识私有制的最好办法就是"取消知识"，而"知识的所有者，无论为何形式，都不过盗贼罢了"。[1]有意思的是，朱谦之的这番根本否认知识与知识分子的高论引起了鲁迅的注意，写了一篇杂文叫《知识即罪恶》，予以反驳。最近有人研究，认为这其实是一篇小说，是"没有编进《呐喊》的鲁迅小说"，[2]自然也无妨这样说，文章确实讲了一个虚构的故事："我"本来是一个给小酒店打杂，混一口安稳饭吃的人，不幸识了几个字，受到新文化运动的影响，居然想到北京来求学，以增长点智识。突然听"虚无哲学家"说知识是有罪的，还没有来得及逃回去，半夜就被"活无常"与"死有分"带到地狱里去了。一看那个阎罗王，就是隔壁的大富

---

[1] 朱谦之：《教育上的反智主义》，文载 1921 年 5 月 19 日《京报》副刊《青年之友》。

[2] 胡尹强：《〈智识即罪恶〉：没有编进〈呐喊〉的鲁迅小说》，《鲁迅研究月刊》1999 年 2 期。

豪朱朗翁。大富豪不由分说就把我推下地狱。地狱里满是拌着桐油的豆子，我一下去就打滚，还看到无数人在打滚，都是知识分子。其中一个还气喘吁吁地对我说："你在阳间的时候，怎么不昏一点？"一昏就没有罪恶了……[1]这故事自然是充满暗示性的：所谓"反智主义"无非是"朱朗翁"这类统治者的愚民政策。当然，鲁迅可能考虑到作者还是个学生，就笔下留情，只编个小故事嘲弄一下就完了。但鲁迅自己还是很认真的，直到1927年鲁迅在《关于知识阶级》的演讲中，还在批评这类"知识就仿佛是罪恶"、"要打倒知识阶级"的论调。[2]

　　还有相当一部分激进学生走向了马克思主义。这本也与蔡元培有关。北大学生中的马克思主义者，大都是蔡元培平民教育思想的积极实践者。他们组织平民演讲团，走到北京的郊区，跟农民有所接触，由"走向民间"而最后走向马克思主义，但也就和蔡元培"回到图书馆"的学院化、体制化的指导思想相抵触。

　　于是，五四运动以后，北大学生的政治活动依然欲罢不能，北大始终没有平静下来：1919年10月，北京大学学生发动了"面包运动"；1919年11月到12月，一直到1920年春天，北大学生连续不断地发动反抗日本帝国主义侵略的运动，学潮一直不断，而且波及全国。如果翻看这个时期的报刊，就可以发现全国的各个大学学潮迭起，而且开始主要是对外，对上，是由爱国激情所引起，这还是蔡元培们所能理解的；但后来就慢慢把矛头转向内部，很多学校都发生了驱赶某个教授或某个校长的学潮，而且必然是有的学生要驱赶，有的学生就要维护，造成了很大的混乱。不仅是学生，老师也要闹风潮。由于北洋政府总是欠薪，连续几年发生索薪风潮，学校内部也为要不要罢教而争论不休：胡适就坚持老师无论怎样也不能罢教，因为这会影响学生的学业。

　　一个学校主要是由三部分人组成：校长、教授和学生。现在校方学院化、

---

[1]《智识即罪恶》，《鲁迅全集》1卷，371—374页。
[2]《关于知识阶级》，《鲁迅全集》8卷，187页。

体制化的努力,与学生激进化之间经常发生冲突,处于二者之间的教授作何反应,就成了一个引人注目的问题。

三

　　首先作出反应的是胡适。这恐怕是理所当然的,不仅因为胡适处在北大中心位置,而且他自己也自称"我想要做学霸"。这个"学霸"不是贬义词,意思是要影响整个学界,并进而"在人民思想上发生重大的影响",[1]把自己当成学界领袖、知识分子的代表和民众的指导者。他既有这样的雄心,自然会觉得在这样混乱的时候,自己责无旁贷要出来"指导学生"。五四运动一周年的时候,他和蒋梦麟联合写了一篇文章,题目就叫《我们对学生的希望》。文章首先肯定了五四学生爱国运动的合理性和巨大作用,但同时指出"社会若能保持一种水平线以上的清明,一切政治上的鼓吹和设施,制度上的评判和革新,都应该有成年人去料理。未成年的一班人(学生时代的男女),应该有安心求学的权利,社会也用不着他们做学校生活之外的活动",只有"在变态的社会国家里,政府太卑劣腐败了,国民又没有正式的纠正机关(如代表民意的国会之类),那时候干预政治的运动,一定是从青年的学生界发生的"。而文章的重心却在强调:"不要忘记,这种运动是非常的事,是变态社会里不得已的事",是"不可长期存在的"。那么,作为正常状态,学生需要干什么呢?胡适提出了三点:第一,要过"学问的生活",认真读书。第二,要参加"团体的生活",进行基本的民主训练,比如讲究民主秩序,"要容纳反对党的意见","人人要负责任"等等。第三,参加"社会服务",如举办平民夜校,进行通俗演讲等。可以看出,胡适的引导,还是坚持了蔡元培的基本教育理念:要使北大成为学术的圣地,社会思想文化的中心,而把政治参与作为一种"暂时不得已的救急办法";在现实的层面,也是与校方把学生引回教室,实现北大的学院化、体制化的努力相配合的,胡适并不隐晦他的目的就是要"改变活

---

[1] 胡适:《在北大开学典礼上的讲话》,《胡适文集》12卷《胡适演讲集》,439页,北京大学出版社,1998年版。

胡适一直到晚年都坚持这个观点：五四新文化运动发展为政治运
动，是对新文化运动的一种干扰；因此，他要"拨乱反正"。

动的方向，把'五四'和'六三'的精神用到学校内外有益有用的学生活动上
去"。胡适一直到晚年都坚持这个观点：五四新文化运动发展为政治运动，是
对新文化运动的一种干扰；因此，他要"拨乱反正"。但是胡适却永远面临一
个历史的尴尬，因为他的理论和主张的前提——一个政治清明的，能够充分
表达民意的现代民主制度在中国始终没有出现；相反，他一次又一次地寄以
希望的政府，都偏偏是对外妥协投降，对内镇压人民的专制政权。从 1926 年
北洋军阀政府制造"三·一八"惨案，到国民党政府 1935 年"一二·九"运
动、1948 年"一二·一"运动中残杀学生，都使胡适陷于极端被动的境地：他
要学生别管政治，但政治要管学校，并且不断地屠杀学生；他的"不干预政
治"的主张，和政府的观点事实上很难划清界限，像国民党政府就正式发布
命令不准学生干预政治。但是我们也要看到，即使在这种情况下，胡适总体
上还是站在学生这一边的，无论是"三·一八"惨案，还是"一二·九"运动，
以至 1940 年代学生运动，胡适都是出来努力地保护学生的，基本上维护了
他的民主的自由的立场。但他在保护学生的同时，还是坚持要学生回到课
堂，不要干预政治。这样，他这一生和学生的关系，就形成了一个循环：学生
闹事，政府镇压，他支持学生；支持完学生还是要学生回来；政府又镇压，他
又出来。最后弄得两头不得好——他为学生说话，政府当然不喜欢；他老叫
学生回到教室，而血气方刚的学生总是觉得"偌大个中国放不下一张平静的
书桌"，怎么会听他的话？并且会觉得他太软弱，甚至为政府说话。这大概就
是胡适这样的知识分子的悲剧所在吧。

正当胡适急于出来"纠偏"、"引导学生"时，鲁迅却保持了沉默。翻阅《鲁
迅年谱》就可以发现，在"五四"之后的几年间，大概到 1924 年，鲁迅主要精
力在从事创作、翻译与中国小说史的研究（从 1920 年他开始在北大上课也
主要是讲小说史），杂文写得很少，也就是说，他很少对社会问题和思想文化
界的问题发表意见，对于北大，也只是就讲义风潮发表了那一次颇为特别的

看法：对于校方与学生群体他都提出了质疑，他关注与同情的只是作为牺牲品的学生个人。鲁迅的"沉默"是颇耐琢磨的，研究鲁迅，固然要注意他的言说，但他的"不言"恐怕也不能忽视。"不言"首先与他的自我定位有关。我们已经说过，即使是"五四"时期，鲁迅也是处于相对边缘的位置，他是"客卿"，是"听将令"、打边鼓的；他从来就没有过胡适那样的当"学阀"、"导师"，引领社会的冲动，和"舍我其谁（我怎能不讲）"的意识。对于北大，他也只是一个讲几节课的讲师，不到非讲不可的时候，是不会随便说话的。更内在的原因，当然是鲁迅的思虑更为深广：他对"五四"以及"五四"以后的中国（包括中国的思想、文化、学术、教育界）都要再看一看，想一想。于是，我们注意到了1920 年 5 月 4 日，也就是"五四"一周年那一天，鲁迅写给他在浙江两级师范学堂任教时的一位学生的一封信（将这封信与前述写于同一时刻的胡适等的文章对照起来读，应该是格外有意思的）。在信中，他这样写到了自己的冷眼观察——

> 比年以来，国内不靖，影响及于学界，纷扰已经一年。世之守旧者，以为此事实为乱源；而维新者则又赞扬甚至。全国学生，或被称为祸萌，或被誉为志士；然由仆观之，则于中国实无何种影响，仅是一时之现象而已；谓之志士固过誉，谓之乱萌，亦甚冤也。

> 要之，中国一切旧物，无论如何，定必崩溃；倘能采用新说，助其变迁，则改革较有秩序，其祸必不如天然崩溃之烈。而社会守旧，新党又行不顾言，一盘散沙，无法粘连，将来除无可收拾外，殆无他道也。

> 要而言之，旧状无以维持，殆无可疑；而其转变也，既非官吏所希望之现状，亦非新学家所鼓吹之新式：但有一塌糊涂而已。

> 仆以为一无根柢学问，爱国之类，俱是空谈；现在要途，实在熬苦求学，惜此又非今之学者所乐闻也。[1]

---

[1] 致宋崇义，《书信·200504》，《鲁迅全集》11 卷，369—370 页。

鲁迅对"五四"的低调评价，对现状的冷峻审视，对"将来"的不敢乐观，其实都是内含了他"非改革不可"的坚定与对中国改革的艰难、曲折的清醒认识的。他强调"根柢学问"，注重的还是中国改革的基础工作：这在永远是浮躁的中国思想文化界，自然是难有知音的。

这里，鲁迅对"五四"的低调评价，对现状的冷峻审视，对"将来"的不敢乐观，其实都是内含了他"非改革不可"的坚定与对中国改革的艰难、曲折的清醒认识的。他强调"根柢学问"，注重的还是中国改革的基础工作：这在永远是浮躁的中国思想文化界，自然是难有知音的。

于是，人们又注意到，"五四"以后中国思想文化界的几次颇为热闹的论争——从"问题与主义"之争，"科学与玄学"的论战，到"非宗教大同盟"的辩驳，鲁迅都没有卷入。这里可能有两个方面的原因。一方面，这些讨论背后都有一个"非此即彼"的二元对立的模式，某种程度上就是要人们表态，站队：不是赞成"问题"就是赞成"主义"，不是"科学"派就是"玄学"派，二者必须其一，必须有一个鲜明的态度与立场。而鲁迅，恰好他的思虑是多方面的，他的思维方式是在反复质疑中旋进，因而他的观念是复杂的，没有办法明确表示站在哪一边。比如说科学和玄学的论战，鲁迅既很难赞同玄学派对东方文明的强调，对其内在的复古主义倾向怀有警惕，同时也很难认同科学派对科学主义的鼓吹。如第二讲所说，鲁迅在日本时期就对"科学崇拜"提出了自己的批判，他自然很难按当时的要求表态。在"非宗教大同盟"问题上，鲁迅对周作人"主张宗教信仰自由"当然有着深刻的理解与同情，但他对问题的复杂性也许看得更为清楚：对于现实的中国来说，宗教问题的背后，确实又存在着外国势力的干预与利用问题，这正是周作人有意无意忽略了的。因此，他既不能简单地认同周作人的观点，却又不赞成周作人的批判者们的独断逻辑，他就只有沉默。鲁迅思维的复杂化，以及由此决定的立场的相对化，决定了他在中国知识分子习惯的二元对立的论争中，经常处于难以言说的境地。在另一方面，鲁迅对中国问题的思考有着自己独特的思路，也使他无法纳入处于主流地位的知识分子的思考、论争范围中，即以"主义"与"问题"的论战而言，在鲁迅看来，"中国人无感染性，他国思潮，

当李大钊们高谈"主义",胡适们高谈"问题"的时候,鲁迅始终在关
注人的"灵魂",现在中国人的"生存"困境,鲁迅的"沉默"、"不介
入",实质上是反映了他的思考与处境的边缘性的。

甚难移植",因此,"主义"的提倡与输入完全是徒劳,对"主义"输入的疑惧
更是多余。[1]而胡适们讲"问题",强调具体的制度建设,鲁迅却看透了中国
是一个"大染缸",任何好的制度到了中国也会变质。如前面几讲一再论及
的,鲁迅关注的是现在中国人的生存和发展,在鲁迅看来,对当下中国人来
说,无论是"问题"和"主义",还是"科学"和"玄学",都是过于高远的问题。也
就是说,当李大钊们高谈"主义",胡适们高谈"问题"的时候,鲁迅始终在关
注人的"灵魂",现在中国人的"生存"困境,鲁迅的"沉默"、"不介入",实质上
是反映了他的思考与处境的边缘性的。

208
三联讲坛

四

我们讲到了五四以后的鲁迅的沉默与冷眼旁观,而胡适却始终活跃在思
想文化界的中心位置,而且他可以说是自觉而主动地追求领导的地位,而且
是一种全方位的领导。他当时是写了一批"重磅"型的文章的。除了我们已经
提及的《我们对于学生的希望》、《问题与主义》之外,还有《新思潮的意义》。这
是试图对"五四新思潮"作出自己的解释,提出了他的"研究问题,输入学理,
整理国故,再造文明"的纲领性的主张,实际上是他对整个新文化运动的长远
发展的一个总体的设计。他特意强调"新思潮对于旧文化的态度,在消极一方
面是反对盲从,是反对调和(所以大家注意胡适并不是把传统文化美化,他是
有自己的批判态度的);在积极一方面,是用科学的方法来做整理的功夫",而
他认为"新思潮的惟一目的"就是"再造文明"。[2]这样一个思路,和鲁迅在本
世纪初提出的"取今复古,别立新宗"大体是一致的,并不矛盾。后来胡适在
《〈国学季刊〉发刊宣言》中对如何整理国故提出具体的意见,特别强调"专史
式的整理",而鲁迅恰恰是"治中国小说史"的第一人;胡适还强调"历史家须
要有两种必不可少的能力:一是精密的功力,一是高远的想像",[3]而在这两

---

[1] 致宋崇义,《书信·200504》,《鲁迅全集》11卷,370页。
[2] 胡适:《新思潮的意义》,《胡适文集》2卷《胡适文存》,558页,北京大学出版社,1998年版。
[3] 胡适:《〈国学季刊〉发刊宣言》,《胡适文集》3卷《胡适文存》2集,14、15页,北京大学出版社,
1998年版。

和鲁迅一样，胡适对中国传统文化中的"鬼气"，对于中国传统文化所造成的中国人的精神创伤、精神病痛是有深切的理解的。研究鲁迅和胡适的关系就会发现，虽然鲁迅对胡适时有批评，但是胡适却至死都认为鲁迅是他的同道。

方面鲁迅都是第一流的，所以胡适始终对鲁迅的中国小说史的研究给以极高的评价，并且一再地为他辩诬，绝不是偶然的。更能说明胡适本人对"整理国故"的态度的是他那篇《整理国故与"打鬼"》。他说，为什么要提倡"整理国故"？"我披肝沥胆地奉告人们：只为了我十分相信'烂纸堆'里有无数无数的老鬼，能吃人，能迷人，害人的厉害胜过柏斯德发现的种种病菌。只为了我自己自信，虽然不能杀菌，却颇能'捉妖'、'打鬼'"。[1] 和鲁迅一样，胡适对中国传统文化中的"鬼气"，对于中国传统文化所造成的中国人的精神创伤、精神病痛是有深切的理解的。可以说，在坚持对中国传统文明的批判，坚持最大限度地接受外来文化这两个方面，鲁迅和胡适是基本一致的，这也是五四新文化运动的两个基本点。这里有一个很有趣的现象：研究鲁迅和胡适的关系就会发现，虽然鲁迅对胡适时有批评，但是胡适却至死都认为鲁迅是他的同道。这不是没有道理的，胡适看得很清楚，不管发生多大冲突，他们毕竟都是五四新文化运动的同人，并且都是将五四精神坚守到底的。

但是即使在这两个基本点上，他们也有不同。比如说到"打鬼"，对胡适来说，这是一个从西方盗来打鬼武器的文化英雄与传统文化中的鬼魂的一场打斗，是限于思想文化范围的批判和论战。而在鲁迅，他首先感受到的是自己生命中的鬼气和毒气，也就是说，传统文化的鬼气和毒气已渗透到国民灵魂深处，而且首先是自己的灵魂之中。因此，对鲁迅来说，要"打鬼"，首先是打自己心里的鬼，所谓"打鬼运动"不仅是学理上的争论，批判，更是灵魂的搏斗，生命的搏斗。鲁迅"打鬼"文章里刻骨铭心的生命感，是胡适所缺少的。正因为如此，在胡适那里，只是一种焦虑，鲁迅就充满了无以摆脱的绝望感。另一方面，同样是"输入学理"，在胡适来说，其实是非常简单的，只要把美国的学理输入过来就行了，他对美国的思想文化、制度，是坚信不移的。也就是说，尽管胡适提倡怀疑主义，但他有两个不怀疑：一是美国，一个是他自己。而鲁迅，却是对什么事都要想一想的。从本世纪初开始，他就一方面输入

---

[1]《整理国故与打鬼》，《胡适文集》4 卷《胡适文存》3 集，117 页，北京大学出版社，1998 年版。

学理，一方面不断提出质疑，是"信而疑"的。因此，胡适可以坚定不移地、不屈不挠地、信心十足地按照自己选择的路去走。他从不气馁，他有一种自信；他从不动摇，他很坚定；他从不失望，他很乐观。而鲁迅则不能，他是一边走着，一边怀疑着，怀着深刻的悲观与失望地探索着前进。两个人都在坚守，胡适是充满希望的坚守，自有一种吸引人之处；鲁迅则是绝望的坚守，是一种"反抗绝望"的挣扎，更别有一番震撼力。

鲁迅对胡适"整理国故"的主张确实提出了批评，而且是很尖锐的批评，但已经是胡适提出了"整理国故"口号的五年之后——这大概是鲁迅对胡适的言行"侧着头想一想"以后的结果吧。这很典型反映了鲁迅的作风：一种观点、口号提出来了，他不是立即作出反应，而要冷一冷，看看这种观点（口号）提出以后，在社会上引起什么反响，实际发生什么作用，再想一想它的真实意义是什么，然后发表意见。这样经过静观默察得出的结论，就再也不改变，如果关涉大局，就必定扭住不放，一有机会就要点它几句。"整理国故"的口号就是这样从1924年开始成为鲁迅的批评对象的；第一个反应是在北师大附中的校友会上所作演讲中作出的，他是这么说的——

现在社会上的论调和趋势，一面固然要求天才，一面却要他灭亡，连准备的土也想扫尽。举出几样来说：

其一是"整理国故"。自从新思潮来到中国以后，其实何尝有力，而一群老头子，还有少年，却已丧魂落魄的来讲国故了，他们说，"中国自有许多好东西，都不整理保存，倒去求新，正如放弃祖宗遗产一样不肖。"抬出祖宗来说法，那自然是极威严的，然而我总不信在旧马褂未曾洗净叠好之前，便不能做一件新马褂。就现状而言，做事本来还随各人的自便，老先生要整理国故，当然不妨去埋在南窗下读死书，至于青年，却自有他们的活学问和新艺术，各干各事，也还没有大妨害的，但若拿了这面旗子来号召，那就是要中国永远与世界隔绝了。倘以为大家非此不可，那更是荒谬绝伦！我们和古董商谈天，他自然总称赞他的古董如何好，然而他绝不会痛骂画家，农夫，工匠之类，说是忘记了祖宗；他实在比许多国学家聪明得远。[1]

仔细看鲁迅这段话，有两点值得注意。鲁迅首先是把"整理国故"看作是一种社会思潮，它当然与作为倡导者的胡适有关，但又包括了更广的范围，如鲁迅这里所说，既有胡适这样的"少年"，也有"老头子"，他们之间的意见也并非完全一致，如鲁迅这里所说的只讲"保存"而反对"求新"，就未必是胡适本人的意见；但作为一种社会思潮来考察，这样的差异就并不重要，也就是说，关注的是在现实生活中发挥的实际作用，所产生的实际影响中所显示出来的实际意义，而这种实际意义与倡导者的初衷未必一致。以前我们讲过鲁迅在五四时期批判儒家学说时，他并不关心与讨论孔子当初是怎么想的，即所谓"原初儒学"的教义，而是着眼于"儒效"，儒家学说在中国产生的效果；现在，他又把这样的方法来考察胡适的主张了。这本身也就很有意思：胡适正是以做孔夫子那样的"当代圣人"为自己的追求的。

那么，作为一种社会思潮，"整理国故"这一口号所产生的实际效果是怎样的呢？也在1924年，曹聚仁在《民国日报》的《觉悟》副刊上发表过一篇文章，有这样的描述与分析："国故一名词，学者各执一端以相答应，从未有确当的定义。于是，那班遗老遗少都想借此为护符，趁国内学者研究国故的倾向的机遇，来干'思想复辟'的事业。"[2]胡适的朋友陈源后来也说，胡适作为"民众心目中代表新文学运动的惟一的人物"（这话自然有些夸张），他自己研究国故不要紧，"其余的人也都抱了线装书咿哑起来，那就糟了"。[3]其实，早在1922年，周作人就写过文章，指出："要整理国故，也必须凭借现代的新学说新方法"，如仍一切依照"中国的旧说"，"整理国故"就"只落得培养多少

---

[1]《未有天才之前》，《鲁迅全集》1卷，167页。

[2] 见1924年3月26日《民国日报》"觉悟"副刊。

[3] 西滢：《闲话》，载《现代评论》3卷63期（1926年2月20日）。

复古的种子"；他特别提醒人们警惕"国粹主义的勃兴"，强调"现在所有的国粹主义的运动大抵是对新文学的一种反抗"，而且会发展为"国家的传统主义，即是包含着一种对于异文化的反抗"。[1]胡适当即写文章反驳，认为"国粹主义""差不多成了过去了"，周作人举的许多例，"都只是退潮的一点回波，乐终的一点尾声"。[2]不过，胡适自己后来还是发现了他的倡导所带来的弊端的："现在一般少年人跟着我们向故纸堆里乱钻，这是最可悲叹的现状。我们希望他们及早回头。"[3]他同时又写了我们前面已经提及的《整理国故与"打鬼"》，也就为了作一弥补吧。但这已是1927、1928年，也就是鲁迅等提出批评三、五年之后；而胡适公开承认这样的"可悲的现状"本身却是表现了他的坦诚，说明这确非他的本意，这里所发生倡导者的初衷与实际效果之间的错位，真是"最可悲叹"的，这也算是胡适的悲剧吧。

现在，再回到1924年鲁迅的批评上来。鲁迅的观点其实是很明确的：作为个人，或出于兴趣，或出于学术研究的需要，要"整理国故"，甚至要"读死书"，都是无可非议的；问题是，拿"整理国故"作为一面"旗子来号召"，进而引导青年，以为"大家非此不可"——这正是胡适的要害所在，也正是鲁迅要加以辩驳之处：在鲁迅看来，它是会扼杀人的生机，并"使中国永远与世界隔绝"的。

于是，又有了1925年"青年必读书"的事件。这本是由《京报副刊》征求"青年必读书"的活动引发的，在这之前，胡适和梁启超都分别开过关于"最低限度的国学书目"，鲁迅的回答，在某种程度上也可以看作说是针对胡适的，至少是他对"整理国故"思潮的某一反应吧。他先回答说："从来没有留心过，所以现在说不出"，交了张白卷；但又加了一段"附注"——

　　我要乘这机会，略说自己的经验，以供若干读者的参考——

　　我看中国书时，总觉得就沉静下去，与实人生离开；读外国书——

[1] 周作人：《思想界的倾向》，《谈虎集》，88－89页，河北教育出版社，2002年版。

[2] 胡适：《读仲密君〈思想界的倾向〉》，《胡适文集》11卷《胡适时论集》，64页，66页。

[3] 胡适：《治学的方法与材料》，《胡适文集》4卷《胡适文存》3集，114页，北京大学出版社，114页。

但除了印度——时，往往就与人生接触，想做点事。

中国书虽有劝人入世的话，也多是僵尸的乐观；外国书即使是颓唐和厌世的，但却是活人的颓唐和厌世。

我以为要少——或者竟不——看中国书，多看外国书。

少看中国书，其结果不过不能作文而已。但现在的青年最要紧的是"行"，不是"言"。只要是活人，不能作文算不了什么大不了的事。[1]

鲁迅的这一意见在当时以至今日都引起很大的争论。许多人都以此作为鲁迅"全盘否认传统"的证据，似乎是鲁迅的一大"罪状"。但如果仔细读原文，就不难看出，鲁迅在这里主要不是讨论"如何评价中国传统文化"这样的学理问题，而是一个"现在的青年最要紧的是什么"这样一个现实的问题。这正是我们讲过的鲁迅的基本命题："现在中国人的生存与发展"的延伸。在他看来，当下的中国青年最要紧的是要做"活人"而不是"僵尸"，是要"行"而不是"言"，这就必须和实际生活相联系，而不能脱离实际生活。正是从是否有利于现在中国青年的生存发展的角度，他对"中国书"与"外国书"对青年人的精神的影响与作用，作出了不同的评价。而他认为中国书总是使人"沉静下去，与实生活离开"却并非一时偏激之言，而是他长期考察、思考的结果。大家该记得，早在 20 世纪初鲁迅对中国文化就有过"不撄人心"的概括与批判，[2]这更是他最为痛切的生命体验与人生记忆，因此，他反复强调"我主张青年少读，或者简直不读中国书，乃是用许多苦痛换来的真话，决不是聊且快意，或什么玩笑，愤激之辞"，"自己正苦于背了这些古老的鬼魂，摆脱不开，时常感到一种使人气闷的沉重"，"我觉得古人写在书上的可恶的思想，我的心里也常有"，"我常常诅咒我的这思想，也希望不再见于后来的青年"。[3]——可以看出，鲁迅不是以指导者的姿态出现，更不是把自己当作"前途的目标，范本"，他是将心交给青年，把自己痛苦经验告诉年轻人，不希

[1]《青年必读书》，《鲁迅全集》3 卷，12 页。

[2]《摩罗诗力说》，《鲁迅全集》1 卷 67 页，68 页。

[3]《写在〈坟〉后面》，《鲁迅全集》1 卷，286 页，285 页。

望曾经纠缠自己，给自己带来了极大痛苦的古老的鬼魂再来纠缠年轻的一代，期望他们不要重走自己的老路，而能走出一条不同于自己与前人的新的路来，他依然坚守了"自己背着因袭的重担，肩住了黑暗的闸门，放他们到宽阔光明的地方去"的基本立场与态度。他担心，如果号召青年人都读古书，钻到故纸堆里去，而青年又缺乏必要的批判精神与科学方法，结果"进去了"却"出不来"，被故纸堆所俘虏，就可能由"活人"变成"僵尸"，对此，他确实有"大恐惧"。

后来，鲁迅又把这种鼓励青年钻故纸堆，与实际生活脱离的倾向概括为"进研究室"主义，进行了更为尖锐的批判。在 1925 年的《通讯》里，他这样写道——

> 前三四年有一派思潮，毁了事情颇不少。学者多劝人踱进研究室，文人说最好是搬入艺术之宫，直到现在还不大出来，不知道他们在那里面情形怎样。这虽然是自己愿意，但一大半也因为新思想而仍中了"老法子"的计。[1]

这里说的"学者"是应该包括胡适在内的——但查胡适的著作，似乎并没有"进研究室"这样明确的说法，[2] 所以这仍然是对一种思潮的概括，它大体包含两个含义，一是鼓励年轻人钻入研究室里，两耳不闻窗外事，和社会实际、现实生活脱离，闭门读书；另一就是读死书，使人成为"书橱"，结果思想"逐渐硬化，逐渐死去"。鲁迅后来说，"我先前反对青年进研究室，也就是这意思"。[3]

一个月以后，鲁迅在《春末闲谈》中，把"进研究室"主义置于中国历史与

---

[1]《通讯》，《鲁迅全集》3 卷，25 页。

[2] 1919 年 6 月 29 日，胡适曾在《每周评论》上发表过一篇《研究室与监狱》的文章，引用陈独秀的说法："青年要立志出了研究室就入监狱，出来监狱就入研究室，这才是人生最高尚优美的生活"，见《胡适文集》11 卷《胡适时论集》17 页，北京大学出版社，1998 年版。但这一说法似与鲁迅概括的"进研究室"主义无关。

[3]《读书杂谈》，《鲁迅全集》3 卷，443 页。

现实的专制体制中来考察它的实际作用，就提出了更为锋利的批判。他说，专制的统治者对他的臣民（被统治者）有两个方面的要求：一方面，要绝对服从自己，另一方面又要"贡献玉食"供自己享受，这两者是可能存在某种矛盾的："要服从作威就须不活，要贡献玉食就须不死；要被治就须不活，要供养治人者又须不死"。因此，最好的办法就是"发明一种奇妙的药品"，注射在臣民的身上，既使其知觉神经"完全的麻痹"，不能思想，但保留运动神经的功能，还能干活，也就是"没有了头颅，却还能做服役和战争的机械"。鲁迅指出，这样的替统治者着想的"良药"，除了"遗老的圣经贤传法"，就是"学者的进研究室主义"，还有"文学家和茶摊老板的莫谈国事律，教育家的勿视勿听勿言勿动论"之类。[1]这样的批判，已经跳出了具体的人和事，真正把"进研究室"主义作为一种社会思潮，而揭示了它的实质：初初一听，似乎提得太高，似难接受；但仔细思索与回味，却不能不承认，它是击中了要害的。

五

我们已经说到了在"现在的青年最要紧的是什么"这一问题上的分歧。我们不妨再从五四以后胡适与鲁迅对青年的几次演讲中所表现出来的思想倾向的比较中，对这一问题作更深入的展开和讨论。

先说胡适。五四之后他连续对北大学生作了几次演讲。作为今天北大的学生，重听几十年前北大讲台上的声音，这大概也是很有意思的。

在 1920 年北京大学开学典礼上，胡适明确地提出，北大要真正成为"新思潮之先驱"、"新文化的中心"，必须"从现在这种浅薄的'传播'事业，回到一种'提高'的研究工夫"。他说——

> 若有人骂北大不活动，不要管他；若有人骂北大不热心，不要管他。但是若有人说北大的程度不高，学生的学问不好，学风不好，那才是

---

[1]《春末闲谈》，《鲁迅全集》1卷，204 页，205 页，206 页。

真正的耻辱！我希望诸位要洗刷了它。我不希望北大来做那浅薄的"普及"运动，我希望北大的同人一齐用全力向"提高"这方面做工夫。要创造文化、学术及思想，惟有真提高才能真普及。[1]

1921 年北大的开学典礼上，胡适又有一个讲话，谈到"年来因有种种的风潮，学校的生命几致不能维持，故考试不严，纪律也很难照顾得周到"，因此强调要"严格考试"和加强纪律。接着又针对"外界人说我们是学阀"，讲了这样一番话——

我想要做学阀，必须造成像军阀、财阀一样的可怕的有用的势力，能在人民的思想上发生重大的影响；……所以我们一方面要做蔡校长所说的为知识而求知识的精神，另一方面要造成有实力的为中国造历史，为文化开新纪元的学阀，这才是我们理想的目的。[2]

1922 年，在北大成立 25 周年纪念大会上，胡适再次表示"最感惭愧的是（北大）在学术上太缺乏真实的贡献"。他引用龚定庵"但开风气不为师"的诗句，强调"国立大学不但要开风气，也是应该立志做大众师表的。近数年来，北大在"开风气"这方面总算已经有了成绩；现在我们的努力应该注重在使北大做到"又开风气又为师"的地位。"[3]

不难看出，胡适对北大学生的引导和要求，显然有两个重点，一是要以"为知识而求知识"的精神，"求高等学问"，"创造文化、学术及思想"，同时建立严格的制度与纪律，这与我们前面所说的蔡元培的指导思想是完全一致

[1] 胡适：《普及和提高》，《胡适文集》12 卷《胡适演讲集》，436 页，437 页，北京大学出版社，1998 年版。
[2] 胡适：《在北大开学典礼上的讲话》，《胡适文集》12 卷《胡适演讲集》，438 页，439 页。
[3] 胡适：《在北大成立二十五周年纪念会上的讲话》，《胡适文集》12 卷《胡适演讲集》，447—448 页，北京大学出版社，1998 年版。

胡适对北大学生的期待，不是一般的专家，而是有"势力"的"学阀"，而且有可能还要当"领袖"，用我们今天的话来说，就是培养"精英"，技术精英与政治精英。

的，即是要致力于学院化、体制化的建设工作。这样的追求和努力，就使得胡适成为中国的现代学院派的最主要的代表，其影响自是十分深远。另一方面，胡适又号召学校里的师生"要当学阀"，这当然也指他自己。这就是说，胡适提倡学院派的学术，其意并不在纯粹的学术，而是要通过学术造成一种"像军阀、财阀一样的可怕的有用的势力"，借学术"实力"来影响社会，"在人民思想上发生重大的影响"，即所谓"为（天下）师"，进一步利用学术权力来取得政治权力，用后来胡适的一篇演讲中的说法，就是"社会送给我们一个领袖的资格，是要我们在生死关头上，出来说话做事"，[1]"为中国造历史，为文化开新纪元"。因此，他对北大学生的期待，不是一般的专家，而是有"势力"的"学阀"，而且有可能还要当"领袖"，用我们今天的话来说，就是培养"精英"，技术精英与政治精英，而这两者又是可以相互转化的。

我们再来看鲁迅。鲁迅在五四以后主要有两次演讲，一次是 1923 年 12 月 26 日在北京女子高等师范学校文艺会讲《娜拉走后怎样》；一次是 1924 年 1 月 17 日在北京师范大学附属中学校友会讲《未有天才之前》。此外，在同时期的杂文中，也有一些有关青年的话。

读鲁迅当年的演讲，人们首先注目的是演讲者的态度。你看在《娜拉走后怎样》这篇演讲，一开始就说："人生最痛苦的是梦醒了无路可走。"后来，鲁迅在给年轻人的信中也说："我自己也正站在歧路上"，何谈给年轻人指路？[2]接着讲"在目下的社会里，经济权就见得最要紧"；但又立刻承认"可惜我不知道这权柄如何取得，单知道仍然要战斗"。最后说到"不是很大的鞭子打在背上，中国自己是不肯动弹的"，也还是坦诚直言："但是从那里来，怎么地来，我也是不能确切地知道"。[3]不仅说自己"知道"什么，更说自己"不知道"什么；不是自己已有真理在手，有现成的路指引学生去走，而是自己也是寻路者：只知道要向前走，怎么走，走到哪里，却是要和学生一起来探讨，实践的——听鲁迅演讲，或许比听胡适演说更为吃力，因为一切都不明确，要

---

[1] 胡适：《学术救国》，《胡适文集》12 卷《胡适演讲集》，454 页，北京大学出版社，1998 年版。

[2] 《北京通信》，《鲁迅全集》3 卷，51 页。

[3] 《娜拉走后怎样》，《鲁迅全集》3 卷，159 页，161 页，164 页。

胡适关注的是少数精英,天才;鲁迅尽管并不否认天才,但他更关注如何培育能够生长天才的"民众":他认为这是更为基础的工作。因此,他更鼓励青年人做"收纳新潮,脱离旧套"的"泥土",对"不怕做小事业"的"坚苦卓绝者"寄以更大的"希望"。

自己去想。

当然,鲁迅是有自己的观点的。在《未有天才之前》里,他就对学生这么说——

> 天才并不是自生自长在深林荒野里的怪物,是由可以使天才生长的民众产生,长育出来的,所以没有这种民众,就没有天才。……在要求天才的产生之前,应该先要求可以使天才生长的民众。
>
> 在座的诸君,料来也十之九愿有天才的产生罢,然而情形是这样,不但产生天才难,单是有培养天才的泥土也难。我想,天才大半是天赋的;独有培养天才的泥土,似乎大家都可以做。做土的功效,比要求天才还贴近;否则,纵有成千成百的天才,也因为没有泥土,不能发达,要像一叠子绿豆芽。
>
> 做土要扩大了精神,就是要收纳新潮,脱离旧套,能够容纳,了解那将来产生的天才;又要不怕做小事业,就是能创作的自然是创作,否则翻译,介绍,欣赏,读,看,消闲都可以。……
>
> 泥土和天才比,当然是不足齿数的,然而不是坚苦卓绝者,也怕不容易做;不过事在人为,比空等天赋的天才有把握。这一点,是泥土伟大的地方,也是反有大希望的地方。[1]

这确实是不同的眼光:胡适关注的是少数精英,天才;鲁迅尽管并不否认天才,但他更关注如何培育能够生长天才的"民众":他认为这是更为基础的工作。因此,他更鼓励青年人做"收纳新潮,脱离旧套"的"泥土",对"不怕做小事业"的"坚苦卓绝者"寄以更大的"希望"。他同样也把自己摆了进去:在下面一讲中,我们就会谈到,鲁迅自己的定位就是做一个"俗人","常人",也即"泥土":他绝不是一个"天才"的"领袖"。

---

[1]《未有天才之前》,《鲁迅全集》3卷,169页。

对于青年,包括他们的问题,鲁迅也自有看法。在一篇文章里他这样说——

> 近几年来,常听到人们说学生嚣张,不但是老先生,连刚出学校而做了小官或教员的也往往这么说。但我却并不觉得这样。……其实,现在的学生是驯良的,或者尽可以说是太驯良了。[1]

所谓"嚣张",大概就是指连蔡元培、胡适都颇为头疼的"学潮不断","难以纳入规范"吧。鲁迅并不无条件地赞同学潮,他尤其不赞成游行、请愿——但他是另有理由的:他出于爱惜学生的生命,反对无谓的"牺牲",并且在对学生的演讲中,明确表示"我们无权去劝诱人做牺牲"[2];但他并不主张将学生"纳入规范",相反,如上文所说,他是更担忧年轻人过于"驯良"的。而在他看来,这正是源于"读书人家的家教":"屏息低头,毫不敢轻举妄动。两眼下视黄泉,看天就是傲慢,满脸装出死相,说笑就是放肆"。在鲁迅的教育理念中,这样的教人"读死书,读书死"的愚民教育是再也不能继续下去的。相反——

> 世上如果还有真要活下去的人们,就首先应该敢说,敢笑,敢哭,敢怒,敢骂,敢打,在这可诅咒的地方击退了可诅咒的时代![3]

这样一种精神的自由状态,生命的无羁的反抗的状态,才是一个"活的健全的生命"所应有的精神状态;在鲁迅看来,真正的教育是应该"教人活,而不是教人死"的。也就是从这样的教育观出发,鲁迅对"教人不要动"的"古训"提出了质疑——

> 我以为人类为向上,即发展起见,应该活动,活动而有若干失错,也不要紧。惟独半死半活的苟活,是全盘失错的。因为他挂了生活的招牌,

---

[1]《华盖集·后记》,《鲁迅全集》3卷,177—178页。

[2]《娜拉走后怎样》,《鲁迅全集》3卷,163页。

[3]《忽然想到·五》,《鲁迅全集》3卷,42页,43页。

其实却引人到死路上去！

　　我想，我们总得将青年从牢狱里引出来，路上的危险，当然是有的，但这是求生的偶然的危险，无从逃避。[1]

这里的意思也是十分明确的：当然再不能将学生关进"牢狱"里。

在谈到许多人（年轻人也在内）"不满意现状"时，鲁迅提醒人们注意，这里有一个引导的问题，就是"向着那一条路走"的问题。鲁迅说，看看那些"国学家的崇奉国粹，文学家的赞叹固有文明，道学家的热心复古"，他们是要引导年轻一代向后走，都去"神往于三百年前的太平盛世"的。但鲁迅提了一个不能回避的问题：什么是"太平盛世"？并且一语道破：所谓"太平盛世"就是"暂时做稳了的奴隶的时代"；人们生活在"想做奴隶而不得的时代"，也就把"暂时做稳了奴隶的时代"美化，心向往之了。于是，中国也就永远也走不出在"想做奴隶而不得的时代"与"暂时做稳了奴隶的时代"之间循环的历史怪圈。这也就给我们的教育提出了一个尖锐的问题：是引导学生"向后走"，纳入历史循环之中，还是引导学生"向前走"，打破这一循环？鲁迅的观点是鲜明的——

　　无须反顾，因为前面还有道路在。而创造这中国历史上未曾有过的第三样时代，则是现在青年的使命！[2]

同时，鲁迅更以自己的经验一再告诫青年：要爱惜自己的生命，不要"自以为有非常的神力，有如意的成功"，而必须坚持"韧性战斗"。[3]他还提醒"点火的青年"，"对于群众，在引起他们的公愤之余，还须设法注入深沉的勇气，当鼓舞他们的感情的时候，还须竭力启发明白的理性"。[4]——这些地方，都可

---

[1]《北京通信》，《鲁迅全集》3卷，52—53页。

[2]《灯下漫笔·一》，《鲁迅全集》3卷，213页。

[3]《补白·三》，《鲁迅全集》3卷106页。在《娜拉走后怎样》的演讲里，鲁迅也同样强调了"韧性"精神，参见《鲁迅全集》1卷，162页。

[4]《杂忆》，《鲁迅全集》1卷，225页。

以看出，鲁迅在与青年的交往中，是始终坚持"五四"的理性精神的，并且处处表现了对青年的爱护：鲁迅绝不是有人所说的激进的鼓动者。

六

我们还可以把讨论再深入一步：在对青年的不同期待与引导的背后，还有着怎样更深刻的分歧？

比较明显的自然是教育理念、大学功能的追求上的差别，其中或许也包含着对北京大学传统的不同阐释和想像。

胡适的大学观是十分明确的：大学的职责就是培育"专门的技术人才"与"领袖人才"；到了 1930 年代，他又更进一步提出了他的"专家的政治"、"研究院的政治"的理想："不但需要一个高等的'智囊团'来做神经中枢，还需要整百万的专门人才来做手足耳目"。[1]这就表明，他所追求的是为"专家政治"（"研究院政治"）服务的精英教育。

而鲁迅则另有期待。在 1925 年所写的一封通信里，他这样写道："我想，现在的办法，首先还得用那几年以前《新青年》上已经说过的'思想革命'"，"而且还是准备'思想革命'的战士"。[2]他显然期待大学在"准备'思想革命'的战士"上发挥特殊的作用，一如五四时期的北京大学那样。因此，他在《中山大学开学致语》中这样写道——

> 中山大学与革命的关系，大概就等于许多书。但不是死书：他须有奋发革命的精神，增加革命的才绪，坚固革命的魄力的力量。
>
> 现在，四近没有炮火，没有鞭笞，没有压制，于是也就没有反抗，没有革命。所有的多是曾经革命，将要革命，或向往革命的青年，将在平静的空气中，度着探求学术的生活。但这平静的空气，必须为革命的精神所弥漫；这精神则如日光，永永放射，无远弗到。

[1] 胡适：《中国无独裁的必要与可能》，《一年来关于民治与独裁的讨论》，《胡适文集》11 卷《胡适时论集》，504 页，509—510 页。

[2] 《通信》，《鲁迅全集》3 卷，22 页。

否则，革命的后方便成为懒人享福的地方。

中山大学也还是无意义。

不过使国内多添了许多好看的头衔。

我先只希望中山大学中人虽然坐着工作而永远记着前线。[1]

这里所说的"革命"自然不是狭隘的，按我的理解，似乎应该包含永远不满足于现状，不断革新、向上的精神[2]，以及批判、怀疑与自由创造的精神。大学的功能绝不只是限于知识的传递和社会合法性知识的生产，更是要为思想、文化、学术与社会的变革、发展提供批判性与创造性的精神资源：鲁迅把"大学"与"革命"联系起来，这是有一种深刻的意义的。鲁迅显然并不反对学生"在平静的空气中，度着探求学术的生活"，这样的"平静"本也是正常的学习与研究的必要条件；但鲁迅确实又看到了"平静的空气"可能潜在的危险：一旦凝固下来，就会形成自我封闭，使校园里的师生陷入"无问题，无缺陷，无不平，也就无解决，无改革，无反抗"的状态，[3]从而根本丧失了知识分子的批判与创造的功能，导致精神的平庸与萎缩，因此，他强调"这平静的空气，必须为革命的精神所弥漫"，以始终保持生命与学术的活力。鲁迅还针对"只有有了学问才能有资格救国"的观点（胡适大概就是这样的观点的鼓吹者之一吧）指出："'束发小生'变成先生，从研究室里钻出，救国的资格也许有一点了，却不料还是一个精神上种种方面没有充分发达的畸形物"，[4]这也正是鲁迅所担心的：如果培养出来的是塞满了知识，精神却是畸形的所谓专家，那就真的不过是添了几个好看的"学者"的头衔，或者若干"没有了头颅，却还能做服役和战争的机械"，[5]这样的大学真是"无意义"的。

由此产生了鲁迅对北京大学的传统的独特理解、阐释和想象。1925年

[1]《中山大学开学致语》，《鲁迅全集》8卷，159—160页。

[2] 鲁迅曾经说过："'革命'这两个字"有人觉得很可怕，其实"不过是'革新'，改换一个字，就很平和了。"参见《无声的中国》，《鲁迅全集》4卷，13页。

[3] 这里是借用鲁迅《论睁了眼看》里的说法，参看《鲁迅全集》1卷，238页。

[4]《碎话》，《鲁迅全集》3卷，161页。

[5]《春末闲谈》，《鲁迅全集》1卷，206页。

鲁迅应北大学生会的约请，写了《我观北大》这篇重要文章，提出了他的北大观——

> 第一，北大是常为新的，改进的运动的先锋，要使中国向着好的，往上的路走。虽然很中了许多暗箭，背了许多谣言；教授和学生也都逐年地有些改换了，而那向上的精神还是始终一贯，不见得弛懈。自然，偶尔也免不了有些很想勒转马头的，可是这也无伤大体，"万众一心"，原不过是书本子上的冠冕话。

> 第二，北大是常与黑暗势力抗战的，即使只有自己。自从章士钊提了"整顿学风"的招牌来"作之师"，并且分送金款以来，北大却还是给他一个依照彭允彝的待遇。……那时固然也曾显出一角灰色，但其无伤大体，也和第一条相同。

> ……仅据我所感得的说，则北大究竟还是活的，而且还在生长的。凡活的而且在生长着，总有着希望的前途。[1]

鲁迅在这里强调北大的精神是一种"向上"的"活"的精神，与前述他一贯的强调教育要培养"活人"，是"教人活，而不是教人死"的思想是完全一致的；而强调北大"是常为新的，前进的运动的先锋"并"常与黑暗势力抗战"，也是与前述对"大学"和"革命"的联系的思想一脉相通。这里所讲的"新的，前进的运动"当然首先指的是新的思想、文化运动，但同时强调的是与新的社会运动的联系；所谓"与黑暗势力的反抗"，当然是包括思想、文化、教育上的与政治上的"黑暗势力"在内。这本来就是"五四"时期北大的传统：当时北大不仅是新文化运动的中心，而且直接引发了五四爱国学生运动。现在，鲁迅强调的是，北大"始终一贯"地坚持了这样的五四传统，这是因为在北大内部在这一问题上是存在着争论的，鲁迅文章里一再说并不存在"万众一心"

---

[1]《我观北大》，《鲁迅全集》3卷，158页。

的局面，说有人"很想勒转马头"，"也曾显出一角灰色"，这是确有所指的。《胡适文集》里收有胡适与王世杰、丁燮林、李四光、陈源等人联合署名的《这回为本校脱离教育部事抗议的始末》，对北大因反对教育总长彭允彝、章士钊而脱离教育部提出了抗争，其理由是"本校应该早日脱离一般的政潮与学潮，努力向学问的路上走，为国家留一个研究学问的机关"。[1]这确实是另一种北大观，也可以说是以胡适为中心的这群北大教授对北大精神、北大传统的另一种阐释与引导，如我们在前面所说，胡适直到晚年都坚持这样的观点：五四新文化运动发展为政治运动，是对新文化运动的干扰；而对新文化运动他也力图将其由"浅薄的'传播'"引导到"'提高'的研究工夫"上来。这就是说，如果说，蔡元培对北大的定位原有两个方面，一是"献身学术研究和个人修养的封闭的圣地"，一是"政治文化活动中心"，[2]这构成了一个矛盾；而现在胡适们却试图用取消北大后一方面的功能与作用的办法来根本消解这一矛盾，使北大成为纯粹的"研究学问的机关"，北大传统也就限制在纯粹学术这一范围内。

七

鲁迅与胡适教育观念的分歧，对于北大的不同想像，其实是根源于他们对现代中国知识分子两种模式的不同选择与自我定位的。

这集中体现在"好政府主义"的提出与争论上。

胡适等在前述《这回为本校脱离教育部事抗议的始末》里，在要求北大"早日脱离一般的政潮与学潮"的同时，还有一个保留，即"本校同人要做学校以外的活动的，应该各以个人的名义出去活动，不要牵动学校"。这样的补充是必要的，因为他们自己在此以前就已经参与了政治，而且不是一般地参与，而是自觉地，主动地掀起一股"政潮"，这就是 1922 年胡适等创办政治、思想、文化刊物《努力周刊》，并且在上面发表了《我们的政治主张》。署名者

[1] 胡适等：《这回为本校脱离教育部事抗议的始末》，《胡适文集》11 卷《胡适时论集》，123 页，北京大学出版社，1998 年版。
[2] 见魏定熙：《北京大学与中国政治文化》，191 页，北京大学出版社，1998 年版。

胡适并不满足于做"学阀",他更愿意充当指导国家政治的"国师"。
正是这个"国师情结",成了胡适不断地宣称"不谈政治",进而反对
青年学生干预政治,而自己终于免不了谈政治,进而实践政治的内
在的思想与心理的动因。

中标明北大身份的占 68.75%,其中有北大校长蔡元培、教务长胡适、图书馆
馆长李大钊等;除了人文学者外,相当多的是社会科学学者,而且大都有欧
美留学的背景;因此,《我们的政治主张》可以看作是北京大学欧美派知识分
子的政治宣言,其引人注目之处即在于提出了"政治改革"的目标。由提倡思
想改革转而强调政治改革,这对于五四新文化运动的领袖的胡适,自然是一
个重大的转变。这表明,胡适并不满足于做"学阀",他更愿意充当指导国家
政治的"国师"。正是这个"国师情结",成了胡适不断地宣称"不谈政治",进
而反对青年学生干预政治,而自己终于免不了谈政治,进而实践政治的内在
的思想与心理的动因:真正热衷于政治的,其实正是胡适自己。胡适等政治
改革主张的核心,就是提倡"好政府主义"。这可以说是贯穿胡适一生的政治
目标。其要点有二。首先是强调"政府(国家)"的地位与作用,强调"政府是有
组织的公共的权力。权力为力的一种,要做一事,必须有力"。[1]胡适在 1922
年所写的《五十年来之世界哲学》最后一节"五十年的政治哲学的趋势"里谈
到了"从放任主义到干预主义"的发展,也是强调国家对政治、经济、文化生
活的全面干涉。胡适认为"干涉主义"可能会引起误会,因此可以称为"政治
的工具主义",即"现代政治的问题不是如何限制政府的权限的问题,乃是如
何运用这个重要工具来谋最大多数的福利的问题"。[2]胡适等因此提倡一种
"有计划的政治",[3]要求把人民的社会、政治、经济、文化生活都纳入到国家
的统一"计划"中去。1928 年胡适访问苏联,曾对苏联式的"有理想,有计划,
有方法的大政治试验"表示"心悦诚服",这并不是偶然的;胡适甚至还提出
了一个"新自由主义"或"自由的社会主义"的概念。[4]

　　胡适提倡"强有力的政府"的"计划政治",其背后是一个中国实现现代
化的模式,即是依靠国家强权和强有力的政治领袖,实行社会总动员与高度

---

[1]《好政府主义》,《胡适文集》12 卷《胡适演讲集》,716 页。

[2]《五十年来之世界哲学》,《胡适文集》3 卷《胡适文存》2 集,308—310 页。

[3]《我们的政治主张》,《胡适文集》3 卷《胡适文存》2 集,329 页。

[4]《欧游道中寄书》,《胡适文集》4 卷《胡适文存》3 集,42—43 页,47 页。胡适晚年对此有一个反省,
　　提出"一切计划经济都是与自由不两立的,都是反自由的",《从〈到奴役之路〉说起》,《胡适文集》
　　12 卷《胡适演讲集》,831—832 页。北京大学出版社,1998 年版。

胡适提倡"强有力的政府"的"计划政治",即是依靠国家强权和强有力的政治领袖,实行社会总动员与高度的组织化,以集中全国人力物力,实现现代化。而鲁迅也正是在这一点上,提出了他的质疑。坚持的仍是五四新文化运动的从改造国民、启发国民觉悟入手,依靠民众的自下而上的改革道路。

的组织化,以集中全国人力物力,实现现代化。这一思路是贯穿 20 世纪的:最初的洋务运动与戊戌政变就是企图通过清王朝内部的变革,重振皇权的权威,或建立光绪皇帝的个人权威,使国家逐渐走向现代化道路。但腐败不堪的满清政府已无重振皇威的可能,这才有了推翻帝制的辛亥革命。革命胜利后的混乱,又使一部分知识分子不惜支持袁世凯称帝来重建权威。但袁世凯的复辟——实行个人独裁,以孔教为国教,强化思想控制,打破了"权威立国"的幻想,人们开始寻找实现现代化的新思路,这才有了蔡元培的北京大学与五四新文化运动,试图依靠知识与知识分子自身的力量,通过思想启蒙,唤起国人的自觉,自下而上地进行中国社会的变革。现在胡适等人提出的"好政府主义"实际上正是要回到依靠国家强权实现现代化的这条道路上来。而鲁迅也正是在这一点上,提出了他的质疑。他在 1925 年的一封通信里,指出"大约国民如此,是决不会有好的政府的;好的政府,或者反而容易倒","我想,现在的办法,首先还得同那几年以前《新青年》上已经说过的'思想革命'"。[1] 显然,鲁迅坚持的仍是五四新文化运动的从改造国民、启发国民觉悟入手,依靠民众的自下而上的改革道路,与胡适确实有着不同的思路。

但对于胡适们来说,袁世凯个人独裁、复辟的历史教训却是无法回避的,强权政府的建立会不会导致权力的滥用呢? 胡适自己也意识到这个问题,他说:"人类有劣根性,不可有无限的权力","'一朝权在手,便把令来行',免不了滥用权力以图私利了。"[2] 胡适的对策,一是提出"宪政的政府"、"公开的政府"(财政公开,公开考试等),试图通过这样一些制度性建设来起"监督"与"管束"的作用;但他认为最根本性的,"政治改革的惟一下手工夫"还是"好人"执政。[3] 所谓"好人",据胡适等在《我们的政治主张》里的说明,是指"国内的优秀分子",其实就是他们自己这样的"知识分子精英"。胡适对此是当仁不让的。在我们前面引述过的《学术救国》的演讲里,他就是这么说

[1]《通讯》,《鲁迅全集》3 卷,21—22 页。

[2]《好政府主义》,《胡适文集》12 卷《胡适演讲集》,718 页,北京大学出版社,1998 年版。

[3]《我们的政治主张》,《胡适文集》3 卷《胡适文存》2 集,328 页,329 页,北京大学出版社,1998 年版。

> 胡适的一个一贯的最基本的思想，也是他的"好政府主义"的核心：具有"良心、知识、道德"优势的知识分子精英，应该对政府起"监督"与"指导"作用，也应该是民众与年轻人的"导师"。他的所谓"好人政府"其实就是实行"专家政治"的政府。

的："社会送给我们的领袖的资格，是要我们在生死关头上，出来说话做事，""我们就应该本着我们的良心、知识、道德去说话。"[1]这是胡适的一个一贯的最基本的思想，也是他的"好政府主义"的核心：具有"良心、知识、道德"优势的知识分子精英，应该对政府起"监督"与"指导"作用，也应该是民众与年轻人的"导师"。在 1929 年所写的一篇评论孙中山"行易知难说"的文章中，他一再强调"知的作用便是帮助行，指导行，改善行。政治家虽然重在实行，但一个制度或政策的施行，都应该服从专家的指示"。[2]而在另一篇题为《再论建国与专制》的文章里，他把自己意思表达得更为清楚："应该有第一流人才集中的政治，应该有效率最高的'智囊团'政治，不应该让第一流的聪明才智都走到科学工业的路上去，而剩下一批庸人去统治国家。"[3]胡适因此提出了"专家政治"的概念，[4]他的所谓"好人政府"其实就是实行"专家政治"的政府，是一个强者、贤者统治的政权。前面我们说过，胡适所设计的现代化模式是以国家强权为中心的，这一点与洋务运动、戊戌政变的思路存在着内在的相通；但这也是相对的，其中一个重要的区别是知识分子在这样的"国家强权为中心"的现代化模式中的地位：无论是洋务运动，还是戊戌政变，知识分子实际扮演的都是幕僚的角色，他们对处于中心位置的皇权或政治强权人物依然存在着一种依附关系。但胡适可能是受到五四新文化运动中知识分子在民间的中心地位的历史经验的鼓励，他现在所要追求的是知识分子在国家政权中的中心地位，是要成为政治家的指导者，甚至自己就来充当拥有强权的"领袖"。如果说洋务运动以来的知识分子的位置都在国家、政府的权力中心的周围，五四新文化运动是知识分子第一次从国家、政府走向民间，并试图建立北京大学这样的民间思想文化中心，以与国家权力中心相对抗；那么，现在，胡适又试图回到国家、政府的权力结构，并试图自己去占领中心位置——这样的知识分子的"位置的移动"本身就是很有意思的。

---

[1]《学术救国》，《胡适文集》12 卷《胡适演讲集》，454 页，北京大学出版社，1998 年版。

[2]《知难，行也不易》，《胡适文集》5 卷《人权论集》，598 页，北京大学出版社，1998 年版。

[3]《再论建国与专制》，《胡适文集》11 卷《胡适时论集》，376 页，北京大学出版社，1998 年版。

[4]《知难，行也不易》，《胡适文集》5 卷《人权论集》，600 页，北京大学出版社，1998 年版。

我们的讨论再深入一步，就会遇到这样两个问题：其一，胡适们的"专家政治"的实质是什么？其次，在现代中国的历史条件下，胡适们的"专家政治"的理想能够实现吗？在中国现代政治的结构中，他(他们)最后将实际扮演一个什么角色？

先谈第一个问题。

我们首先注意到，前面引述的那篇《再论建国与专制》的文章，是在1930年代关于"开明专制"问题的论争中发表的。有意思的是，这场争论的发动者，都是胡适圈子里的朋友，他们鼓吹"开明专制"的主要理由是：欲达到"工业化"的目的，"则国家非具有极权国家所具有的力量不可"，[1]这与胡适"好政府主义"强调"强有力的国家"是同一思路。但胡适本人却是明确表示了反对的意见，他在《再论建国与专制》等文中陈述的"理由"却很耐人寻味。他说他"不信中国今日有能专制的人，或能专制的党，或能专制的阶级"，并且"不信中国今日有什么大魔力的活问题可以号召全国人的情绪或理智，使全国能站在某个领袖或某党某阶级的领导之下，造成一个新式专制的局面"。不难看出，他只是认为"中国今日"并不具备实行"开明专制"的条件，却没有否认"开明专制"本身。当进一步阐述他的观点时，就说得更清楚：他认为，"民主宪政只是一种幼稚的政治制度，最适宜于训练一个缺乏政治经验的民族"，它"不甚需要出类拔萃的人才"，可以"给多数平庸的人有个参加政治的机会"，"最适宜于收容我们这种幼稚阿斗"，因而是当下中国所需要的；但从根本上说，胡适所追求的还是"英杰的政治"，[2]"这种政治的特色不仅仅在于政权的集中与弘大，而在于充分集中专家人才，把政府造成一个完全技术的机关，把政治变成一种最复杂纷繁的专门技术事业，用计日程功的方法来经营国家人民的福利"。[3]这就是胡适一直鼓吹的"专家政治"，他又称之为"研究院的政治"——这一命名所揭

---

[1] 钱端升：《民主政治乎？极权政治乎？》，原载《东方杂志》31卷第1号。

[2] 胡适：《再论建国与专制》，《胡适文集》11卷《胡适时论集》，374—378页，北京大学出版社，1998年版。

[3] 胡适：《一年来关于民治和独裁的讨论》，《胡适文集》11卷《胡适时论集》，509页，北京大学出版社，1998年版。

在胡适这样的有着强烈的精英意识的知识分子眼里，民众与民众运动总是非理性的，他们有着几乎出于本能的防备与疑惧；在他们看来，民众运动如果有意义的话，不过是表达一种可供利用的"民气"，最后还是要靠自己这样的"负有指导之责者"。

示的正是"进研究室主义"与"好政府主义"的内在联系。胡适说得也很明确，"现代教育"（大学教育与研究院教育）就是"专门人才的训练"，"领袖人才的教育"，[1]径直说，就是要训练"中国的诸葛亮"，为从阿斗们的"民主宪政"过渡到诸葛亮们的"开明专制"创造条件与机会。[2]胡适并不回避：他所提倡的"专家政治"就是"开明专制"，他称为"现代式的独裁"或"新式的独裁政治"。[3]这本是"专家政治"的必然逻辑：既然"把政治变成一种最复杂纷繁的专门技术事业"，就必然要排斥"阿斗"的参与，将权力集中在少数政治精英（领袖人才）、技术精英（专门技术人才）手里，实行精英专制独裁。但胡适又宣称，这样的"专制"是"开明"的，是能够为大多数人民谋福利的——其实，不过是中国传统中的"为民作主"而已。很显然，在胡适的知识分子精英的"开明专制"的现代化模式里，是根本拒绝公民（即他所说的"阿斗"）的政治参与的；他也直言不讳："独裁政治的要点在于长期专政，在于不让那绝大多数阿斗来画诺投票"。[4]曾有一位学生在读了胡适的《爱国运动与求学》的文章后，给《现代评论》写信，对胡适的观点作了一个概括："民族解放的命运应完全取决于政府之手；人民做到民气的表现，就算尽了天职，其余都可以不问而惟从事于个人的修养了"。应该说，这一概括是相当准确并且抓住了胡适的要害的；但胡适在写信回应时，却有意无意地回避了。[5]在胡适这样的有着强烈的精英意识的知识分子眼里，民众与民众运动总是非理性的，他们有着几乎出于本能的防备与疑惧；在他们看来，民众运动如果有意义的话，不过是表达一种可供利用的"民气"，最后还是要靠自己这样的"负有指导之

与鲁迅相遇

229

第六讲 北京大学教授的不同选择

---

[1] 胡适：《中国无独裁的必要与可能》，《胡适文集》11 卷《胡适时论集》，506 页，北京大学出版社，1998 年版。

[2] 胡适：《再论建国与专制》，《胡适文集》11 卷《胡适时论集》，378 页，北京大学出版社，1998 年版。

[3] 胡适：《中国无独裁的必要和可能》，《胡适文集》11 卷《胡适时论集》，504 页，505 页，北京大学出版社，1998 年版。

[4] 胡适：《答丁在君先生论民主与独裁》，《胡适文集》11 卷《胡适时论集》，530 页，北京大学出版社，1998 年版。

[5] 参看刘治熙：《爱国运动与求学》及胡适"附言"，载《现代评论》2 卷 42 期（1925 年 9 月 26 日出版）。胡适的"附言"收《胡适文集》11 卷《胡适时论集》，题为《刘（漏一"治"字）熙关于〈爱国运动与求学〉的来信附言》。

胡适的"好政府主义"的另一个不可解的矛盾是,他的"专家政治"、
"知识分子参政,并指导国家、政府"的主张,在专制体制下,始终是
一个一厢情愿的梦想。

责者"。而这,其实也正是一切独裁的统治者的逻辑:国家大事由他们来掌
管,老百姓只要做好本职工作,"救出你自己"(这是胡适《爱国与求学》里的
话)就行了。这就暴露了一位研究者所说的自称五四"科学"与"民主"精神代
表的胡适"潜在的反民主的倾向",构成了他的内在矛盾。[1]

　　而更使胡适陷于尴尬的,是他无法回避的现实:不管他怎样鼓吹"好政
府主义",提倡"专家政治",在他所生活的时代,他所面对的中国政府,无论
是 20 世纪 20 年代的北洋政府,还是 20 世纪 30 至 60 年代的国民党政府,都
是他自己所说的"领袖的独裁"、"一党的专政"政权。[2]按胡适的理想,知识
分子对政府的责任是"监督,指导与支持";但独裁政权是根本不允许"监
督",更谈不上"指导"的,于是,就只剩下了"支持"。20 世纪 30 年代,胡适在
与宋庆龄等在"保障人权"问题上发生争议时,胡适就提出了这样的原则:
"一个政府要存在,自然不能不制裁一切推翻政府或反抗政府的行为,向政
府要求革命的自由权,岂不是与虎谋皮?"[3]这样,国民党的独裁政权对反抗
力量的"制裁"、镇压,在胡适这里就具有了合法性,胡适也就走向了为一切
"事实上的统治政权"辩护的立场。在 1920 年代,胡适在最初提出"好政府主
义"时,还曾坚持"政府坏了,可改一个好政府"这样的"浅显的革命原理",[4]
甚至表示:"(政府)太坏了,不能改良的,或是恶势力偏不容纳这种一点一滴
的改良的,那就有取革命的手段的必要了";[5]而到了 1930 年代,他竟转而
为"独裁政府镇压反抗"的合法性辩护,这正是表明了胡适政治上的日趋保
守,某种程度上,也是他的"好政府主义"逻辑发展的必然结果。

　　胡适的"好政府主义"的另一个不可解的矛盾是,他的"专家政治"、"知
识分子参政,并指导国家、政府"的主张,在专制体制下,始终是一个一厢情
愿的梦想。在胡适等人在《我们的政治主张》中提出了"好政府主义"以后不

[1] 格里德:《胡适与中国的文艺复兴——中国革命中的自由主义(1917－1950)》,206 页,249 页。
[2] 胡适:《再论建国与专政》,《胡适文集》11 卷《胡适时论集》,375 页,北京大学出版社,1998 年版。
[3] 胡适:《民权的保障》,《胡适文集》11 卷《胡适时论集》,295 页,北京大学出版社,1998 年版。
[4] 胡适:《好政府主义》,《胡适文集》11 卷《胡适时论集》,718—719 页,北京大学出版社,1998 年版。
[5] 胡适:《好政府主义》,《胡适文集》11 卷《胡适时论集》,718—719 页,北京大学出版社,1998 年版。

可以看出,直接进入政治权力中心,以发挥对国家的"指导"作用,这一"专家政治"的理想,对于胡适,有着永远的诱惑;但他又时时小心地要维护自己作为知识分子的独立性,这构成了胡适的选择的基本矛盾。

久,签名者中的王宠惠、罗文干、汤尔和等人在吴佩孚的支持下就获得了一次组阁的机会,胡适们也确实兴奋了一阵子,组织了不定期的茶话会,经常在一起议论政治。但很快王宠惠内阁就一事无成而倒台,罗文干本人还被诬陷而入狱。据胡适说,汤尔和在王内阁下台以后,曾对他说:"从前我读了你们的时评,也未尝不觉得有点道理;及至我大家到了政府里面去看看,原来全不是那么一回事!你们说的话,几乎没有一句搔着痒处的。你们说的是一个世界,我们走的又是另一个世界,所以我劝你还是不谈政治了罢。"[1]不仅是政治(政治家)与学术(学者)有着完全不同的思维与行为逻辑,更重要的是,大权掌握在军阀手里,这些被视为"好人"的学者参政,事实上是不可能起任何作用的,相反,却会有被利用的可能。胡适对此似乎有所警觉,他转而赞同蔡元培的"不合作主义",特别是他对"有奶便是娘"的"助纣为虐"的"胥吏式机械式的学者"的批判,支持他"至少要有不再替政府帮忙的决心"的号召。[2]胡适显然看到了在专制体制下知识分子的参政有成为独裁政治"帮忙"的危险,因而对拟想的位置作了一个调整:议政而不参政。其实他在此之前所写的《政论家与政党》里,就已经提出了作"'超然'的,独立的","身在政党之外",却通过"造舆论",发挥"调解、评判与监督"作用的"政论家"的设想。[3]现在,胡适更是断然将《努力》停刊,宣布"为盗贼上条陈也不是我们爱干的事情","我们今后的事业"在于"直接《新青年》三年前未竟的使命,再下二十年不绝的努力,在思想文艺上给中国政治建筑一个可靠的基础"。[4]但胡适事实上并没有放弃议政以至参政的努力。1930年代,他先是创办《现代评论》,以政论家的身份从事舆论的监督,但同时又几度试图与国民党政府及其领袖对话,以后就始终与国民党政府保持着一种若即若离的关系。可以看出,直接进入政治权力中心,以发挥对国家的"指导"作用,这一"专家政治"的理想,对于胡适,有着永远的诱惑;但他又时时小心地要维护自己作为

---

[1] 胡适:《这一周·63　解嘲》,《胡适文集》3卷《胡适文存》2集,465页。

[2] 胡适:《这一周·55》,《胡适文集》3卷《胡适文存》2集,455页,北京大学出版社,1998年版。

[3] 胡适:《政论家与政党》,《胡适文集》11卷《胡适时论集》,70页,71页。

[4] 胡适:《与一涵等四位的信》,《胡适文集》3卷《胡适文存》2集,397页,398页。

知识分子的独立性,这构成了胡适的选择的基本矛盾。他因此多次跃跃欲试地准备参政(入阁、组阁),但到关键时刻,又总是抽身而出,最后还是保持了自己的相对独立性。这样,在现代中国的政治结构中,胡适最终扮演的角色,或者说他的最后定位,是充当国家的"诤臣"与掌权者的"诤友"。[1]

而鲁迅却作出了另外一种选择,并且对胡适的选择提出了自己的质疑。

鲁迅首先质疑的,是他的精英意识,"导师"情结。在一篇题为《导师》的文章里,鲁迅这样说道——

要前进的青年们大抵想寻求一个导师。然而我敢说,他们将永远寻不到。寻不到倒是运气;自知的谢不敏,自许的果真识路么?凡自以为识路者,总过了"而立"之年,灰色可掬了,老态可掬了,圆稳而已,自己却误以为识路。假如真识路,自己就早进他的目标,何至于还在做导师……

当时我并非敢将这些人一切抹杀;和他们随便谈谈,是可以的。说话的也不过能说话,弄笔的也不过能弄笔;别人如果希望他能打拳,早已打拳了。但那时,别人大概又要希望他翻筋斗。[2]

这正是鲁迅一贯的观点:知识分子必须有一种自我限制,弄清楚自己能做什么,不能做什么,不要轻易"越界"。在鲁迅看来,文人学者不过是"能说话","能弄笔"而已,像胡适们那样,想做"导师",乃至"国师",对青年以至国家起"指导"作用,那就真是缺乏"自知"之明了。

这里,也包含着鲁迅的自我审视与痛切体验:他在好多文章中都反复谈到,"自己也正在歧路上","政治上的事,我其实不很了然","如果盲人瞎马,引入危途,我就该得谋杀许多人命的罪孽";[3]"我觉得我若专讲宇宙人生的大话,专刺旧社会给新青年看,希图在若干人们中保存那由误解而来的'信

---

[1] 在1935年所写的《为学生运动进一言》中,胡适明确地提出,"我们这个国家今日所缺少的,不是顺民,而是有力量的诤臣义士"。见《胡适文集》11卷《胡适时论集》,660页,北京大学出版社,1998年版。

[2]《导师》,《鲁迅全集》3卷,55页。

[3]《北京通信》,《鲁迅全集》3卷,52页,《可笑与可惨》,《鲁迅全集》3卷,270页。

仰'，倒是'欺读者'，而于我是痛苦的"。[1]这样一种惟恐"谋杀"年轻人的"生命"，惟恐"欺（骗）读者"的"罪孽"感与"痛苦"，是典型的鲁迅心理，却积淀着极其深刻的中国历史的惨痛经验。因此，鲁迅说"或者还是知道自己之不甚可靠者，倒较为可靠罢"，[2]是内含着一种历史责任感的。

因此，他对胡适这样的自以为"可靠"，自命为"导师"、"领袖"、"先觉者"的文人学者，就提出了极为尖锐的质问：你们真的就这么"可靠"吗？在一篇题为《碎语》的文章里，鲁迅以胡适为例，指出，当年你们高谈"干，干，干"的"名言"，高喊"炸弹，炸弹！"的口号（见胡适《四烈士冢上的没字碑歌》）；如果真有青年听了你们的话，"傻子"般地去买了手枪，你们却又改变了观点，号召青年"救国先必求学"，"进研究室"去了；但一旦"傻子"似的青年又真的按照你们的教导，先钻进研究室，待发现了"一颗新彗星"（这也是胡适的话："发明一个字的古义，与发现一颗恒星，都是一大功绩"）以后，又准备"跳出来救国"时，恐怕你们这些"先觉者"又"杳如黄鹤"，不知跑到哪里去了。鲁迅说，"如果只有自己，那是都可以的：今日之我与昨日之我战也好，今日这么说明日那么说也好"，但如果"以'领袖''正人君子'自居"，要去指导年青一代，那就"难免有多少老实人遭殃"，成为一种欺骗了。鲁迅尖锐地指出，如果进而鼓吹文人学者本来就有变来变去的"特权"，"庸人"、"常人"即普通老百姓则有"给天才做一点牺牲"的"义务"，这不过是"天才，或者天才的奴才的崇论宏议"。[3]

鲁迅质疑的另一方面，是胡适们与权力者的关系。

当胡适从批评国民党政府违反人权转而鼓吹"任何一个政府都应当有保护自己而镇压那些危害自己的运动的权利"（详见前文分析）时，在瞿秋白执笔、用鲁迅的笔名发表的《王道诗话》里，当即一针见血地指出，这正是"人权抛却说王权"。[4]

当蒋介石召见胡适等，"对大局有所垂询"，胡适也写文章鼓吹"专家政

[1]《咬嚼之余》，《鲁迅全集》7卷，60页。

[2]《导师》，《鲁迅全集》3卷，56页。

[3]《碎语》，《鲁迅全集》3卷，160—161页。

[4]《王道诗话》，《鲁迅全集》5卷，47页。

对于一个腐败到了不能自拔地步的政府,鲁迅作为一个远离权力中心的民间批判者,他的态度是听其自行垮掉,不必硬扶;而作为接近权力中心的"诤臣"、"诤友",胡适的态度则是"知其不可为而为之",必须维护既成的政府的权威,政府有弊病可以批评,但无论怎样也要扶起来。

治",希望国民党政府"充分请教专家"(详见前文分析)时,鲁迅又撰文指出,这不过是皇帝"做倒霉的时候","病急乱投医",和"文人学士扳一下相好";文人学士这一边,却想以"牺牲掉政治的意见"作为代价来参政,这又将是怎样的"政府"呢?[1]

鲁迅早就打过这样一个比方:"耶稣说,见车要翻了,扶他一下。尼采说,见车要翻了,推他一下。我自然是赞成耶稣的话;但以为倘若不愿你扶,便不必硬扶,听他罢了。"[2]对于一个腐败到了不能自拔地步的政府(例如北洋政府,国民党政府),鲁迅作为一个远离权力中心的民间批判者,他的态度是听其自行垮掉,不必硬扶;而作为接近权力中心的"诤臣"、"诤友",胡适的态度则是"知其不可为而为之",必须维护既成的政府的权威,政府有弊病可以批评,但无论怎样也要扶起来。这大概就是他们之间的区别吧。

这背后有着他们对于知识分子与权力、有权力者的关系的不同理解与追求。1922 年胡适写有《我的歧路》,1927 年鲁迅又写有《文艺与政治的歧途》,将这两篇文章对照着看,应该是很有意思的。胡适说他的歧路在"谈政治"还是"谈思想文学"这样一个选择上的困惑,这涉及胡适(以及知识分子)自我定位的问题:是把自己的作用限于思想文艺的范围,还是要扩大到政治的领域。在胡适看来,"没有不在政治史上发生影响的文化;如果把政治划出文化之外,那就又成了躲懒的,出世的,非人生的文化了",因此他是更"注意政治"的;但他又说他的"精神不能贯注在政治上",因为"哲学是我的职业,文学是我的娱乐"。更重要的是,胡适认为,他的思想文艺活动与政治活动是统一的,都是在"实行我的实验主义"。[3]也就是说,在胡适这里,看重与强调的是政治与思想文艺的统一性。而鲁迅则注重政治与文艺本身的"歧途":在他看来,"政治是要维持现状,自然和不安于现状的文艺处在不同的方向","政治想维系现状使它统一,文艺催促社会进化使它渐渐分离;文艺虽使社

---

[1]《知难行难》,《鲁迅全集》4 卷,339 页,340 页。
[2]《渡河与引路》,《鲁迅全集》7 卷,36 页。
[3] 胡适:《我的歧路》,《胡适文集》3 卷《胡适文存》2 集,363—366 页。

鲁迅认为，真的知识分子必须坚持思想文化上的"革命"的批判的立场，一旦"颂扬有权力者"就不再是知识分子。胡适则企图兼有二者，在现代中国的专制体制下，既渴望政治权力又追求思想自由，从而使自己陷入了矛盾与尴尬之中。

会分裂，但社会这样才进步起来"。[1]在写于同一时期的《关于知识阶级》里，鲁迅更明确地指出，"知识和强有力是冲突的，不能并立的；强有力不许人民有思想自由，因为这能使能力分散"，"各个人思想发达了，各人的思想不一，于是命令不行，团体的力量减少，而渐趋灭亡"。[2]这其实是无意中说出了胡适的内在矛盾的：他的思想文艺观是强调自由的，而他的政治观，如前所说，是强调"强有力"的，而要"强有力"就必然要在一定程度上限制个人自由。这里存在着强调"分离"与"自由"的思想的逻辑，与强调"统一"与"强有力"的政治权力的逻辑之间的根本区别。在鲁迅看来，这二者是不能兼得的，而他认为，真的知识分子必须坚持思想文化上的"革命"的批判的立场，一旦"颂扬有权力者"就不再是知识分子。他自己就是自觉地选择了永远"不安于现状"，因而具有永远的批判精神的独立、自由的知识分子的立场，因此自觉地将自己放逐于权力体制之外，并且准备承受被掌握权力的政治家视为"眼中钉"，因而不断被排挤、迫害，以至逃亡的命运。[3]胡适则企图兼有二者，在现代中国的专制体制下，既渴望政治权力又追求思想自由，从而使自己陷入了矛盾与尴尬之中。

最后，回到本讲的题目上来：五四之后，胡适与鲁迅终于作出了不同的选择，而走上了不同的道路，这本身即意味着发动五四新文化运动的北京大学教授的分化。

于是，研究者注意到了1925年胡适与鲁迅的不同走向——

2月1日，胡适参加段祺瑞政府组织的"善后会议"。

2月13日，北京各界国民会议促成会来函，请胡适任国民会议组织法研究委员。

3月，被聘为"中英（退还）庚（子赔）款顾问委员会"中国委员。

[1]《文艺与政治的歧途》，《鲁迅全集》7卷，113页，114页。
[2]《关于知识阶级》，《鲁迅全集》8卷，189页。
[3]《文艺与政治的歧途》，《鲁迅全集》7卷，119页。

4月中旬,沿太平洋各国在夏威夷举行国民会议,胡适被推为代表。[1]

年初,鲁迅因写了《咬文嚼字》(1月)、《青年必读书》(2月)遭到围攻,鲁迅说他"碰了两个大钉子","署名和匿名的豪杰之士的骂信,收了一大捆",[2]被横加"卖国"的罪名。[3]

8月14日,因支持女师大学生,被段祺瑞政府教育总长章士钊非法免除教育部金事职。

9月1日至次年1月,因气愤和劳累过度,喝酒太多、抽烟太多、睡觉太少,致使肺病复发,前后计四月余。[4]

当胡适日渐接近于权力中心,不免有几分春风得意时,鲁迅却被免职,并陷入身心交瘁之中:这或许是有某种象征意义的。

[1] 参看孙郁:《鲁迅与胡适》,254页,辽宁人民出版社,2000年版。

[2] 《〈华盖集〉题记》,《鲁迅全集》3卷,4页。

[3] 参看《聊答"………"》,《鲁迅全集》7卷,248页。

[4] 《鲁迅年谱》(增订本)2卷173,181,232—233,242页,人民文学出版社,2000年版。

第七讲 鲁迅与现代评论派的论战

【2001 年 5 月 30 日、6 月 6 日讲】

本讲所要讨论的是：由女师大风潮所引起的鲁迅和"现代评论派"的论战。这场论战是非常重要的，也是最容易引起争论的。近年有很多人都根据鲁迅在与现代评论派论战中的表现，来判断鲁迅是"不宽容"的，"心地狭窄"等等。在我看来，这场论战不仅在中国现代思想史、文学史，中国知识分子精神史上，有着重要的意义，而且在鲁迅自身思想的发展上，也是重要的一个环节。这场论战引发了鲁迅的很多思考，使他产生了一系列的作品，如《朝花夕拾》，《野草》，《彷徨》的后半部，以及《华盖集》、《华盖集续编》里的杂文，实际上构成了鲁迅创作的一个高潮。大概就在 1925、1926、1927 年这三年，从五四时期的鲁迅到最后十年的鲁迅，这是一个关键的时刻。我们要研究鲁迅后期思想的发展，恐怕先要理清他与现代评论派的论战这个环节。

一

先从女师大风潮说起。大家知道，从 1924 年秋天开始，女师大就开始闹学潮了，但鲁迅却是在 1925 年 5 月，也就是学潮发生了七八个月之后，才做出反应的。这是很符合鲁迅特点的，他对任何事情的反应都要慢半拍：他要看一看。大概是 1924 年 2 月，杨荫榆从美国留学回来，被任命为北京女子高等师范学校的校长。据说这是第一次由一位女学者担任女校校长，所以非常引人注目，学生也对她抱有希望。但很快就失望了，因为杨荫榆虽然是个洋学生，但她对学生的教育还是相当传统的。鲁迅后来写过一篇《寡妇主义》，说"在寡妇或拟寡妇所办的学校里，正当的青年是不能生活的。青年应当天真烂漫，非如她们的阴沉，她们却以为中邪了；青年应当有朝气，敢作为，非如她们的萎缩，她们却以为是不安本分了：都有罪。只有极和她们相宜，——

说得冠冕一点罢，就是极其'婉顺'的，以她们为师法，使眼光呆滞，面肌固定，在学校所化成的阴森的家庭里屏息而行，这才能敷衍到毕业；……（却）已经失去青春的本来面目，成为精神上的'未字先寡'的人物。"[1]这话说得自然有些挖苦，但还是说出了一个事实：杨荫榆是用婆婆管媳妇的办法来治理学校的，这就必引起正处在五四之后、思想解放热潮当中的女学生的反感。而引发冲突的，是1924年的夏天，南方发大水，部分学生回校耽误了一两个月左右的时间，杨荫榆要整顿校风，就在学生回来以后通过一个校规，说凡是逾期返校的都要开除，在具体执行的时候，又没有完全按照规定办，关系比较好的学生就轻轻放过，平时不听话的学生则严厉处分，这就引起了女校学生的反抗，发动了一个"驱杨"运动。鲁迅和许广平开始对这件事情是持谨慎态度的。从这一时期许广平与鲁迅的通信中可以看出，许广平作为在校的学生，亲眼看见学生运动中的许多弊病，因而很感失望；鲁迅则告诉她："教育界的称为清高，本是粉饰之谈，其实和别的什么界都一样"。[2]鲁迅对学校、教育，以至学生运动的弊端是看透了的，所以他尽管怀有同情却不会轻易介入。后来杨荫榆公开站在北洋军阀政府这一边，禁止学生悼念孙中山，并扬言要"整顿学风"，在国耻纪念会上与学生发生冲突以后，又在一家饭店里召集支持自己的老师、职员开会，用学校评议会的决定，把六个学生自治会的成员开除。事情发展到这个程度，鲁迅就不再沉默了。这时候他写有两篇文章，说明自己介入的缘由与心情，很值得注意。一篇文章题目叫《忽然想到》，他是这么说的——

> 我还记得中国的女子是怎样被压制，有时简直并羊而不如。现在托了洋鬼子学说的福，似乎有些解放了。但她一得到可以逞威的地位如校长之类，不就雇佣了"捋袖擦拳"的打手似的男人，来威胁毫无武力的同性的同学们么？[3]

---

[1]《坟·寡妇主义》，收《鲁迅全集》1卷266页。

[2]《两地书·第一集·北京》(二)，《鲁迅全集》11卷，14页。

[3]《忽然想到·七》，《鲁迅全集》3卷，60—61页。

而在《"碰壁"之后》一文中,更写出了自己的一种独特的生命体验——

　　我为什么要做教员?!……我本就怕这学校,因为一进门就觉得阴惨惨,不知其所以然,但也常常疑心是自己的错觉。后来看到杨荫榆校长《致全体学生公启》里的"须知学校犹家庭,为尊长者断无不爱家属之理,为幼稚者也当体贴尊长之心"的话,就恍然了,原来我虽然在学校教书,也等于在杨家坐馆,而这阴惨惨的气味,便是从"冷板凳"里出来的。可是我有一种毛病,自己也疑心是自讨苦吃的根苗,就是偶尔要想想。所以恍然之后,即又有疑问发生,这家族人员——校长和学生——的关系是怎样的,母女,还是婆媳呢?

　　然而又想,结果毫无。幸而这位校长宣言多,竟在她《关于暴烈学生之感言》里获得正确的解答了。曰,"与此曹子勃谿相向",则其为婆婆无疑也。

　　碰壁,碰壁!我碰了杨家的壁了!

　　其时再看看学生们,就像一群童养媳……。

　　我于是仿佛看见雪白的桌布已经沾了许多酱油渍,男男女女围着桌子都吃冰其凌,而许多媳妇儿,就如中国历来的大多数媳妇儿在苦节的婆婆脚下似的,都决定了暗淡的运命。

这都是很奇特、很可怕的联想。他为什么会产生这样的"阴惨惨"的感觉?他发现,中国的女子原来受压制的,现在有了权力、地位之后,反而又压制"毫无武力的同性",多年的媳妇熬成婆之后,婆婆又来压制新的媳妇。这种婆媳之间的压迫与被压迫,奴役与被奴役的关系,在现代教育里面,重新出现了。他发现了一个历史的循环:中国的现代妇女终于不能摆脱"历来的在现代教育的教育家、校长、老师和学生的关系中,鲁迅发现了谋害与屠戮,他发现教育家变成了杀人者!吃人的筵席一直排到现在,而且以这样卑劣的方式排到了最高学府,鲁迅怎能不有身处"地狱"的感觉!

大多数媳妇儿在苦节的婆婆脚下"备受蹂躏的"运命"!——正是这样的发现如梦魇般压在鲁迅的心上,使他感到恐怖。

他更产生了这样的幻觉——

华夏大概并非地狱,然而"境由心造",我眼前总充塞着重叠的黑云,其中有故鬼,新鬼,游鬼,牛首阿旁,畜牲,化生,大叫唤,无叫唤,使我不堪闻见。……

我吸了两支烟,眼前也光明起来,幻出饭店里电灯的光彩,看见教育家在杯酒间谋害学生,看见杀人者于微笑后屠戮百姓,看见死尸在粪土中舞蹈,看见污秽洒满了风籁琴,我想取作画图,竟不能画成一线。我为什么要做教员,连自己也侮蔑自己起来。……"[1]

这又是一个可怕的发现:在现代教育的教育家、校长、老师和学生的关系中,鲁迅发现了谋害与屠戮,他发现教育家变成了杀人者!也就是说,他发现了人吃人的现象在现代教育中的"重现"。传统的野蛮的吃人是赤裸裸、不加掩饰的,而现代绅士却是"在杯酒间"、"于微笑后"吃人,这就更加令人憎恶。吃人的筵席一直排到现在,而且以这样卑劣的方式排到了最高学府,鲁迅怎能不有身处"地狱"的感觉!——正是在这现代教育的地狱里面,年轻的一代"仅有微弱的呻吟,然而一呻吟就被杀戮了!"

这样的血淋淋的联想,是很有鲁迅特色的,可以说是非鲁迅所不能有。对鲁迅来说,他面对的不是一个具体学校的丑恶,他面对的是整个中国历史的黑暗,整个中国现实的黑暗,这个现实也是历史的一个循环。如果形象一点说,鲁迅从女师大风潮中所感觉到的,所面对的,正是那个"黑暗的闸门",他之所以有"碰壁"之感,就是那个"黑暗的闸门"在中国依然存在着。正是这一点,使鲁迅更加深刻地反省自己:"我和这种现代教育吃人制度,有什么关

[1]《"碰壁"之后》,《鲁迅全集》3卷,68—69页,72—73页。

正因为鲁迅意识到自己面对的是整个中国历史和现实的黑暗，而且这个黑暗和他自己有关，他就必须站出来支持那些被谋害的青年学生。作为一个享有一定话语权的知识分子，只要自己还能说话他就必须说话，只要自己还能呻吟他就必须呻吟。

系？"他一再追问："我为什么要做教员？"甚至"连自己也侮蔑自己起来"，就是因为他痛苦地意识到，这吃人的筵席与地狱并非和他无关，就像《狂人日记》所说的一样，"我也在其中"。正因为鲁迅意识到自己面对的是整个中国历史和现实的黑暗，而且这个黑暗和他自己有关，他就必须站出来支持那些被谋害的青年学生。这是一些想呻吟而不能呻吟，"无叫唤"的青年，而作为一个享有一定话语权的知识分子，只要自己还能说话他就必须说话，只要自己还能呻吟他就必须呻吟。他是出于这样一个动机，这样一个心理的动因，与女师大学生站在一起的。他正是在履行自己在五四时期的诺言："肩住了黑暗的闸门，放他们(指青年一代——引者注)到宽阔光明的地方去"。[1]

应该说，鲁迅参与女师大风潮并非出于一时的义愤，而是有着极为深广的思虑的，其背后有着他对中国历史与现实、中国的教育以及知识分子的历史责任的深刻体认，并且有着他所特有的思维方式与心理、情感反应，这在当时的中国，或许在今天的中国，即使不说超前，也是十分特殊的，因此他在女师大风潮中所表现出来的决绝态度，就很难为一般人(包括某些今人)所理解，本也是可以理解的：这样的不被理解也是鲁迅这样的知识分子的宿命。

二

但鲁迅仍然没有料到，他刚刚起草一个《关于北京女子师范大学风潮的宣言》，联合了一批包括周作人在内的教授，出来为学生说话，证明那六个被开除的学生自治会成员在品行和学问上，都没有问题，竟引起了他的同事、北京大学"现代评论派"的教授们的另外一种反应，并引发了一场轰动一时而影响深远的论战。

所谓"现代评论派"教授，又因为他们主要居住在北京东吉祥胡同，又称为"东吉祥诸君子"，这是一批欧美归来的年轻教授，大部分是《现代评论》杂

---

[1]《我们现在怎样做父亲》，《鲁迅全集》1卷，140页。

志的骨干。《现代评论》创刊于 1924 年 12 月，正是胡适创办的《努力周刊》1923 年 10 月停刊一年多以后，一般认为《现代评论》是《努力周刊》的继续，"现代评论派"的教授与胡适也有比较密切的关系。[1]但《努力周刊》以评论政治为主，《现代评论》则基本是一个以学术文化为主的刊物。引发冲突的是《现代评论》1 卷 25 期发表的西滢（陈源）的《闲话》，后来结集出版时就加了一个标题叫《粉刷茅厕》。任何读这篇文章的人，都很容易看出，陈源的立场，是不赞成学生的，认为她们"闹的太不像样了"。举出理由有二，一是"同系学生同时登两个相反的启事"，即学生意见不一致，暗示反对校长的只是少数人；二是"学生把守校门"，校长在校内不能开会，这就"不像样子"，"教育界的面目也就丢尽"。在陈源这些教授看来，学校要有个"样子"，有一个固定的秩序，比如学生必须规规矩矩读书，一切听从师长等等，现在学生要反抗，把校长赶出去，这就"不像样"，不成体统，"教育当局"就应该加以"整顿"，而且"好像一个臭毛厕，人人都有扫除的义务"，这就很有点杀气腾腾的味道了。这背后是隐藏了这些教授的一种教育理念的，就是要运用校长与"当局"的权力维护学校的既定的秩序，并不惜采取严厉的"整顿"措施。另一方面，在陈源这些教授眼里，学生们闹事，是一种"群众专制"，因此要"代被群众专制所压迫者（这里当然指的是身为校长的杨荫榆——引者注）说几句公平话"。[2]这里确实可以看出两类教授的不同立场：在鲁迅这样的坚守"下者、幼者、弱者本位"的具有反叛性的教授看来，这是校长压迫学生，鲁迅说得更为严重，这是"在杯酒间"谋害学生；而那些坚持"上者、长者、精英本位"立场，以维护秩序为己任的教授们看来，这是学生捣乱，是群众对校长进行专制。在对待学生，校长，以及校长背后的政府当局的不同态度就造成了北大的两类教授之间的分歧与分化。在某种意义上，这是正常的，学生运动一旦

---

[1] 但胡适本人却没有参加这场论战，并且曾一度试图对双方进行调解。他写信给鲁迅、周作人和陈源，说自己"不愿评论此事的是非曲直"，只是"深深地感觉到你们的笔战里双方都含有一点不容忍的态度，所以不知不觉地影响了不少少年朋友，暗示他们朝着冷酷、不容忍的方向走！这是最可惋惜的"，他因此希望双方停止论战。信见《胡适书信集》上册，374—375 页，北京大学出版社，1996 年版。

[2] 西滢：《闲话》，载《现代评论》2 卷 40 期，1925 年 9 月 12 日出版。

发生,学校的老师就会有不同的态度。

　　如果仅是意见与态度不同,后来的争论或许不会发展到那样严重的程度。问题的复杂性在于,陈源尽管自己明显地站在校方这一边,已经对学潮中的是非作出了明确的判断,不但指责学生"不像样子",而且呼吁当局"整顿"学校,"万不可再敷衍姑息下去",但却要作出毫不偏袒的公允姿态,宣称"女师大风潮,究竟学生是对的还是错的","我们没有调查详细的事实,无从知道"。同时,又把责任推给"某籍某系的人""暗中挑剔风潮",并指责他们"未免过于偏袒一方,不大公允",却又不明说,而是"听说……可是……未免……可惜……还是……但是……",文字极尽曲折之能事。这大概是出乎鲁迅意料之外的,却激起了鲁迅反击的激情。这种激情来自于鲁迅发现自己面对的可能不是陈源这样具体的一个人,而是一个代表,一种典型。径直说,鲁迅觉得陈源可以进入他的杂文了。鲁迅后来谈到他的杂文的特点是:"论时事不留面子,砭锢弊常取类型",又说"盖取类型者,于坏处,恰如病理学上的图,假如是疮疽,则这图便是一切某疮某疽的标本"。[1]在他看来,陈源是一个很好的标本,是可以借此来解剖中国知识分子某一个侧面,或者某一类知识分子的一些特点的。鲁迅给自己规定的任务就不是对某一个人(例如陈源)作出全面评价,而是将其一时一地(例如在女师大风潮中)的言行,作为一种类型现象来加以剖析。他所采取的方法是"攻其一点,不及其余",只抓住其有普遍意义的某一点,而有意排除了为这一点所不能包容的某个人的其他个别性、特殊性。如陈源,按今天的认识,他确实也有很多可取之处,即使他的《闲话》也留下了不少有价值的思想资源;后来鲁迅在写《新文学大系·小说二集·序言》时,不是以杂文家身份,而是以学者的身份来说话,对"现代评论派"的文学,包括陈源夫人凌淑华的小说,都给予了充分的评价。而现在,鲁迅关注的是陈源在女师大风潮、五卅运动、三·一八惨案中的具体表现中所显示出来的倾向性,如瞿秋白所说,这时候陈源的姓名,"在鲁迅

---

[1]《〈伪自由书〉前记》,《鲁迅全集》5卷,4页。

的杂感里,简直可以当作普通名词读"[1],并不是对他个人的"盖棺论定",至多只是针对具体论争中的是非作出判断。鲁迅后来说他的这些杂文里,"没有私敌,只有公仇",正是强调这一点。但鲁迅的"战法"又是很有特点的,正像一位研究者所说,鲁迅总是"直接借用对方文章中一些'关键词',抓住不放,大作文章,显得十分坦然,又往往击中要害"[2],并借此把问题的揭示引向深入。下面,我们就想通过这些关键词语的分析,来看看鲁迅发现与剖析的是怎样的一种知识分子类型。

首先我们看,鲁迅怎样为这类知识分子"命名",这可以说是鲁迅论战的基本方法,有点像绍兴师爷喜欢给对方起绰号,绰号一取,一辈子都逃不了。鲁迅对于"现代评论派"有两个命名,首先是"特殊知识阶级"。这倒不是鲁迅的发明,而是他们自己说的。1925 年,段祺瑞政府召开"善后会议",准备成立国民会议,胡适这批教授对此表现了极大的热情。有些英美留学生还专门组织了"国外大学生毕业参加国民会议同志会",向善后会议提请愿书,声称"国民代表会议之最大任务为规定中华民国宪法,留学生为一特殊知识阶级,无庸讳言,其应参加此项会议,多多益善"。《现代评论》1 卷 2 期也发表了一篇题为《我们所要的一个善后会议》的文章,说在当前中国政治上有三大势力:军阀,有兵权;政治家,有政治势力;尤其不可忽视的是"在社会具有一种精神的势力,而常为一切政治运动社会运动的指导者之智识阶级",因此,善后会议必须有"智识阶级的领袖"参加,这些"物望所归之中坚人物"将以其"政治上之实力与人格上之权威"在中国政治中发挥指导作用。[3]正像后来鲁迅所批评的,这班从外国留学回来的大学教授"以为中国没有他们就要灭亡的",[4]仿佛他们留过学,就应该享有一种特殊的权力。徐志摩就在一篇题为《汉姆雷德与留学生》的文章中说:"我们是去过大英国,莎士比亚是英

[1] 瞿秋白:《鲁迅杂感选集·序言》,《鲁迅杂感选集》,12 页,青光书局,1933 年版。
[2] 参看阎晶明:《无所顾忌的作家与教授——我看鲁迅与陈西滢的笔墨官司》,载《鲁迅研究月刊》1999 年 7 期。
[3] 周鲠生:《我们所要的一个善后会议》,载《现代评论》1 卷 2 期,1924 年 12 月 20 日出版。
[4] 《关于知识阶级》,《鲁迅全集》8 卷,193 页。

鲁迅给这些"现代评论派"的教授的另一个命名,叫做"正人君子",有时也称之为"文人学士"。鲁迅在新绅士的躯壳里看到了旧道学家的鬼魂。于是又开始了伟大的灵魂的拷问,当然,也在同时拷问着自己。

国人,他写英文的,我们懂英文的,在学堂里研究过他的戏","你们没到过外国看不完全原文的当然不配插嘴,你们就配扁着耳朵悉心的听。……没有我们是不成的,信不信?"[1]这样强烈的知识权力意识与因背靠着外国势力而产生的精神优越感,自然会引起鲁迅的强烈反感。或许更为重要的是其背后的分歧:这班留学英美的教授的自我定位是现代中国的设计者、指导者和中坚力量;而他们的现代中国的设想又是很简单的,就是把英美的东西全盘搬过来。而鲁迅恰好要对这样的"现代中国的设计者和指导者"提出质疑,鲁迅始终抓住"特殊的知识阶级"不放,这可能是更为内在的原因。

鲁迅给这些"现代评论派"的教授的另一个命名,叫做"正人君子",有时也称之为"文人学士"。根据计算机的统计,"正人君子"的概念在鲁迅著作里出现了 59 次,"文人学士"概念出现 29 次,都是相当频繁的。"正人君子"是中国传统知识分子的称谓,是和"小人"相对立的,指的是那些自认有学问,有道德的,而且又是在政治权力周围的知识分子,既是道德家,学问家,同时又与统治阶级有一种依附关系。在鲁迅看来,"现代评论派"的这些教授一方面是"特殊知识阶级",以受西方教育为资本,以在中国实现西方式的现代化为理想,骨子里又是中国传统的"正人君子"。鲁迅通过这样两个命名,发现受西方思想影响的所谓中国的新派知识分子,和传统知识分子精神上的内在联系。他再一次发现了"旧"在"新"中的复活,或者说,在新绅士的躯壳里看到了旧道学家的鬼魂。鲁迅于是又开始了伟大的灵魂的拷问,当然,也在同时拷问着自己。这就是说,鲁迅在与现代评论派的论战中,并不着眼于对陈源们所提出的英美自由主义理念本身的批判,而更关注于他们的自由主义理念运用到中国的现实中——例如在中国教育当局与学生的对抗中,他们所持的态度,实际所发生的作用,以及由此而暴露出他们灵魂深处的一些东西。

---

[1] 徐志摩:《汉姆雷德与留学生》,载 1925 年 10 月 26 日《晨报副刊》。

自由主义知识分子以公理和正义的化身、代表自居,以道德的崇高性自炫,这本身就透露出浓厚的中国传统假道学的气息。鲁迅这样的精神界战士从来都是这些假道学家的天敌。

三

鲁迅的方法依然是抓"关键词语"。

首先是"公理",在鲁迅杂文中,先后出现了 47 次。

鲁迅说——

> 公理和正义,都被正人君子夺去了,所以我已经一无所有。[1]

> ……所谓学者,文士,正人,君子等等,据说都是讲公话,谈公理,而且深不以"党同伐异"为然的。可惜我和他们太不同了,所以也就被他们伐了一下,——但这自然是为"公理"之故。[2]

这批自由主义知识分子将西方理念赋予"公理"的价值,即绝对真理性的东西,具有不可置疑性;并以此为标准,凡不符合公理——自由主义理念的东西,都加以讨伐。他们以公理和正义的化身、代表自居,以道德的崇高性自炫,这本身就透露出浓厚的中国传统假道学的气息。那些道学家们就是以真理与道德的垄断者的身份轻易地审判别人,"以理杀人"的。鲁迅这样的精神界战士从来都是这些假道学家的天敌。他现在遇到的不过是"老谱新用"罢了。而对这些新老假道学是无理可讲的。惟一的办法就是将道貌岸然的"言"与其"行"相对照,以显出原形。

比如这批自由主义绅士,讲的最多的是"保护少数"。这确是自由主义基本理念,陈源们支持杨荫榆,据说就是因为杨荫榆是"群众专制"的牺牲品,他们要保护杨荫榆校长这个"少数"。如果就将此理念坚持到底,也不失为一种立场,一种选择。但是后来教育总长章士钊利用权力,下命令解散女师大,且派警察、流氓把不服从的学生强拉出学校,并另外挂一牌子,叫"女子大

---

[1]《而已集·辞"大义"》,《鲁迅全集》3 卷,62 页。
[2]《〈华盖集〉题记》,《鲁迅全集》3 卷,4 页。

学"，在他们的威逼下，女师大学生分化了，大部分学生回到了女子大学，少数学生被赶走了，这些学生成立了女师大校务维持会，要求回到原来的校址。这时绅士们又出来说话了。陈源说，闹了半天女师大只有 20 人，而这边有 180 人，"难道女师大校务维持会招了几个新生也去恢复吗？"[1]这又举起了"少数服从多数"的旗帜。鲁迅当然抓住不放，写了一篇《这回是"多数"的把戏》，进行尖锐的揭露——

> 可惜正如"公理"的忽隐忽现一样，"少数"的时价也四季不同的。杨荫榆时候，多数不该"压迫"少数，现在是少数应该服从多数了。

鲁迅进一步质问——

> "要是"帝国主义者抢去了中国大部分，只剩了一二省，我们便怎样？别的都归了强国了，少数的土地，还要维持么？！[2]

这是抓住了要害的：此时此地"正人君子"鼓吹"少数服从多数"的强权逻辑，与彼时彼地用"保护少数"来为权势者（杨荫榆）辩护，其本质不变，他们并没有真正信奉和坚持自由主义理念，不过是玩把戏而已。

还有"宽容"、"公允"，这大概也是自由主义的"公理"。陈源们不是早就据此给鲁迅等支持学生的教授横加"不宽容，不公允"的罪名么？但当杨荫榆在章士钊政府的支持下很不宽容地对学生一再施加暴力时，却不见这些讲宽容的教授为学生说一句话。但等到女师大要恢复原校时，这些教授又组织了个"教育界公理维持会"，并在宣言书里说："而于该校附和暴徒，自堕人格之教职员，即不能投畀豺虎，也宜屏诸席外，弗与为伍。"这般杀气腾腾，简直欲置对方于死地，再没有半点"宽容"了。鲁迅立即写了《"公理"的把戏》，指

---

[1] 西滢：《闲话》，载《现代评论》3 卷 55 期，1925 年 12 月 26 日出版。
[2]《华盖集·这回是"多数"的把戏》，《鲁迅全集》3 卷，174 页。

出："他们之所谓'暴徒'，盖即刘百昭（时为教育部专门教育司司长——引者注）之所谓'土匪'，官僚名流口吻如一"，"'投虎''割席'，'名流'之熏灼之状，竟至于斯"，虽"自诩是'所有批评都本于学理和事实，绝不肆口嫚骂'，而忘却了自己曾称女师大为'臭茅厕'，并且署名于要将人'投畀豺虎'的信尾"，[1]不仅是漫骂，已经是恫吓了。可见高谈"宽容"、"学理"、"事实"，依然是掩饰自己真实立场的"把戏"。

还有"流言"。所谓"流言"就是传播谣言，捏造事实，横加罪名。鲁迅说："我一生中，给我最大损害的并非书贾，并非兵匪，更不是旗帜鲜明的小人，乃是所谓'流言'。"[2]所以鲁迅杂文中，"流言"这一关键词就出现了 60 次。这大概是中国的"特殊知识阶级"的特殊产品，鲁迅说他们都是"伶俐人"，因而散布"流言"也格外有特色，或者说特别有创造性吧。

比如，明明是自己散布流言，偏偏说是"听说"的，即所谓"暗地里"散布。鲁迅讽刺说："某种流言，大抵是奔凑到某种耳朵，写出在某种笔下的"[3]。流言的制造者也就因此而"隐身"："这种'流言'，造的是一个人还是多数人？姓甚，名谁？"就再也"查不出"了。[4]鲁迅说这是"放冷箭"："有人受伤，而不知这箭从什么地方射出"。[5]这也是"无物之阵"。[6]

更加令人目瞪口呆的是，当你正在四处寻找流言出自谁之手时，又一个流言出来了："听说"这流言就是你自己散布的："自造自己的'流言'，这真是自己掘坑埋自己，不说聪明人，便是傻子也想不通。"对这类事，鲁迅说："（到）'刑名师爷'的笔下就简括到只有两个字：'反噬'。"[7]

流言还有个特点，它是"流"的，因此，在制造另外一人的流言时，也会把你莫名其妙地"流"进去。比如陈源那封著名的《闲话的闲话之闲话引出来的

[1]《华盖集·"公理"的把戏》，《鲁迅全集》3 卷，165 页，167 页。

[2]《华盖集·并非闲话（三）》，《鲁迅全集》3 卷，151 页。

[3]《华盖集·并非闲话》，《鲁迅全集》3 卷，77 页。

[4]《华盖集·并非闲话（三）》，《鲁迅全集》3 卷，151 页。

[5]《华盖集续编·无花的蔷薇》，《鲁迅全集》3 卷，155—156 页。

[6] 参看鲁迅：《野草·这样的战士》，《鲁迅全集》2 卷，214—215 页。

[7]《华盖集续编·不是信》，《鲁迅全集》3 卷，222 页。

几封信》，就是因与周作人论辩而"流"及鲁迅，大谈"先生兄弟两位"捏造事实，传布流言云云，这样"因为亲属关系而灭族"，鲁迅说，正和"文字狱株连一般"。[1]

可以看出，构成"流言"特点的"放冷箭"、"反噬"，以及"株连术"之类，都是中国传统的"老谱袭用"，现代"正人君子"用得如此得心应手，原也不奇怪。不过，因为同时又是"特殊知识阶级"，用起来也得有些"现代"特色，于是就充分利用现代媒体来传播流言。而现代媒体的弊端之一就是喜欢炒作流言，一直到今天都是如此。流言借助于媒体广泛流传，当事人却无从辩驳，而且如鲁迅说："无论是谁，只要站在'辩诬'的地位的，无论辩白与否，都已经是屈辱。"[2]在当事人沉默的情况下，流言就非常能够迷惑人，并且很容易成为人们饭余茶后的谈资——不仅"正人君子"津津乐道于流言，小市民（他们是现代媒体的主要对象）更是乐此不疲，尤其喜欢谈论有关名人的流言。作为一个知识分子，既被污水泼身，却无权、无力洗刷，由此造成的精神伤害，是非亲历者所绝难想像的，尤其是鲁迅这样的敏感的知识分子，其伤害更是深入骨髓的。而且流言重复多次，就仿佛真成了事实，鲁迅说："一遇流言，便连自己也仿佛觉得真是犯了罪，怕遇见人们的眼睛，"[3]这样的自我怀疑是可怕的。

而流言制造者并不满足于仅仅泼点污水，它更是讲给统治者听的，这才是要害所在。所以"三·一八"惨案发生以后，鲁迅立即尖锐地指出："去年，为'整顿学风'计，大传播学风怎样不良的流言，学匪怎样可恶的流言，居然很奏了效"。[4]流言是为统治者镇压异己者制造舆论的。鲁迅对流言及流言制造者的愤怒，也正源于此。

通过"正人君子"、"公理"、"公允"、"流言"等关键词的剖析，对这样一批中国的"特殊知识阶级"，鲁迅作了这样一个概括——

---

[1]《华盖集续编·不是信》，《鲁迅全集》3卷，222页。

[2]《华盖集·忽然想到·十》，《鲁迅全集》3卷，88页。

[3]《朝花夕拾·琐记》，《鲁迅全集》2卷，292页。

[4]《华盖集续编·可惨与可笑》，《鲁迅全集》3卷，269页。

用了公理正义的美名，正人君子的徽号，温良敦厚的假脸，流言公论的武器，吞吐曲折的文字，行私利己，使无刀无笔的弱者不得喘息。[1]

鲁迅据此而进一步挖掘这些特殊知识阶级的灵魂，于是，又有了重要的发现。

首先是"官魂"。

鲁迅揭露，虽然正人君子们标榜独立，其实是依附官方的：从一开始就呼吁"教育当局"严厉"整顿"，"万不可敷衍姑息"；当"士钊秘书长运筹帷幄，假公济私，谋杀学生，通缉异己之际，'正人君子'时而相帮讥笑着被缉诸人的逃亡，时而'孤桐先生''孤桐先生'叫得热辣辣地"，[2]直到将不同意见者横加"学匪"、"土匪"、"学棍"的罪名，如鲁迅所说，这就是"行官势，摆官腔，打官话"，"那灵魂就在做官"。鲁迅进一步追问，这样一些特殊知识阶级，在中国这种专制体制下，到底扮演一个什么角色？鲁迅说："人被压迫了，为什么不斗争？正人君子者流深怕这一着，于是大骂'偏激'之可恶。"[3]并且一语点破：这些文人学者，其实就是俄国小说中"教人安本分的老婆子"，[4]在中国统治结构中起到了"带头羊"的作用：戴着"智识阶级的徽章"，"领了群众稳妥平静地走去，直到他们应该走到的所在"，也即任受宰割的死亡之路。[5]

其次是"做戏的虚无党"。

首先是"虚无"，什么也不相信。鲁迅提了一个不容回避的尖锐问题：这些中国"特殊的知识阶级"，搬来了西方自由主义理论，口口声声"公理"、"公允"、"宽容"、"保护少数"、"学理"、"事实"，他们"是'信'而'从'呢，还是'怕'和'利用'？"答案是清楚的：只要看他们怎样"言行不符，名实不副，前后矛盾"，"只要看他们的善于变化，毫无特操，是什么也不信从的"。[6]"无特操"

[1]《华盖集续编·我还不能"带住"》，《鲁迅全集》3卷，244页。

[2]《华盖集续编·再来一次》，《鲁迅全集》3卷，299页。

[3]《三闲集·文艺与革命》，《鲁迅全集》3卷，83页。

[4]《华盖集续编·记谈话》，《鲁迅全集》3卷，375页。

[5]《华盖集续编·一点比喻》，《鲁迅全集》3卷，217页。

[6]《华盖集·十四年的"读经"》、《华盖集续编·马上支日记》，《鲁迅全集》3卷，128页，328页。

他从这些完全受到西方教育的新的知识分子，自认为现代中国设计者、指导者的知识分子身上，又发现了"伪士"衣钵的继承，而且这些现代"伪士"比当年的伪士更为可怕：于是鲁迅再一次面对着历史的循环，而且是恶性的循环。

本是许多知识分子的一个根本的弱点，中国古代知识分子中就有不少这样的"无特操"者，现在鲁迅面对这些现代"正人君子"的种种表现，就不能不有"故鬼重来"之感。

既然什么也不信，并无真信仰，为什么还要这么说呢？只有一个解释：做戏而已。鲁迅说："什么保存国故，什么振兴道德，什么维持公理，什么整顿学风……心里可真是这样想？一做戏，则前台的架子，总与后台的面目不相同。但看客们明知是戏，只要做得像，也依然能够为它悲喜，于是这出戏就做下去了；有谁来揭穿的，他们反以为扫兴。"[1]可以想见，鲁迅在这些"特殊知识阶级"身上，发现了"做戏的虚无党"的鬼魂的时候，他的心情是沉重的。本世纪初，他就提出过"伪士当去"的召唤，当时，他所谓的"伪士"，主要是中国现代知识分子的前身——半新半旧的维新派人士；而现在，他从这些完全受到西方教育的新的知识分子，自认为现代中国设计者、指导者的知识分子身上，又发现了"伪士"衣钵的继承，而且这些现代"伪士"比当年的伪士更为可怕：于是鲁迅再一次面对着历史的循环，而且是恶性的循环。

问题的严重性更在于，正是这些现代伪士在支配着中国教育界、舆论界，拥有着话语的霸权，对"无刀无笔的弱者"实行精神的压迫，而这种精神压迫又最终将导致政治的压迫，使得他们"不得喘息"。鲁迅因此而意识到，他与这些"特殊知识阶级"的论争，就绝不是个人之间的事：他站在"无刀无笔的弱者"一边，感受着他们受到压迫却不得说话的痛苦。他说："我还有笔"，就一定要用这支笔揭穿骗人的谎言，说出自己所看到的真相。因此，当陈源的朋友高喊"带住"时，鲁迅这样回答——

我自己也知道，在中国，我的笔要算较为尖刻的，说话有时也不留情面。但我又知道人们怎样用了公理和正义的美名，正人君子的徽号，温良纯厚的假脸，流言公论的武器，吞吞吐吐曲折的文字，行私利己，使

[1]《华盖集续编·马上支日记》，《鲁迅全集》3卷，327页。

鲁迅反复强调一点就是"真"。他对知识分子只有一个要求,就是"赤条条的站出来,说几句真话,露出真价值来"。鲁迅在评价知识分子的时候,关注的是真和假;只要你是真的,即使观点和我不一样,我仍然是尊重你的。

> 无刀无笔的弱者不得喘息。倘使我没有这笔,也就是被欺侮到赴诉无门的一个;我觉悟了,所以要常用,尤其是用于使麒麟下露出马脚。……只要谁露出真价值来,即使只值半文,我决不敢轻薄半句。但是,想用了串戏的方法来哄骗,那是不行的;我知道的,不和你们来敷衍。
>
> ……只要不再串戏,不再摆臭架子,忘却了你们的教授的头衔,且不做指导青年的前辈,将你们的"公理"的旗插到"粪车"上去,将你们的绅士衣裳抛到"臭茅厕"里去,除下假面具,赤条条地站出来说几句真话就够了。[1]

这是典型的鲁迅之风。每读到这样的文字,都会感受到一种气势,一股浩然之气、凛然之气、真率之气,而且很痛快:终于有人为无刀无笔的弱者说话了!

鲁迅反复强调一点就是"真"。他对知识分子只有一个要求,就是"赤条条的站出来,说几句真话,露出真价值来"。我们可以设想,如果一开始,陈源和他的朋友就公开地表里如一地支持杨荫榆,鲁迅当然也会反对,但不会这么死抓不放。而一旦陈源们要掩饰自己的真实立场,不说出真话,并摆出正人君子的架子,鲁迅就必要作出强烈的反应。鲁迅在评价知识分子的时候,关注的是真和假;只要你是真的,即使观点和我不一样,我仍然是尊重你的。鲁迅写过一篇文章叫《十四年的"读经"》,就谈到"诚心诚意主张读经",尽管观点显得迂腐,却"绝无钻营,取巧,献媚的手段",也"一定不会阔气",鲁迅称之为"笨牛"——这自然含有贬义,但也未尝不含有某种欣赏之意,因为真诚地坚守自己真信仰的东西,即使愚笨也笨得可爱。而鲁迅所要批判的正人君子并不是真读经,"是明知道读经不足以救国的,也不希望人们都读成他自己那样的","'读经'不过是这一回要把戏偶而用到的工具",[2]鲁迅就绝不与之敷衍,非要周旋到底了。

[1]《华盖集续编·我还不能"带住"》,《鲁迅全集》3卷,244页。
[2]《华盖集·十四年的"读经"》,《鲁迅全集》3卷,128页,129页。

鲁迅不以自己的价值观作为评价知识分子的标准，最根本的原因还
在于，和这些以指导者自居的"特殊知识阶级"不同，他公开承认："我
还没有寻到公理或正义"。

四

鲁迅不以自己的价值观作为评价知识分子的标准，最根本的原因还在
于，和这些以指导者自居的"特殊知识阶级"不同，他公开承认："我还没有寻
到公理或正义"。后来他回顾这场论战时一再强调，"不过意见和利害，彼此
不同，又适值在狭路上遇见，挥了几拳而已"，并不是因为自己掌握了"公
理"，他说："我就不挂什么'公理正义'，什么'批评'的金字招牌"。[1]因此，他
说陈源们"只要露出真价值来，即使只值半文，我决不轻薄半句"，这是绝对
真诚的。他还说他的原则是：绝不主动挑战，除非你先以"秽物掷人"，"我可
要照样的掷过去"，"但对于没有这样举动的人，我却不肯首先动手"；而所谓
"掷过去"，所谓"以眼还眼，以牙还牙"，也是"以文字为限，'捏造事实'和'散
布流言'的鬼蜮的长技，自信至今还不屑为"。鲁迅说，"在马弁的眼里"我自
然是"土匪"，"然而'盗亦有道'的"。[2]

更重要的是，鲁迅在无情地解剖别人，拷问"正人君子"的灵魂时，他更
在无情地解剖自己。或者说，对陈源们来说，论战无非是打打笔墨官司，打完
了，不管打输打赢就算完了；只是这一次他们遇到了强有力的对手，在鲁迅
不依不饶的韧性战斗之前，显得有几分被动，几分狼狈而已。而在鲁迅这里，
却引起了巨大的情感波澜，精神的痛苦熬煎：所有外在的黑暗全部转化为内
心的黑暗，所有外在的反抗也都转化为内心的挣扎。

于是，我们注意到，1925年12月31日晚，鲁迅在编完《华盖集》（那里收
入了大量的与现代评论派论战的文章）以后，写了这样一篇"题记"——

> 在一年的尽头的深夜中，整理了这一年所写的杂感，竟比收在《热
> 风》里的整四年中所写的还要多。意见大部分还是那样，而态度却没有
> 那么质直了，措辞也时常弯弯曲曲，议论又往往执滞在几件小事情上，

---

[1]《集外集拾遗补编·新的世故》，《鲁迅全集》8卷，152页。
[2]《华盖集续编·学界的三魂"附记"》，《鲁迅全集》3卷，209页。

正是与陈源们的论战，迫使鲁迅紧张地思考在中国现实的时空下
自己的定位，生命价值与命运所在。更通俗地说，就是"我是谁？我
在哪里？我将拥有怎样的灵魂与命运"？

> 很足以贻笑于大方之家。然而那又有什么法子呢。我今年偏遇到这些小
> 事情，而偏有执滞于小事情的脾气。
>
> 我知道伟大的人物能洞见三世，观照一切，历大苦恼，尝大欢喜，发
> 大慈悲。但我又知道这必须深入山林，坐古树下，静观默想，得天眼通，
> 离人间愈远遥，而知人间也愈深，愈广；于是凡有言说，也愈高，愈大；于
> 是而为天人师。我幼时虽曾梦想飞空，但至今还在地上，救小创伤尚且
> 不及，那有余暇使心开意豁，立论都公允妥洽，平正通达，像"正人君子"
> 一般；正如沾水小蜂，只在泥土上爬来爬去，万不敢比附洋楼中的通人，
> 但也自有悲苦愤激，决非洋楼中的通人所能领会。
>
> …………
>
> 现在是一年的尽头的深夜，深得这夜将尽了，我的生命，至少是一
> 部分的生命，已经耗费在写这些无聊的东西中，而我所获得的，乃是我
> 自己的灵魂的荒凉和粗糙。但是我并不惧惮这些，也不想遮盖这些，而
> 且实在有些爱他们了，因为这是我转辗而生活于风沙中的瘢痕。凡有自
> 己也觉得在风沙中转辗而生活着的，会知道这意思。
>
> 一九二五年十二月三十一日之夜，记于绿林书屋东壁下。[1]

"在一年的尽头的深夜"里，鲁迅对流逝的生命与自我灵魂的凝视，是十
分动人的。

我们看到，正是这一年与陈源们的论战，迫使鲁迅紧张地思考在中国现
实的时空下自己的定位，生命价值与命运所在。更通俗地说，就是"我是谁？
我在哪里？我将拥有怎样的灵魂与命运"？这正是 1925 年最末一日的这个深
夜里——鲁迅后来写过一篇《夜颂》，说"人的言行，在白天和深夜，在日下和在
灯前，常常显得两样。夜是造化所织的幽玄的天衣，普覆一切人，使他们温暖，

---

[1]《华盖集·题记》，《鲁迅全集》3 卷，3—5 页。

这里鲁迅对正人君子、通人与学者文士的拒绝，是意味深长，意义重大的。这首先意味着他深刻地意识到，自己是那些作为知识的压迫者与政治压迫的合谋与附庸的"特殊知识阶级"的异类。

安心，不知不觉的自己渐渐脱去人造的面具和衣裳，赤条条地裹在这无边际的黑絮似的大块里"[1]——鲁迅面对"赤条条"的自我时，所要进行的拷问。

于是，就有了一系列对立的概念。

我是谁？——我不是"正人君子"，"通人"，"学者"，"文士"，更不是"伟大的人物"，"天人师"；我是"常人"，"俗人"。

我在哪里？——我不在"山林"、"古树"下，也不"飞空"，我至今还在"地上"。我不"远离人间"，还"活在人间"。我不在"洋楼"中，只在"泥土"里爬来爬去。我不进"艺术之宫"，只愿站在"沙漠"上。

我有什么命运？——我不会"成佛作祖"，但是我确被华盖"罩住"，只好"碰钉子"。

我将拥有什么？——我无法历"大苦恼"，尝"大欢喜"，发"大慈悲"，但也自有"悲苦愤激"，而且有自己灵魂的"荒凉和粗糙"。[2]

这里鲁迅对正人君子、通人与学者文士的拒绝，是意味深长，意义重大的。这首先意味着他深刻地意识到，自己是那些作为知识的压迫者与政治压迫的合谋与附庸的"特殊知识阶级"的异类。他对这些现代"伪士"，竟然有一种生理上的厌恶，他说："丑态而蒙着公正的皮，这才催人呕吐。"[3]他甚至不无恶意地要故意捣乱，反其道而行之，以自己的存在来打破他们的一统天下。他一再地声称——

---

[1]《准风月谈·夜颂》，《鲁迅全集》5卷，193页。

[2]《华盖集·题记》，《鲁迅全集》3卷，3—5页。

[3]《华盖集·答 KS 君》，《鲁迅全集》3卷，111页。

这样的"偏要"的选择，在盛行中庸之道的中国知识分子中是少见的；这样的自觉意识并始终坚持的"异己"感，在喜欢认同，恐惧不被承认的中国知识分子中，也是少见的，但这也正是鲁迅之为鲁迅。

> （我）不想和谁去争夺公理或正义。你要那样，我偏要这样是有的；偏不遵命，偏不磕头是有的；偏要在庄严高尚的假面上拨它一拨也是有的，此外却毫无什么大举。[1]

> （我）愿使偏爱我的文字的主顾得到一点喜欢；憎恶我的文字的东西得到一点呕吐，——我自己知道，我并不大度，那些东西因我的文字而呕吐，我也很高兴的。

> （我）就是偏要使所谓正人君子也者之流不舒服几天，所以自己便特地留几片铁甲在身上，站着，给他们的世界多有一点缺陷，到我自己厌倦了，要脱掉了的时候为止。[2]

　　这样的"偏要"的选择，在盛行中庸之道的中国知识分子中是少见的；这样的自觉意识并始终坚持的"异己"感，在喜欢认同，恐惧不被承认的中国知识分子中，也是少见的，但这也正是鲁迅之为鲁迅。

　　也许更值得注意的是，鲁迅对"艺术之宫"里的，也即学院体制内的"学者"身份的警觉与拒绝。鲁迅当然知道学院体制内的"学者"和前面所说的"特殊知识阶级"并不是完全等同的概念，但他对之同样有着深刻的疑惧。据鲁迅说，在1925年，他曾多次被封为"学者"。年初，当他主张中国青年"要少——或者竟不——看中国书，多看外国书"时，[3]就有人出来说话了，以为"素称学者的鲁迅"不应该如此。后来鲁迅和章士钊论战，特别是章士钊非法取消他的金事职务，鲁迅向法院上告时，又有论客出来指责鲁迅"确是气量狭窄，没有学者的态度"。陈源们为了显示自己的"公允"，也多次称鲁迅为"学者"、"文学家"。不是说鲁迅"多疑"吗？鲁迅真的就警觉起来：为什么人们总希望、要求我做学者呢？还有"学者的态度、气量"，又是什么呢？鲁迅终

---

[1]《华盖集续编·小引》，《鲁迅全集》3卷，183页。

[2]《写在〈坟〉后面》，《鲁迅全集》1卷，283页，284页。

[3] 参看《华盖集·青年必读书》，《鲁迅全集》3卷，12页。

于醒悟：所谓"学者的态度、气量"就是要"做一个完人，即使敌手用了卑劣的流言和阴谋，也应该正襟危坐，毫无愤怨，默默地吃苦；或则戟指嚼舌，喷血而亡"，据说只有这样端起学者的架子，才能"顾全"自己的"人格"。[1]《现代评论》3卷66期还真的发表了一篇文章来讨论"绅士"的"架子"，据说"一个人生气到了应该发泄的时候，他不发泄"，"一个人失意或得意到了应该忘形的时候，而他不忘形"，这就是绅士风度。[2]这或许也算是一种涵养吧，但这一套对鲁迅是根本无用也无效的。他倒因此而明白：所谓学者的头衔、尊严，不过是"公设的巧计，是精神的枷锁，故意将你定为'与众不同'，又借此来束缚你的言动，使你于他们的老生活上失去危险性的"。[3]也就是说，在鲁迅看来，"学者"不仅是一个称号，更意味着一种规范，在学院的"艺术之宫"里是有许多"麻烦的禁令"的。[4]譬如说，"舆论是以为学者只应该拱手讲讲义的"，[5]如果你在"讲讲义"之外，还要做什么社会批评、文化批评，特别是在课堂上不死念讲义，还要即兴发挥，那你就会被指责不像学者。还有，学者是必须有涵养的，不能随便生气，即使别人打上门来，你也得像陈源们那样，"吞吞吐吐"，"笑吟吟"的。陈源宣布鲁迅的一条大罪状就是"要是有人侵犯了他一言半语，他就跳到半天空，骂得你体无完肤——还不肯罢休"，什么罪名呢？就是没有"学者风度"。[6]"不准生气，不准骂人，不准跳"，这大概都是学院里的禁令。这些规范、禁令，对身份的划定，其实都是学院体制化的产物。在鲁迅看来，这都构成了对人的个体生命自由的某种束缚，这是以"立人"、个体精神自由为终极追求的鲁迅所绝对不能接受的。他宣称——

---

[1]《华盖集·"碰壁"之余》，《鲁迅全集》3卷，119页。

[2] 西林：《"臭绅士"与"臭架子"》，载《现代评论》3卷66期，1926年3月13日出版。

[3]《华盖集·通讯》，《鲁迅全集》3卷，25页。

[4]《华盖集·题记》，《鲁迅全集》3卷，4页。

[5]《华盖集·通讯》，《鲁迅全集》3卷，26页。

[6]《西滢致志摩》，载1926年1月30日《晨报副刊》。转引自鲁迅：《华盖集续编·不是信》，《鲁迅全集》3卷，227页。

鲁迅恐惧于在实现学院体制化、学术和学者规范化的过程中,会落入"许多人"变成"一个人"、"许多话"变成"一番话",思想学术文化被高度地一体化的陷阱之中。他同时忧虑于人的生命本来应该有的野性的彻底丧失,这都关乎鲁迅的根本信念、理想。

我是大概以自己为主的。所谈的道理是"我以为"的道理,所记的情状是我所见的情状。

我的话倘会合于讲"公理"者的胃口,我不也成了"公理维持会"会员了么?我不也成了他,和其余的一切会员了么?我的话不就等于他们的话了么?许多人和许多话不就等于一个人和一番话了么?

公理是只有一个的。然而听说这早就被他们拿去了,所以我已经一无所有。[1]

鲁迅在这里表达的是一种恐惧感:恐惧于在实现学院体制化、学术和学者规范化的过程中,会落入"许多人"变成"一个人"、"许多话"变成"一番话",思想学术文化被高度地一体化的陷阱之中。这就会导致知识分子的独立个性,自由意志和创造活力的丧失。他同时忧虑于人的生命本来应该有的野性的彻底丧失,"尤其是青年,就都循规蹈矩,既不嚣张,也不浮动,一心向着'正路'前进",不过是走向死路而已。[2]这都关乎鲁迅的根本信念、理想,在追求生命的独立、自由与创造活力这些基本点上,鲁迅是绝对不能做任何让步的。他必然要做出这样的选择——

掷去了这种("学者"的)尊号,摇身一变,化为泼皮,相骂相打……[3]

我以为如果艺术之宫里有这么麻烦的禁令,倒不如不进去;还是站在沙漠上,看看飞沙走石,乐则大笑,悲则大叫,愤则大骂……[4]

这是一个自觉的自我放逐:把自己放逐于学院的体制之外,还原为一个独立的,自由的生命个体。这也就是鲁迅在《彷徨》题诗中所说——

[1]《华盖集续编·新的蔷薇》,《鲁迅全集》3卷,291—292页。
[2]《华盖集续编·一点比喻》,《鲁迅全集》3卷,218页。
[3]《华盖集·通讯》,《鲁迅全集》3卷,25页。
[4]《华盖集·题记》,《鲁迅全集》3卷,4页。

鲁迅当然明白他的这种自我放逐所要付出的代价，所以他说自己必定是"运交华盖"，被各式各样的，有形和无形的力量"罩住"，从权势者的压迫到无物之阵的包围，不断地碰壁，永远碰钉子，被"打得遍身粗糙，头破血流"。也许更为致命的，是要陷入无休止的论战之中。

　　寂寞新文苑，平安旧战场。

　　两间余一卒，荷戟独彷徨。[1]

　　鲁迅自己则将其定位为"孤独的精神的战士"。[2]他依然坚守住了20世纪初即已做出的选择。鲁迅当然明白他的这种自我放逐所要付出的代价，所以他说自己必定是"运交华盖"，被各式各样的，有形和无形的力量"罩住"，从权势者的压迫到无物之阵的包围，不断地碰壁，永远碰钉子，被"打得遍身粗糙，头破血流"。也许更为致命的，是要陷入无休止的论战之中，如鲁迅自己所说，"水战火战，日战夜战，敌手都消灭了，实在无聊"，[3]"一近漩涡，自然愈卷愈紧，……所得的是疲劳与可笑的胜利与无进步"。[4]与现代评论派的论争就是这样一场令人沮丧的论战：实在说，陈源和鲁迅不在一个水平线上，和不成为对手的对手论战是很无聊的——鲁迅终其一生（甚至包括他身后，甚至直至今日）也没有遇到真正的对手，这是他的一个悲剧。自己不会有多大进步却必须纠缠在里面，所以他说："我的生命，至少是一部分的生命，已经耗费在写这些无聊的东西中，而我所获得的，乃是我自己的灵魂的荒凉和粗糙"，心情是相当沉重的，同时袭来的是绵绵无尽的悲凉感。但是鲁迅说，他绝不后悔。这是一段很有名的话——

　　正人君子这回是可以审问我了："你知道苦了罢？你改悔不改悔？"大约也不但正人君子，凡对我有些好意的人，也要问的。……我可以即刻答复："一点不苦，一点不悔。而且倒是很有趣的。"[5]

这种回答是真正鲁迅式的。这也是鲁迅说的：我"时时抚摩自己的凝血，觉得

————

[1]《集外集·题〈彷徨〉》，《鲁迅全集》7卷，150页。

[2]《华盖集·这个与那个·二，捧与挖》，《鲁迅全集》3卷，140页。

[3]《书信·300222 致章廷谦》，《鲁迅全集》12卷，5页。

[4]《书信·300327 致章廷谦》，《鲁迅全集》12卷，9页。

[5]《而已集·通信》，《鲁迅全集》3卷，450页。

鲁迅提醒人们:对知识分子的自我反省与批判,绝对不能导致对知识和知识分子本身的否定:这是反思知识分子问题的一个必要前提。中国这样的落后国家是存在着反文化、反知识、反知识分子的土壤的。

若有花纹，也未必不及跟着中国的文士们去陪莎士比亚吃黄油面包之有趣"，我"实在有些爱"这"荒凉和粗糙"的灵魂，"因为这是我转辗而生活于风沙中的瘢痕。"[1]这确实是两种不同的生命价值:"陪莎士比亚吃黄油面包"的生命诚然舒适然而苍白，"辗转生活于风沙中"自然辛苦却充实而自由:北京大学的教授们终于分道扬镳。

五

以后，鲁迅对他自己的、以及知识分子的选择问题，还作了更加深入的思考。这里我要向大家介绍两篇非常重要的文章，一篇是1927年10月25日在上海劳动大学的演讲《关于知识阶级》(收《集外集拾遗补编》);一篇是1927年12月21日在上海暨南大学的演讲《文艺与政治的歧途》(收《集外集》)。在某种程度上，这两篇文章是鲁迅经历了和现代评论派的论争，经历了三·一八惨案、四·一二大屠杀等一系列事件之后，他关于知识分子问题的理论思考的总结。

先看《关于知识阶级》。他首先提出要警惕"打倒知识阶级"的思潮:"知识就仿佛是罪恶"，"再利害一点,甚至于要杀知识阶级了"。我们在前面已经讲过，鲁迅在《知识即罪恶》里就批判过这样的反智主义的思潮。鲁迅在这里正是提醒人们:对知识分子的自我反省与批判，绝对不能导致对知识和知识分子本身的否定:这是反思知识分子问题的一个必要前提。中国这样的落后国家是存在着反文化、反知识、反知识分子的土壤的。鲁迅的警戒自有很大意义。近半个世纪以后"文化大革命"中反智主义的大泛滥，对知识和知识分子的大摧残，正是证明了鲁迅思考的超前性。即使在今天，我们也总能从某些"高论"中，看到反智主义的幽灵。

但鲁迅更尖锐地批评了那些"以此(知识)自豪"、自炫的"为艺术而艺术"的知识分子。他说，"艺术家住在象牙塔中,固然比较地安全,但可惜还

---

[1]《华盖集·题记》，《鲁迅全集》3卷,4页,5页。

是安全不到底";真正安全的地方在中国只有一个,就是监狱,但那里没有自由。

鲁迅还谈到有的知识分子,他可能来自社会底层,但地位增高以后,"同时却把平民忘记了,变成一种特别的阶级。那时他们自以为了不得,到阔人家里去宴会,钱也多了,房子东西都要好的,终于与平民远远的离开了","不但不同情于平民或许还要压迫平民,以致变成了平民的敌人"。鲁迅谈到这样的由平民爬上来的"特别的阶级"时,是格外有一种痛切与感慨的。

鲁迅又顺便提到了"有一班从外国留学回来,自称知识阶级,以为中国没有他们就要灭亡的"文人学者,这当然指的是陈源他们,但鲁迅说,这"不在我所论之内",表示了极端的蔑视。

鲁迅于是提出了"真的知识阶级"的概念。它包括两个含义:首先,"他们与平民接近,或自身就是平民",他们"感受到平民的苦痛,当然能痛痛快快写出来为平民说话",也就是说,在国家权力结构中,他们绝不会"在指挥刀下听令行动",而是要"发表倾向民众的思想"。其次,他们坚守着自己的理想与信念,"对于社会永远不会满意的,所感受的永远是痛苦,所看到的永远是缺点",因而他们也就是永远的批判者,他们所要坚守的是自由的言说,"要是发表意见,就要想到什么就说什么",并且"是不顾利害的"。[1]不难看出,这实际上也是鲁迅的自我选择,更详细地说,这是鲁迅从学院知识分子群体中自我放逐(我们在前面已有分析)以后,所做的新的自我选择与定位。它构成了鲁迅最后十年的思想与行为的基本出发点,其意义自然是十分重大的。

鲁迅进一步考察了这样的"真的知识阶级"的历史命运。在另一篇《文艺与政治的歧途》的演讲里,鲁迅指出,文艺和革命,文艺家和革命政治家"原不是相反的,两者之间,倒有不安于现状的统一"。但革命成功以后,政治家就不再革命,反过来要求"维持现状"了,并且"把从前所反对那些人用过的老法子重新采用起来,在文艺家仍不免于不满意,又非被倾轧出去不可,或

---

[1]《关于知识阶级》,《鲁迅全集》8 卷,187 页,188 页,193 页,191 页,190 页。

是割掉他的头"。[1]鲁迅说,这样的文艺家,真的知识阶级"他们准备着将来的牺牲,社会也因为有了他们而热闹,不过他的本身——心身方面总是苦痛的"[2]:不仅要承受掌握权力的政治家的迫害,还要因为思想的超前而受苦。鲁迅说,文艺家"感觉灵敏",与大多数人"在思想上的感觉就得相差到三四十年",早感觉早说出来,说得太早,"连社会也反对他,也排轧他"[3]:孤独与寂寞就将是这类真的知识阶级的宿命——这自然说的也是鲁迅自己。

在《关于知识阶级》里,还提供了一个重要信息。鲁迅说:"比较新的思想运动起来时,如与社会无关,作为空谈,那是不要紧的,这也是专制时代所以能容知识阶级存在的原故,因为痛哭流泪与实际是没有关系的,只是思想运动变成实际的社会运动时,那就危险了。往往反为旧势力所扑灭。"[4]这里提出了一个思想运动要向实际的社会运动转化的问题。陈源这批自由主义知识分子,他们是根本否定社会运动的,因为在他们看来,社会运动就是暴民政治,是应该避免的。但鲁迅这样的知识分子,当他们强调自己平民立场,强调对现实的关注,批判,对黑暗权势的反抗,就几乎是必然地要走向社会反抗运动的。对于鲁迅自身而言,当他自我放逐,与学院知识分子决裂以后,也就必然面临着一个寻求新的社会力量,寻找新的存在方式,新的战斗方式的问题:下一个十年的鲁迅正孕育在这样的新的选择中。

但这里同时包含着鲁迅自己内在的矛盾。在前面我们讲过,鲁迅经过与现代评论派的论战,自觉地从学院高堂走向"沙漠",他要保持自己生命个体的独立与精神自由,就不能和任何一种力量联盟,但是,现在鲁迅又从他的彻底批判的平民立场出发,内在地要求着从思想运动转化为社会实际运动,就会产生新的矛盾。因为社会运动和思想运动同样有着不同的逻辑,当一个知识分子的活动仅仅限制在思想文化运动的范围,他是可以保持自己个体精神的相对独立与自由的,但一旦进入社会运动,他的独立与自由就要受到

[1]《文艺与政治的歧途》,《鲁迅全集》7卷,113页,118页。

[2]《关于知识阶级》,《鲁迅全集》8卷,191页。

[3]《文艺与政治的歧途》,《鲁迅全集》7卷,116页,117页。

[4]《关于知识阶级》,《鲁迅全集》8卷,191页。

> 鲁迅几乎在准备与新的社会实际运动结合的时候，就同时对社会运动本身进行冷静的审视与反思：他从不将任何理想、运动和社会势力理想化，在他看来，那不过是自欺欺人而已。

很大的限制，要作出种种妥协，甚至会被人利用，而且必然要和某种潜在的权力发生关系。我们在前一讲中说到了胡适所面对的走向权力中心与追求思想自由的矛盾，现在我们又看到了鲁迅在走向民间社会反抗运动时，也面对着如何坚守自己的思想的独立与自由的问题。而胡适对他所面对的矛盾未必有清醒的体认，但具有彻底的怀疑精神的鲁迅，几乎在准备与新的社会实际运动结合的时候，就同时对社会运动本身进行冷静的审视与反思：他从不将任何理想、运动和社会势力理想化，在他看来，那不过是自欺欺人而已。

　　于是，我们注意到就在和陈源论战的高潮中，鲁迅发表了一篇重要的文章：《学界三魂》（收《华盖集续编》）。所谓"学界三魂"，是指"官魂"，"匪魂"与"民魂"。上一节中我们说到，鲁迅发现了陈源这些自称社会指导者的特殊阶级骨子里隐藏着"官魂"，正是他们给鲁迅们横加上"学匪"的罪名。这倒引发了鲁迅对"匪魂"的思考。鲁迅对"匪"的态度则颇为复杂。面对陈源们的攻击，鲁迅针锋相对地回答：说我是"匪"，我就是"匪"，又怎么样呢？在《〈华盖集〉题记》里，他特别写明："记于绿林书屋东壁下"，自命为碰"壁"的"绿林"强盗，这是很有意思的。我想，鲁迅把反抗官府的绿林好汉引为同道的理由有三：一来自民间，二是反抗的，三多少有一些无拘无羁的野气。但鲁迅和"匪"的相通点大概也只有这些，不可夸大。鲁迅对来自民间的"匪"实际上是有警惕的。在五卅运动中有一个口号，叫做"到民间去"。鲁迅写文章说，我希望中国的大学生们真的到民间去，从此知道中国民间的真实情况究竟是怎样的，和你们在学校里想的是不是一个样子，而且要"将这经历牢牢记住"——鲁迅正是在提醒年轻一代，不要把民间理想化，要敢于面对真实的民间，"或许有若干人要（因此而）沉默，沉默而痛苦，然而新的生命就会在这痛苦的沉默里萌芽"。[1]鲁迅自己在 1925 年所写的一篇文章里，谈到中国老百姓中所"蕴蓄的怨愤"情绪。在鲁迅看来，这"自然是受强者的蹂躏所致"，

---

[1]《忽然想到·六》，《鲁迅全集》3 卷，94—95 页。

是应该给予充分的理解与同情的；但鲁迅同时清醒地看到，并且提醒人们注意，在中国，这样的民间怨愤之火，往往不是引向对"强者(的)反抗，而反在弱者身上发泄"，就好像阿Q受了气，不是反抗赵太爷、假洋鬼子，而是去欺负小尼姑一样。所以，鲁迅说，最后的结果是"兵和匪不相争，无枪的老百姓却并受兵匪之苦"。[1] 也是在这一时期，鲁迅多次提到了"愚民"的专制问题。他说："暴君的专制使人们变成冷嘲，愚民的专制使人们变成死相"，[2] 而"暴君治下的臣民，大抵比暴君更暴"，而且暴君的臣民有一种非常奇特的心理："只愿暴政暴在他人的头上，他却看着高兴，拿'残酷'做娱乐，拿'他人的苦'做赏玩，做慰安"，因此每有施暴的场面，总是有许多愚民在一旁充当"看客"，在鲁迅看来，"暴君治下的臣民的渴血的欲望"是十分可怕的。[3]

　　这就说到了《学界的三魂》里讲的"匪魂"。鲁迅引用一位学者的观点，指出"表面上看只是些土匪与强盗，其实是农民革命军"。而农民革命的本质是什么呢？无非是"任三五热心家将皇帝推倒，自己过皇帝瘾去"。借用项羽的话，就是"彼可取而代之也"。其实这就是所谓阿Q造反或阿Q式的改革：不是从根本上否定人奴役人的制度，而是用新的奴役代替原有的奴役。所以鲁迅说，如有人问："在中国最有大利的买卖是什么，我答道：'造反'"。应该说这是一个非常深刻的命题："造反"对某些人是一种投资，而投资是要有回报的，就是造反成功，当官做皇帝。所以在中国，所谓"官"与"匪"是相通的，"官"是今天的统治者，"匪"是明日的统治者。

　　值得注意的还有学术界中的匪魂：他们动辄批判别人，表面上很有杀伤力，但其实是鲁迅所说的李逵，不问青红皂白，抡板斧，排头砍去，只要和自己的意见不一样，甚至只有看得不顺眼，就砍杀过去。这就暴露了学界匪魂骨子里的官魂：具有同样的专制性。鲁迅经常讲张献忠的杀人："仿佛他是像'为艺术而艺术'的一样，专在'为杀人而杀人'了"，[4] 文坛、学界中的"张献

---

[1]《杂忆》，《鲁迅全集》1卷，225页。

[2]《忽然想到·五》，《鲁迅全集》3卷，43页。

[3]《随感录·六十五　暴君的臣民》，《鲁迅全集》1卷，366页。

[4]《晨凉漫记》，《鲁迅全集》5卷，235页。

鲁迅说："惟有民魂是值得宝贵的"，只有民魂发扬起来，中国才有真正的进步。"民魂"，就是"真的知识阶级"。这种真的知识阶级的一个特点是，他是自外于、独立于官匪之外的。

忠"也是一样地为骂而骂，只要骂得痛快就行，就如同匪的造反常常杀的不是皇帝而是老百姓，学界里的"匪魂"批判的也不是官而是自己的同类。有意思的是，官和匪在杀人的时候都打着"民"的旗号：官说自己是为民造福，匪说自己是为民造反，学界的匪宣布自己是人民的代言人等等。所以，鲁迅提醒我们，"貌似'民魂'的，有时却不免为'官魂'"。[1]我们也可以说："貌似'民魂'的，有时不免为'匪魂'。"

　　在官魂和匪魂之外确有民魂。鲁迅说："惟有民魂是值得宝贵的"，只有民魂发扬起来，中国才有真正的进步。鲁迅所说的"民魂"，按我的理解，就是前面我们说的"真的知识阶级"。这种真的知识阶级的一个特点是，他是自外于、独立于官匪之外的。按王富仁先生的说法，他是以一个公民的身份，一个社会普通成员的身份来说自己想说的话。[2]民魂不是官，他所说的话是没有法律效应的，别人不是非听他不可，也不是非照他办不可，他只是"姑妄说之"，别人也就"姑妄听之"，仅供参考而已。民魂他也不是匪，因此他说话是要负责任的，他是要人活，不是要人死的。民魂同样不是导师，不是国师，因此他并不要教训别人，指导别人，不承担"治国平天下"的"神圣使命"。民魂的惟一愿望就是说自己想说的话，他对社会的惟一要求就是能听他讲话，只要听就够了，就完了。因此，这样的民魂在"学界三魂"中是惟一背后没有权力的：官魂背后有政治权力，匪魂就是明天的官，他也有潜在的政治权力。因此，民魂是最独立的，同时也是最没有力量的，他也是最孤独的，最容易受到伤害的。鲁迅在重新思考、选择自己的位置的时候，他觉得不仅要和官魂划清界线，同时也要和匪魂划清界线。可能要到下一个阶段，到20世纪30年代，当鲁迅走向社会运动的时候，他的这些深谋远虑，才真正显示出意义。

[1]《学界的三魂》，《鲁迅全集》3卷，208页。

[2] 参看王富仁：《学界三魂》，收《21世纪：鲁迅和我们》，人民文学出版社，2001年版。

第八讲 《朝花夕拾》和《野草》

【2001 年 6 月 13 日、6 月 20 日讲】

前面一讲里，说到了在与现代评论派的论争中，鲁迅反观自身，提出了"我是谁？""我在哪里？""我将有怎样的命运？"这些根本性的问题。但在《华盖集》等杂文中对问题的思考与回答还是停留在社会现实的层面上。鲁迅当然不会限于此，他更加要从社会的现实层面深入到自己内心深处的追问。这就产生了同时期所写的《朝花夕拾》和《野草》。这大概是指 1924、1925 年到 1926、1927 年这一段时间，鲁迅的作品主要有杂文集《华盖集》、《华盖集续编》，散文集《朝花夕拾》，散文诗集《野草》，此外还有短篇小说集《彷徨》的后期作品，上次我们讲的《伤逝》、《孤独者》、《在酒楼上》都属于这个时期的著作。这四个部分其实是个有机的整体。这些年学术界比较重视《朝花夕拾》和《野草》的研究，而相对忽略了《华盖集》和《华盖集续编》，其实也会影响对《朝花夕拾》、《野草》的把握：或者将其过分抽象化，或者只注意与具体历史事件的联系，而未能从这一时期鲁迅的内心世界的整体上去把握《朝花夕拾》、《野草》与《华盖集》、《华盖集续编》的内在联系。我想我们今天还是应该把这四部著作统一起来看，把它看成一个有机的整体，或者可能比孤立地研究看出更多的一些东西。

我们先看《朝花夕拾》。或者可以从《朝花夕拾·小引》里这段话进入这部作品。

> 我常想在纷扰中寻出一点闲静来，然而委实不容易。目前是这么离奇，心里是这么芜杂。一个人做到只剩下回忆的时候，生涯大概总要算是无聊了罢，但有时竟会连回忆也没有。
>
> 我有一时，曾经屡次忆起儿时在故乡所吃的蔬果：菱角，罗汉豆，茭

白，香瓜。凡这些，都是极其鲜美可口的；都曾是使我思乡的蛊惑。后来，我在久别之后尝到了，也不过如此；惟独在记忆上，还有旧来的意味留存。他们也许要哄骗我一生，使我时时反顾。

这十篇就是从记忆中抄出来的，与实际容或有些不同，然而我现在只记得是这样。文体大概很杂乱，因为是或作或辍，经了九个月之多。环境也不一：前两篇写于北京寓所的东壁；中三篇是流离中所作，地方是医院和木匠房；后五篇却在厦门大学的图书馆的楼上，已经是被学者们挤出集团之后了。[1]

这里所说的"纷扰"，具体所指的环境："东壁……流离……挤出"，都与这一时期在女师大风潮、三·一八惨案中和陈西滢们的论战有关。所有外在的"纷扰"——与"当局"、"文人学者"……的生命搏斗，都会转化为内心的"纷扰"，并且会由此焕发出一种生命的欲求：从内心深处的记忆中，寻找生命的"闲静"，以抵御这样的"纷扰"；从自我生命的底蕴里，寻找光明的力量，以抵御由外到内的漫漫黑暗。我想这应该是鲁迅写《朝花夕拾》的一个最基本的动因。因此，我在读《朝花夕拾》的时候，有一句话，每读一次，都会感到心灵的震撼。这就是鲁迅在《阿长与〈山海经〉》结尾的那一声呼唤——

仁厚黑暗的地母呵，愿在你怀里永安她的魂灵！[2]

在某种程度上，这正是鲁迅心灵深处的呼唤，是他在受到外部的种种伤害以后所发出的生命的呼唤：他要回到这个"仁厚黑暗的地母"的怀里，永安他的灵魂。在这个意义上，我们可以说，《朝花夕拾》是鲁迅的"安魂曲"。许多人在《朝花夕拾》里所感受到的在鲁迅其他作品中不容易见到的温馨、慈爱，

---

[1]《朝花夕拾·小引》，《鲁迅全集》2卷，229—230页。
[2]《阿长与〈山海经〉》，《鲁迅全集》2卷，248页。

《朝花夕拾》里的回忆,始终有一个"他者"的存在:正是这些"绅士"、"名教授"构成了整部作品里的巨大阴影,鲁迅所要创造的"世界"是直接与这些"绅士"、"名教授"的世界相抗衡的:不仅是两个外部客观世界的抗衡,更是主观精神、心理的抗衡。

或者像我曾经说过的,鲁迅心灵最柔和的一面的显示,恐怕都是缘于这样的心理动因。

《小引》中谈到文体的杂乱,也很值得注意。人们很容易就发现,鲁迅所特有的"杂文笔法"对他的散文的渗透:在回忆中经常插入对现实中的"名人"、"名教授"、"绅士"、"指导青年"的"前辈"……也就是陈源们的讥讽。[1]这些文字与《华盖集》、《华盖集续编》有着更多的相通。表面看起来,这都是随手拈来,顺便"刺"它一下,很容易被看作是涉笔成趣的闲笔。其实在鲁迅是一点也"闲"不起来的:"闲话"只属于陈源。这些"杂文笔法"是在提醒我们读者:鲁迅整个的思考,《朝花夕拾》里的回忆,始终有一个"他者"的存在:正是这些"绅士"、"名教授"构成了整部作品里的巨大阴影,鲁迅在《朝花夕拾》里所要创造的"世界"是直接与这些"绅士"、"名教授"的世界相抗衡的:不仅是两个外部客观世界的抗衡,更是主观精神、心理的抗衡。于是,我们注意到了在《二十四孝图》里的这段话——

> 在中国的天地间,不但做人,便是做鬼,也艰难极了。然而究竟能有比阳间更好的处所:无所谓"绅士",也没有流言。[2]

这里提出的"阴间"和"阳间"的对立是能够给读者以惊异感的:由"鬼"组成的"阴间世界"和由"人"——特别是由"正人君子"——组成的"阳间世界",在鲁迅的记忆里,竟形成了如此鲜明的对比;而鲁迅显然亲近于"鬼"的"阴间",而疏离,甚至憎恶于"人"的"阳间",这都是非常特别的。

把这点说得最透彻,描绘得最好的无疑是《无常》这一篇。我们不妨作一点细读。首先注意到的是这一段话——

---

[1] 参看《〈朝花夕拾〉小引》,《狗·猫·鼠》,《二十四孝图》,《无常》,《琐记》,《藤野先生》,《朝花夕拾·后记》,分别见《鲁迅全集》2卷230页,232页,240页,251页,252页,253页,268页,269页,270页,273页,292页,306页,308页,334页,335页。

[2] 《二十四孝图》,《鲁迅全集》2卷,252—253页。

当社会"公理"的垄断者与维持者要将鲁迅逐出时,鲁迅感到了他与处于社会底层的"下等人"、"愚民"之间处境与命运的相同;当他自觉地自我放逐于体制之外时,鲁迅也就顺理成章地回到了"下等人"与"愚民"中间。

他们——鄙同乡"下等人"——的许多,活着,苦着,被流言,被反噬,因了积久的经验,知道阳间维持"公理"的只有一个会,而且这个会本身就是"遥遥茫茫",于是乎势不得不发生对于阴间的神往。人是大抵自以为衔些冤抑的;活的"正人君子"们只能骗鸟,若问愚民,他就可以不假思索地回答你:公正的裁判是在阴间! [1]

这里,又有一个"正人君子"与"下等人"、"愚民"的对立:前者不但掌握着"阳间"即现实社会的"公理",而且以"维持公理"为己任;后者则处于"活着,苦着,被流言,被反噬"的地位。顺便说一下,这样的对立图景在这一时期鲁迅著作中是频频出现的,例如,在《春末闲谈》(1925 年)里"治者"、"阔人"、"君子"、"特殊知识阶级"与"被治者"、"小人"的对立,[2]《写在〈坟〉后面》(1926年)中"聪明人"与"愚人"的对立,等等。这对于此后鲁迅思想的发展,都是至关重要的。而尤其值得注意的是,鲁迅在讲到"下等人"的命运时,所说的"活着,苦着,被流言,被反噬",如前一讲所分析,恰恰是他自己在与现代评论派的"正人君子"们论战时的生存境遇。这正是意味着,当社会"公理"的垄断者与维持者要将鲁迅逐出时,鲁迅感到了他与处于社会底层的"下等人"、"愚民"之间处境与命运的相同;当他自觉地自我放逐于体制之外时,鲁迅也就顺理成章地回到了"下等人"与"愚民"中间。——《朝花夕拾》所提供的这一信息,自然是十分重要的。

在这样的生存选择背景下,鲁迅幼时的民间记忆的浮现与强化,就是完全可以理解的。我们特别感到兴趣的是,处于鲁迅民间记忆中心的是民间戏曲中的"鬼魂"。如我们在第一讲中所说,鲁迅在生命最后时刻,几乎是与他所说的"带复仇性的,比别的一切鬼魂更美,更强的鬼魂"——"女吊"共同度过的,[3]这当然不是偶然的。而在 1926 年的"此刻",鲁迅最神往的却是"无常"。他怀着深情这样说——

---

[1]《无常》,《鲁迅全集》2 卷,269—270 页。

[2]《春末闲谈》,《鲁迅全集》1 卷,206 页,204 页,207 页。

[3]《女吊》,《鲁迅全集》6 卷,614 页。

我至今还确凿记得，在故乡时候，和"下等人"一同，常常这样高兴地正视过这鬼而人，理而情，可怖而可爱的无常；而且欣赏他脸上的哭或笑，口头的硬语与谐谈……

请注意他的身份：他是"鬼"而"人"——首先，他与人"最为稔熟，也最为亲近"；同时，他又确实是鬼，但也因此可以超脱人间的种种麻烦与污浊，保持更完美的人性，所以鲁迅不禁发出感慨："莫非入冥做了鬼，倒会增加人气的么？"你看，鲁迅一则说他"理而情，可怖而可爱"，二则说他"爽直，爱发议论，有人情"：这都是鲁迅最为欣赏的性格，甚至有点像是说他自己，所以鲁迅说："要寻真实的朋友，倒还是他妥当"，可以说无常所显示的是鲁迅所向往的"理想的人性"——这是鲁迅在 20 世纪初就与同窗好友许寿裳仔细讨论过的。他就是这样向我们走来了——

　　　身上穿的是斩衰凶服，腰间束的是草绳，脚穿草鞋，项挂纸锭；手上是破芭蕉扇，铁索，算盘；肩膀是耸起的，头发却披下来；眉眼的外梢都向下，像一个"八"字。头上一顶长方帽，下大顶小，按比例一算，该有二尺来高罢。

　　　……雪白的一条莽汉，粉面朱唇，眉黑如漆，蹩着，不知道是笑还是在哭。但他一出台就须打一百零八个嚏，同时也放一百零八个屁……

这是一个"平民化"的鬼，甚至是有些其貌不扬的，在老百姓的日常生活中，经常可以遇到他这种模样，所以鲁迅说他"是和我们平辈的"，"他不摆教授先生的架子"。他是作为"勾摄生魂的使者"出现的。鲁迅说，"无常"是表示人

"对于死的无可奈何，而且随随便便的"，这是真正"理而情"的人生态度，是在充分认识与把握人和人生的有限性以后，对于现实人生的一种豁达。鲁迅由此想起的是家乡的"下等人"也是这样把"求婚，结婚，养孩子，死亡"看作是"明白"而寻常的人生之路的；鲁迅后来说到自己时，也自称为死的"随便党"——或许正是这样的人生态度上的共鸣，使鲁迅对无常有着特殊的亲切感吧。

当然，更让鲁迅向往的是，在"无常"面前，"无论贵贱，无论贫富，其时都是'一双空手见阎王'"，无常手里拿着大算盘，死限到了就得死，"你摆尽臭架子也无益"。不仅无常，阴间里的阎罗天子，牛首阿旁，都是"真正主持公理的脚色，虽然他们并没有在报纸上发表什么大文章"。或许更有人情味的是，无常并不一味摆出"公理"面孔，也偶尔徇点"私情"。比如这次就因为堂房的阿侄突然生病，刚吃下药就"两脚笔直"，看阿嫂哭得悲伤，暂放他"还阳片刻"，却不料"大王道我是得钱买放，就将我捆打四十"。阎罗天子居然误解了自己的"人格，——不，鬼格"，蒙冤的无常"蹙紧双眉，捏定破芭蕉扇，脸向着地，鸭子浮水似的跳起舞来"，并且决定再也不放走一个——

> 哪怕你，铜墙铁壁！
> 哪怕你，皇亲国戚！
> ………

这真是神来之笔！"公正的裁判是在阴间"，人们怎能不"发生对于阴间的神往"！[1]

这里自然是有潜台词的：你们这些"正人君子"高喊什么"公理维持"，讲什么"正义"，讲什么"公允"，都不过是串戏的把戏；而"无论贵贱，无论贫富"的真正的公平与公正，只能存在于民间的想像之中。这恐怕是《朝花夕拾》里

---

[1] 以上所引均见《无常》，《鲁迅全集》2 卷，268—274 页。

提出的非常重要的一个命题。这和鲁迅在本世纪初所提出的"伪士当去,迷信可存"是一脉相承的。那时,他所针对的是维新派的"志士",而在1920年代他在经过了对自命为"特殊知识阶级"的"现代伪士"的论战之后,他又得出了类似的结论,而且有了新的发展。

还可以作一点补充:我们前面说过了无常性格中的诙谐与豁达,现在我们又看到了他性格中的坚毅,这种以坚毅为内核的豁达、诙谐,其实是表现了鲁迅的故乡浙东人的民性的。鲁迅在前引文字中说他和故乡的"下等人"一起欣赏无常"口头的硬语和谐谈",这正是这样的民性在绍兴方言中的表现。鲁迅的回归民间,自然也包括了从地方文化传统中寻求精神的支撑。

当然,在鲁迅这里并不存在着对民间与地方文化的理想化。所以在我们一开始就引用的《〈朝花夕拾〉小引》中,他在谈到"思乡的蛊惑"时,紧接着就说,"他们也许要哄骗我一生":这种回归中的质疑恰恰是最能表现鲁迅的特点的。

现在,我们一起来读鲁迅的《野草》。

鲁迅在与萧军的通信中谈到《野草》时,曾经说过:"那是我碰了很多钉子之后写出来的"。[1]这也就提示我们,《野草》和这个时期他的一系列论战,和五四之后知识分子的分化是紧密联系在一起的。我大体排列了一下他的写作时间。《野草》的第一篇是写作在1924年9月。这时候女师大风潮还没开始,但鲁迅已经在《未有天才之前》里跟胡适展开论战了。大概前后有13篇(从《秋夜》到《狗的驳诘》),都是在鲁迅介入女师大风潮之前。鲁迅介入女师大风潮之后,又有10篇(从《失掉的好地狱》到《一觉》)。最后一篇《题辞》写在1927年4月26日——大概就在1924年到1927年这样一个时间跨度之内,先后经历了与胡适及现代评论派的论战,一直到女师大风潮,三·一八惨案,以至四·一二事变。但这些外在的论争、事变都是作为背景存在的:有的比较突显,鲁迅自己都有明确的说明,如"《这样的战士》是有感

[1]《书信·341009 致萧军》,《鲁迅全集》12卷532页。

于文人学士们帮助军阀而作""段祺瑞政府枪击徒手民众后,作《淡淡的血痕中》""奉天派和直隶派军阀战争的时候,作《一觉》"等。[1]但更多的是更为隐蔽的;即使是鲁迅讲明了的,也不是直接的反应,而是有所触发而引起的生命深处的拷问,是对"我"的生存困境的一个最基本的思考。我本来想分成若干问题做综合性的分析,但觉得很难,还是做一点文本的细读吧。

《影的告别》

在这一篇里,"影"所"告别"的"你"("形"),人们可以作不同的解释。我自己的理解是,"你"(形)和"我"(影)是一个共同体;"你"("形")是作为"群体"的存在,是按照社会规范的常规、常态去生活的,而"影"却是一个"个体"的存在,而且是社会规范的反叛者。"不知道时候的时候"——从表面看起来没有时间,也就没有记忆;但就好像做梦一般,沉下去,沉下去,最后浮现出来的是生命最深处,原始的生命本体的记忆与意念。于是,"影"("我")就向"形"("你")"告别"了。

> 有我所不乐意的在天堂里,我不愿去;有我所不乐意的在地狱里,我不愿去;有我所不乐意的在你们将来的黄金世界里,我不愿意去。
> 然而你就是我所不乐意的。
> 朋友,我不想跟随你了,我不愿住。
> 我不愿意!
> 呜乎呜乎,我不愿意,我不如彷徨于无地。

"我不乐意","我不愿意","我不想":五个小节中,连续用了十一个"我不"。这里表达的是非常强大的主体精神、意志,是一种无条件、无讨论余地的拒绝。

---

[1]《〈野草〉英文译本序》,《鲁迅全集》4卷,356页。

首先拒绝的是，人们或者认为是天堂，或者视为是地狱的一切现实的存在。

对于人们预设的未来——那所谓无限美好的无限光明的"黄金世界"，"我"也同样拒绝。

就连"你"——这个生活在既定的原则、规范里的"群体"的存在，我也要拒绝。

说到底，这是对于"有"的拒绝，对已有的，将有的，既定的一切的拒绝。

"我不如彷徨于无地"。这里的"无"是与"有"对立的；这里的"彷徨"所表现的生命的流动不居状态是与前面的"住"所表现的稳定的生命状态也同样是对立的。这正是"我"的选择："我"拒绝"有"而选择"无"，"我"拒绝"住"而选择"彷徨"。我的生命将永远流动于"无"之中。

那么，"我"是谁？"我不过一个影"，一个从群体中分离出来的，从肉体的形状中分离出来的"精神个体"的存在。

那么，"我"将有怎样的命运？"然而黑暗又会吞并我"，因为我反抗现有陈规，反抗黑暗。"然而光明又会使我消失"，因为"我"与黑暗是一个共生体，"我"的价值就体现在和黑暗捣乱中，"我"必将随黑暗的消失而消失。"吞并"与"消失"就是"我"必然的也是惟一的命运。

或许还能"彷徨于明暗之间"？——"然而我不愿"，苟活绝不是"我"的选择。

这里连续三个"然而"，写尽了作为独立的精神个体的困境。

"我姑且举灰黑的手装作喝干一杯酒，我将在不知道时候的时候独自远行"——呈现在我们面前的，就是这样一个"影"的形象：尽管内心充满了痛苦，彷徨与犹豫，却要硬作欢乐，然后独自远行。

但真要独自远行却又不能不多所犹豫：该选择什么时候出发？"倘若黄昏，黑夜自然后来沉没我，否则我要被白天消失，如果现是黎明"。

"朋友，时候到了"，还得作出决定。"我将向黑暗彷徨于无地"——最后鲁迅正是这样的"爱夜的人",不仅《影的告别》,而且整本《野草》,都充溢着他以"听夜的耳朵和看夜的眼睛"所听到、看到的"一切暗",以及他所领受到的"夜所给予的光明"。

的选择是走向黑暗。

临行之前,"你还想要我的赠品",于是又引出了"我能献你什么呢?"也即"我还拥有什么"的问题。"无己,则仍是黑暗和虚空而已"——我所拥有的只是黑暗,只是空虚:"唯'黑暗与虚无'乃是实有"。"但是我愿意只是黑暗,或者会消失于白天,我愿意只是虚空,决不占你的心地"。这里连续几个"我愿意",正是对前面的"我不","我不愿意"的回应——从拒绝现有与将有,到选择无的黑暗与虚空,完成了一个历史过程。

> 我愿意这样,朋友,我独自远行,不但没有你,并且再没有别的影在黑暗里。只有我被黑暗沉没,那世界全属于我自己。

注意这里有一个转换:当独自远行,一个人被黑暗所吞没的时候,"我"达到了彻底的空与无;但也就在这独自承担与毁灭中,获得了最大的有:"裹在这无边际的黑絮似的大块里",[1] "那世界全属于我自己"。正是在这生命的黑暗体验中,实现了"无"向"有"的转化:从拒绝外在世界的"有"达到了自我生命中"无"中之"大有",这一个过程或许是更为重要的。

这里提到了生命的黑暗体验,这是一种人生中难以达到的可遇不可求的生命体验,如一位研究者所说,这是一种生命的大沉迷,是无法言说的生命的澄明状态:"如此的安详而充盈,从容而大勇,自信而尊严"。你落入一个生命的黑洞之中,这黑洞将所有的光明吸纳、隐藏其中,这里存在着一种内在的、本质的光明:"充盈着黑暗的光明"。[2] 鲁迅自己也说:"爱夜的人要有听夜的耳朵和看夜的眼睛,自在暗中,看一切暗","爱夜的人于是领受了夜所给予的光明"。[3] 鲁迅正是这样的"爱夜的人",不仅《影的告别》,而且整本《野草》,都充溢着他以"听夜的耳朵和看夜的眼睛"所听到、看到的"一切暗",以及他所领受到的"夜所给予的光明"。这是我们在阅读《野草》时,首先

[1]《夜颂》,《鲁迅全集》5卷,193页。

[2] 王乾坤:《鲁迅的生命哲学》,321—322页,336—340页。人民文学出版社,1999年版。

[3]《夜颂》,《鲁迅全集》5卷,193页。

要注意和把握的。

《影的告别》实际上讲了两个东西：一是他拒绝了什么？一是他选择了、因而承担了什么？这构成了《野草》的一个基本线索。

我们现在就继续看鲁迅的其他几篇。

《求乞者》

读这一篇，首先感受到的是无所不在的"灰土"，几乎要渗透到你的灵魂。这更是一种"灰土感"：生命的单调、沉重与窒息。就像鲁迅所说的："是的，沙漠在这里。没有花，没有诗，没有光，没有热。没有艺术，而且没有趣味，而且至于没有好奇心。沉重的沙……"，[1]没有任何生机，没有任何生命的乐趣，"没有好奇心"也就没有任何欲望与创造的冲动。"灰土"之外是"墙"，"墙"之外"另外有几个人，各自走路"，这也象征着人与人之间的相互隔膜，这心灵的隔绝不仅是社会、历史的，更是人类本身的，人于是永远"各自走路"。《求乞者》一开始传递给我们的，不仅是生命的窒息感和隔膜感，更是一种近于绝望的孤独的生命体验：依然是郁积于心的黑暗与虚无。

于是就有了"求乞"与"布施"：开始是孩子向"我"求乞，我知道这是"儿戏"，拒绝布施；后来却反诸于己："我想着我将用什么方法求乞？"而且也同样"我将得不到布施"。这里仍然贯穿着一个"拒绝"的主题：不仅"我不布施"，而且"但居布施者之上，给与烦腻，疑心，憎恶"。

显然，这里的"求乞"和"布施"是带有象征性的。首先我们可以把"布施"理解为温暖、同情、怜悯、慈爱的象征，人们总是祈"求"着别人对自己的同情与慈爱，也给别人以同情与慈爱。这似乎是人的一种本能，但鲁迅却投以质疑的眼光：他要看看这背后隐蔽着什么。这在《过客》里也有类似的展开，有这样一个情节："小女孩"出于对"过客"同情，送给他一个小布片，这自然也是温暖、同情、爱的象征。"过客"开始很高兴地接受了：作为孤独的精神界的

---

[1]《为"俄国歌剧团"》，《鲁迅全集》1卷，382页。

战士，他显然渴求着爱、温暖和同情；但想了想之后，却又断然拒绝，并且表示要"诅咒"这样的"布施者"。鲁迅后来对此作了一个解释：因为一切爱与同情，一切加之于己的布施，却会成为感情上的重负，就容易受布施者的牵连，"不能超然独往"；所以鲁迅说："反抗，每容易磋跌在'爱'——感激也在内——里，那过客得了小女孩的一片破布的布施也几乎不能前进了"。[1]这就是说，作为一个孤独的精神界战士，要保持思想和行动的绝对独立和自由，就必须割断一切感情上的牵连，包括温情和爱，既不向人"求乞"，同时也拒绝一切"布施"。因此我们也可以把这种"求乞"、"布施"理解为对人与人之间的关系的一种高度概括：人总是对"他者"有所"求"，同时又有所"施"。而有所求就难免对"他者"有所依赖，以至依附；反过来，布施也难免使对方对自己有所依赖与依附：鲁迅就这样从"求乞"与"布施"的背后，看到了依赖、依附与被依赖、被依附的关系。这确实是十分独特而锐利的观察。更何况现实中的"求乞"常常是虚假的——鲁迅对于不幸中的人们不得不求乞，本是有一种感同身受的理解与同情的，他自己就有过"从小康坠入困顿"的痛苦经历，饱尝过被迫"求乞"的屈辱；[2]但问题在于中国的"求乞者"或者自身并不真正需要求助，或者身处不幸却并无自觉因而"并不悲哀"，但却"近于儿戏"地"追着哀呼"，以至"装"哑作"求乞的法子"。鲁迅在"求乞"的背后又发现了"虚伪"与"做戏"：既不知悲哀（不幸）又要表演悲哀（不幸），正是这双重的扭曲，激起了鲁迅巨大的情感波澜：他要给与"烦腻，疑心，憎恶"！ 于是就又有了鲁迅式的"拒绝"：这回拒绝的是"温暖，同情，怜悯与慈爱"，他依然选择了"无"："我将用无所为和沉默求乞……我至少将得到虚无"。将可能导致内心的软弱的心理欲求（如布施、同情、怜悯之类）、情感联系（如"布施心"）通通排除，割断，铸造一颗冰冷的铁石之心，以加倍的恶（"烦腻，疑心，憎恶"）对恶，加倍的黑暗对付黑暗，在拒绝一切（"无所为与沉默"）中，在与对

---

[1]《书信·250411 致赵其文》，《鲁迅全集》11卷，442页。

[2] 如我们一再强调，鲁迅是始终站在不幸者即生活中的弱者这一边的，他为他们的生存、发展的权利作了最有力的辩护；但他强调的是弱者的自强，而不是等待他人的恩赐，正是在这个意义上，他对"布施"也表示了憎恶。

鲁迅的这种选择,是一把双刃剑:既对他的敌人有极强的杀伤力,而且毋庸讳言,也伤害了他自己,构成了他内在心灵上的"毒气、鬼气"的另一方面。

手同归于尽中得到"复仇"的快意。鲁迅的这种选择,是一把双刃剑:既对他的敌人有极强的杀伤力,而且毋庸讳言,也伤害了他自己,构成了他内在心灵上的"毒气、鬼气"的另一方面。鲁迅因此说他自己也将"得到自居于布施之上者的烦腻,疑心,憎恶"——凡指向对手的也将反归自己,这实在是十分残酷与可怕的。鲁迅这样的"自残"式的选择,不仅付出的代价太大,而且是很难重复的,很可能是"学虎不成反成犬"。鲁迅一再强调,他的《野草》(当然也包括《求乞者》这篇)不足给青年人看,原因大概也在于此吧。

　　但这样的"自残式"的选择又确实时时纠缠于心,折磨着鲁迅。他在文章、书信中多次谈到这一点。这里不妨再抄一些材料。

　　在与现代评论派的论战中,他这样写道:"我所憎恶的太多了,应该自己也得到憎恶,这才有点像活在人间。如果收到的乃是相反的布施,于我倒是一个冷嘲,使我对于自己也要大加侮辱"。[1]

　　在给一位年轻人的信中,他又这样写道:"你的善于感激,是于自己有害的,使自己不能高飞远走。我的百无所成,就是受了这癖气的害。……我希望你向前进取,不要记着这些小事情"。[2]

　　在《铸剑》里"黑的人"宴之敖的一段话,在某种程度上也是可以看作是鲁迅的心声:"不要再提这些受了污辱的名称。……仗义,同情,那些东西,先前曾经干净过,现在却都成了放鬼债的资本。我的心里全没有你所谓的那些。我只不过要给你报仇!……你还不知道么,我怎样地善于报仇。你的就是我的;他也就是我。我的魂灵上是有这么多的,人我所加的伤,我已经憎恶了我自己!"[3]

　　读到这样的心灵的自白,是不能不受到震撼的。

《希望》

　　仍然是从自己对生命存在的感受、体验说起——

[1]《我的"籍"和"系"》,《鲁迅全集》3 卷,83 页。

[2]《书信·250408 致赵其文》,《鲁迅全集》11 卷,440 页。

[3]《铸剑》,《鲁迅全集》2 卷,425 页,426 页。

　　鲁迅说他"憎恶这以野草作装饰的地面",他更憎恶这地面的"太平"。在他看来,这样的"不闻战叫"的"太平",最可怕之处,是造成的人的心灵的"平安":"没有爱憎,没有哀乐,没有颜色和声音",这是对生命活力的另一种窒息与磨耗。

　　我的心分外地寂寞。

　　然而我的心很平安:没有爱憎,没有哀乐,也没有颜色和声音。

　　我大概老了。我的头发已经苍白,不是很明白的事么?我的手颤抖着,不是很明白的事么?那么我的魂灵的手一定也颤抖着,头发也一定苍白了。

　　这里讲的是生命的"平安"状态。在《野草》里,鲁迅好几处都提到"太平"。《失掉的好地狱》一开始就写到地狱的"太平":"一切鬼魂们的叫唤无不低微,然有秩序"。[1]《这样的战士》里也提到了"谁也不闻战叫:太平"。[2]"太平"是一种宁静的有秩序的状态:借用我们在前几讲中一再引用的《论睁了眼看》里的说法,就是"无问题,无缺陷,无不平,也就无解决,无改革,无反抗",[3]在鲁迅看来,这不过是"暂时做稳了奴隶的时代",虚假的表面的"太平"掩盖了地底下真实的矛盾与痛苦,于是受压制的"鬼魂"的"叫唤"、呻吟,也变得"低微"。鲁迅说他"憎恶这以野草作装饰的地面"[4],他更憎恶这地面的"太平"。在他看来,这样的"不闻战叫"的"太平",最可怕之处,是造成的人的心灵的"平安":"没有爱憎,没有哀乐,没有颜色和声音",这是对生命活力的另一种窒息与磨耗。于是,鲁迅感到了生命的"老"化:这不仅是生理的(鲁迅这时才45岁),"我的魂灵的手一定也颤抖着,头发也一定苍白了"。这"平安"中"魂灵的苍老",是一个惊心动魄的命题,是鲁迅的发现,更是鲁迅所要拒绝的。

　　于是又开始了历史的追索:"曾充满过血腥的歌声",也曾充满希望,"忽而这些都空虚了",只得用"自欺的希望"的盾,"抗拒那空虚中的暗夜的袭来,虽然盾后面也依然是空虚中暗夜",并因此"陆续地耗尽了我的青

[1]《失掉的好地狱》,《鲁迅全集》2卷,199页。

[2]《这样的战士》,《鲁迅全集》2卷,215页。

[3]《论睁了眼看》,《鲁迅全集》1卷,238页。

[4]《〈野草〉题辞》,《鲁迅全集》2卷,159页。

春"——但又暂存着对"身外的青春"的希望,那是"星,月光,僵坠的蝴蝶,暗中的花,猫头鹰的不祥之言,杜鹃的啼血,笑的渺茫,爱的翔舞……",尽管"悲凉飘渺",却"究竟是青春"。现在却突然发现四围的"寂寞"(也即"太平"),"难道连身外的青春也都逝去,世上的青年也多衰老了么?"——这真是步步逼退:这是一个"希望"逐渐被剥离,逐渐被掏空的过程。

我放下了"希望之盾",于是,听到了裴多菲的"希望之歌"——

> 希望是什么?是娼妓,
>
> 她对谁都蛊惑,将一切都献给;
>
> 待你牺牲了极多的宝贝——
>
> 你的青春——她就弃掉你。

这其实也是鲁迅的发现:他发现了"希望"的欺骗性与虚妄性。这同样是由"有"到"无"的过程。

但还要推进一步:"绝望之为虚妄,正如希望相同"。

按一般的逻辑,"希望"既然是一种绝对的欺骗,那势必会转向"绝望";但正像论者所指出的,"这种绝望内在参照仍然是'望'","仍然是以否定的方式承认了'希望'"。[1]要彻底抛弃"希望",就要同时抛弃"绝望";把两者都虚妄化,完全掏空,才能达到彻底的"无"。

于是,又有了独自承担——

> 我只得由我来肉薄这空虚中的暗夜了,纵使寻不到身外的青春,也总得自己来一掷我身中的迟暮。

"肉薄"是一种躯体的搏斗,不带有任何精神上的"希望"或"绝望","和

---

[1] 王乾坤:《鲁迅的生命哲学》,325页,人民文学出版社,1999年版。

黑暗捣乱"就是了，既不计"后果"，也不追求"意义"；而且是"由我"一人进行，与别人无关——这非常接近前面《影的告别》里所说的"只有我被黑暗沉没，那世界全属于我自己"的境界：这也是彻底的"无"向"有"的转换。

然而，文末又留下一句可怕的话——

但暗夜又在那里呢？……而我的面前又竟至于并且没有真的暗夜。

准备独自承担反抗，却突然发现：反抗没有对手了！

这又引出了下一篇——《这样的战士》。

如前面所引，鲁迅曾说："《这样的战士》是有感于文人学士们帮助军阀而作。"

鲁迅在和陈源论战时，多次提到他自己的"碰壁"：他把文人学士的攻击比喻为"墙"，而且是"鬼打墙"：分明存在却又无形。在《这样的战士》中，又把这种感受提升为"无物之阵"——

但他举起了投枪。

……

一切都颓然倒地；——然而只有一件外套，其中无物。……

但他举起了投枪。

他在无物之阵中大踏步走，再见一式的点头，各种的旗帜，各样的外套……。

但他举起了投枪。

他终于在无物之阵中老衰，寿终。他终于不是战士，但无物之阵则是胜者。

鲁迅这样的精神界"战士"所面对的是一个被垄断的话语，其背后是一种社会身份与社会基本价值尺度的垄断。而这样的被垄断的话语的最大特征就是字面与内在实质的分离，具有极大的不真实性与欺骗性。

人们首先注意的是"无物之阵"上的"旗帜"和"外套"，据说有"各样好名称：慈善家，学者，文人，长者，青年，雅人，君子……"，还有"各式好花样：学问，道德，国粹，民意，逻辑，公义，东方文明……"。可以说，这里几乎囊括了一切美好的词语，前者标志着一种身份，后者则标志一种价值，现在都被垄断了；这就是说，鲁迅这样的精神界"战士"所面对的是一个被垄断的话语，其背后是一种社会身份与社会基本价值尺度的垄断。而这样的被垄断的话语的最大特征就是字面与内在实质的分离，具有极大的不真实性与欺骗性。这种身份词语与价值词语的垄断，正意味着一种具有欺骗性的语言秩序、社会秩序的建立与垄断；另一方面，话语垄断者正是拿这些被垄断的话语对异己者——精神界"战士"进行打压与排挤，软化与诱惑：要进入就必须臣服，要拒绝就遭排斥。而鲁迅这样的精神界"战士"几乎是没有犹豫地就作出了他的选择——

> 他只有他自己，但拿着蛮人所用的，脱手一掷的投枪。
> ……
> 他微笑，偏侧一掷，却正中了他们的心窝。

这正是最彻底的拒绝与反抗：对一切既有的、被垄断的、欺骗性的身份话语与价值话语（及其背后的语言秩序与社会秩序）的拒绝与反抗，这同样也是"无"的选择，而且依然是孤身一人的独自承担——对于以话语作为自己基本存在方式的知识分子，这样的拒绝与反抗，是具有根本性与特殊的严重性的。

《复仇》、《复仇（其二）》

这里所要表达的，是"无物之阵"的另一面：精神界"战士"面对的是自己一切生命活力的自然释放，一切真实与真诚的生命搏斗与挣扎，在这些"路人"的眼里，都只是表演；真实的意义与价值被彻底消解：这也是化"有"为"无"，却是绝对消极的，只能产生"无聊感"——这也是无时无刻缠绕着鲁迅的生命体验。

为之奋斗与牺牲的群众——这是一群"无主名无意识的杀人团"，是欣赏残酷与表演的"看客"。你看——

有他们俩裸着全身，捏着利刃，对立于广漠的旷野之上。

他们俩将要拥抱，将要杀戮……。

路人从四面奔来，密密层层地，……而且拼命地伸长颈子，要赏鉴这拥抱或杀戮。他们已经豫觉着事后的自己的舌上的汗或血的鲜味。

一切生命活力的自然释放，一切真实与真诚的生命搏斗与挣扎，在这些"路人"的眼里，都只是表演；他们从四面奔来，只是为了"赏鉴"，在无聊的生活中寻找一点刺激，用牺牲者的鲜血来慰藉自己麻木的心灵；而正是在这鉴赏过程中，"战士"悲壮的努力与崇高的牺牲全被戏剧化，在"哈哈一笑"中，真实的（而非"文人学者"那样虚假的）意义与价值被彻底消解：这也是化"有"为"无"，却是绝对消极的，只能产生"无聊感"——这也是无时无刻缠绕着鲁迅的生命体验。在这种情况下，惟一的选择，就是以"无"对"无"，拒绝表演，拒绝动作："也不拥抱，也不杀戮，而且也不见有拥抱或杀戮之意"，以"无所为"来对抗、消解路人的"赏鉴"，把他们置于"无聊"的境地，并且倒过来"以死人似的眼光，赏鉴这路人们的干枯，无血的大戮"，将"看与被看"的结构颠倒过来，并从中感到"复仇"的快意。

《死火》

我曾经说过，鲁迅《野草》里有许多奇文，《死火》应是其中的一篇。首先题目本身就充满着矛盾：是生命之"火"，但是"死"的。这典型地体现了鲁迅思维的特点：不是单一的"死亡"或"生存"的视角，而是从"死亡"和"生存"的双向视角，从生死关系中来想像"火"。于是，就有了"我"与"死火"的一次奇

所谓"与其冻灭，不如烧完"，既是绝望的选择，也是对绝望的
反抗。

遇，而且有了"我"与"火"之间关于生命的选择的哲学讨论。提出的问题是：
"死火"如果不跳出"冰谷"，就将"冻灭"；如果跳出后继续燃烧，也将面临"烧
完"的命运；其实这正是每一个生命个体都会面临的：无为，就必然"冻灭"；
有为，也依然"烧完"。任何人都逃脱不了死亡（"灭"、"完"）的宿命，人只能在
这个大前提下作出极其有限的选择。"死火"的选择是与其冻灭，"我就不如
烧完"。鲁迅这样的"战士"的选择也是"知其不可为而为之"，宁愿"烧完"：至
少在"烧"（挣扎）的瞬间还会发光，即使是微弱的光辉。他们看重的不是最后
的结果，更看重生命的过程。从另一个角度看，当"战士"作出这样的选择时，
他是同时预计到自己悲剧性的结局的。因此，这也可以看作鲁迅对自我选择
的质疑，他从来没有将其赋予一种绝对的理想价值：这不过是宿命之下的极
其有限的选择而已，这里是包含了许多无奈的。而鲁迅对"无为"（"冻灭"）的
拒绝也是意义重大的——这种拒绝也是贯穿鲁迅一生的：20 世纪初，他就
在《摩罗诗力说》中尖锐地批评了老子的"无为之治"；到离世前他还在坚持
批评老子的"'无为而无不为'的一事不做"。[1]而鲁迅自己是始终坚守"绝
望的反抗"的。所谓"与其冻灭，不如烧完"，既是绝望的选择，也是对绝望的
反抗。

《墓碣文》

我们先来看墓碑上的文字——

……于浩歌狂热之际中寒；于天上看见深渊。于一切眼中看见无所
有；于无所希望中得救。……

请注意这里面前后两组概念："浩歌狂热"，"天上"，"一切"，"希望"，这
都是社会中绝对大多数人常规思维下的现实经验与逻辑，或者说是《影的告

---

[1]《〈出关〉的关》，《鲁迅全集》6 卷，521 页。

对现有的一切经验、逻辑和秩序的怀疑，拒绝，反叛，都指向对自身的怀疑，拒绝与反叛，即所谓"自啮其身"，然后才能进入对"本味"的追寻，即所谓"抉心自食，欲求本味"，也就是从人的存在的起点上追寻那些尚未被现有经验、逻辑和秩序所侵蚀的本真状态。

别》中"影"的感受，但却是虚假的。而鲁迅却是用另外的眼睛，也就是人们所说的"第二只眼睛"来看，于是，他看见的、感受到的是"寒"、"深渊"、"无所有"、"无所希望"，这显然是对前者——既有的，常规的，大多数人的经验与逻辑的拒绝和反叛，但却是更为真实的。"于无所希望中得救"这一命题则表明，惟有抛弃了既"有"的虚假的经验与逻辑，达到"无"，才能"得救"。

但这样的自异于常规社会的"战士"就必然是孤独的："有一游魂，化为长蛇，口有毒牙。不以啮人，自啮其身，终以殒颠"。这又是一个反归：对现有的一切经验、逻辑和秩序的怀疑，拒绝，反叛，都指向对自身的怀疑，拒绝与反叛，即所谓"自啮其身"，也就是前面我们说过的"彻底掏空"，达到彻底的"空虚"与"无"。然后才能进入对"本味"的追寻，即所谓"抉心自食，欲求本味"，也就是从人的存在的起点上追寻那些尚未被现有经验、逻辑和秩序所侵蚀的本真状态。

但是，"本味何能知？"、"本味又何由知？"，这种本真状态是既不能、也无由知的。这就把自我怀疑精神发挥到极致。"答我。否则，离开！……"，面对这永恒的问题，永远求不到的"本味"，人只有"疾走"离开了。

《颓败线的颤动》

这也许是《野草》中最震撼人心的篇章。这位老女人的遭遇所象征、展示的是精神界"战士"与他所生活的世界，现实人间的真实关系：带着极大的屈辱，竭诚奉献了一切，却被为之牺牲的年轻一代（甚至是天真的孩子），以至整个社会无情地抛弃和放逐。这样的命运对于鲁迅是具有格外严重的意义的，本身即构成了对他"肩住黑暗的闸门"，放年轻人"到光明地方去"的历史选择的质疑。由此引起的情感反应与选择才是真正具有震撼力的——

> 她冷静地，骨立的石像似的站起来了。她开开板门，迈步在深夜中

带着极大的屈辱，竭诚奉献了一切，却被为之牺牲的年轻一代（甚至是天真的孩子），以至整个社会无情地抛弃和放逐。这样的命运对于鲁迅是具有格外严重的意义的，本身即构成了对他"肩住黑暗的闸门"，放年轻人"到光明地方去"的历史选择的质疑。

走出,遗弃了背后一切的冷骂和毒笑。

这里有一个转换:原来是被社会遗弃,现在是自己将社会遗弃与拒绝。

> 她赤身露体地,石像似的站在荒野的中央,于一刹那间照见过往的一切;饥饿,苦痛,惊异,羞辱,欢欣,于是发抖;害苦,委屈,带累,于是痉挛;杀,于是平静。……又于一刹那间将一切并合:眷念与决绝,爱抚与复仇,养育与歼除,祝福与咒诅……。她于是举两手尽量向天,口唇间漏出人与兽的,非人间所有,所以无词的言语。

这里所反映的"战士"与现实世界的感情关系是极其复杂的:作为被遗弃的异端,当然要和这个社会"决绝",并充满"复仇"、"歼除"与"咒诅"的欲念;但他又不能割断一切情感联系,仍然摆脱不了"眷念"、"爱抚"、"养育"、"祝福"之情。在这矛盾的纠缠的情感的背后,是他更为矛盾、尴尬的处境:不仅社会遗弃了他,他自己也拒绝了社会,在这个意义上,他已经"不在"这个社会体系之中,他不能、也不愿用这套体系中任何语言来表达自己;但事实上他又生活"在"这社会之中,无论在社会关系上,还是在情感关系上都与这个社会纠缠在一起,如果他一开口,就有可能仍然落入社会既有的经验、逻辑与言语中,这样就无法摆脱无以言说的困惑,从而陷入了"失语"状态。"她于是举两手尽量向天,口唇间漏出人与兽的,非人间所有,所以无词的言语。"这又是一个非常深刻的也是很带悲剧性的"无"的选择:不能(也拒绝)用现实人间社会的言语表达自己,而只能用"非人间所有,所以无词的言语"。一个真正独立的批判的知识分子,他的真正的声音是在沉默无言中呈现的。所谓"非人间的,所以无词的言语",指的是尚未受到人间经验、逻辑所侵蚀过的言语,只能在没有被异化的"非人间"找到它的存在。因此——

当她说出无词的言语时，她那伟大如石像，然而已经荒废的，颓败的身躯的全面都颤动了。这颤动点点如鱼鳞，每一鳞都起伏如沸水在烈火上；空中也即刻一同振颤，仿佛暴风雨中的荒海的波涛。

她于是抬起眼睛向着天空，并无词的言语也沉默尽绝，惟有颤动，辐射若太阳光，使空中的波涛立刻回旋，如遭飓风，汹涌奔腾于无边的荒野。

这是极其精彩的一个段落，它提供了一个非常的境界：拒绝了"人间"的一切，回到了"非人间"，这"沉默尽绝"的"无边的荒野"，其实是一个更真实的世界。在某种程度上，这正是鲁迅的内心世界，这个世界更具真实，就像在《影的告别》的"影"，在无边的黑暗中，拥有了无限的丰富，无限的阔大，无限的自由。这一段文字，在我个人看来，这是最具有鲁迅特色的文字；而且坦白地说，在鲁迅所有的文字中，这是最让我动心动容的。

最后，我们一起来读《过客》。这一篇可以说是鲁迅对自己的生命哲学的一个归结。

我们是这样遭遇"过客"的——"约三四十岁，状态困顿倔强，眼光阴沉，黑须，乱发，黑色短衣裤皆破碎，赤足著破鞋，胁下挂一个口袋，支着等身的竹杖。"——这是典型的在旷野中匆匆而过的"过客"，往往使我们自然地想起鲁迅本人的形象。顺便说一下，鲁迅作品中有一个"黑色人"家族，和他本人有密切的关系，比如说《铸剑》中的宴之敖者，《理水》中的禹，《非攻》中的墨子等，这一篇中的"过客"也是其中一个成员。我们甚至可以说，"过客"就是鲁迅的自我命名。他一出现时，就一直在往前走，他遇见老人，老人向他问了三个问题："你是怎么称呼的？""你从哪里来的呢？""你到哪里

"你是怎么称呼的？""你从哪里来的呢？""你到哪里去？"这三个问题，是20世纪整个人类，西方哲人和东方哲人都同时面临的"世纪之问"，而鲁迅的回答都是"我不知道"。

去？"而他的回答都是"我不知道"。应该说，这三个问题，是20世纪整个人类，西方哲人和东方哲人都同时面临的"世纪之问"，而鲁迅的回答都是"我不知道"——这回答本身就有很大的意义。或许更为重要的是"过客"的选择。他其实有三条可供选择的路，一是"回去"，"过客"断然否定了，他说："回到那里去，就没一处没有名目，没一处没有地主，没一处没有驱逐和牢笼，没一处没有皮面的笑容，没一处没有眶外的眼泪。我憎恶他们，我不回转去！"这是"过客"的一个"底线"：绝不能容忍任何奴役与压迫，绝不能容忍任何伪善。二是停下"休息"，这是老人的劝告，但"过客"说"我不能"。最后只剩下往前"走"了。但也还有一个问题："前方是什么"。剧中的三个人物有不同的回答：小女孩说前方是个美丽的花园，这可能是代表年轻人对未来的一种向往与信念；但"老人"说，前面是坟，既然是坟，就不必往前走了；而"过客"的回答是，明知道前面是坟，但我还是要往前走。这说明"过客"的选择，不是出于希望的召唤，因为他早已知道，希望不过是个娼妓。那么，为什么他要往前走呢？是什么引导他不断往前走呢？他说，前面有一个"声音"在呼唤。老人也听到过这声音，但他不听它召唤，它就不喊了。但过客却无法拒绝这前面的声音，正像薛毅在他的《无词的言语》里所说，这是他内在生命的"绝对命令"——往前走。[1]一切都可以怀疑，但有一点不能怀疑，就是往前走。走的结果怎样，怎么走，这些都可以讨论，但有一点不容讨论，就是必须走。这是生命的"底线"，这一点必须守住！这正是鲁迅和其他人不同之处。有的人之所以走，是因为有个乌托邦的理想世界在等着他，如果他觉得前途并非这样理想就不走了，或者主动放弃乌托邦理想也就不走了。还有的人对自己所走的路充满信心，对怎么走也有清醒的认识，如胡适就是。鲁迅不一样，虽然对走的结果存在怀疑，对怎样走也存在怀疑，但有一点是确定的，就是"向前走"，这成为他生命的底线或绝对命令，这是生命的挣扎，是看透与拒绝一切的彻底的"空"与"无"中的惟一坚守与选择。

---

[1] 薛毅：《无词的言语》，12页，学林出版社，1996年版。

这样就有了他最后写的《野草》的《题辞》。

当我沉默着的时候，我觉得充实；我将开口，同时感到空虚"——鲁迅的"充实"的世界存在于"沉默"也即"无（言）"之中。

"过去的生命已经死亡。我对于这死亡有大欢喜，因为我借此知道它曾经存活。死亡的生命已经朽腐。我对于这朽腐有大欢喜，因为我借此知道它还非空虚。"——鲁迅的自我生命的价值是通过死亡来得以理解的，由死知生，向死而生，由死亡反过来体会、证实生命的价值。因此，他对生命有"大欢喜"。

"我自爱我的野草，但我憎恶这以野草作装饰的地面。

地火在地下运行，奔突；熔岩一旦喷出，将烧尽一切野草，以及乔木，于是并且无可朽腐。

但我坦然，欣然。我将大笑，我将歌唱。"

——鲁迅"自爱"野草，因为这是他的生命；同时也渴望"地火"的"喷出"将野草"烧尽"，也即用自我生命的毁灭，来证明新的世界的真正到来。他将为此"大笑"与"歌唱"。

"去罢，野草，连着我的题辞！"——鲁迅显然期待通过《野草》的写作，结束自我生命的一个阶段。这同时也是一个新的生命过程的预示。

到这里，我们就可以作一个简单的小结。从《野草》里可以看到，当鲁迅将他自我放逐，或者整个学界、整个社会把他放逐时，他所达到的境界：拒绝、抛弃一切"已有"、"将有"、"天堂"、"地狱"、"黄金世界"、"求乞"与"布施"、"希望"与"绝望"、"学问，道德，民意，公义"等一切被垄断的话语、逻辑和经验……也就是说，对现有的语言秩序，思想秩序和社会秩序给以一个整体性的怀疑、否定和拒绝。也就是把"有"彻底掏空，或者用佛教的说法，就是要对"有所执"进行拒斥。这样，他所拥有的就只是"黑暗"、"空虚"、"无所如果你仅仅看见承担黑暗的鲁迅,而看不到这承担后面的"坦然"、"欣然"、"大笑"和"歌唱",你就不能真正理解《野草》。鲁迅对黑暗承担本身虽然是极为沉重的,但另一方面,却使他自身的生命达到更为丰富、博大、自由的境界。

为"、"肉薄"……,并在这样的拥有中实现最大的自我承担与毁灭。这样说,鲁迅不是太黑暗了吗?但我们一定要注意到,他所进入的"黑暗"世界、"虚空"世界,并非我们想像的那样一无所有,而实际上是非常丰富的,应该是更大的一个"有":对现有一切的拒绝达到无、空,由无、空达到更大的有和实,这是一个生命的过程。所以,鲁迅最后说的是:"但我坦然,欣然。我将大笑,我将歌唱"。如果你仅仅看见承担黑暗的鲁迅,而看不到这承担后面的"坦然"、"欣然"、"大笑"和"歌唱",你就不能真正理解《野草》。鲁迅对黑暗承担本身虽然是极为沉重的,但另一方面,却使他自身的生命达到更为丰富、博大、自由的境界。我们读鲁迅的《野草》时,一定要把握这两个侧面,否则很可能产生误解。而最后,鲁迅又把他的生命哲学归结为不计后果、不抱希望地,永远不停地"向前走"这一绝对命令,这更是使他的生命获得了不断开拓的活力。这是可以通向最后十年的鲁迅的。

第九讲 鲁迅与创造社、太阳社的论战

【2001 年 6 月 27 日、7 月 4 日讲】

一

在前一讲中我们说到，鲁迅在《野草》中对现存的社会秩序、思想秩序和语言秩序提出整体性的怀疑、否定与拒绝以后，宣布他只服从一个绝对的、根本的指令，就是"走"。这或许正决定了他下一步向"行动"方面的发展。而在《野草·题辞》里，他在宣布《野草》时代的结束的同时又表示了一种期待："地火在地下运行，奔突；熔岩一旦喷出，将烧尽一切野草，以及乔木"。其实，在此之前，即在写于 1926 年的《马上日记之二》中，鲁迅已经表达了他对能够掀起"新的山崩地塌般的大波"的"革命时代"的期待。[1]这样，我们在关注 1926－1927 年这一段时间内鲁迅思想的发展时，首先注意到的就是在他的著作中新的词语的出现："革命"之外，还有"大众（民众／工农大众）"。

在《革命时代的文学》里，鲁迅这样谈到"革命"——

> 其实"革命"是并不稀奇的，惟其有了它，社会才会改革，人类才会进步，能从原虫到人类，从野蛮到文明，就因为没有一刻不在革命。[2]

这里所说的"革命"是可以理解为"变革"、"革新"的。在几乎同时写的《无声的中国》里，谈到五四"文学革命"时，鲁迅就这样说——

> "革命"这两个字，……有些地方是一听到就害怕的。但这和文学两字连起来的"革命"，却没有法国革命的"革命"那么可怕，不过是革新，改换一个字，就很平和了，我们就称为"文学革新"罢。[3]

---

[1]《马上日记之二》，《鲁迅全集》3 卷，343 页。

[2]《革命时代的文学》，《鲁迅全集》3 卷，418 页。

[3]《无声的中国》，《鲁迅全集》3 卷，13 页。

鲁迅将"革命"与"建设"相联系的思考,对"大革命"之后的"建设"的
期待,和他在1925年对于"只能留下一片瓦砾,与建设无关"的"寇盗
式的破坏"与"奴才式的破坏"的警惕与批判,是一脉相承的,鲁迅理
解的革命者正是他所说的"内心有理想的光"的"革新的破坏者"。

鲁迅自己说:"我其实并不是急进的改革论者,我没有反对过死刑,但对
于凌迟和灭族,我曾表示过十分的憎恶和悲痛,我以为二十世纪的人群中是
不应该有的。"[1]这说明,鲁迅对"革命"("改革"、"革新")的理解,从一开始
就具有浓厚的人道主义的色彩,他后来与太阳社、创造社的论争,绝不是偶
然的。另一方面,经历了三·一八惨案与广东四·一五大屠杀这样的统治者
对要求和平改革的年轻的革命者的暴力镇压以后,鲁迅对于平和的文学革
命(革新)的作用又有着深刻的怀疑,他在前述《革命时代的文学》的演讲里,
就一再谈到"文学文学,是最不中用的,没有力量的人讲的",并由此得出一
个结论:"中国现在的社会情状,止有实地的革命战争,一首诗吓不走孙传
芳,一炮就把孙传芳轰走了",对"革命战争"寄以了希望。[2]他因此支持孙中
山领导的北伐战争,以及后来同情与支持共产党领导的工农武装反抗,都是
从他的这一思想逻辑出发的。鲁迅因此也为被压迫者的暴力反抗辩护,他认
为"俄皇的皮鞭和绞架,拷问和西伯利亚,是不能造出对于怨敌也极仁爱的
人民的"。[3]

鲁迅这一时期对于革命的理解,还有几点很值得注意。

他在谈到"大革命成功以后"的"社会底状态"时特别强调,不仅有"对于
旧社会的破坏",更有"新社会的建设",并导致社会的"改变"与"向前走"——
鲁迅这里将"革命"与"建设"相联系的思考,对"大革命"之后的"建设"的期
待,和他在1925年对于"只能留下一片瓦砾,与建设无关"的"寇盗式的破
坏"与"奴才式的破坏"的警惕与批判,是一脉相承的,鲁迅理解的革命者正
是他所说的"内心有理想的光"的"革新的破坏者"。[4]

在写于1926年的《中山先生逝世后一周年》里,鲁迅提出了一个"永远
的革命者"的概念。这是他对"创造民国的战士"和"第一人"的孙中山的精神

[1]《答有恒先生》,《鲁迅全集》3卷,454页。

[2]《革命时代的文学》,《鲁迅全集》3卷,417页,423页。

[3]《〈争自由的波浪〉小引》,《鲁迅全集》7卷,304页。

[4]《再论雷峰塔的倒掉》,《鲁迅全集》1卷,193页,194页。

遗产的一个总结与概括——

> 中山先生的一生历史具在,站出世间来就是革命,失败了还是革命;中华民国成立以后,也没有满足过,没有安逸过,仍然继续着进向近于完全的革命的工作。直到临终之际,他说道:革命尚未成功,同志仍需努力!
>
> 他是一个全体,永远的革命者。无论所做的那一件,全都是革命。无论后人如何吹求他,冷落他,他终于全都是革命。[1]

这里强调的是一种"革命精神":不"满足"于现状,不追求个人生活的"安逸",坚持"近于完全的革命"的理想,不断地推动社会、思想、文化的变革。而对"革命者",鲁迅则提出了两个要求:一是"永远"——在鲁迅的理解里,所谓"近于完全的革命"目标是一个彼岸的终极目标,是可以不断趋近而不可能完全达到的,因而为趋近这一理想所进行的革命(革新,改革),就是一个永远不会、也不能停息、凝固的生生不息的运动过程;因此,"革命"永远处于"尚未成功"的状态,"同志"也就永远"仍需努力",[2] 置身于不断向前"走"的状态之中:人们自然会联想起鲁迅笔下的"过客"。同时,这样的革命精神是应该出自于内在生命的深处,并且贯穿于生命的"全体"的:那些人格的分裂者、"表演革命"者,绝不是真正的革命者。鲁迅后来(1927年3月)在《中山大学开学致语》中提出大学"平静的空气,必须为革命的精神所弥漫",[3] 讲的是同样的意思。这与我们在第六讲中谈到的鲁迅在1925年强调"北大是常为新的,改进运动的先锋",[4] 以及第七讲谈到的1927年《关于知识阶级》里以"对于社会永不会满意"的作为"真的知识阶级"的最基本的特质,[5]

---

[1]《中山先生逝世一周年》,《鲁迅全集》7卷,293页,294页。

[2] 在写于1927年3月的《黄花节的杂感》中,鲁迅即指出:"所谓'革命成功',是指暂时的事而言;其实是'革命尚未成功'的。革命无止境,倘使世上真有什么'止于至善',这人间世便同时变了凝固的东西了",文收《鲁迅全集》3卷,410页。

[3]《中山大学开学致语》,《鲁迅全集》8卷,159页。

[4]《我观北大》,《鲁迅全集》3卷,158页。

[5]《关于知识阶级》,《鲁迅全集》8卷,191页。

这都是有着一以贯之的发展线索的。

而最引人注目的，自然是鲁迅在《革命时代的文学》(1927 年 6 月) 里提出的这一论断："平民的世界，是革命的结果。"在同一篇演讲里，鲁迅还强调"必待工人农民得到真正的解放，然后才有真正的平民文学"。[1]在写于同一时期的《老调子已经唱完》(1927 年 2 月) 里，鲁迅又提出了"以民众为主体"的思想。[2]我们在前面已经提到鲁迅在写于 1926 年 11 月的《写在〈坟〉后面》里曾提出"世界却正由愚人造成，聪明人决不能支持世界，尤其是中国的聪明人"的命题，[3]这自然是鲁迅五四时期对"下等人"的肯定与关注的一个发展；而到了 1927 年，鲁迅如此明确地强调"民众"的"主体"地位，并第一次提到了"工人农民"的"真正的解放"，则显然受到了大革命根据地广州浓厚的工农革命气氛的感染(鲁迅是 1927 年 1 月 18 日来到广州的)，并且也不难看到马克思主义思想对他的影响(在写于 1927 年 4 月的《庆祝沪宁克复的那一边》里曾引述过列宁的话，至少表明了他对马克思主义思想的某些关注)。这无疑是鲁迅思想中的新的因素。这里也自有一条发展的线索：从 20 世纪初"立人"思想的提出，到五四时期坚持"下者，弱者，幼者本位"，对"现在大多数中国人生存、发展"的关注，到现在明确"以民众为主体"，关注"工人、农民的真正解放"，到了 1930 年代，如本书第一讲所说，鲁迅更自觉地以"几万万群众自己做了支配自己的命运的人"作为自己的理想与追求，[4]这都自有一以贯之的内在线索，也是一个不断发展的运动过程。但鲁迅仍然坚持了他固有的清醒的怀疑精神。在《庆祝沪宁克复的那一边》里，就发出了这样的隐忧——

庆祝，讴歌，陶醉着革命的人们多，好自然是好的，但有时也会使革命精神转成浮滑。革命的势力一扩大，革命的人们一定会多起来。……

[1]《革命时代的文学》，《鲁迅全集》3 卷，422 页。
[2]《老调子已经唱完》，《鲁迅全集》7 卷，309 页。
[3]《写在〈坟〉后面》，《鲁迅全集》1 卷，236 页。
[4]《林克多〈苏联闻见录〉序》，《鲁迅全集》4 卷，426 页。

这样的人们一多，革命的精神反而会从浮滑，稀薄，以至于消亡，再下去是复旧。

　　广东是革命的策源地，因此也先成为革命的后方，因此也先有上面所说的危机。[1]

危机感来自革命变质的危险，鲁迅因此一再提醒人们要区分真、假：真假革命、真假革命文学与真假革命文学家。他说——

　　世间往往误以为两种文学为革命文学：一是在一方的指挥刀的掩护之下，斥骂他的敌手的；一是纸面上写着许多"打，打"，"杀，杀"，或"血，血"的。[2]

前者如鲁迅所说，"并非对于强暴者的革命，而是对于失败者的革命"，不过是以"革命"的名义剪除弱者；而后者，鲁迅一语道破："不过是一面鼓"，[3]做戏而已。人们所面对的，依然是"伪士"，依旧是"做戏的虚无党"。

但中国的土壤恰恰适合于这样的假革命者的生长，于是，鲁迅对他所看见的历史与现实就作了如下严峻的概括——

　　革命，反革命，不革命。

　　革命的被杀于反革命的。反革命的被杀于革命的。不革命的或当作革命的而被杀于反革命的，或当作反革命的而被杀于革命的，或并不当作什么而被杀于革命的或反革命的。

　　革命，革革命，革革革命，革革……。[4]

---

[1]《庆祝沪宁克复的那一边》，《鲁迅全集》8卷，162页，163页。

[2]《革命文学》，《鲁迅全集》3卷，543页。

[3]《革命文学》，《鲁迅全集》3卷，543页，544页。

[4]《小杂感》，《鲁迅全集》3卷，532页。

这正是一个在"革命"大旗下滥杀异己的历史循环，或许是血腥气太重，谁也不敢正视，因此被重重遮蔽，现在由鲁迅一人无情的撕破了。

对于"民众"，鲁迅也保持着清醒，在 1927 年 10 月所写的《答有恒先生》里，他谈到看不见收场的"血的游戏"，又说了这样一句话——

民众的罚恶之心，并不下于学者和军阀。[1]

在鲁迅这里，是没有任何不可质疑的东西的，对于"革命"与"民众"都是如此。他从不将其理想化与神圣化。

这样，在 1926、1927 年间，鲁迅一面向往、追求他所说的"大革命时代"，一面又不免忧心忡忡。

二

尽管有着许多疑虑，明知要付出代价，但只要认定了，鲁迅仍然要做。于是，在 1926 年 11 月 7 日鲁迅写给许广平的信里，传递出了这样的信息——

其实我也还有一点野心，也想到广州后，对于"绅士"们仍然加以打击，至多无非不能回北京去，并不在意。第二是同时与创造社联合起来，造一条战线，更向旧社会进攻，我再勉力写些文字。[2]

鲁迅为什么要选择创造社作为未来的联合伙伴呢？因为创造社这时也正经历着向革命的转化。1927 年 4 月，鲁迅和成仿吾、王独清等创造社作家联名发表《中国文学家对于英国知识阶级及一般民众的宣言》；同年 12 月 3 日，上海《时事新报》发表《创造周刊》复刊广告，并列出了"特约撰述员"名单，第一为鲁迅、第二为麦克昂（郭沫若的化名），第三为蒋光慈。但很快创造

[1]《答有恒先生》，《鲁迅全集》3 卷，457 页。
[2]《两地书·第二集·厦门——广州》（六九），《鲁迅全集》11 卷，191 页。

社那边就发生了急剧的变化：最初提出和鲁迅合作的是郑伯奇（代表创造社前期的"老人"）；创造社后期的"新兴力量"（李初梨、阳翰笙等人，他们加入创造社据说是受周恩来的指示，目的是为加强党的领导）此时却表示不能与鲁迅合作，不但不能合作，相反还要将鲁迅作为打倒的对象。这样创造社内部就发生了分歧，最后由成仿吾和郭沫若作出决定：为了维护创造社内部的团结，不惜与鲁迅分裂。等着合作的鲁迅不仅未等到合作的消息，反而在1928年1月等来了创造社、太阳社异乎寻常的集团式的猛烈攻击。有研究者统计，"从1928年初到1929年底，发表有关革命文学论争的文章有270篇，而直接与鲁迅既'论'且'战'亦过百篇之多"，"其'围剿'人数之多，规模之大，手段之强，上纲之高，令他（鲁迅）震惊"。[1]在《三闲集》序言里，鲁迅这样写道——

> 我是在二七年被血吓得目瞪口呆，离开广东的，……但我到了上海，却遇见文豪们的笔尖的围剿了，创造社，太阳社，"正人君子"们的新月社中人，都说我不好，连并不标榜文派的现在多升为作家或教授的先生们，那时的文字里，也得时常暗暗地奚落我几句，以表示他们的高明。[2]

应该说，在这场围剿中，新月社的攻击是鲁迅意料之中的，而他准备与之合作的伙伴创造社、太阳社的突然袭击，却出乎意料。早在"三·一八惨案"发生以后，鲁迅就发出感慨："我向来是不惮以最坏的恶意，来推测中国人的"，但许多事情仍在"不料"之中，是做"梦"也想不到的。[3]现在，鲁迅又要为自己的善良（"恶意"不够）付出代价了。

创造社、太阳社为什么要突然拿鲁迅作为靶子呢？这要从后期创造社所办的刊物《文化批判》说起：成仿吾在创刊《祝词》中宣布要负起"伟大的启蒙"的"历史任务"，"它将从事资本主义社会的合理批判，它将描绘出近代

---

[1] 卫公：《鲁迅与创造社关于"革命文学"论争始末》，载《鲁迅研究月刊》2000年2期。

[2] 《〈三闲集〉序言》，《鲁迅全集》4卷，4页。

[3] 参看《记念刘和珍君》，《鲁迅全集》3卷，275页；《空谈》，《鲁迅全集》3卷，279页。

而鲁迅这样的精神界的战士却恰恰是新旧道学家的天敌：他可以说是倾其全力地反对以"指导者"自居，反对对真理的垄断，反对建立与维护所谓"正轨"秩序。作为中国知识分子中的异类，鲁迅遭到从"特殊知识阶级"到"革命知识阶级"的合力围剿。

帝国主义的行乐图，它将解答我们'干什么'的问题，指导我们从哪里干起"。[1]在另一篇点名批判鲁迅的文章《完成我们的文学革命》里，成仿吾也是口口声声"我们应当阐明真理"，动辄质问："这是文艺的正轨吗？""这是在中国文学进化的过程上应该如是的吗？""我们现在所需要的是不是这样的文学？"[2]一篇题为《"除掉"鲁迅的"除掉"！》的文章里，批判者也是大谈"历史的使命是必然的，历史的进展会导到最后的胜利"。[3]——这样的气势汹汹的"革命话语"，看似颇新：开口闭口"历史使命"、历史"必然"性这类时髦词语，但骨子里却是旧的：那以"真理"的垄断者、道德的化身自居，自认能够"解答"一切、"指导"一切的救世主姿态，那以建立和维护"应该如是"的"正轨"秩序为己任，对异己者作苛刻的政治、道德判决的奴隶总管的架势，正是中国传统中道学家的幽灵复活，与鲁迅刚刚领教过自称"特殊知识阶级"的"正人君子"其实是同出一辙。而鲁迅这样的精神界的战士却恰恰是新旧道学家的天敌：他可以说是倾其全力地反对以"指导者"自居，反对对真理的垄断，反对建立与维护所谓"正轨"秩序。作为中国知识分子中的异类，鲁迅遭到从"特殊知识阶级"到"革命知识阶级"的合力围剿，借用创造社、太阳社诸君子的批判话语，恐怕也是"必然"的。

另一方面，"革命知识阶级"定下的目标一是对资本主义的批判，一是对帝国主义的批判；而当他们高举"反资本主义"的旗帜时，就必然导致对五四新文化运动的否定。因为在他们看来，五四新文化运动实际上是一个资产阶级的启蒙运动，一个欧化的运动，是"资本与封建之争"，"赛德二先生，是资本主义意识的代表"[4]，因此，五四仅仅是一个"对于旧思想的否定不完全，而对新思想的介绍更不负责任"的"浅薄的启蒙"。他们

---

[1] 成仿吾：《祝词》，载《文化批判》月刊第 1 号，1928 年 1 月 15 日出版。

[2] 仿吾：《完成我们的文学革命》，载《洪水》半月刊第 3 卷第 25 期，1927 年 1 月 16 日出版。转引自《"革命文学"论争资料选编(上)》，18 页，19 页，人民文学出版社，1981 年版。

[3] 彭康：《"除掉"鲁迅的"除掉"》，原载《文化批判》第 4 号，1928 年 4 月 15 日出版。转引自《"革命文学"论争资料选编(上)》，311 页，人民文学出版社，1981 年版。

[4] 李初梨：《怎样地建设革命文学》，载《文化批判》月刊第 2 号，1928 年 2 月 15 日出版。转引自《"革命文学"论争资料选编(上)》，159 页，人民文学出版社，1981 年版。

以为这样一种启蒙时至今日应该"寿终正寝"了，因此必然要从"文学革命"发展到"革命文学"，[1] 用无产阶级启蒙运动代替五四时期的资产阶级启蒙运动，用后来瞿秋白的话说，就是要发动一个"无产阶级的五四运动"。这就必然要拿"资产阶级五四"的代表人物开刀，对他们逐一进行"阶级分析"。

首先被"分析"的就是胡适。在这些"革命的知识阶级"看来，胡适等人代表了"官僚化的新兴资本"，并且已与封建势力合流，"占领了各官僚大学、各文化机构"。[2] 在他们眼里，大学教授全部都是资产阶级。他们同样追问："鲁迅究竟是第几阶级的人，他写的又是第几阶级的文学？"[3] 分析的结果给了两种"定位"：第一种认为鲁迅反映了"社会变革期中的落伍者的悲哀，无聊赖地跟着他弟弟说几句人道主义的美丽的说话"[4]——值得注意的是，他们对鲁迅的定位不是从鲁迅本人出发，而是从周作人出发，这也有一定的道理，因为当年周作人的影响是更大的；郭沫若则干脆称之为"封建余孽"。第二种依然将鲁迅纳入"以语丝为中心的周作人一派"，"标语是趣味"，"所矜持的是'闲暇，闲暇，第三个闲暇'"（后来鲁迅命名《三闲集》即冲此而来），但却贴上另一种阶级标签："有闲的资产阶级，或者睡在鼓里面的小资产阶级"。[5] 郭沫若更以他诗人的浪漫想像来了一个"三级跳"：鲁迅是"资本主义以前的一个封建余孽"，既然"资本主义对于社会主义是反革命"，那么"封建余孽对于社会主义就是二重的反革命"。从此得出的结论就是两顶吓人的大帽子：鲁迅是一个"二重的反革命人物"，一位"不得志的法

---

[1] 成仿吾：《从文学革命到革命文学》，载《创造月刊》第1卷第9期，1928年2月1日出版。转引自《革命文学"论争选编（上）》，132页，130页，132页，人民文学出版社，1981年版。

[2] 李初梨：《怎样地建设革命文学》，载《文化批判》月刊第2号，1928年2月15日。转引自《"革命文学"论争资料选编（上）》，161页，160页。人民文学出版社，1981年版。

[3] 李初梨：《怎样地建设革命文学》，载《文化批判》月刊第2号，1928年2月15日出版。转引自《"革命文学"论争选编（上）》，164页，人民文学出版社，1981年版。

[4] 冯乃超：《艺术和社会生活》，载《文化批判》月刊第1号，1928年1月15日出版。转引自《"革命文学"论争资料选编（上册）》，116页，人民文学出版社，1981年版。

[5] 成仿吾：《从文学革命到革命文学》，载《创造月刊》第1卷第9期，1928年2月1日出版。转引自《"文学革命"论争资料选编（上）》，135页，人民文学出版社，1981年版。

"革命知识阶级"是以"农工大众"的代表自居的,这样一个非常简单的二元对立模式,就变成了"到这边来"——支持自己的主张的就是革命的,"到那边去"——持有异议就是反革命或法西斯,而且要求每个人必须做出一个非此即彼(拥护或反对)的选择。

西斯谛"。[1]在太阳社、创造社的"革命知识阶级"看来,"资本主义已经到了他的最后的一日,世界形成了两个战垒,一边是资本主义余毒法西斯蒂的孤城,一边是全世界农工大众的联合战线","谁也不许站在中间。你到这边来,或者到那边去"。[2]这些"革命知识阶级"是以"农工大众"(而且是"世界农工大众")的代表自居的,这样一个非常简单的二元对立模式,就变成了"到这边来"——支持自己的主张的就是革命的,"到那边去"——持有异议就是反革命或法西斯,而且要求每个人必须做出一个非此即彼(拥护或反对)的选择,并以此站队,画线,划分敌我;而此后的中国社会则一直面对这个逻辑。

独立的鲁迅当然不会听命于这样的"命令",他毫不犹豫地投入了和创造社、太阳社的"革命知识阶级"的论战。这场论战的最大特点是,正在鲁迅关注"革命"和"民众",准备和实际社会运动发生联系的时候,创造社、太阳社诸君子却打着这两面旗子来反对他,这就逼着鲁迅对"革命"和"民众"进行更深入的二度思考,同时在这思考中与创造社、太阳社的"革命知识阶级"划清界限。这两个问题就成为双方论战的焦点。

关于"革命",主要有三个问题。

首先,革命是干什么的? 革命的目的是什么?

在总结论战的文章《上海文艺之一瞥》中,鲁迅指出,创造社、太阳社的"革命的知识分子"的致命问题在于——

> 他们,尤其是成仿吾先生,将革命使一般人理解为非常可怕的事,摆着一种极左倾的凶恶的面貌,好似革命一到,一切非革命者就都得死,令人对革命只抱着恐怖。其实革命并非教人死,而是教人活的。[3]

[1] 杜荃(郭沫若):《文艺战上的封建余孽——批评鲁迅的〈我的态度气量和年纪〉》,载《创造月刊》第2卷第1期,1928年8月10日出版.转引自《"革命文学"论争资料选编(上)》,578页,579页,人民文学出版社,1981年版。

[2] 成仿吾:《从文学革命到革命文学》,载《创造月刊》第1卷第9期,1928年2月1日出版.转引自《"革命文学"论争资料选编(上)》,136页。

[3] 《上海文艺之一瞥》,《鲁迅全集》3卷,297页。

几十年来鲁迅可以说苦口婆心地一再强调一个常识：要重视人的生命，而且是人的个体生命，现在又提出"革命并非教人死，而是教人活的"，这更是一个十分重要的提醒。

"革命并非教人死，而是教人活的"，这看似一个常识，实际却非常深刻：既包含着鲁迅在 20 世纪初提出的"立人"，又包含着他在五四时提出的要让人"幸福的度日，合理的做人"，五四后提出的"一要生存，二要温饱，三要发展"，直至 1926 年提出的"工人农民的解放"——这一命题其实是前面一系列命题的自然发展，是对它们的一个总的包蕴。也就是说，人的健全的生存和发展，才是革命的目的；反过来说，革命绝不能以人的生存权、发展权被剥夺作为代价。此处的"人"又和"立人"中的"人"一样是非常具体的人：革命的核心应该是个体的生命，促成全社会每一个生命个体从形形色色的压迫与奴役中解放出来，得到自由而健全的发展。几十年来鲁迅可以说苦口婆心地一再强调一个常识：要重视人的生命，而且是人的个体生命——三·一八惨案后他提出"会觉得尸体的沉重"的民族才是有希望的[1]；在经历了"四·一五大屠杀"以后，他为"（对）别个的不能再造的生命和青春，更无顾惜"的残忍，感到极度的悲哀；[2]现在又提出"革命并非教人死，而是教人活的"，这更是一个十分重要的提醒。因为有一种似是而非的"理论"：为了革命的目的而杀人是天经地义的。这里不仅包含一种整体性思维，即所谓"为了整体的利益可以无条件地牺牲个人的生命"，同时"革命的目的"本身就具有很大的随意性，所谓"为革命牺牲"最容易调包为"为自称代表革命的个人或某个集团的利益而牺牲"，而所谓"为革命而杀反革命"，其实就是鲁迅所说的"革命一到，一切非革命者就都得死"的逻辑，如前文所分析，也常常成为滥杀异己和无辜的说辞。"革命是让人活而不是让人死"的命题里所内含的"革命应建立在人道主义的基础上"的意义，更是一个重要的理论与实践问题，"革命和人道主义的关系，也即革命者应不应该是人道主义者"，这在中国革命史上几乎是争论了大半个世纪的。创造社、太阳社的"革命知识阶级"对鲁迅所加的最严重的"罪名"之一就是"跟（着）他弟弟"（还有托尔斯泰）"说几句人道主义的美丽的说话"。鲁迅则揭露说——

---

[1]《"死地"》，《鲁迅全集》3 卷，267 页。
[2]《答有恒先生》，《鲁迅全集》3 卷，453 页。

惟有中国特别，知道跟着人称托尔斯泰为"卑污的说教人"了，而对于中国"目前的情状"，却只觉得在"事实上，社会各方面亦正受着乌云密布的势力的支配"，连他（按：指托尔斯泰）的"剥去政府的暴力，裁判行政的喜剧的假面"的勇气的几分之一也没有；知道人道主义不彻底了，但当"杀人如草不闻声"的时候，连人道主义的抗争也没有。[1]

这又是一语道破：以"彻底"革命的名义否认人道主义，不过是掩饰自己没有勇气面对现实黑暗的怯弱，甚至（至少在客观上）是为"杀人如草不闻声"的血腥屠杀作掩护的。对于某些"革命知识分子"，所谓"彻底"革命不过是一种姿态，一种自欺欺人的表演。而鲁迅则宁愿承认自己"天生的不是革命家"，因为最害怕要别人去牺牲，而"倘是革命巨子，看这一点牺牲，是不算一回事的"。[2]

面对这样的"革命"姿态，多疑的鲁迅不能不产生一个疑问：你们参加革命的目的是什么？于是，成仿吾在《从文学革命到革命文学》中的一段话，被鲁迅死死抓住了："不要再落在后面，自觉地参加这社会变革的历史的过程"，"把你的背对向着那将被奥伏赫变的阶级，开步走，向那醒醒的农工大众！"并且"获得大众，不断地给他们以勇气，维持他们的自信"，"这样，你可以保障最后的胜利；你将建立殊勋，你将不愧为一个战士"。[3]鲁迅敏锐地从"获得大众"与"保障最后的胜利"这两个关键词语的背后，看到了这些"革命知识阶级"内心深处的某些连他们自己也未必自觉的意识，而他正是从中发现了某种新的社会典型。就像当年对陈源那些"特殊的知识阶级"一样，鲁迅开始穷追不舍。针对"保障最后的胜利"一语，鲁迅如此发问——

---

[1]《"醉眼"中的朦胧》，《鲁迅全集》4卷，62页。

[2]《通信》，《鲁迅全集》4卷，98页。

[3] 成仿吾：《从文学革命到革命文学》，载《创造月刊》第 1 卷第 9 期，1928 年 2 月 1 日出版。转引自《"革命文学"论争选编(上)》，136—137 页。人民文学出版社，1981 年版。

在经历了辛亥革命以后，鲁迅又发现了中国的近代革命不过是"阿Q革命"，所奉行的依然是这样的农民造反的逻辑，但又增添了几分商业社会的投机家的气息。

倘若难于"保障最后的胜利"，你去不去呢？ [1]

这是一个令对方颇为难堪的问题，却是抓住要害的。鲁迅的批判则更为尖锐——

不是正因为黑暗，正因为没有出路，所以要革命的么？ 倘必须前面贴着"光明"和"出路"的包票，这才雄赳赳地去革命，那就不但不是革命者，简直连投机家都不如了。 虽是投机，成败之数也不能预卜的。[2]

而鲁迅由此得出的结论却是十分沉重的——

革命被头挂退的事是很少有的，革命的完结，大概只由于投机者的潜入。[3]

这确实关乎革命的性质与前途："革命"究竟是一场反抗黑暗、争取大众的解放的社会运动，还是一种投机事业，为了将来的获利而投资的买卖，为了达到自己目的的"敲门砖"。这又是一个"真革命"还是"假革命"的问题：真革命者是不计后果，不问"保障最后的胜利"的；假革命即投机革命者，或者看不到最后胜利的前景中途落荒而逃，即使"坚持"到最后胜利，也必然要垄断革命成果，从革命中获取最大的利益。这正是鲁迅在前述《学界的三魂》、《〈阿Q正传〉的成因》里，一再表示的隐忧："记得在日本留学的时候，有同学问我在中国最大有利的买卖是什么，我答道：'造反'。"[4]这本是中国历史上农民造反的逻辑："造反"是为了"彼可取而代之"，即所谓"打天下者坐天下"，"老子打江山，儿子坐江山"等等。在经历了辛亥革命以后，鲁迅又发现了中国的近

[1]《"醉眼"中的朦胧》，《鲁迅全集》4卷，63页。

[2]《铲共大观》，《鲁迅全集》4卷，106页。

[3]《铲共大观》，《鲁迅全集》4卷，106页。

[4]《学界的三魂》，《鲁迅全集》3卷，207页。

代革命不过是"阿Q革命",所奉行的依然是这样的农民造反的逻辑。现在,鲁迅却在这些自称"走向醒醒的农工大众"的"革命知识阶级"的滔滔宣言中,发现了农民造反、阿Q革命的逻辑,但又增添了几分商业社会的投机家的气息(这对他们的"反资本主义"旗帜恰成反讽),他的"革命"在"投机家的潜入"中"完结"的担忧,正产生于此。正是在这场论战中,鲁迅再一次发出警告——

> 至今为止的统治阶级的革命,不过是争夺一把旧椅子。去推的时候,好像这椅子很可恨,一夺到手,就又觉得是宝贝了,而同时也自觉了自己正和这"旧的"一气。"奴才"做了主人,是绝不肯废去"老爷"的称呼的,他的摆架子,恐怕比他的主人还十足,还可笑。[1]

鲁迅又看到了"一个统治者代替另一个统治者"的可怕的历史循环,不能不陷入更深刻的忧虑之中。当鲁迅发现在中国最可能发生的革命,或者是屠杀异己者的"革命",或者是投机的、"彼可取而代之"的"争夺一把旧椅子"的"革命"时,他就不能不反身于己:在这样的"革命"胜利以后,像自己这样的"永远不满足于现状"因而"永远革命"的知识分子将会有怎样的命运?——仍然像与现代评论派的"特殊知识阶级"的论战一样,所有对外在黑暗的批判都会转化为自己内心的黑暗,而鲁迅也同样保持着一种清醒。正是在与创造社、太阳社的这场论战中,鲁迅对自己未来的命运作出了如下预言——

> 所怕的只是成仿吾们真像符拉特弥尔·伊力支(按:今译"弗拉基米尔·伊里奇·列宁")一般,居然"获得大众";那么,他们大约更要飞跃又飞跃,连我也会升到"贵族"或"皇帝"阶级里,至少也总得充军到北极圈内去了。译著的书都禁止,自然不待言。[2]

---

[1]《上海文艺之一瞥》,《鲁迅全集》4卷,301页,302页。
[2]《"醉眼"中的朦胧》,《鲁迅全集》4卷,66页。

可见鲁迅是明知"革命"胜利以后可能给自己带来灾难，仍要支持"革命"的。和那些"一定要讲最后的胜利，付多少钱终得多少利，像人寿保险公司一般"的"革命家"[1]不同，鲁迅的逻辑是："人被压迫了，为什么不斗争？"[2]他支持革命，仅仅是为了和黑暗捣乱，而共产党所领导的革命几乎是 1930 年代中国社会现实中惟一的公开反抗国民党专制政权的力量，其中也确实有真正的革命者；至于反抗的后果，"将来"如何，他是并不抱希望的，这里确实有鲁迅的矛盾：他不过是又一次地尝试着"反抗绝望"。

于是，最善于从实际经验中提升自己的思考的鲁迅，对于"革命"也因此有了更深入的体认——

> 每一革命部队的突起，战士大抵不过是反抗现状这一种意思，大略相同，终极目的是极为歧异的。或者为社会，或者为小集团，或者为一个爱人，或者为自己，或者简直为自杀。然而革命军仍然能够前行。因为在进军的途中，对于敌人，个人主义者所发的子弹，和集团主义者所发的子弹是一样地能够制其死命；任何战士死伤之际，便要减少些军中的战斗力，也两者相等的。但自然，因为终极目的的不同，在行进时，也时时有人退伍，有人落荒，有人颓唐，有人叛变，然而只要无碍于进行，则愈到后来，这队伍也就愈成为纯粹，精锐的队伍了。[3]

> 革命是痛苦，其中也必然混有污秽和血，决不是如诗人所想像的那般有趣，那般完美；革命尤其是现实的事，需要各种卑贱的，麻烦的工作，决不如诗人所想像的那般浪漫；革命当然有破坏，然而更需要建设，破坏是痛快的，但建设却是麻烦的事。所以对于革命抱着浪漫谛克的人，

---

[1]《通信》,《鲁迅全集》4 卷,99 页。

[2]《文艺与革命》,《鲁迅全集》4 卷,83 页。

[3]《非革命的急进革命论者》,《鲁迅全集》4 卷,226 页。

一和革命接近,一到革命进行,便容易失望。[1]

倘若一切都四平八稳,势如破竹,便无所谓革命,无所谓战斗。大众先都成了革命人,于是振臂一呼,万众响应,不折一兵,不费一矢,而成为革命天下,那是和古人的宣扬礼教,使兆民化为正人君子,于是自然而然地变了"中华文物之邦"的一样是乌托邦思想。革命有血,有污秽,但有婴孩。……只要有新生的婴孩,"溃灭"便是"新生"的一部分。中国的革命文学家和批评家常在要求描写美满的革命,完全的革命人,意见固然是高超完善之极了,但他们也因此终于是乌托邦主义者。[2]

这里提出的命题:关于革命的"终极目的",关于革命队伍的分化,关于革命中的"污秽"和"婴儿"的关系,关于革命与建设的关系,对所谓"革命浪漫主义,革命乌托邦主义"的批判……都有着极大的理论与实践的意义;而对绝对的"完满"、"完全"、"完善"的质疑,更是对我们前面已经论及的鲁迅的"历史中间物"观念的一个新的发展。鲁迅曾经说过,他的《论"费厄泼赖"应该缓行》"虽然不是我的血所写,却是见了我的同辈和比我年幼的青年们的血而写的";[3]现在,这几个关于"革命"的命题,同样也可以视为中国革命的血的经验的结晶,是万万轻视不得的。

我们再来看鲁迅与创造社、太阳社的"革命知识阶级"第二个争论焦点:如何看待中国的"民众",或者说"知识分子和民众的关系"的问题。

鲁迅抓住了成仿吾"获得大众"这个关键词,挖掘它背后的情感与心理——那是一种居高临下、施与大众的贵族态度;同时也暗含着投机:既然有恩于大众,革命胜利后必然要求大众回报自己。鲁迅称这种想法是"做梦";他在《对于左翼作家联盟的意见》的著名演讲里,一针见血地指出——

---

[1]《对于左翼作家联盟的意见》,《鲁迅全集》4卷,233—234页。
[2]《〈溃灭〉第二部一至三章译者附记》,《鲁迅全集》10卷,336页。
[3]《写在〈坟〉后面》,《鲁迅全集》1卷,336页。

以为诗人和文学家高于一切人，他底工作比一切工作都高贵，也是不正确的观念。

以为诗人或文学家，现在为劳动大众革命，将来革命成功，劳动阶级一定从丰报酬，特别优待，请他坐特等车，吃特等饭，或者劳动者捧着牛油面包来献他，说："我们的诗人请用吧！"这也是不正确的。

不待说，知识阶级有知识阶级的事要做，不应特别看轻，然而劳动阶级绝无特别例外地优待诗人或文学家的义务。[1]

这里对"为劳动大众革命"的"革命知识分子"的"革命观"和对知识分子与劳动者关系的预设的批判，也同样抓住了要害。

而创造社、太阳社最重要、最核心的问题乃是他们对劳动者的美化。阿英在论战中写了很多文章大谈"失掉了的阿Q时代"。据说鲁迅所批判的有着病态的国民性的"阿Q""早已死去了"，"现在的中国农民第一是不像阿Q时代的幼稚，他们大都有了很严密的组织"，"第二是中国农民的革命性已经充分的表现了出来"，"绝没有阿Q那样屈服于豪绅的精神"，"第三是中国的农民智识已不像阿Q时代农民的单弱"，"他们是有意义的，有目的的，不是泄愤的，而是一种政治的斗争了"。结论是：应该写革命的农民，"早就该把阿Q埋葬起来"[2]——这样一个"革命化"的农民想像或许有大革命时期湖南农民运动的根据（因此，阿英的文章很容易使人们联想起毛泽东《湖南农民运动的考察报告》），但显然是被理想化、浪漫化了的，而且蕴含着一种转折：农民由五四时期的启蒙对象变为三十年代的歌颂对象，以后一直发展到知识分子必须接受贫下中农的改造，等等，也自成现代思想史上的一条线索。

可以说在这种理想化、浪漫化倾向刚露头的时候，鲁迅就和太阳社、创造社展开了激烈的论战，批判他们"不敢正视社会现象"，回避黑暗、回避民众的不觉悟状态。鲁迅引述报刊上关于湖南长沙万民空巷"观望"共产

---

[1]《对于左翼作家联盟的意见》，《鲁迅全集》4卷，234—235页。

[2] 阿英：《死去了的阿Q时代》，载《太阳月刊》3月号，1928年3月1日出版。转引自《"革命文学"论争资料选编（上）》，192页，人民文学出版社，1981年版。

党人的尸体，"交通为之断绝"的报导，提醒那些"闭了眼睛"的"革命知识阶级"——

> 我们中国现在（现在！不是超时代的）的民众，其实还不很管什么党，只要看"头"和"女尸"。只要有，无论谁的都有人看，拳匪之乱，清末党狱，民二，去年和今年，在这短短的二十年中，我已经目睹或耳闻了好几次了。[1]

阿英们眼中的历史的飞跃，在鲁迅看来却只是历史的循环：二十年来，杀的对象不一样，但民众的"看"却始终不变：还是鲁迅说的那句话："群众，——尤其是中国的，——永远是戏剧的看客"。[2]

在《太平歌诀》里，鲁迅尖锐地指出："叫人叫不着，自己顶石坟"这十个字"包括了许多革命者的传记和一部中国革命的历史"。必须长期面对民众的不觉悟，在几乎孤立无援的状态下坚持革命，并独自承担一切苦难：这本是真正的中国革命者的真实生存困境；这些"革命文学家"却不敢正视，偏偏"欢迎喜鹊，憎厌枭鸣，只检一点吉祥之兆来麻醉自己"，还自称"超出了时代"。鲁迅嘲讽说——

> 恭喜的英雄，你前去罢，被遗弃了的现实的现代，在后面恭送你的行旌。
>
> 但其实还是同在。你不过闭了眼睛。不过眼睛一闭，"顶石坟"却可以不至于了，这就是你的"最后的胜利"。[3]

这里强调对"现实的现代"的中国人和中国革命者真实的生存困境绝不能"闭上眼睛"，是表现了鲁迅的一贯思路的。

---

[1]《铲共大观》，《鲁迅全集》4卷，106页。
[2]《娜拉走后怎样》，《鲁迅全集》1卷，163页。
[3]《太平歌诀》，《鲁迅全集》4卷，103页，104页。

鲁迅强调知识分子是"大众中的一个人"，并非外在于大众的异己力量；"知识分子和大众的关系"在某种程度上是大众中的两个部分的关系，他们是相互平等和互补的。真正的知识分子是既"不看轻自己，以为是大家的戏子，也不看轻别人，当作自己的喽罗"。

鲁迅并不回避他自身的矛盾。在一封通信里，他这样写道——

> 我总以为下等人胜过上等人，青年胜于老头子，……（但）我也知道一有利害关系的时候，他们往往也就和上等人老头子差不多了，然而这是在这样的社会组织之下，势所必至的事。[1]

这正是鲁迅心目中的真实的而非理论上的"下等人"，和他与"下等人"之间的真实关系：一方面，他从生命根柢上感到了自己与这些中国社会等级结构中处于底层的普通人民血脉的相通，他在感情和价值判断上显然倾向于"下等人"，但又绝不会把他们理想化、诗意化。他清醒地意识到，"下等人"并非生活在真空，而是身处于现实的中国"社会组织"结构之中，不可能保持自然生命的形态，在利害关系上，和"上等人"之间既存在对立也会有着某种合谋，这确实是"势所必至"，是一切中国的改革者必须面对的生活的真实。

后来鲁迅在 1936 年的《门外文谈》中对知识分子和大众的关系作了更深入的思考。他强调知识分子是"大众中的一个人"，并非外在于大众的异己力量；通常所说"知识分子和大众的关系"，在某种程度上是大众中的两个部分的关系，他们是相互平等和互补的。因此，真正的知识分子是既"不看轻自己，以为是大家的戏子，也不看轻别人，当作自己的喽罗"。鲁迅说，"凡有改革，最初，总是觉悟的智识者的任务"，而知识分子的启蒙是建立在对大众的信念、也即相信大众是需要而且能够不断吸收新知识这样一个前提和基础之上的；但同时知识分子也绝不迎合大众，绝不做每件事都要想想合不合大众的胃口，也绝不多骂几句来博得大众的欢心：知识分子，特别是那些看重大众力量的革命知识分子，要时刻警惕着成为"'迎合大众'的新帮闲"[2]——这自然是一个十分重要的命题，或许鲁迅和创造社、太阳社的"革命知识阶级"的真正分歧正是在这里。应该承认，处在 1930 年代中国社会背景下，鲁迅与

---

[1]《通信》，《鲁迅全集》4 卷，97 页。
[2]《门外文谈》，《鲁迅全集》6 卷，102 页。

创造社、太阳社的作家都根据各自不同的经历，意识到了知识分子与以工农大众为主体的社会革命运动相结合的必要，这一点上，他们之间确有共通之处，这是他们后来共同倡导左翼文艺运动的内在原因；但在对"革命"与"大众"的认识上，创造社、太阳社的作家却陷入了新的盲目性：在将"革命"与"大众"理想化、浪漫化的时候，实际上就为自己树立一个新的偶像——不只是"革命"与"大众"的偶像，更致命的是"革命代言人"与"大众代言人"的偶像，从而从根本上放弃了知识分子自身的独立性；偶像化的另一面，就是将"革命"与"大众"绝对化与凝固化，也就从根本上失去了知识分子的批判、怀疑的基本品格，其结果就是鲁迅所警告的，陷入了革命（革命代言人）与大众（大众代言人）的"新帮闲"的陷阱——在经历了以后的历史的种种曲折，今天重温鲁迅当年的警告，自会有许多感慨。

三

我们在讲鲁迅与现代评论派的论战时曾经说过，鲁迅最关心的是人的灵魂，所以他对论战对手，不仅要论其言，观其行，而且还要勾其"魂"。在和创造社、太阳社论战时，鲁迅就画了这样一幅"革命咖啡店"的图景——

> 遥想洋楼高耸，前临阔街，门口是晶光闪烁的玻璃招牌，楼上是"我们今日文艺界上的名人"，或则高谈，或则沉思，面前是一大杯热气蒸腾的无产阶级咖啡，远处是许许多多"醒醒的工农大众"，他们喝着，想着，谈着，指导着，获得着，那是，倒也实在是"理想的乐园"。[1]

上海咖啡店，似乎是当下学术界的一个热门话题，不知道研究者是否注意到鲁迅的这幅"革命咖啡店"图。在我看来，这幅图景为我们讨论 1930 年代上海都市文化提供了一个不可忽视的视角。"洋楼……阔街……招牌"，

---

[1]《革命咖啡店》，《鲁迅全集》4 卷，116 页。

所谓"革命咖啡店"正是这样的"现代都市文化"的产物,或者说,是一块"新招牌":这就意味着鲁迅是把创造社、太阳社的"革命知识阶级"置于"上海滩"的背景下加以考察的,这本身就具有一种深刻性。

构成了一个典型的"现代都市"背景,而"招牌"(而且"晶光闪烁")更是一个象征:在这个"现代都市"社会里,一切都被"招牌"化了。所谓"革命咖啡店"正是这样的"现代都市文化"的产物,或者说,是一块"新招牌":这就意味着鲁迅是把创造社、太阳社的"革命知识阶级"置于"上海滩"的背景下加以考察的,这本身就具有一种深刻性。而鲁迅关注的重心,是这样一块"招牌"背后隐蔽着什么,这是他要全力揭示的。于是,就有了这样一番分析与议论——

> 何况既喝咖啡,又领"教益"呢?上海滩上,一举两得的买卖本来就多。大如弄几个杂志,便算革命;小如买多少钱书籍,即赠送真丝光袜或请吃冰淇淋——虽然我至今还猜不透那些惠顾的人们,究竟是意在看书呢,还是要穿丝光袜。至于咖啡店,先前只听说不过可以兼看舞女,使女,"以饱眼福"罢了。谁料这回竟是"名人",给人"教益",还演"高谈""沉思"种种好玩的把戏,那简直是现实的乐园了。[1]

请注意这两个判断性的关键词语:"买卖"与"把戏"。这真是一针见血:这些自称"革命知识阶级"的"今日文艺界上的名人",他们的"革命"不过是一种"买卖"——我们很容易就联想起鲁迅那句"中国最大有利的买卖就是造反"的名言;不过这回有"热气蒸腾的无产阶级咖啡",既有象征西(方)式现代文明的"咖啡",又有"无产阶级"的革命标签,如鲁迅所说,"既喝咖啡",充分享受现代物质文明,"又领'教益'",在革命的空谈中达到精神的满足,这样的"一举两得",在上海滩的交易中也算得上是一笔"好买卖"。而躲在"热气蒸腾的无产阶级咖啡"背后,远离"龌龊的农工大众",高谈"革命"、"大众",且故作"沉思"状,"指导"状……不过是"好玩的把戏":——又是一个"做戏的虚无党"!鲁迅由此而发现这些"革命的知识阶级"与他的老对手现代评论派的"特殊的知识阶级"内在的一致性:都同属于中国的"伪士"传统,不过

---

[1]《革命咖啡店》,《鲁迅全集》4卷,116页。

这回是"躲在咖啡杯后面骗人",略具现代色彩而已。鲁迅还由此发现了这些"革命的知识阶级"的一个本质性的特征,这就是他后来在《对于左翼作家联盟的意见》里所概括的,他们是一群"Salon(沙龙)的社会主义者","坐在客厅里",这回又有"革命的咖啡点","谈谈社会主义,高雅得很,漂亮得很,然而并不想到实行的";这正是他们的致命之处:如鲁迅所说,"倘若不和实际的社会斗争接触,单关在玻璃窗内(甚至是"晶光闪烁的玻璃招牌"下——引者注)做文章,研究问题,那是无论怎样的激烈,'左',都是容易办到的;然而一碰到实际,便即刻要撞碎了。关在房子里,最容易高谈彻底的主义,然而也最容易'右倾'"。[1]

后来,鲁迅对这些具有"沙龙社会主义"特征的"革命知识阶级"又作了进一步的剖析,给予了新的命名,称之为"非革命的急进革命论"的"个人主义论客"。鲁迅这样写道——

> 我在这里要指出貌似彻底的革命者,而其实是极不革命或有害革命的个人主义的论客来,……
>
> 其一是颓废者,因为自己没有一定的理想和无力,便流落而求刹那的享乐,又使他发生厌倦,则时时寻求新刺戟,而这刺戟又须利害,这才感到畅快。革命便也是那颓废者的新刺戟之一,正如饕餮者餍足了肥甘,味厌了,胃弱了,便要去吃胡椒和辣椒之类,使额上出一点小汗,才能送下半碗饭去一般。他于革命文艺,就要彻底的,完全的革命文艺,一有时代的缺陷的反映,就使他皱眉,以为不值一哂。和事实离开是不妨的,只要一个爽快。……
>
> 其二,我还定不出他的名目。要之,是毫无定见因而觉得世上没有一件对,自己没有一件不对,归根结蒂,还是现状最好的人们。他现为批评家而说话的时候,就随便捞到一种东西以驳诘相反的东西。要驳互助

---

[1]《对于左翼作家联盟的意见》,《鲁迅全集》4卷,233页。

这里的三个判断性关键词语颇耐琢磨:"急进革命论","非革命"与
"个人主义的论客"。这可以说是鲁迅对"中国式的革命"和中国的
"革命知识阶级"的三大发现。

时用争存说,驳争存说时用互助说;反对和平论时用阶级争斗说,反对
斗争时就主张人类之爱。论敌是唯心论者呢,他的立场是唯物论,待到
和唯物论者相辩难,他又化为唯心论者了。[1]

这里的三个判断性关键词语颇耐琢磨:"急进革命论","非革命"与"个
人主义的论客"。这可以说是鲁迅对"中国式的革命"和中国的"革命知识阶
级"的三大发现。这是三个层次的发现:人们最容易注意到的,是这些"革命
知识阶级"的"急进革命论"与相应姿态。所谓"急进",一是前面所说的"摆着
极左倾的凶恶的面貌",鼓吹并奉行"革命一到,一切非革命者都得死"的所
谓革命逻辑;二是要求"彻底,完全,并无缺陷"的革命,沉湎于"革命的乌托
邦"的幻觉之中。其三是摆出一副"唯我独革"的架势,凡不同意自己者皆不
革命或反革命。由此而形成了中国革命中难以摆脱的"左倾痼疾":这已经是
为鲁迅生活的时代和鲁迅之后的中国历史与现实所一再证明了的。而鲁迅
由此而发出的忠告则永远足以警示后人——

大约满口激烈之谈者,其人便须留意。[2]

这似乎是很平常的话,却是"死了许多性命"之后才明白的道理,鲁迅说
得好:"许多历史的教训,都是用极大的牺牲换来的。"[3]

这样的"急进革命论"者之所以危险,就在于他们"没有一定的理想",不
过是到革命中来寻求"刺戟",也没有一定的理论与信念,是可以随时变换主
张与口号的,因而也就无特操,"要有革命者的名声,却不肯吃一点革命者难
免的辛苦,于是不但笑啼俱伪,并且左右不同,连……阴阳脸也还不足以淋
漓尽致地为他们自己写照"。[4]他们的"急进"是带有极大的虚伪性与表演性

[1]《非革命的急进革命论者》,《鲁迅全集》4 卷,227 页,228 页。

[2]《书信·340412 致姚克》,《鲁迅全集》12 卷,385 页。

[3]《今春的两种感想》,《鲁迅全集》7 卷,387 页。

[4]《文坛的掌故》,《鲁迅全集》4 卷,122—123 页。

鲁迅揭示了创造社、太阳社的"革命知识阶级"精神气质上的"才子
+流氓"气,这或许是一个更为重要的发现。

的,是所谓"革命姿态"。因此,如鲁迅所形容,"激烈得快的,也平和得快",时
刻作出凶恶状的"狼"本是"狗的祖宗","一到被人驯服的时候,是就要变而
为狗的"。[1]对于这些"革命的知识阶级",由最"急进的革命"的"左"的极端,
跳到背叛、捕杀革命的"右"的极端,是几乎不需要过渡的。其实他们的"彻
底、完全"的革命论,既不可能实现,他们自己也不准备实行,骨子里的真意
却是"现状最好",主张"毫不动弹"的。[2]经过这层层剖析,鲁迅终于揭示出:
这些"貌似彻底的革命者,而其实是极不革命或有害革命的"。[3]

这些"非革命的急进革命论者"既无理想、信念,也无特操;那么,是什么
支配着他们的言论与行动呢?鲁迅指出,他们不过是"个人主义的论客",在
最急进,似乎也最无私、最崇高的言词背后,隐藏着的是私利与私欲。这样,
鲁迅就又发现所谓"革命的知识阶级"就其实质,乃是"伪士"家族的一个新
成员,在此之前,鲁迅早已揭示了20世纪初维新派的"轻才小慧之徒""借新
文明之名,以大遂其私欲";[4]1920年代的"正人君子"也是善于"假借大义,
窃取美名"的"自私"之人。[5]如前面第一讲所说,鲁迅后来又揭示了那些"以
鸣鞭为唯一的业绩"的革命的"奴隶总管"也是"借革命以营私"的。[6]看来,
这些总是能够假借每个时代最时髦的"大义"来满足自己的私欲的"伪士",
在中国是永远不会断子绝孙的。

鲁迅还揭示了创造社、太阳社的"革命知识阶级"精神气质上的"才子+
流氓"气,这或许是一个更为重要的发现。

这里我要慎重地向大家介绍一篇文章:《上海文艺之一瞥》。鲁迅有两次
非常重要的学术演讲:一次是《魏晋风度及文章与药及酒之关系》,再一次就
是《上海文艺之一瞥》;前者已经为学术界所注目,后者则似乎没有引起足够

[1]《上海文艺之一瞥》,《鲁迅全集》4卷,297页,298页。

[2]《非革命的急进革命论者》,《鲁迅全集》4卷,228页。

[3]《非革命的急进革命论者》,《鲁迅全集》4卷,227页。

[4]《文化偏至论》,《鲁迅全集》4卷,44页,46页。

[5]《十四年的"读经"》,《鲁迅全集》3卷,129页。

[6]《答徐懋庸并关于抗日统一战线问题》,《鲁迅全集》6卷,538页,530页。

的关注。在这篇演讲里，鲁迅把创造社、太阳社放在近代中国思想文化史中来考察，这是一种非常独特的眼光，本身也有很大的学术价值。晚清以降中国思想文化和文学的发展是近年学术界研究的热门，鲁迅此次演讲在这方面也提供了一个非常重要的视角，如果将现在的研究与鲁迅的分析作一个比较，这也很有意思。

鲁迅的演讲从近代报刊《申报》的作者群说起，说"在那里做文章的，则多是从别处跑来的'才子'"。由此说到了晚清中国知识分子的分化："那时的读书人，大概可以分他为两种，就是君子和才子。君子是只读四书五经，做八股文，非常规矩的。而才子却此外还要看小说，例如《红楼梦》，还要做考试上用不着的古今体诗之类。"重要的是，在"有了上海的租界——那时叫'洋场'，也叫'夷场'，后来有怕犯讳的，便往往写作'彝场'——"以后，"君子对于外国人的东西总有点厌恶，而且正想求正路的功名，所以决不轻易的乱跑"，"旷达"的才子们却纷纷跑到上海这十里"洋场"来，不仅成为《申报》的作者，也"帮申报馆印行些明清的小品书出售"，自己也写些"才子佳人的书"，所谓近代小说也就这么产生了，而且有一个发展的过程。书的主人公开始是"才子＋呆子"，后来就变成"才子＋流氓"。"才子"自然是从中国传统中发展而来的，"流氓"则是上海洋场上的新"英雄"。鲁迅说，当时颇有影响的吴友如主笔的《点石斋画报》画外国事情总有些隔，画"流氓拆梢"之类，却实在画得很好，"这是他看得太多了的缘故"，其实就反映了当时的上海社会充斥着流氓的现实。后来就有了"新的才子＋佳人的小说"，这就是鸳鸯胡蝶派的文学。鲁迅接着又说："这后来，就有新才子派创造社的出现"——乍一看，这样一个历史发展线索的清理是有些特别的：因为创造社是以彻底反叛姿态出现的，自认为与在它们之前的历史有一个断裂的关系，但鲁迅却从和上海洋场文化与市民阶层的关系上，发现了创造社与晚清以来的上海市民文学的内在联系，并发现了"才子＋流氓"的精神气质的相通。当年瞿秋白在分析创造社和鲁迅的论战时曾有一个说法，说他们代表两种类型的知识分子：鲁迅这样的知识分子"和中国的农村，中国的受尽了欺骗压榨束缚愚弄的农民群众"有着深刻的联系；而创造社、太阳社的作家则多是积聚在"中国都市"里的"'薄海民'（Bohemian）——小资产阶级的流浪人的智识青年"，他们和农村的联系稀薄，而有着深刻的"都市化和摩登化"的倾向。[1]鲁迅这里所强调的也正是创造社、太阳社的"革命知识阶级"所创造的"革命文化"与上海这样的现代都市、现代市民（都市流浪汉）之间的联系，这是一个非常有意义的命题，这可能是我们进一步把握创造社、太阳社的创作以及革命文学、革命文化的重要切入点。

鲁迅关注的重心显然在"才子＋流氓"气。鲁迅自云最怕创造社人的"创造脸"（据说只有郁达夫是惟一的例外，所以鲁迅和郁达夫是好朋友），"总是神气十足，好像连出汗打嚏，也全是'创造'似的"，[2]这自然是一种典型的才子气。也许更值得注意的是所谓"流氓气"。鲁迅指出，当成仿吾们"将革命使一般人理解为非常可怕的事"，"这种令人'知道点革命的厉害'，只图自己说得畅快的态度，也还是中了才子＋流氓的毒"。而前述没有任何理想与信念，随意变换主张与口号，鲁迅则指明为一种"流氓气"，并作了如下精辟的分析——

　　无论古今，凡是没有一定的理论，或主张的变化并无线索可寻，而随时拿着各种各派的理论来作为武器的人，都可以称为流氓。例如上海的流氓，看见一男一女的乡下人在走路，他就说，"喂，你们这样子，有伤风化，你们犯了法了！"他用的是中国法。倘看见一个乡下人在路旁小便呢，他就说，"喂，这是不准的，你犯了法，该送到捕房去！"这时所用的又是外国法。但结果是无所谓法不法，只要被他敲去了几个钱就都完事。[3]

[1]瞿秋白：《〈鲁迅杂感选集〉序言》，《鲁迅杂感选集》18页，19页，青光书局，1933年7月版。
[2]《〈伪自由书〉前记》，《鲁迅全集》5卷，3页。
[3]《上海文艺之一瞥》，《鲁迅全集》4卷，297—298页。

"才气"、"流氓气"与"帝王气"便可以不仅在上海,更在整个中国社会横行无阻——这也是为中国的历史与现实所一再证明了的。这样,鲁迅的发现与概括,就具有了一种超越的意义:不仅仅是针对创造社、太阳社的"革命知识分子"而已。

这里所说的上海滩上的流氓,任意地运用"中国法"与"外国法",而实际上是"无所谓法不法",只要"敲几个钱就都完事",这是有上海租界的特点的:它的半殖民地的社会性质决定了它的文化也必然是中国传统文化与西方殖民文化、商业文化的混杂,流氓文化则是这几种文化的恶性嫁接,"才子 + 流氓"气正是封建传统文人气息与洋场流氓气息的杂糅。但他们却是上海都市文化的"英雄":要在上海滩混下去的人,必得有这两个条件:没有"才气"不行,没有"流氓气"更不行,"书生气"十足是绝对站不住脚的。或者还应该加上一"气",即所谓"帝王气",有了这三"气":"才气"、"流氓气"与"帝王气"便可以不仅在上海,更在整个中国社会横行无阻——这也是为中国的历史与现实所一再证明了的。这样,鲁迅的发现与概括,就具有了一种超越的意义:不仅仅是针对创造社、太阳社的"革命知识分子"而已。

后　记

这是我继 1997 年下半年讲课、1999 年出版的《话说周氏兄弟》之后，又一部《北大演讲录》：这是 2001 年上半年在北大的讲课实录基础上的整理稿。

关于这次讲课与整理稿，有以下几点需要说明：

一，如"开场白"所说，这是一次刻骨铭心的"相遇"的生命记录。我在《2001 年总结》一文中，曾有过这样的描述——

……正是在这"失语、无言"的状态中，我与鲁迅相遇了。如果说在文革后期以及 1980 年代初期我与鲁迅有过一次相遇，产生了《心灵的探寻》；那么，在世纪之交，又有了第二次相遇。可以说当处于内外交困、身心交瘁、孤立无援、极端绝望彷徨的生命的低谷时，我与鲁迅，特别是晚年的鲁迅，产生了心灵的感应：我突然觉得曾经是"谜"一样的"最后十年"的鲁迅，竟是这样的容易理解，又是这样的亲切，我甚至可以感到病中的他的沉重的呼吸。鲁迅就这样自然而然地进入了我的生命的深处，他说的话正是我想说的，更确切地说，我想说而说不清楚的话，他说出来了，我想不清楚的问题，他一语点破了，我的思考浅尝即止之处，他深入了，我想不到的地方，他想到了……鲁迅在那些被封杀的日子里，成了我惟一可以促膝交谈的朋友；在令人窒息的高压下，与鲁迅无拘无束的对话，成了我精神的惟一依托。这是寒冽的空气里吹拂的阵阵"热风"，我的心终于沉潜下来：不是对现实痛苦的回避，而是使这痛苦更加刻骨铭心，并超越一己的苦痛，思考国家、民族、人类的大问题，感受人生的大悲欢，生命因此得到了升华与自赎。这从低谷逐渐走向高山的体验，在人的一生中，也是可遇不可求的。这要感谢命运对我的眷顾：既加我以苦难，又赐我以鲁迅，又一次将苦难转化为精神资源。

而且我还有北大讲台这最后一块栖息之地：这几乎是近两年来留给我的惟一的精神空间。而我告别它的时刻又越来越近。于是，2001 年我在北大讲了整整一年的鲁迅：上半年我一个人讲，下半年我与学生一起讨论。不用说听课是空前的热烈，讨论也是非常的认真，这都使我深受感动，我同样得到了心灵的感应和精神的相互支持，北大青年学生再一次与我共度艰难，这又是我的不幸中的大幸。因此而产生了"北大演讲与对话之二"，准备就命名为《与鲁迅相遇》。这也许将标示我的学术研究，特别是鲁迅研究所达到的新的水平。这也是已经过去的一年的最重要的收获——来之不易的收获。

二，如同我所有的重要的教学实践与学术研究一样，这次讲课与整理成书在教学与学术上也有自己的新的追求，可以说这是一次综合实验。一方面继续《心灵的探寻》开始的对鲁迅"单位观念、意象"的梳理，这一次着重的是对鲁迅一生一以贯之的基本概念的疏通，以及鲁迅所特有的"命名"（典型形象与意象）的清理与阐释。另一面则继续从《1948：天地玄黄》开始的对历史现场感的追求和历史细节的捕捉与渲染，强调"感觉鲁迅"，竭力将学生与读者引入"鲁迅世界"，这不仅是"理解鲁迅"、"研究鲁迅"的前提与基础，而且本身就是一个感受鲁迅人格魅力的过程：在我看来，这样的人格熏陶也许是更重要的。其三是继续从《名作重读》开始，也是近年来我一直提倡的"文本细读"，在讲课中大大加强了对鲁迅原著的情感与文字的分析和品味。这首先是出于我对自己的教学与研究的一个基本定位：只是一座连结鲁迅与当代中国青年的"桥梁"，其最高目的就是吸引学生和读者去读鲁迅原著，并且是以最终将自己的解说忘却（即我经常说的"过河拆桥"）为研究价值的最高体现。这同时也是出于我对鲁迅的理解：思想家的鲁迅与文学家的鲁迅、语言艺术大师的鲁迅是不可分割的；以及我对当下文学教学与研究越来越没有文学性，学生（包括研究生）艺术感受与鉴赏力，对语言的敏感的逐渐减弱甚至丧失的危机感。

为了加强整个讲课的文学气息与氛围，我不只一次地在课堂上朗读鲁迅作品或其片断，这背后也有我对鲁迅的理解：这就是我在本书第四讲中所说，"鲁迅作品不能只是默看，非得朗读不可。他作品里的那种韵味，那种浓烈而又千旋万转的情感，里面那种可以意会不能言传的东西，都需要通过朗读来触动你的心灵。这已经是我的一个经验：讲鲁迅作品，最主要的是读，靠读来进入情境，靠读来捕捉感觉，产生感悟，这是接近鲁迅内心世界和他的艺术的'入门'的通道"。

记得一位学生曾在网上谈到听课的感受：春日的阳光射入教室，坐在那里，在似听非听之中，一个苍老而略带沙哑的声音在耳旁响着，突然间会有一种莫名的心灵的悸动。坦白地说，看到这样的反应，我十分欣慰：学生听懂了我的课。可惜这样的现场感在整理成书时，虽然保留了相应的文字，读者已经很难感悟了。与此相关，在这次讲课中，我有意突出了"作为艺术家的鲁迅"，强调了鲁迅的作品与美术和音乐的关系，尽管由于受到知识结构的限制，未能充分展开，但却是寄托着我对未来鲁迅研究的期待的：或许已经到了打破学科界限，对鲁迅这样的大思想家、大文学家、大艺术家进行综合研究与把握的时候。我甚至有这样的预感：对鲁迅研究的突破，可能不是来自鲁迅研究界内部，而是具有其他学科的学养，而又深知鲁迅的学者，实际上这些年已经开始显露了这样的趋向。因此，我对于听我的课的学生大大超出了中文系的范围，不仅是外系、外校的学生，更有许多我称之为"精神流浪汉"的旁听者，是感到很高兴的，我或许是对他们寄以更多的期望的。我早已发现，中文系的学生（特别是研究生）由于将"学习与研究中文"当作谋生的职业，反而逐渐失去了作为文学的许多更重要更根本的东西——也许这是我对中文系学生的一个误解，但愿如此。

其四，这一次讲课与写作，和我的其他的教学、学术工作一样，也是追求教师、研究者的主体投入的，首先是前文已经说到的我与鲁迅的生命相遇；

然后是把这种相遇过程在课堂中向学生尽可能真实地展示，把心交给学生，试图引起学生心灵的悸动或感应，并引导学生通过自己的阅读，与鲁迅直接进行心灵的对话。这种自觉追求，是反映了我的一种教育理念的，即把教学看作是师生共同的生命运动过程，是一种精神的交流与互动，是对师生内在的创造力的激发；教师在课堂上不只是简单地传授知识，而且通过知识的传授，呈现一种生命状态、生活方式，这种生命状态、生活方式对学生的吸引与影响可能是更为内在也更为根本的。一位学生在听了我的课以后，在作业中特地附加了这样一段听课的感受："我很欣赏老师的这门课，这种生活方式：虽然有现实生活的种种束缚，还是能活得自由自在，在思想上始终坚持一种自由的状态，永远对自己的爱好、自己的事业充满激情，对自己的生命也充满激情"。这自然不是把教师的选择"样板化"——每一个独立的人都是按照自己的主客观条件作出自主的人生选择的，因此，真正的教师总是像鲁迅那样，鼓励年轻一代开辟自己的路，而不要去寻"乌烟瘴气的鸟导师"（这也是我最爱向学生引述的鲁迅的"名言"）。但教师的有价值的人生选择与美好的生命状态，却总是能够在学生的心灵上留下最鲜明的记忆，成为其生命历程中的一个亮点。一个人在成长过程中有、还是没有这样的记忆，是大不一样的；记得陀思妥耶夫斯基的小说《卡拉马佐夫兄弟》里的一个人物曾这样说过："从童年时代保存下来的美好、神圣的回忆也许是最好的回忆。如果一个人能把许多这类回忆带到生活里去，他就会一辈子得救。甚至只有一个好的回忆留在我们的心里，也许在什么时候它是能够成为拯救我们的一个手段"。这里所谓"拯救"可能有些夸大，但在一个物欲横流、失去信念的时代，一个教师用自己的教学活动来显示自己对理想与精神的坚守，自是有一种意义的：使自己成为学生生命中的"神圣记忆"的一部分，应该是教师生命价值的最大实现。另外，在我看来，教学过程不是简单的"我教你学"，而是一个师生共同探讨的过程，因此，教师首先应该向学生传授知识，这是探讨的前提与基础；但更要给学生以思考与探讨的方法，打开学生的思路，其中一个重要方面就是将自己思考、探讨的过程，其中的经验与困惑，已经解决的，以及尚未解决的问题，都如实告诉学生，并和学生一起进行讨论，这就使老师的上课具有了某种开放性，给学生的参与留下了一定的空间。

最后，还要强调一点，无论我的上课还是研究，都是有强烈的现实关怀与问题意识的，如前所述，我是因为现实生活，特别是自我生命中的"问题"与鲁迅发生相遇的，但又经历了一个升华、超越的过程，也就是说，问题意识是产生于现实，但对问题的思考却是有距离的、学理的，更带根本性的。对于历史与鲁迅这样的历史人物的研究，由于历史的"重来"现象（鲁迅就多次谈到"现在的情形"与历史中的"那时"惊人的"神似"，见《华盖集·这个和那个》），前人与今人某些精神的相通，我们可以用自己的某些现实经验与生命体验来达到对前人的某种理解，但同时也必须有历史感，注意到与今天不同的另一个时空下，研究对象的思想、情感的历史性，不可将自己的思想与情感强加于前人。应该说这样的"现实感"与"历史感"的分寸是很难掌握的，这也是我的讲课与研究经常遇到的难题，不敢说这本讲稿在处理这一难题时，究竟有多大进展，但我确实是以既要加强教学、研究与现实生活的有机联系，又要防止陷入实用主义，作为自己的追求的。这也关系到我的教育理念：在我看来，学校教育，特别是大学教育的任务，不仅是知识的传递与积淀，更是要为学生与社会提供现实文化建设中新的批判与创造的精神资源，在一定程度上要承担思想启蒙的责任；但这样的思想启蒙又应该是根本性的，学理性的，并且是和专业紧密联系，而非外加的：学生在建立起了基本信念以后，自会去处理现实生活与自我人生道路中提出的具体问题，作出自己的选择，教师无须越俎代庖地包办一切，更不能将自己的选择强加于学生，那会形成变相的精神专制与压迫，这是与大学的尊重每一个学生的独立、自由、自主权利的理念根本违背的。

总之，由于这几乎是我在北大最后的上课，因此，我可以说是全力以赴地投入，并且希望不仅能够体现自己的教育理念，也能体现在教学艺术上的追求，即感性与理性的结合，既有情感的激发，美的享受，又有思想的启迪与震撼，而最终唤起的是学生自己的独立思考与创造激情。我当然知道，主观追求与实际实现总是有距离的。而且我的追求本身也不是没有缺陷的，也许让学生处在更加自然，也更加轻松、从容的状态，在毫不经意中发生某种潜移默化，是一个更为理想的教育境界：我也许是过分的着力，太满也太紧张，不留余地了。

　　三，我在《话说周氏兄弟》里已经说过，讲课的整理稿实际上不完全是个人的成果，它是凝聚了许多人的劳动的。一方面讲课必然要吸取与介绍他人的最新研究成果，这一点我在有关部分都已有说明，这里，就不再一一列举，但我仍要表示我的一点心情：我实际上是不断从同行们的出色研究那里去寻找灵感与支持的，因此他们的劳动已经融入了我的研究中，在我的感觉里，不是我一个人，而是我们这样一群不合时宜而又痴心不改的人，在与鲁迅对话，这样一种"相濡以沫"的境界，是十分难得而又非常美好的，我因此而对鲁迅研究界的这些朋友永怀感激之情。另一方面，讲课的记录、整理更是一件费力的工作，先后有孙晓忠、王家康、赵寻、张慧文、汪卫东、李世文、谢保杰、黄维政、申东顺、安荣银、王立侠、陈颖灵、贾妍、徐娟等同学参与，他们有的是我的研究生，有的是外系学生和进修教师，这同样是一次愉快的合作，是鲁迅将我们——讲课者与记录者连结在一起，相信会留下一个美好的回忆，这本书就是一个见证。此外，我的老学生张海波、叶彤专为这次上课拍了录像，为我的教学生涯保留了一份珍贵的资料，同时我也收下了一份浓浓的师生情谊：我懂得它的分量。

　　四，最后要说明的是，这门课实际上没有完成预定的计划：按最初的设想，是从鲁迅逝世说起，再追述到20世纪初鲁迅在日本留学期间思想与文

与鲁迅相遇

323

后记

学的逻辑起点，依次讨论下来，最后回到 1936 年的鲁迅，形成一个圆形结构，以此来描述鲁迅的生命轨迹。但讲到 1928 年鲁迅与创造社、太阳社论战，课程就结束了。其实，不能完成教学计划是一般选修课的"常规"。为弥补这一缺憾，在第二学期，我又在研究生中开设了讨论课，所探讨的就是原定要继续讲下去的内容，如"鲁迅与自由主义知识分子（与新月派的论争）"、"鲁迅与左翼知识分子（与左联的关系）"、"鲁迅与周作人、林语堂、施蛰存、朱光潜等文人的论争"、"鲁迅与北京"、"鲁迅对上海都市文化的观照"、"鲁迅与现代报刊"、"民间文化之于鲁迅"等等。当然，这也有教学方式上的设计，即由教师一人讲，变成师生一起讲，既增加学生的参与程度，教师的思考也可望在与学生的撞击中得到升华。一学期的讨论，基本上达到了上述目的，我也很满意。本准备将这些讨论整理出来，成为这本书的新的内容。但这需要再作一些进一步的研究，而我在整理完已经讲过的九讲以后，就忙于其他写作任务，实在无暇回到这一课题上来，这本《演讲录》也就迟迟不能交稿。但后来出书的预告公布，特别是一部分讲稿发表以后，就不断有热心的读者来询问书何时出版，这对责任编辑与我自己都形成了巨大的压力。于是，就有了一个新的思路：既然后续稿短期内写不出来，不如将已经整理好的这九讲先行出版。这样做虽出于无奈，也自有理由：一则这一部分已经有近 30 万字，如果全部写出来，至少也有 50 万字，篇幅就过长了；更重要的是从体例上看，这九讲是名副其实的讲课记录整理，拟写的部分则是讨论，或是在讨论启示下写出来的论文，二者放在一起本来就有不和谐之处，如果就将这有头无尾的"半截子"讲稿示众，倒也能反映讲课的实际情况。这样做当然是有代价的：它会损害整体结构的完整，对希望了解全貌的读者也会造成不便。但或许这会促使我尽快结束手边的工作，将续稿及早写出来。这里只有先向读者致歉了！

如今，我已经与北大的讲台告别，因此，在整理当年的讲稿，并写下这篇

"后记"时，就不能不有许多的感慨。坦白地说，虽然只有短短的两三个月，在我的感觉中，北大已经变得十分的遥远，更准确地说，现实的北大对于我是越来越陌生了，因此，我需要将心中的北大推到远处，成为一个永恒的记忆，一个永远给我带来温馨的梦。尽管明知其虚妄，却如鲁迅之于他的故乡记忆，愿意被它"哄骗"一生，并"时时反顾"。

2002 年 11 月 15—16 日